Título original: *Death of an Expert Witness*
Traducción: Jordi Mustieles
1.ª edición: mayo 2012

© P. D. James, 1977
© Ediciones B, S. A., 2012
  para el sello B de Bolsillo
  Consell de Cent, 425-427 - 08009 Barcelona (España)
  www.edicionesb.com

Printed in Spain
ISBN: 978-84-9872-659-6
Depósito legal: B. 12.287-2012

Impreso por NEGRO GRAPHIC, S.L.
Comte de Salvatierra, 3-5, despacho 309
08006 BARCELONA

ense

P. D. JAMES

Nota de la autora

En East Anglia no hay ningún laboratorio oficial de medicina legal y, aun en caso de que lo hubiera, es sumamente improbable que tuviera nada en común con el Laboratorio Hoggatt, cuyos miembros, como todos los demás personajes de esta novela —incluso los más desagradables—, son puramente imaginarios y no guardan ningún parecido con persona alguna, viva o muerta.

PRIMERA PARTE

LLAMADA AL ASESINATO

1

La llamada se produjo a las 6:12 exactamente. Para él ya se había convertido en un gesto automático el anotar la hora frente al dial iluminado de su reloj eléctrico de cabecera antes de encender la lámpara, un segundo después de haber buscado a tientas y silenciado la estridente insistencia del teléfono. Aunque raramente debía sonar más de una vez, él siempre temía que el timbrazo pudiera despertar a Nell. El que llamaba era conocido; el llamamiento, esperado. Era el detective inspector Doyle. La voz, con su vaga e intimidante insinuación de acento galés, le llegó clara y confiada, como si el gran corpachón de Doyle se cerniera sobre la cama.

—¿Doc Kerrison? —La interrogación era ciertamente innecesaria. ¿Quién si no él, en aquel caserón medio vacío y lleno de ecos, podía descolgar el teléfono a las 6:12 de la mañana? No contestó nada, y la voz siguió hablando.

—Tenemos un cuerpo. En los marjales, en un campo de tajón, a cosa de una milla al noreste de Muddington. Una chica. Estrangulada, según todos los indicios. Parece un caso bastante claro, pero como está usted tan cerca...

—Muy bien. Ahora voy.

La voz no manifestó alivio ni gratitud. ¿Por qué habría de hacerlo? ¿Acaso no acudía siempre que era llamado? Esta disponibilidad se le pagaba bien, pero no era éste el único motivo de su obsesivo celo. Sospechaba que

Doyle le habría respetado más si de vez en cuando se hubiera mostrado menos servicial. También él mismo se habría respetado más.

—Es el primer desvío de la A142 después de atravesar Gibbet's Cross. Haré que alguien le espere.

Volvió a colgar el auricular, se sentó en el borde de la cama y, recogiendo el lápiz y la libreta, anotó los detalles mientras aún seguían frescos en su mente. En un campo de tajón. Eso probablemente significaba barro, sobre todo después de la lluvia del día anterior. La ventana estaba ligeramente abierta por su parte inferior. La deslizó hacia arriba para abrirla del todo, haciendo una mueca al oír chirriar la madera, y asomó la cabeza. El denso aroma margoso de una noche de otoño en el marjal le bañó la cara; era un olor intenso, pero fresco. Había dejado de llover y el firmamento era un tumulto de nubes grises por entre las cuales la luna, casi llena, vagaba en círculos como un pálido espectro demente. Su mente se extendió sobre los campos desiertos y los desolados diques hasta los vastos arenales del Wash, blanqueados por la luna, y los movedizos ribetes del mar del Norte. Podía imaginar que olfateaba su dejo medicinal en el aire lavado por la lluvia. Allí afuera, en las tinieblas, rodeado por toda la parafernalia de la muerte violenta, había un cadáver. Mentalmente, recreó el familiar ambiente de su profesión: los hombres que se movían como negras sombras tras el fulgor de las lámparas de arco, los automóviles de la policía ordenadamente aparcados; el aleteo de las mamparas, las voces intercambiando comentarios ocasionales mientras esperaban divisar las primeras luces de su automóvil. Ya debían de estar consultando sus relojes, calculando cuánto podía tardar en llegar hasta allí.

Tras cerrar la ventana con manos cuidadosas, tironeó de los pantalones por encima del pijama y se puso un polo. A continuación, recogió su linterna, apagó la lámpara de cabecera y salió hacia el piso de abajo, avanzando cautelosamente y caminando cerca de la pared para evitar que crujieran los escalones. Pero del cuarto de Eleanor no salía el menor ruido. Dejó que su mente cruzara los veinte metros del rellano y los tres peldaños que le separaban del dormitorio interior donde yacía su hija de dieciséis años. Siempre había tenido el sueño ligero y, aun dormida, era asombrosamente sensible al sonido del teléfono. Pero no era posible que lo hubiera oído. En cuanto al pequeño William, de tres años de edad, no le preocupaba: una vez dormido, nunca despertaba antes de la mañana.

Tanto sus acciones como sus pensamientos estaban medidos. Su rutina nunca variaba. Entró primero en el pequeño cuarto de baño junto a la puerta posterior, ante cuyo umbral estaban preparadas las botas de agua, con los rojos calcetines sobresaliendo de la caña como un par de pies amputados. Arremangándose por encima de los codos, se lavó manos y brazos con abundante agua fría, y luego, agachado, se remojó toda la cabeza. Siempre realizaba estas abluciones casi ceremoniales antes y después de cada caso. Hacía mucho tiempo que había cesado de preguntarse el porqué. Se había convertido en algo tan necesario y reconfortante como un ritual religioso, el breve lavado preliminar que era como una dedicatoria, la ablución final que constituía al mismo tiempo una tarea necesaria y una absolución, como si al enjuagar de su cuerpo el olor de su profesión pudiera también eliminarlo de sus pensamientos. El agua salpicó con fuerza el espejo; al incorporarse, buscando a tientas la toalla, vio su rostro distorsionado, la boca abierta, los ojos de hinchados párpados medio ocultos por relucientes mechones de cabello negro como el rostro de un ahogado vuelto a la superficie. La melancolía de la madrugada se apoderó de él. Pensó: «La semana que viene cumpliré cuarenta y cinco años, ¿y qué he conseguido? Esta casa, dos hijos, un matrimonio fracasado y un empleo que me asustaría perder porque es la única cosa que he sabido hacer bien.»

La vieja rectoría, heredada de su padre, no tenía hipotecas ni gravámenes. Eso no ocurría, pensó, con ninguna otra cosa en su vida agobiada por la ansiedad. El amor, su ausencia, su creciente necesidad, la repentina y pavorosa esperanza de hallarlo, sólo eran una carga. Incluso su trabajo, el territorio donde se movía con mayor aplomo, estaba cercado por la ansiedad.

Mientras se secaba meticulosamente las manos, dedo a dedo, sintió de nuevo la vieja preocupación, opresiva como un tumor maligno. Todavía no había recibido el nombramiento de patólogo del Home Office, como sucesor del anciano doctor Stoddard, y eso era algo que deseaba muchísimo. El nombramiento oficial no le rendiría más dinero; la policía ya lo empleaba como colaborador independiente, pagándole por cada caso con suficiente generosidad. Eso, sumado a los honorarios de las autopsias que realizaba como forense, le proporcionaba unos ingresos que constituían una de las razones por las que sus colegas en el departamento de patología del hospital general del distrito se tomaban a mal y al mismo tiempo le envidiaban las imprevisibles ausencias que le imponía su trabajo policial, los largos días en los tribunales, la inevitable publicidad.

Sí, el nombramiento era importante para él. Si el Home Office buscaba otro candidato, resultaría difícil justificar ante las autoridades sanitarias regionales el mantenimiento de su acuerdo particular con la policía local. Ni siquiera tenía la certeza de que lo prefirieran a él. Se sabía un buen patólogo forense, digno de confianza, más que competente en su profesión, casi obsesivamente meticuloso y concienzudo, un testigo convincente e inamovible. La policía sabía que, estando él en el estrado de los testigos, sus minuciosamente edificadas construcciones probatorias no se desmoronarían bajo un interrogatorio riguroso, aunque él a veces sospechaba que lo consideraban demasiado escrupuloso para estar del todo tranquilos. Pero le faltaba esa fácil camaradería masculina, esa mezcla de cinismo y machismo que tan intensamente unía al viejo Doc Stoddard con el cuerpo de policía. Si tenían que pasarse sin él, no lo echarían mucho de menos, y le parecía dudoso que fueran a tomarse ninguna molestia para retenerlo.

La luz del garaje era cegadora. La puerta levadiza pivotó suavemente hacia arriba bajo su mano, y la claridad se derramó sobre la grava del camino de acceso y los descuidados márgenes de hierba plateada. Pero al menos la luz no despertaría a Nell. Su dormitorio daba a la parte de atrás de la casa. Antes de poner en marcha el motor, examinó los mapas. Muddington era un municipio en los límites de su zona, unas diecisiete millas al noroeste; con algo de suerte, menos de media hora de viaje en cada dirección. Si los científicos del laboratorio ya habían llegado —y Lorrimer, el biólogo jefe, siempre intentaba no perderse un homicidio—, entonces probablemente no tendría que hacer gran cosa. Calculando, digamos, una hora en el lugar de los hechos, todavía podría estar de vuelta a casa antes de que Nell despertara, si había suerte, y ni siquiera se enteraría de que había salido. Apagó la luz del garaje. Con mucho cuidado, como si la suavidad de su tacto pudiera silenciar de algún modo el motor, hizo girar la llave del encendido. El Rover se internó lentamente en la noche.

2

Inmóvil tras los visillos del rellano delantero, la mano derecha ahuecada sobre el pálido parpadeo de su lamparilla, Eleanor Kerrison percibió el súbito destello rojo de las luces traseras del Rover cuando el coche se detuvo en el portón antes de girar a la izquierda y acelerar hasta perderse de vista. Permaneció esperando hasta que el resplandor de los faros se hubo desvanecido por completo. Entonces se volvió y anduvo por el corredor hacia la habitación de William. Sabía que no se habría despertado. Su sueño era una sensual glotonería de olvido. Y mientras durmiera, ella sabía que estaba a salvo, que podía sentirse libre de su ansiedad. Contemplarlo entonces era un gozo tan entremezclado de anhelo y compasión que, en ocasiones, asustada de sus propios pensamientos en vela pero temiendo más las pesadillas del sueño, llevaba la luz al dormitorio del niño y se agazapaba junto a la cuna durante una hora o más, la vista fija en la cara del dormido que, con su paz, apaciguaba la inquietud de ella.

Aunque estaba segura de que no se despertaría, hizo girar el tirador de la puerta tan cuidadosamente como si creyera que podía explotar. La vela que ardía uniformemente en la palmatoria se volvió innecesaria; la luz lunar, entrando a raudales por las ventanas sin cortinajes, extinguía la amarillenta claridad de la llama. William, enfundado en su desaliñado pijama, estaba como siempre tendido de espaldas, con ambos brazos alzados por encima de la cabeza. Tenía la cabeza caída hacia un lado, y el delgado cuello, tan tenso y tan quieto que le veía latir el pulso, parecía demasiado frágil para sostener el peso de la testa. Sus labios estaban ligeramente entreabiertos, y ella no podía ver ni oír el leve susurro del aliento. Mientras lo contemplaba, él abrió de pronto unos ojos sin visión, los puso en blanco y, con un suspiro, los cerró de nuevo y volvió a sumirse en su pequeña apariencia de muerte.

Ella ajustó suavemente la puerta al salir y regresó a su propio cuarto, inmediatamente contiguo. Arrancando el edredón de la cama, se envolvió los hombros con él y volvió a cruzar el rellano hacia la parte superior de la escalera. El pasamano de roble profusamente tachonado se curvaba hacia las tinieblas del vestíbulo, donde el acompasado tictac del reloj del abuelo resonaba de forma tan antinaturalmente fuerte y ominosa como una bomba de tiempo. Hasta su olfato llegó el olor de la casa, agrio como el de un termo cuyo contenido se ha vuelto rancio, impregnado de los tristes efluvios de pesadas cenas clericales. Dejando la palmatoria junto a la pared, se sentó en el último peldaño, se arrebujó en el edredón y escrutó la oscuridad. Bajo sus desnudas plantas, la alfombra de la escalera era rasposa. La señora Willard no le pasaba nunca la aspiradora, aduciendo que su corazón no soportaría el esfuerzo de arrastrar el aparato de escalón en escalón, y su padre jamás parecía advertir el desaseo o la suciedad de su casa. Después de todo, pasaba muy poco tiempo en ella. Rígidamente sentada en la oscuridad, la chica pensó en su padre. Quizás hubiera llegado ya a la escena del crimen. Dependía de lo lejos que estuviera: si se hallaba en el mismo límite de su zona, quizá no pudiera volver hasta la hora del almuerzo.

Pero su esperanza era que regresara antes del desayuno para que la encontrase allí, solitaria y agotada, acurrucada al final de la escalera en espera de su llegada, atemorizada por el hecho de haberse quedado sola. Él guardaría silenciosamente el automóvil, dejando el garaje abierto para que no la despertara el golpe de la puerta, y entraría a hurtadillas como un ratero por la puerta de atrás. Ella oiría correr el agua en el cuarto de baño de la planta baja, sus pisadas sobre el teselado suelo del vestíbulo. Después, él alzaría la mirada y la vería. Se precipitaría escaleras arriba, desgarrado entre el ansia que sentiría por ella y el miedo a despertar a la señora Willard, con el rostro repentinamente envejecido por el cansancio y la preocupación cuando rodeara sus temblorosos hombros con los brazos.

—¡Nell, cariño! ¿Cuánto rato llevas aquí? Tendrías que estar aún en la cama. Vas a enfriarte. Venga, chica, ya no debes tener miedo de nada. Ya he vuelto. Mira, te acompaño otra vez a la cama y tú procuras dormir un poco más. Yo me ocuparé del desayuno. ¿Qué tal si te lo subo en una bandeja dentro de media hora, más o menos? ¿Te gustaría?

Y la conduciría de vuelta a su habitación, lisonjeándola, tranquilizándola con sus murmullos, intentando fingir que no tenía miedo: miedo de que ella comenzara a llorar por su madre; miedo de que apareciera la señora Willard, toda reproches y lamentaciones, y se quejara de que no la dejaban dormir; miedo de que la pequeña y precaria familia acabara desmoronándose y lo separaran de William. Era a William a quien quería, no soportaría perder a William. Y únicamente podría conservar a William y evitar que el tribunal concediera la custodia a mamá si ella estaba en casa y le ayudaba a cuidar a su hermano.

Pensó en el día que iba a comenzar. Era miércoles, un día gris. No uno de los días negros, en los que no veía en absoluto a su padre, pero tampoco un día amarillo como el domingo, cuando, si no era requerido, podía pasar casi todo el tiempo en casa. Por la mañana, inmediatamente después de desayunar, iría al depósito judicial de cadáveres a realizar la necropsia. Habría también otras autopsias por hacer: los que habían muerto en el hospital, los viejos, los suicidas, las víctimas de accidente. Pero el cuerpo que probablemente estaba examinando en aquellos momentos sería el primero en pasar por la mesa de las autopsias. El asesinato tiene prioridad. ¿No era eso lo que decían siempre en el laboratorio? Se preguntó distraídamente, sin verdadera curiosidad, qué debía de estar haciendo su padre en ese mismo instante con aquel cadáver desconocido, joven o anciano, hombre o mujer. Le hiciera lo que le hiciese, el cuerpo no lo sentiría, no se daría cuenta. Los muertos ya no tenían nada que temer, y no había nada que temer de ellos. Eran los vivos quienes tenían el poder de hacer daño. Y de pronto se movieron dos sombras en la oscuridad del vestíbulo, y oyó la voz de su madre, estridente, pavorosamente extraña, una voz tensa, quebrada y desconocida.

—¡Siempre tu trabajo! ¡Tu asqueroso trabajo! Y, Dios me valga, no es raro que sepas hacerlo bien. Te falta valentía para ser un verdadero médico. Hiciste un diagnóstico equivocado cuando empezabas y ahí se acabó todo, ¿verdad? No podías soportar la responsabilidad de los cuerpos vivos, de la sangre que fluye, de los nervios que realmente sienten. Tú sólo sirves para chapucear con los muertos. Te gusta, ¿verdad?, que te den este trato... Las llamadas telefónicas a cualquier hora del día o de la noche, la escolta policial... No te importa tenerme enterrada viva en estos asquerosos marjales, con tus hijos. Ya ni siquiera nos vemos. Te interesarías más por mí si estuviera muerta y tendida sobre tu losa. Así al menos te verías obligado a prestarme alguna atención.

Contestó el bajo murmullo defensivo de la voz de su padre, desalentado, abyecto. Ella había estado escuchando en la oscuridad y había deseado gritarle:

—¡No le contestes así! ¡No estés tan hundido! ¿Es que no ves que así sólo consigues que te desprecie más aún?

Las palabras le habían llegado fragmentadas, apenas audibles:

—Es mi trabajo. Es lo que sé hacer mejor. Es lo único que sé hacer. —Y luego, con mayor claridad—: Es lo que nos da de comer.

—A mí, no. Ya no más.

Y luego el violento portazo.

El recuerdo fue tan vívido que por un instante llegó a creer que oía el eco de aquel portazo. Se incorporó, tambaleante, y, envolviéndose en el edredón, abrió la boca para llamarlos. Pero entonces vio que el vestíbulo estaba vacío. En él no había nada más que la débil imagen del vidrio coloreado de la puerta delantera por donde se filtraba la luz de la luna, el tictac del reloj, el bulto de las chaquetas colgadas del perchero. Volvió a sentarse sobre el escalón.

Y entonces se acordó. Tenía que hacer una cosa. Metiendo la mano en el bolsillo de la bata, sintió el frío y escurridizo tacto de la plastilina que había utilizado para modelar una figura del doctor Lorrimer. La extrajo cuidadosamente por entre los pliegues del edredón y la sostuvo ante la llama de la vela. La figura estaba un poco deformada, y el rostro cubierto de borrilla de la bata, pero aún seguía entera. Enderezó sus largas extremidades e hizo presión sobre las hebras de algodón negro que había utilizado como cabello para hundirlas más firmemente en la cabeza. La bata blanca, cortada de un pañuelo viejo, le parecía lo más conseguido. Lástima que no hubiera podido utilizar uno de los pañuelos del doctor o un mechón de su propio pelo. La figurita representaba algo más que el doctor Lorrimer, que no había sido amable con ella y con William, que prácticamente los había echado de su laboratorio. Representaba todo el Laboratorio Hoggatt.

Y ahora, a matarlo. Golpeó suavemente la cabeza de la figura contra el pasamano, pero la plastilina solamente se aplastó y la cabeza perdió su identidad. Volvió a darle forma con dedos cuidadosos y la acercó a la llama. Pero el olor era muy desagradable y tenía miedo de prenderle fuego al blanco lino. Hundió profundamente la uña de su meñique por detrás de la oreja izquierda de la figurita. Fue un corte limpio, directamente a través del cerebro. Eso estaba mejor. Satisfecha, emitió un suspiro. Sujetando la criatura muerta en la palma de su mano derecha, aplastó la plastilina rosada, la bata blanca y el cabello de algodón hasta formar una masa amorfa. Luego, arropándose bien con el edredón, se quedó sentada y esperó a que amaneciera.

3

El coche, un Morris Minor de color verde, había sido empujado por el borde de una depresión poco profunda en el páramo, y había rodado dando tumbos por la pendiente hasta detenerse en un llano herboso a unos tres metros de la cresta, como un animal torpe que fuera a esconderse en su madriguera. Debía de hacer años que estaba allí, abandonado a los saqueadores, convertido en juguete ilícito para los niños de la vecindad o en bienvenido refugio para algún vagabundo ocasional como el alcohólico de setenta años que había tropezado con el cadáver. Las dos ruedas delanteras habían desaparecido, y las oxidadas ruedas traseras, con sus neumáticos medio podridos, estaban firmemente empotradas en la gredosa tierra; la pintura estaba llena de rayas y desconchados; el interior, despojado de instrumentos y volante. Dos lámparas de arco montadas sobre sendos pies, una de ellas enfocada hacia abajo desde la parte superior de la cuesta y la otra precariamente plantada en un margen del llano, alumbraban su cruda decrepitud. Tan brillantemente iluminado, pensó Kerrison, el coche parecía una grotesca y pretenciosa escultura moderna, simbólicamente suspendida en el borde del caos. El asiento posterior, cuyo relleno sobresalía por los desgarrones del plástico, había sido arrancado de su sitio y echado a un lado.

El cuerpo de la joven descansaba sobre el asiento delantero. Sus piernas permanecían decorosamente unidas, los vidriosos ojos estaban pícaramente entornados y la boca, desprovista de pintura, se había fijado en una mueca acentuada en las comisuras por dos hilillos de sangre. Eso le daba a la cara, que debió haber sido bonita o, cuando menos, infantilmente vulnerable, la expresión vacua de un payaso adulto. El fino vestido, sin duda demasiado fino para una noche de principios de noviembre, estaba arremangado hasta la cintura. Llevaba medias, y las pinzas de las ligas se incrustaban en los rollizos y blancos muslos.

Acercándose al cadáver bajo los atentos ojos de Lorrimer y Doyle, pensó, como a menudo solía hacer en situaciones semejantes, que aquello parecía irreal, una anomalía, algo tan absurda y singularmente fuera de lugar que tenía que hacer un esfuerzo para no echarse a reír. Esta sensación no era tan intensa cuando la descomposición del cadáver estaba ya avanzada. Entonces era como si la carne putrefacta e infestada de gusanos, o los restos de ropa apelmazada, se hubieran convertido ya en parte de la tierra que a ellos se adhería y los cubría, nada más anormal ni horripilante que un montón de estiércol o un remolino de hojas muertas en el viento. Pero allí, con las líneas y los colores intensificados por el fulgor de las lámparas, el cadáver, exteriormente aún tan humano, parecía una parodia absurda, y la piel de las pálidas mejillas tan artificial como el plástico manchado sobre el que reposaba. Resultaba increíble que ya cualquier ayuda estuviera de más. Como siempre, tuvo que reprimir el impulso de aplicar su boca a la del cadáver y practicarle la respiración artificial, de hundirle una aguja en el aún caliente corazón.

Le había sorprendido encontrar allí a Maxim Howarth, el recién nombrado director del Laboratorio Forense, hasta que recordó que Howarth había dicho algo acerca de intervenir directamente en el siguiente caso de asesinato, y supuso que esperaba que él le instruyera. Retirando la cabeza de la abierta portezuela, observó:

—Estrangulación manual, casi con toda certeza. La ligera hemorragia que se advierte en la boca proviene de la lengua, que ha quedado atrapada entre los dientes. La estrangulación manual es invariablemente homicida. Es imposible que se lo haya hecho ella misma.

La voz de Howarth sonó cuidadosamente controlada:

—Habría esperado ver más hematomas en el cuello.

—Es lo más normal, desde luego. Los tejidos siempre quedan dañados, aunque la extensión de la superficie magullada depende de la posición del atacante y de la víctima, de la forma en que se sujeta el cuello y también de la presión que se aplica. Creo que encontraremos profundas magulladuras internas, pero es posible tenerlas sin muchos signos externos. Es lo que ocurre cuando el asesino ha mantenido la presión hasta después de la muerte; los vasos sanguíneos se vacían y el corazón deja de latir antes de que retire sus manos. La muerte sobreviene por asfixia, y es de esperar que aparezcan los signos correspondientes. Aquí, lo más interesante es el espasmo cadavérico. Fíjese que está aferrando el asa de bambú de su bolso. Los músculos están absolutamente rígidos, prueba de que el apretón se produjo en el momento de la muerte, o muy cerca de él. Nunca había observado espasmo cadavérico en un caso de estrangulación manual, y es interesante. Debe de haber muerto con extraordinaria rapidez. Pero ya se hará una idea más clara de lo que ocurrió exactamente cuando asista a la autopsia.

Por supuesto, pensó Howarth, la autopsia. Se preguntó cuánta prisa se daría Kerrison en comenzar ese trabajo. No temía que le traicionaran los nervios, solamente el estómago, pero se arrepintió de haber dicho que asistiría. No existía intimidad para los muertos; a lo más que uno podía aspirar era a cierta reverencia. En aquellos instantes se le antojaba monstruoso que al día siguiente él, un extraño, pudiera contemplar sin reproche la desnudez de la víctima. Pero, por el momento, ya había visto suficiente. Podía retirarse a un lado sin desdoro. Subiéndose el cuello de la Burberry para protegerse del helado aire de la madrugada, subió por el talud hasta el borde de la depresión y se quedó mirando el coche. Así debía ser la filmación de una película: el escenario brillantemente iluminado, el aburrimiento de esperar la llegada de los actores principales, los breves momentos de actividad, toda la atención concentrada en los menores detalles. El cuerpo muy bien habría podido ser el de una actriz simulando la muerte. Casi esperaba ver a uno de los policías precipitarse hacia ella para recomponerle el peinado.

La noche casi había terminado. A su espalda ya apuntaba la aurora por el horizonte oriental, y el páramo, hasta entonces un informe vacío de oscuridad sobre la tierra apelmazada, comenzaba a asumir una identidad y una forma. Hacia el oeste vio siluetas de casas, probablemente edificadas por el municipio; una pulcra hilera de tejados idénticos y cuadradas láminas de oscuridad sembradas de regulares recuadros amarillos cuando los madrugadores encendían sus luces. El pedregoso y plateado camino sobre el que se había bamboleado su coche, ajeno como un paisaje lunar bajo la luz de los faros, tomaba forma y dirección, se volvía ordinario. Desaparecía todo el misterio. El lugar, cubierto de maleza y salpicado de desechos, era un descampado entre los dos extremos de la población, bordeado por unos cuantos árboles junto a una zanja. Supo con certeza que la zanja estaría desagradablemente húmeda y llena de ortigas y que olería mal por las basuras en descomposición, que los árboles habrían sido dañados por los vándalos, grabando sus iniciales en el tronco y arrancando las ramas bajas. Aquello era una tierra de nadie urbana, un condigno territorio para el asesinato.

Acudir allí había sido una equivocación, desde luego; habría debido darse cuenta de que el papel de mirón es siempre innoble. Pocas cosas resultaban más desmoralizadoras que quedarse parado como un inepto mientras otros hombres ponían de manifiesto su competencia profesional. Kerrison, aquel perito en muertes, que literalmente olfateaba el cadáver; los fotógrafos, taciturnos y concentrados en la iluminación y los ángulos; el inspector Doyle, que por fin se veía al frente de un caso de asesinato, empresario de la muerte, tenso por el esfuerzo de contener una excitación como la de un niño en Navidad, regocijándose maliciosamente con su juguete nuevo. Mientras esperaban la llegada de Kerrison, Doyle incluso había reído en una ocasión, una espontánea risotada que había llenado toda la depresión. ¿Y Lorrimer? Antes de tocar el cadáver, se había santiguado rápidamente. Fue un gesto tan breve y tan preciso que a Howarth fácilmente habría podido pasarle desapercibido, salvo que nada de lo que hacía Lorrimer le pasaba desapercibido. Los demás no habían dado muestras de sorprenderse ante aquella excentricidad. Tal vez estaban acostumbrados a ella. Domenica no le había dicho que Lorrimer fuese religioso. Aunque lo cierto era que su hermana no le había dicho nada de su amante: ni siquiera le había dicho que sus relaciones habían terminado ya. Pero para saber eso le había bastado con ver la cara que ponía Lorrimer durante el mes anterior. La cara de Lorrimer, las manos de Lorrimer... Era curioso que no se hubiera fijado antes en lo largos que eran sus dedos o en la evidente suavidad con que aplicaba la cinta adhesiva sobre las bolsas de plástico que envolvían las manos de la chica, para resguardar, como explicó con voz monótona, consciente de su papel de instructor, cualquier evidencia que pudiera encontrarse bajo las uñas. Había tomado una muestra de sangre del flácido y regordete brazo, buscando la vena con tanto cuidado como si ella aún pudiera retroceder ante el pinchazo de la aguja.

Las manos de Lorrimer. Howarth expulsó de su mente las atormentadoras y brutalmente explícitas imágenes. Nunca antes había sentido resentimiento contra los amantes de su hermana. Ni siquiera había estado celoso de su difunto marido. Había considerado perfectamente razonable que algún día deseara casarse, del mismo modo en que, en un ataque de aburrimiento o de pasión adquisitiva, podía tomar la decisión de comprarse un abrigo de pieles o una nueva pieza de joyería. Incluso había llegado a gustarle Charles Schofield. ¿Por qué, pues, la idea de Lorrimer en la cama de su hermana le había resultado intolerable ya desde el primer momento? Aunque, por lo menos, no había podido estar nunca en la cama de ella, no en Leamings. Se preguntó una vez más dónde se las ingeniaban para encontrarse, cómo se las había arreglado Domenica para tomar un amante nuevo sin que se enterase todo el laboratorio y todo el pueblo. ¿Cómo podían reunirse, y dónde?

La cosa había comenzado, desde luego, en aquella desastrosa cena de doce meses antes. En aquel momento les había parecido natural y correcto celebrar su ascenso a director invitando al personal más antiguo a una pequeña cena privada en su propia casa. Recordaba que habían tomado melón, seguido de *boeuf stroganoff* y una ensalada. Domenica y él apreciaban la buena comida, y a veces ella disfrutaba preparándola. Les había servido el clarete de 1961 porque era el vino que a Dom y a él les apetecía beber, y jamás se le hubiera ocurrido ofrecer algo inferior a sus invitados. Dom y él se habían cambiado porque era su costumbre. Les divertía cenar con cierta elegancia, separando así formalmente la jornada laboral de sus veladas en común. No era culpa de ellos que Bill Morgan, el examinador de vehículos, hubiera elegido acudir con una camisa de cuello abierto y pantalones de pana; ni a Dom ni a él les importaba en lo más mínimo que sus invitados vistieran de una u otra forma. Si Bill Morgan se sentía embarazado por estas triviales ceremonias del gusto, debería aprender a cambiarse de ropa o a cultivar una mayor confianza social en sus excentricidades indumentarias.

A Howarth en ningún momento se le había ocurrido

pensar que los seis expertos incómodamente sentados en torno a su mesa bajo la luz de las velas, inmunes incluso a los efectos molificantes del vino, verían aquella situación como una elaborada charada gastronómica destinada a demostrarles su superioridad social e intelectual. Por lo menos Paul Middlemass, funcionario científico principal y examinador de documentos, había apreciado el vino, llevando la botella hacia su lado de la mesa y volviendo a llenar su vaso, mientras contemplaba a su anfitrión con perezosa e irónica mirada. ¿Y Lorrimer? Lorrimer no había comido prácticamente nada y aún había bebido menos, apartando su copa casi malhumoradamente y fijando sus grandes y llameantes ojos en Domenica como si nunca antes hubiera visto una mujer. Y ése, sin duda, había sido el comienzo. Cómo había continuado, cuándo y cómo habían seguido viéndose, cómo había terminado, eran cosas que Domenica no le había confiado.

La cena había sido un fracaso personal y público. Pero, se preguntó, ¿qué esperaban los expertos de mayor antigüedad? ¿Una velada a base de tragos en la cómoda intimidad del Moonraker? ¿Una celebración general en el ayuntamiento para todo el personal del laboratorio, incluyendo a la encargada de la limpieza, la señora Bidwell, y al viejo Scobie, el bedel del laboratorio? ¿«Venga jaleo, madre Brown» en la barra del *pub*? Quizá consideraban que el primer gesto debía venir de su lado. Pero eso equivalía a admitir que había dos lados. La sofistería convencional afirmaba que el laboratorio funcionaba como un equipo unido por un propósito común, con las riendas suave pero firmemente sujetas por las manos del director. Eso había dado buenos resultados en Bruche, pero allí dirigía un laboratorio de investigación bajo una sola disciplina. ¿Cómo se podía dirigir un equipo cuando el personal practicaba media docena de disciplinas científicas diferentes, utilizaba sus propios métodos, corría con la responsabilidad de sus propios resultados y, en último término, acudía en solitario a justificarlos y defenderlos en el único lugar en que se podía juzgar adecuadamente la calidad del trabajo de un científico forense, el estrado de los testigos ante un tribunal? Era uno de los lugares más solitarios de la tierra, y él nunca había estado allí.

Sabía que el viejo doctor Mac, su antecesor, solía encargarse de algún que otro caso «para no perder la costumbre», como decía él, corriendo hacia la escena del crimen como un viejo sabueso que olfatea con satisfacción pistas medio olvidadas, efectuando personalmente los análisis y, finalmente, presentándose en el estrado de los testigos como un profeta resucitado del Antiguo Testamento, para ser saludado por el juez con secos cumplidos judiciales y ruidosamente acogido por los abogados en el bar como un viejo e impenitente compañero de copas, mucho tiempo añorado, que les hubiera sido felizmente restituido. Pero éste jamás sería su estilo. Le habían nombrado para que dirigiera el laboratorio, y lo dirigiría a su manera. Morbosamente introspectivo bajo la fría claridad del alba, se preguntó si su decisión de seguir un caso de asesinato desde la llamada a la escena del crimen hasta el momento del juicio se debía verdaderamente al deseo de aprender o sólo a un pusilánime deseo de impresionar o, peor aún, de congraciarse con su personal, de demostrarles que sabía valorar sus conocimientos, que quería ser un miembro más del equipo. De ser así, se trataba de un error de juicio, otro más que añadir a la triste aritmética del fracaso desde que había aceptado el nuevo trabajo.

Parecía que estuvieran a punto de acabar. Habían desprendido el bolso de entre los rígidos dedos de la joven y las enguantadas manos de Doyle estaban esparciendo su menguado contenido sobre una lámina de plástico extendida sobre la capota del automóvil. Howarth a duras penas alcanzaba a distinguir la forma de lo que le pareció un pequeño monedero, un pintalabios, una hoja de papel plegada. Seguramente una carta de amor, pobre desdichada. ¿Habría Lorrimer escrito cartas a Domenica? Siempre era el primero en acudir a la puerta cuando llegaba el correo, y por lo general era él quien entregaba sus cartas a su hermana. Quizá Lorrimer estuviera enterado de ello. Pero tenía que haberle escrito. Tenían que citarse. Resultaba difícil creer que Lorrimer se hubiera arriesgado a telefonear desde el laboratorio o desde su casa por las noches, cuando era probable que él, Howarth, atendiera la llamada.

Estaban comenzando a retirar el cuerpo. La furgoneta de la funeraria se había acercado al borde de la depresión y estaban colocando la camilla en su lugar. Los policías sacaban unas mamparas de lona de su propia furgoneta, disponiéndose a cercar la escena del crimen. No tardaría en congregarse el pequeño grupo de espectadores, los niños curiosos ahuyentados por los adultos, los fotógrafos de la prensa... Vio que Lorrimer y Kerrison se habían apartado un poco de los demás y estaban conversando, vueltos de espaldas, muy juntas sus oscuras cabezas. Doyle cerraba su libreta y supervisaba la recogida del cuerpo como si éste fuese una prueba crucial y temiera que alguien pudiera romperlo. La claridad se intensificaba.

Esperó mientras Kerrison subía a su lado y juntos anduvieron hacia los coches aparcados. El pie de Howarth golpeó una lata de cerveza. Salió despedida, rebotando ruidosamente a través del camino, y chocó contra lo que parecía ser el desvencijado armazón de un pequeño bote de fondo plano, con un estampido como el de un tiro de pistola. El ruido le provocó un sobresalto. Con aire irritable, comentó:

—¡Qué lugar para morir! ¿Dónde diablos estamos exactamente? Al venir, he ido siguiendo a los coches de la policía.

—Le llaman el campo de tajón. Se trata del nombre local de esa especie de creta blanda que vienen extrayendo de aquí desde la Edad Media. En las cercanías no se encuentra ninguna clase de piedra dura para la construcción, de modo que utilizaban el tajón para la mayoría de las viviendas e incluso en los interiores de algunas iglesias. La capilla de Nuestra Señora que hay en Ely es un buen ejemplo. Casi todos los pueblos tenían sus pozos de tajón. Ahora están llenos de plantas. En primavera y verano, algunos de ellos resultan incluso bastante bonitos, como pequeños oasis de flores silvestres.

Le dio la información con voz inexpresiva, como un guía cumplidor repitiendo mecánicamente la perorata oficial. De pronto, pareció tambalearse y se sujetó a la portezuela de su coche. Howarth se preguntó si estaría enfermo o si aquello se debía a un excesivo cansancio. El patólogo volvió a enderezarse de inmediato y, tratando de mostrarse enérgico, añadió:

—Haré la autopsia en el San Lucas, mañana a las nueve de la mañana. El conserje del vestíbulo ya le indicará dónde. Le dejaré un mensaje.

Se despidió con una inclinación de cabeza, esbozó una sonrisa forzada, se acomodó en el automóvil y cerró de un golpe la portezuela. El Rover comenzó a bambolearse lentamente hacia la carretera.

Howarth advirtió que Doyle y Lorrimer estaban a su lado. La excitación de Doyle era casi palpable. Se volvió para mirar hacia la distante hilera de casas, al otro lado del campo de tajón, cuyas paredes de ladrillo amarillo con humildes ventanas cuadradas resultaban ya claramente visibles.

—Está allí, en alguna parte. Probablemente en la cama. Es decir, si no vive solo. No sería conveniente estar levantado y en movimiento a una hora demasiado temprana, ¿verdad? No, estará tendido allí, preguntándose cómo puede actuar con normalidad, esperando el automóvil anónimo, la llamada a la puerta. Si vive solo, desde luego, la cosa cambia. Estará yendo de un lado a otro en la penumbra, preguntándose si no tendría que quemar su traje, rasparse el barro de los zapatos. Pero no podrá eliminarlo todo. Siempre quedarán indicios. Y no tendrá una caldera lo bastante grande para el traje. Y aunque la tuviera, ¿qué nos dirá cuando se lo pidamos? Conque es posible que no esté haciendo nada. Estará tendido allí, esperando. No estará dormido. No durmió anoche. Y se pasará bastante tiempo sin dormir.

Howarth se sintió ligeramente mareado. Había tomado una cena temprana y frugal, y se daba cuenta de que tenía hambre. La sensación de náusea resultaba peculiarmente desagradable con el estómago vacío. Dominó su voz, sin expresar otra cosa que un interés casual:

—Entonces, ¿le parece que se trata de un caso relativamente sencillo?

—El asesinato doméstico casi siempre lo es. Y me imagino que se trata de un asesinato doméstico. Chica casada, un resguardo de entrada del Baile de los Solteros local, una carta en el bolso con amenazas si no deja en paz a otro tipo. Un extraño no conocería este lugar. Y, aunque lo conociera, ella no habría venido aquí con él. A juzgar por cómo la hemos encontrado, parece que estuvieron cómodamente sentados un rato antes de que él le echara las manos al cuello. Se trata de saber si salieron los dos juntos de casa o si él salió antes y la estaba esperando.

—¿Sabe ya quién es?

—Todavía no. No hay ninguna agenda en el bolso; las de esa clase no llevan jamás agendas. Pero lo sabré en media hora.

Se volvió hacia Lorrimer.

—Calculo que las pruebas llegarán al laboratorio sobre las nueve o así. ¿Le dará prioridad a este caso?

La voz de Lorrimer fue áspera:

—El asesinato siempre tiene prioridad. Ya lo sabe.

El exultante y complacido bramido de Doyle le alteró los nervios a Howarth:

—¡Gracias a Dios que algo la tiene! El caso Gutteridge se lo están tomando con mucha calma. Ayer estuve en el departamento de biología y Bradley me dijo que el informe aún no estaba listo; estaba ocupado con un caso para la defensa. Todos conocemos la estupenda ficción de que el Laboratorio es independiente de la policía, y en general me complace seguir el juego. Pero el viejo Hoggatt fundó el lugar como un laboratorio de la policía y, a fin de cuentas, eso es lo que sigue siendo. Conque, hágame un favor: no se duerma con este caso. Quiero cazar al palomo, y deprisa.

Se balanceaba suavemente sobre los talones, con el rostro sonriente alzado hacia el amanecer como un sabueso feliz olfateando el aire, eufórico por la excitación de la caza. Parecía extraño, pensó Howarth, que no hubiera percibido la fría amenaza de la voz de Lorrimer.

—El Laboratorio Hoggatt realiza ocasionalmente análisis para la defensa, si así nos lo solicitan y si las pruebas son empaquetadas y entregadas de la forma estipulada. Tal es la política del departamento. Todavía no somos un laboratorio de la policía, por más que tengan ustedes la costumbre de entrar y salir como si se tratara de su propia cocina. Y soy yo quien decide las prioridades en mi laboratorio. Recibirá su informe en cuanto esté listo. Entre tanto, si desea hacer alguna pregunta, diríjase a mí y no a mi personal subalterno. Y no vuelva a entrar en mi laboratorio sin haber sido invitado.

Sin esperar respuesta, echó a andar hacia su automóvil. Doyle le siguió con la vista, sumido en una especie de airado desconcierto.

—¡Me cago en...! ¡Su laboratorio! ¿Qué bicho le ha picado? Últimamente está tan quisquilloso como una perra en celo. Si no se controla, acabará en el sofá de un comecocos o encerrado en un manicomio.

Howarth replicó fríamente:

—Tiene toda la razón, desde luego. Cualquier pregunta sobre el trabajo debe ir dirigida a él, no a un miembro de su personal. Y lo normal es pedir permiso antes de entrar en un laboratorio.

La repulsa hizo mella. Doyle frunció el ceño. Sus facciones se endurecieron. Howarth tuvo un desconcertante vislumbre de la apenas controlada agresividad que se ocultaba bajo su máscara de despreocupado buen humor.

—El viejo doctor Mac siempre recibió bien a la policía en su laboratorio —dijo Doyle—. Tenía la extraña idea, ya ve usted, de que ayudar a la policía era la razón de todo. Pero, si no nos quieren, hablen ustedes con el jefe. Ya dará él sus instrucciones.

Giró sobre sus talones y se alejó hacia su coche sin esperar respuesta. Howarth pensó: «¡Maldito Lorrimer! Todo lo que él toca se me tuerce.» Sintió un espasmo de odio tan intenso, tan físico, que le hizo basquear. ¡Si pudiera ver el cuerpo de Lorrimer tendido en el fondo del pozo de tajón! ¡Si fuera su cadáver el que depositaran al día siguiente sobre la porcelana de la mesa para las autopsias, entregándolo a la evisceración ritual! Howarth sabía bien qué le pasaba. El diagnóstico era tan sencillo como humillante: esa espontánea fiebre de la sangre que puede permanecer engañosamente adormecida y de pronto, como le sucedía en aquellos momentos, estallar en una deflagración de sufrimiento. Los celos, pensó, eran tan físicos como el miedo; la misma sequedad de la boca, el corazón desbocado, la inquietud que destruía el apetito y la paz. Y sabía también que esta vez la enfermedad era incurable. Carecía de importancia que las relaciones hubieran terminado, que también Lorrimer estuviera sufriendo. La razón no era capaz de curarle, como tampoco, sospechaba, la distancia ni el tiempo. Sólo la muerte podía solventarlo; la muerte de Lorrimer o la suya.

4

A las seis y media, en el dormitorio principal de su domicilio de Chevisham, en el número 2 de Acacia Close, Susan Bradley, la esposa del funcionario científico superior del departamento de biología del Laboratorio Hoggatt, fue despertada por los débiles y quejumbrosos vagidos de su bebé de dos meses, que reclamaba la primera comida del día. Susan encendió la lámpara de cabecera, un resplandor rosado bajo la escarolada pantalla, y, tras coger la bata, se dirigió soñolienta, arrastrando los pies, hacia el cuarto de baño, y en seguida al cuarto del bebé. Era una habitación pequeña en la parte de atrás de la casa, pero cuando la mujer accionó el interruptor de la luz de bajo voltaje volvió a sentir un resplandor de orgullo maternal, de propietaria. Aun en su semidormido ofuscamiento matinal, la primera visión del cuarto de la niña le alegraba el corazón; la sillita infantil, con el respaldo decorado con conejitos; la mesa para cambiar al bebé, a juego, con cajones para guardar sus cosas; la cuna de mimbre con su soporte, que ella había forrado de algodón rosa, azul y blanco, para hacer juego con las cortinas; la vistosa cenefa con personajes de cuentos infantiles que Clifford había pegado a lo largo de las paredes.

Con el ruido de sus pisadas, el llanto se hizo más fuerte. Susan cogió el cálido capullo de olor a leche y canturreó suavemente para tranquilizarla. Los gritos cesaron de inmediato y la húmeda boca, que Debbie abría y cerraba como si fuera un pez, buscó su pecho, mientras los minúsculos y arrugados puños, liberados de la manta, se agarraban a los pliegues de la arrugada bata. Los libros decían que lo primero era cambiar al bebé, pero ella se sentía incapaz de hacer esperar a Debbie. Además, había otra razón. Los tabiques de la moderna vivienda eran delgados, y no quería que el llanto de la criatura despertara a Cliff.

Pero de pronto apareció en la puerta, tambaleándose ligeramente, con la chaqueta del pijama desabrochada. A ella le cayó el alma a los pies. Hizo que su voz sonara animosa, despreocupada.

—Esperaba que la niña no te hubiera despertado, cariño. Pero ya son las seis y media. Ha dormido más de siete horas. La cosa va mejorando.

—Ya estaba despierto.

—Vuelve a la cama, Cliff. Todavía puedes dormir una hora más.

—No puedo dormir.

El hombre paseó la mirada por el pequeño cuarto de la niña, con expresión intrigada. Parecía desconcertarle que no hubiera ninguna silla.

—Trae el taburete del cuarto de baño —le sugirió Susan—. Y ponte la bata; vas a enfriarte.

Colocó el taburete contra la pared y se sentó sobre él en hosco silencio. Susan alzó la mejilla que reposaba sobre la suave pelusilla de la cabeza infantil. La pequeña y chata sanguijuela se aferró a su pecho, los dedos extendidos en un éxtasis de satisfacción. Susan se dijo que debía conservar la calma, no debía dejar que nervios y músculos se anudaran en el familiar dolor de la inquietud. Todo el mundo decía que era malo para la leche. Preguntó en voz baja:

—¿Qué te pasa, cariño?

Pero ya sabía qué le pasaba. Sabía qué le diría. La idea de que ya ni siquiera podía alimentar a Debbie en paz le hizo sentir una nueva y temerosa sensación de resentimiento. Deseó que se abrochara de una vez el pijama. Sentado de aquella manera, desgalichado y medio desnudo, casi parecía un disoluto. Susan se preguntó qué estaba ocurriéndole. Antes de que naciera Debbie, nunca se había sentido de esta forma con respecto a Cliff.

—No puedo continuar. No puedo ir al laboratorio.

—¿Estás enfermo?

Pero sabía que no estaba enfermo; no todavía, al menos. Aunque pronto lo estaría si no resolvía de algún modo su problema con Edwin Lorrimer. La vieja aflicción descendió sobre ella. La gente escribía sobre el negro peso de la preocupación, y tenían toda la razón, eso era exactamente lo que se sentía, una perpetua carga física que lastraba los hombros y el corazón, negaba cualquier alegría e incluso, pensó con amargura, destruía el gozo que les producía Debbie. Tal vez al final destruyera también su amor. Susan no dijo nada, pero se colocó más cómodamente la leve y cálida carga que sostenía en sus brazos.

—Tengo que dejar el trabajo. No vale la pena, Susan, no puedo seguir así. Me tiene en un estado que al final soy tan inútil como él dice que lo soy.

—Pero, Cliff, tú sabes que eso no es cierto. Eres un buen trabajador. Nunca hubo la menor queja contra ti en tu antiguo laboratorio.

—Entonces no era funcionario científico superior. Lorrimer considera que no deberían haberme ascendido. Y tiene razón.

—No tiene razón, cariño, y no debes dejar que socave tu confianza. Eso es fatal. Eres un biólogo forense concienzudo y competente. Da igual que no seas tan rápido como los demás. Eso no tiene importancia. El doctor Mac siempre decía que lo que cuenta es la exactitud. ¿Qué más da si tardas un poco? Al final, obtienes la respuesta correcta.

—Ya no. Ya ni siquiera soy capaz de hacer una sencilla prueba de la peroxidasa sin equivocarme en algo. Cuando él se me acerca a menos de medio metro, empiezan a temblarme las manos. Y ahora ha empezado a comprobar todos mis resultados. Acabo de terminar el análisis de las manchas que había en el mazo del presunto asesinato de Pascoe, pero esta noche se quedará hasta tarde para hacerlo de nuevo. Y ya se encargará él de que todo el departamento de biología sepa el porqué.

Ella sabía que Cliff no era capaz de reaccionar contra las intimidaciones y los sarcasmos. Tal vez fuera a causa de su padre. El viejo había quedado paralítico a raíz de un ataque y Susan suponía que debería sentir lástima por él, tendido en su cama del hospital, inútil como un árbol derribado, con labios babeantes y solamente los furiosos ojos moviéndose en impotente cólera de uno a otro rostro. Pero, a juzgar por algunas alusiones de Cliff, no había sido un buen padre; un maestro de escuela sin éxito ni popularidad, pero con irrazonables ambiciones para su único hijo. Cliff había vivido aterrorizado por él. Lo que Cliff necesitaba era afecto y apoyo. ¿A quién le importaba que nunca llegara a ser más que un funcionario científico superior? Era cariñoso y amable. Se cuidaba de Debbie y de ella. Era su esposo, y lo amaba. Pero no debía dimitir. ¿Qué otro empleo podía encontrar? ¿Para qué otra cosa servía? El paro era tan alto en East Anglia como en cualquier otro lugar. Había que pagar la hipoteca y el gasto de electricidad de la calefacción central —ahí no podían hacer economías, porque Debbie necesitaba calor—, y los plazos del dormitorio. Ni siquiera habían terminado de pagar los muebles del cuarto de la niña. Ella había querido que Debbie lo tuviera todo nuevo y bonito, pero eso se había llevado lo que quedaba de sus ahorros.

—¿Y no podrías solicitar un traslado?

El desespero de su voz le desgarró el corazón.

—Si Lorrimer dice que no valgo, nadie me querrá aceptar. Es probable que sea el mejor biólogo forense que hay en el servicio. Si él cree que no sirvo, es que no sirvo.

También esto comenzaba a resultarle irritante a Susan, el obsequioso respeto de la víctima hacia su opresor. A veces, consternada por su propia deslealtad, empezaba a entender el desprecio del doctor Lorrimer.

—¿Por qué no hablas con el director?

—Lo haría si estuviera aún el doctor Mac. Pero a Howarth le traerá sin cuidado. Es nuevo. No quiere problemas con el personal de mayor antigüedad, y menos ahora que estamos preparándonos para el traslado al laboratorio nuevo.

Y entonces ella se acordó del señor Middlemass. Era el funcionario científico principal y examinador de documentos, y Susan había trabajado para él como secretaria antes de casarse. Había conocido a Cliff en el Laboratorio Hoggatt. Quizás él pudiera hacer algo, hablar con Howarth en nombre de ellos, utilizar su influencia para conseguirle un traslado. No sabía muy bien qué clase de ayuda esperaba de él, pero la necesidad de confiar en alguien era abrumadora. No podían seguir así. A Cliff le daría un ataque. ¿Y cómo se las arreglaría ella ante un futuro incierto, con la criatura y Cliff enfermo? Pero seguro que el señor Middlemass podía hacer algo. Creía en él, porque necesitaba creer. Alzó la cara hacia Cliff.

—No te preocupes, cariño, todo se arreglará. Pensaremos en algo. Ve hoy a trabajar y ya hablaremos por la noche.

—No podremos. Hoy viene tu madre a cenar.

—Después de cenar, entonces. Cogerá el autobús de las ocho menos cuarto. Hablaremos entonces.

—No puedo seguir así, Sue.

—No hará falta. Ya pensaré en algo. Todo se arreglará. Te lo prometo, cariño. Todo se arreglará.

5

Brenda dijo:

—Mamá, ¿sabías que todos los seres humanos son únicos?

—Claro que lo sabía. Es de lógica, ¿no? Sólo hay uno de cada persona. Tú eres tú. Yo soy yo. Pásale la mermelada a papá y no metas el codo en la mantequilla.

Brenda Pridmore, recién nombrada funcionaria administrativa y recepcionista en el Laboratorio Hoggatt, empujó la mermelada hacia el otro lado de la mesa del desayuno y, como acostumbraba hacer desde la infancia, comenzó a cortar sistemáticamente finas tiras de la clara de su huevo frito, aplazando el cataclísmico instante en que hundiría el tenedor en la reluciente cúpula amarilla. Pero su dedicación a este pequeño ritual personal era casi automática. Su mente estaba abstraída en las excitaciones y los descubrimientos de su magnífico primer empleo.

—Biológicamente únicos, quiero decir. El inspector Blakelock, que es oficial adjunto de enlace con la policía, me ha dicho que todas las personas tienen huellas digitales distintas, y que no hay dos tipos de sangre exactamente iguales. Si los científicos tuvieran suficientes sistemas, podrían clasificarlos todos. Los tipos de sangre, quiero decir. Él cree que algún día se llegará a eso. El serólogo forense podrá decir con plena seguridad de dónde procede la sangre, aunque sólo tenga una mancha seca. El problema es la sangre seca. Con la sangre fresca podemos hacer mucho más.

43

—¡Vaya trabajo más raro te has ido a buscar! —La señora Pridmore llenó por segunda vez la tetera con agua caliente y se acomodó en su silla. La cocina de la granja, con las floreadas cortinas de cretona aún sin descorrer, resultaba cálida y acogedoramente doméstica, con su aroma a tostadas, tocino frito y té fuerte y caliente.

—No sé si me gusta la idea de que estés allí recibiendo pedazos de cuerpo y ropas manchadas de sangre. Supongo que te lavarás bien las manos antes de volver a casa.

—¡Oh, mamá, la cosa no va así! Todas las pruebas nos llegan en bolsas de plástico con etiquetas identificativas. Tenemos que fijarnos mucho en que todas vayan etiquetadas y se anoten correctamente en el libro. De eso depende la continuidad de la prueba, lo que el inspector Blakelock llama la integridad de la muestra. Y no nos mandan pedazos de cuerpo.

Recordando de pronto los frascos precintados con restos de contenido estomacal, los fragmentos de hígado e intestinos cuidadosamente diseccionados, que, ahora que pensaba en ello, no parecían más macabros que las muestras almacenadas en el laboratorio de ciencias de la escuela, se apresuró a añadir:

—Bueno, no del modo en que tú te lo imaginas. Todo lo que es cortar lo hace el doctor Kerrison. Es un patólogo forense que colabora con el laboratorio. Desde luego, a veces nos envían órganos para que los analicemos.

El inspector Blakelock le había explicado que en cierta ocasión el frigorífico del laboratorio contuvo una cabeza entera. Pero esa no era cosa para contársela a mamá. Incluso deseaba que el inspector no se lo hubiera dicho. Desde entonces, el frigorífico, alargado y resplandeciente como un sarcófago quirúrgico, ejercía una siniestra fascinación sobre ella. Pero la señora Pridmore se aferró con alivio a un apellido que conocía.

—Ya sé quién es el doctor Kerrison, me parece. Es uno que vive en la vieja rectoría de Chevisham, al lado de la iglesia, ¿verdad? Su mujer se fue con uno de los médicos del hospital, lo dejó plantado con los dos hijos, esa chica tan rara y el pequeñín, pobre criatura. ¿Recuerdas las historias que circularon sobre este asunto, Arthur?

Su marido no contestó, ni ella esperaba que lo hiciera. Era un convenio tácito que Arthur Pridmore dejara toda la conversación del desayuno a cargo de sus mujeres. Brenda prosiguió alegremente:

—El laboratorio forense no sólo ayuda a la policía a descubrir a los culpables. También ayudamos a salvar al inocente. Y eso a veces la gente lo olvida. El mes pasado hubo un caso —no puedo citar nombres, por supuesto— en que una chica de dieciséis años acusó de violación al vicario. Bueno, pues era inocente.

—¡Eso espero! ¡Una violación!

—No creas, la cosa se le puso muy negra. Pero tuvo suerte. Era un secretor.

—¿Un qué, por el amor de Dios?

—Secretaba su grupo sanguíneo en todos sus fluidos corporales. No a todo el mundo le ocurre. Así que el biólogo pudo analizar su saliva y comparar su grupo sanguíneo con las manchas que la víctima tenía en...

—En el desayuno no, Brenda, si no te importa.

La propia Brenda, posando repentinamente la vista en una redonda mancha de leche sobre el mantel, pensó que la hora del desayuno no era tal vez el momento más apropiado para la exposición de sus recién adquiridos conocimientos respecto a la investigación de la violación. Pasó a un tema más seguro.

—El doctor Lorrimer, que es el funcionario científico principal a cargo del departamento de biología, dice que tendría que preparar un tema de nivel A y presentarme para un cargo de funcionario científico auxiliar. Piensa que yo podría hacer cosas mejores que trabajar de oficinista. Y entonces estaría en la escala científica y podría seguir ascendiendo. Dice que algunos de los científicos forenses más famosos comenzaron de esta manera. Se ha ofrecido a prepararme una lista de lecturas, y dice que no ve por qué no he de poder utilizar parte del material del laboratorio para mis prácticas.

—No sabía que trabajaras en el departamento de biología.

—Y no trabajo. Estoy casi siempre en recepción, con el inspector Blakelock, y a veces ayudo en la oficina general. Pero tuve que pasarme una tarde en su laboratorio comprobando informes para los tribunales con su personal, y se mostró la mar de amable. A mucha gente no les cae bien. Dicen que es demasiado severo, pero yo creo que simplemente es tímido. Habría podido ser director si el Home Office no hubiera pasado por encima suyo para nombrar al doctor Howarth.

—Parece que se ha tomado bastante interés por ti, este señor Lorrimer.

—Doctor Lorrimer, mamá.

—Doctor Lorrimer, pues. Pero no entiendo por qué se hace llamar doctor. No tenéis ningún paciente en el laboratorio.

—Es doctor en filosofía, mamá.

—¿Ah, sí? Creía que se suponía que era un científico. De todas formas, cuidado con lo que haces.

—Oh, mamá, no seas tonta. Es un viejo. Debe de tener cuarenta años o más. Mamá, ¿sabías que el nuestro es el laboratorio forense más antiguo del país? Hay laboratorios regionales que cubren todo el territorio del país, pero el nuestro fue el primero. El coronel Hoggatt lo fundó en Chevisham Manor cuando era el jefe de policía, en 1860, y luego, al morir, legó la mansión al Cuerpo. Por entonces, dice Blakelock, la ciencia forense estaba en pañales, y el coronel Hoggatt fue uno de los primeros jefes de policía en ver sus posibilidades. Tenemos su retrato en el vestíbulo. Somos el único laboratorio que lleva el nombre de su fundador. Por eso el Home Office ha consenti-

46

do que el nuevo laboratorio siga llamándose Hoggatt. Otras fuerzas de la policía envían sus muestras al laboratorio regional correspondiente, el del Noreste, el Metropolitano y así. Pero en East Anglia dicen: «Habrá que enviarlo al Hoggatt.»

—Tú si que tendrás que enviarte al Hoggatt si quieres estar allí a las ocho y media. Y no tomes ningún atajo a través del laboratorio nuevo. Estando a medio construir, no es seguro; y menos con estas mañanas tan oscuras. Tienes todas las posibilidades de caerte en los cimientos o recibir un ladrillo en la cabeza. Las obras nunca son seguras. Mira qué le pasó a tu tío Will.

—Muy bien, mamá. De todas formas, tampoco nos permiten cruzar por el laboratorio nuevo. Y además, voy en bicicleta. ¿Estos sandwiches son míos o de papá?

—Tuyos, claro. Ya sabes que los miércoles tu padre viene a casa a comer. Hoy son de queso y tomate, y te he puesto también un huevo duro.

Cuando Brenda se hubo despedido agitando la mano, la señora Pridmore tomó asiento ante su segunda taza de té y dirigió la vista hacia su esposo.

—Supongo que está bien este trabajo que se ha buscado.

En aquellas ocasiones en que Arthur Pridmore condescendía a hablar durante el desayuno, lo hacía con la autoridad magistral que le confería el ser cabeza de su propia familia, administrador del señor Bowlem y Custodio del pueblo en la iglesia de la localidad. Dejando a un lado el tenedor, sentenció:

—Es un buen trabajo y ha tenido suerte al encontrarlo. Muchas chicas de la escuela secundaria lo habrían querido, ¿verdad? Ahora es funcionaria oficial, ¿no? Y fíjate lo que le pagan. Más de lo que gana el de los cerdos en la granja. Con derecho a pensión, además. Es una chica muy juiciosa y estará perfectamente. En el pueblo no quedan muchas posibilidades para chicas con buenas calificaciones. Y tú no has querido que buscara un empleo en Londres.

Desde luego que la señora Pridmore no quería que Brenda fuera a Londres para convertirse en víctima de asaltantes, terroristas del I.R.A. y lo que la prensa misteriosamente denominaba «el mundo de la droga». Ninguna de sus escasas pero plácidas y agradables visitas a la capital, ya fuera en las excursiones teatrales del Instituto Femenino o en sus contadísimos viajes de compras, había logrado hacer mella en su convicción de que la estación de Liverpool Street era la cavernosa entrada a una jungla urbana, donde predadores armados de bombas y jeringuillas acechaban en todas las estaciones del metro y en todas las oficinas había seductores que tendían sus trampas a las ingenuas provincianas. Brenda, pensó su madre, era una chica muy guapa. En cuanto al físico, era absurdo negarlo, había salido a la rama de su madre, aunque hubiera heredado el cerebro de su padre, y la señora Pridmore no tenía ninguna intención de exponerla a las tentaciones de Londres. Brenda estaba saliendo con Gerald Bowlem, el hijo menor del jefe de su padre, y si la cosa no se torcía no se podía negar que sería un enlace muy satisfactorio. El chico no se llevaría la granja principal, desde luego, pero en Wisbech había una pequeña propiedad, muy bonita, que pasaría a su poder. La señora Pridmore no lograba entender a qué venían tantos exámenes y tanta charla acerca de una carrera. Mientras Brenda no se casara, este trabajo del laboratorio le vendría bien. Pero era una pena que la sangre desempeñara un papel tan importante.

Como si le leyera el pensamiento, su esposo prosiguió:

—Por supuesto, ahora todo le parece emocionante. Es la novedad. Pero me atrevería a afirmar que no ha de ser muy distinto a cualquier otro empleo, y bastante aburrido la mayor parte del tiempo. No creo que a nuestra Brenda le ocurra nada verdaderamente pavoroso en el Laboratorio Hoggatt.

Esta conversación sobre el primer empleo de su única hija ya la habían mantenido anteriormente, como una tranquilizadora reiteración de mutuas seguridades. La señora Pridmore siguió con la imaginación a su hija mientras ésta pedaleaba vigorosamente hacia su trabajo; traqueteando sobre el irregular camino de tierra por entre los campos llanos del señor Bowlem hasta llegar a Tenpenny Road, más allá de la antigua casita de la señora Button donde, de niña, le habían dado pastel de arroz y limonada casera, bordeando la acequia Tenpenny donde todavía recogía prímulas en verano, y luego girando a la derecha por Chevisham Road para cubrir las dos últimas millas en línea recta por las tierras del capitán Massey hasta llegar al pueblo de Chevisham. Hasta el último metro del recorrido le resultaba familiar, tranquilizador, nada amenazante. E incluso el Laboratorio Hoggatt, con sangre o sin ella, había formado parte de la población durante más de setenta años, mientras que Chevisham Manor llevaba ya casi el triple de este tiempo. Arthur estaba en lo cierto. Nada malo podía ocurrirle a su Brenda en el Laboratorio Hoggatt. La señora Pridmore, apaciguada, volvió a correr las cortinas y tomó asiento ante la tercera taza de té.

6

La camioneta de correos se detuvo a las nueve menos diez delante de Sprogg's Cottage, en las afueras de Chevisham, para entregar una sola carta. Iba dirigida a Miss Stella Mawson, Lavender Cottage, Chevisham, pero el cartero era natural del pueblo y la diferencia de nombres no le produjo ninguna confusión. La familia Sprogg había vivido en aquella casita durante cuatro generaciones, y el pequeño triángulo verde enfrente de la verja había sido el prado de Sprogg durante todo ese tiempo. El propietario actual, que había mejorado la vivienda con la adición de un pequeño garaje de ladrillo y una cocina y un cuarto de baño modernos, había decidido celebrar la metamorfosis plantando un seto de lavanda y rebautizando la propiedad. Pero los habitantes de la localidad consideraban el nuevo nombre como el capricho excéntrico de un forastero, y no se sentían bajo ninguna obligación de utilizarlo ni reconocerlo. El seto de lavanda, como sumándose a sus opiniones, no logró sobrevivir al primer invierno en el marjal, y Sprogg's Cottage siguió llamándose Sprogg's.

Angela Foley, que a sus veintisiete años era secretaria particular del director del Laboratorio Hoggatt, recogió el sobre y, juzgando por la calidad del papel, la pulcramente mecanografiada dirección y el matasellos londinense, supo al instante de qué debía tratarse. Era una carta que estaban esperando. La llevó a la cocina, donde su amiga y ella habían empezado a desayunar, y se la entregó sin decir nada. Luego, se quedó mirando a Stella mientras ésta leía. Al cabo de un minuto, preguntó:

—¿Y bien?

—Es lo que nos temíamos. No puede seguir esperando. Quiere una venta rápida, y parece que a un amigo suyo le gustaría comprarla para pasar los fines de semana. Como actuales inquilinos, tenemos derecho a una primera oferta, pero quiere que antes del próximo lunes le digamos si nos interesa quedárnosla.

Echó la carta sobre la mesa. Angela exclamó con amargura:

—¡Si nos interesa! ¡Claro que nos interesa! Ya se lo hemos dicho. Hace semanas le dijimos que estábamos haciendo trámites para tratar de conseguir una hipoteca.

—Eso es sólo jerga de abogados. Lo que su procurador nos pregunta en realidad es si podemos quedarnos con la casa. Y la respuesta es que no podemos.

La aritmética era muy sencilla. Ninguna de ellas necesitaba discutirla. El propietario pedía dieciséis mil libras esterlinas. Ninguna de las sociedades hipotecarias a las que se habían dirigido estaba dispuesta a adelantarles más de diez mil. Entre ambas tenían unos ahorros de poco más de dos mil libras. Les faltaban cuatro mil. Y, a punto de expirar el plazo, igual daría que fueran cuarenta. Angela dijo:

—¿No se conformaría con menos?

—No. Ya lo hemos intentado. ¿Por qué habría de conformarse? Es un *cottage* del siglo XVII, con techo de bardas y completamente restaurado. Y nosotras aún se lo hemos mejorado. Hemos hecho el jardín. Sería un bobo si lo vendiera por menos de dieciséis mil, incluso a los inquilinos actuales.

—¡Pero, Star, nosotras somos los actuales inquilinos! ¡Antes tendría que desalojarnos!

—Ése es el único motivo de que nos haya dejado tanto tiempo. Sabe que podemos crearle problemas. Pero no estoy dispuesta a vivir aquí por tolerancia, sabiendo todo el tiempo que al final tendremos que irnos. No podría escribir en estas condiciones.

—Pero, ¡no podemos conseguir cuatro mil libras en una semana! Y, tal como están las cosas, no podríamos esperar un crédito bancario ni aunque...

—Ni aunque yo sacara un libro este año, lo que no es el caso. Y lo que gano con mis escritos apenas paga mi parte en los gastos de la casa. Has tenido siempre el tacto de no mencionarlo.

Tampoco en aquel momento iba a decirlo. Stella no era una escritora mecánica. No se podía pretender que sus novelas le dieran dinero. ¿Qué decía la última crítica? «Una observación minuciosa unida a una prosa oblicua y de elegante sensibilidad.» No era de extrañar que Angela fuese capaz de citar de memoria todas las críticas, aunque a veces se preguntara qué querían decir en realidad: ¿Acaso no era ella quien las adhería con meticuloso cuidado en el álbum de recortes que Stella tanto aseguraba despreciar? Contempló a su amiga mientras ésta daba comienzo a lo que ambas llamaban su pasear de tigre, un compulsivo pasear de un lado a otro con la cabeza gacha y las manos hundidas en los bolsillos de la bata. Finalmente, Stella comentó:

—Lástima que ese primo tuyo sea tan desagradable. Si no lo fuera, no me importaría en absoluto pedirle un préstamo. Él no lo echaría de menos.

—Pero es que ya se lo he pedido. No para la casa, claro. Pero le pedí que me prestara algún dinero.

Era absurdo que le costara tanto explicarlo. Al fin y al cabo, Edwin era su primo. Tenía derecho a pedírselo. Y, a fin de cuentas, era el dinero de su abuela. Star no tenía ningún motivo para sentirse molesta. Había ocasiones en que no le preocupaba la cólera de Star, ocasiones en que incluso la provocaba deliberadamente, esperando con vergonzosa excitación aquel extraordinario estallido de amargura y desespero del que ella no era tanto una víctima como una espectadora privilegiada, y que le hacía disfrutar aún más los inevitables arrepentimiento y culpa, la dulzura de la reconciliación. Pero en aquel instante, y por vez primera, sintió el escalofrío del miedo.

—¿Cuándo?

Ya no quedaba más remedio que seguir adelante.

—El martes pasado, por la tarde. Fue después de que decidieras cancelar nuestras reservas para el viaje a Venecia, en marzo, debido al cambio de la moneda. Quería que fuera un regalo de cumpleaños, me refiero a Venecia.

Se había imaginado la escena. Ella entregando los billetes y las reservas de hotel dentro de una de esas tarjetas de felicitación de gran tamaño. Star tratando de ocultar su sorpresa y su alegría. Las dos unidas estudiando toda clase de mapas y guías, planeando anticipadamente el itinerario de cada uno de aquellos maravillosos días. Ver por primera vez, y juntas, ese incomparable panorama de San Marco desde el extremo occidental de la Piazza. Star le había leído la descripción que hiciera Ruskin: «Una multitud de columnas y blancas cúpulas, arracimadas en una pirámide baja y alargada de luz coloreada.» Detenerse juntas en la Piazzetta por la mañana temprano y mirar, más allá de las trémulas aguas, hacia San Giorgio Maggiore. Era un sueño, tan inmaterial como la ruinosa ciudad. Pero la esperanza de cumplirlo había hecho que valiera la pena ir a pedir el préstamo a Edwin.

—¿Y qué te contestó?

Ya no le quedaba ninguna posibilidad de suavizar aquella brutal negativa, de borrar de su mente todo el humillante episodio.

—Que no.

—Supongo que le explicaste para qué lo querías. No se te ocurrió pensar que nos vamos de aquí para tener intimidad, ni que nuestras vacaciones son asunto exclusivamente nuestro, ni que a mí podría resultarme humillante que Edwin se entere de que no puedo permitirme el lujo de llevarte a Venecia, ni siquiera en una excursión organizada de sólo diez días.

—¡No, no! —protestó con vehemencia, horrorizándose al oír que se le quebraba la voz, al sentir las primeras lágrimas, ásperas y calientes. Era extraño, pensó, que fuese ella la que podía llorar. De las dos, Star era la emotiva, la vehemente. Y, en cambio, Star nunca lloraba—. ¡No le conté nada, sólo que necesitaba el dinero!

—¿Cuánto?

Vaciló, preguntándose si no sería mejor mentir. Pero a Star jamás le mentía.

—Quinientas libras. Pensé que, ya puestas, podíamos hacerlo bien. Me limité a decirle que necesitaba quinientas libras con urgencia.

—Y, como es lógico, al verse ante tan irrefutable argumento, declinó aflojar la mosca. ¿Qué te dijo exactamente?

—Solamente que la abuela había dejado muy claras disposiciones en su testamento y que él no tenía intención de violentarlas. Yo le contesté que la mayor parte del dinero vendrá de todos modos a mi poder cuando él muera —quiero decir, eso es lo que me explicó él mismo cuando nos leyeron el testamento—, pero entonces será demasiado tarde. Yo seré una anciana. Incluso puede que me muera yo primero. Lo que importa es el presente. Pero no le conté por qué lo quería, te lo juro.

—¿Jurar? No seas melodramática. No estás ante un tribunal. ¿Y qué dijo él entonces?

Si al menos Star dejara de pasearse nerviosamente, se volviera y la mirase a la cara en vez de interrogarla con aquella voz fría e inquisitorial... Y lo que venía a continuación aún era más difícil de explicar. Ella misma no comprendía por qué debía ser así, pero era algo que había intentado expulsar de su mente, al menos por el momento. Algún día se lo contaría a Star, cuando llegara el momento adecuado para contárselo. Jamás había imaginado que se vería obligada a revelarlo tan brutalmente de improviso.

—Dijo que no confiara en recibir nada en su testamento, que podía ser que adquiriera nuevas obligaciones. Ésa es la palabra que utilizó: obligaciones. Y si lo hacía, el testamento perdería su validez.

Y entonces Star se giró en redondo y la miró a la cara.

—Nuevas obligaciones. ¡Matrimonio! No, eso es demasiado absurdo. ¿Matrimonio ese mojigato disecado, pedante y satisfecho de sí mismo? Dudo que alguna vez toque deliberadamente un cuerpo humano que no sea el suyo. El vicio subrepticio, masoquista y solitario, eso es lo único que comprende. No, vicio no; es una palabra demasiado fuerte. ¡Pero casarse! Cualquiera hubiese dicho...

Dejó la frase en el aire, sin terminarla. Angela observó:

—No habló para nada del matrimonio.

—¿Por qué habría de hacerlo? Pero, ¿qué otra cosa anularía automáticamente un testamento en vigor, a menos que redactara uno nuevo? El matrimonio cancela un testamento, ¿no lo sabías?

—¿Quieres decir que en cuanto él se case yo quedo automáticamente desheredada?

—Sí.

—¡Pero eso no es justo!

—¿Desde cuándo es célebre la vida por su justicia? No fue justo que tu abuela le dejara a él su fortuna en vez de repartirla entre los dos, solamente porque él es un hombre y ella tenía el anticuado prejuicio de que las mujeres no deben poseer dinero. No es justo que únicamente seas secretaria en el Laboratorio Hoggatt porque nadie se preocupó de educarte para otras cosas. Si a eso vamos, no es justo que tengas que mantenerme.

—No te mantengo. En todos los aspectos, salvo el menos importante, eres tú quien me mantiene a mí.

—Es humillante valer más dinero muerta que viva. Si esta noche me fallara el corazón, quedarías bien situada.

Podrías utilizar el dinero del seguro de vida para comprar la casa y seguir viviendo aquí. Sabiendo que eras mi heredera, el banco te adelantaría el dinero necesario.

—No querría quedarme sin ti.

—Bueno, si no deseas seguir aquí, al menos te proporcionará una excusa para vivir por tu cuenta, si es eso lo que quieres.

Angela replicó con una vehemente protesta.

—¡Nunca viviré con nadie más que contigo! No quiero vivir en ninguna parte salvo aquí, en este *cottage*. Tú ya lo sabes. Es nuestro hogar.

Era su hogar. Era el único hogar verdadero que ella había conocido. No necesitaba mirar en torno para visualizar con asombrosa precisión todas y cada una de sus familiares y amadas posesiones. De noche, podía acostarse y, en su imaginación, moverse confiadamente por la vivienda y tocar todos sus objetos en una feliz exploración de recuerdos compartidos. Los dos tiestos victorianos de loza barnizada con pedestales a juego, hallados un fin de semana del verano en The Lanes, en Brighton. El óleo de Wicken Fen, pintado en el siglo XVIII por un artista anónimo cuya firma indescifrable, examinada a través de un microscopio, les había proporcionado tantos instantes felices de conjeturas compartidas. El sable francés con su decorada vaina, encontrado en una subasta rural y desde entonces suspendido sobre su chimenea. No era solamente que sus posesiones, madera y porcelana, pinturas y lino, simbolizaran su vida en común. La casa y sus pertenencias eran su vida en común, la adornaban y le conferían realidad, del mismo modo en que las flores y los arbustos que habían plantado en el jardín delimitaban su territorio de confianza.

De repente, le vino el aterrador recuerdo de una pesadilla recurrente. Estaban las dos de pie cara a cara, en un ático deshabitado y de paredes desnudas sobre las que resaltaban las pálidas huellas de cuadros desaparecidos, con un suelo de tablones ásperos a los pies, como dos extrañas desnudas en un vacío; ella trataba de extender sus manos para tocar los dedos de Stella, pero no lograba alzar los pesados y monstruosos contrafuertes de carne en que se habían convertido sus brazos. Sintió un escalofrío, y el sonido de la voz de su amiga la devolvió a la realidad de aquella fría mañana otoñal.

—¿Cuánto dejó tu abuela? Me lo dijiste, pero lo he olvidado.

—Unas treinta mil, creo.

—Y es imposible que las haya gastado, viviendo con su anciano padre en ese miserable *cottage*. Ni siquiera ha remozado el molino de viento. Con su salario debe de tener de sobra para los dos, y eso sin contar la pensión del viejo. Lorrimer es un científico superior, ¿no? ¿Cuánto cobra?

—Es funcionario científico principal. Los salarios de esta categoría están sobre unas ocho mil libras.

—¡Dios mío! Gana más en un año de lo que yo podría obtener con cuatro novelas. Supongo que, si se echó atrás por quinientas, no habrá manera de sacarle cuatro mil; por lo menos, no a un interés que nos podamos permitir. Pero no lo notaría. Casi estoy decidida a pedírselas, después de todo.

Stella sólo bromeaba, por supuesto, pero no se dio cuenta hasta que ya era demasiado tarde para dominar el pánico de su voz.

—¡No, Star, por favor! ¡No lo hagas!

—Lo odias de veras, ¿eh?

—No es odio. Indiferencia. Es sólo que no quiero tener ninguna obligación hacia él.

—Tampoco yo, si vamos a eso. Y no la tendrás.

Angela salió al recibidor y regresó poniéndose el abrigo.

—Si no me doy prisa, llegaré tarde al laboratorio. La cazuela ya está en el horno. Procura acordarte de encenderlo a las cinco y media. Y no toques el regulador. Ya bajaré yo el calor cuando llegue.

—Creo que podré hacerlo.

—Me llevo unos emparedados para almorzar, o sea que no vendré. En el frigorífico hay jamón y ensalada. ¿Tendrás bastante, Star?

—Estoy segura de que sobreviviré.

—Las páginas mecanografiadas de ayer están en la carpeta, pero no he terminado de leerlas.

—¡Cuánta desidia por tu parte!

Stella siguió a su amiga hasta el recibidor. Ya ante la puerta, comentó:

—Supongo que en el laboratorio deben de creer que te estoy explotando.

—En el laboratorio no saben nada de ti. Y me da igual lo que piensen.

—¿Es eso lo que piensa Edwin Lorrimer, que te estoy explotando? ¿Qué piensa, en realidad?

—No quiero hablar más de él.

Dispuso el pañuelo sobre su rubia cabellera. En el espejo antiguo, con un marco de conchas talladas, vio las caras de ambas distorsionadas por una imperfección de la luna; el verde y el castaño de los grandes y luminosos ojos de Stella parecían correrse como pintura aún húmeda por las profundas hendeduras entre las aletas de la nariz y la boca, mientras que sus amplias cejas sobresalían como las de un niño hidrocefálico. Antes de salir, observó:

—Me pregunto qué sentiría si Edwin muriera esta semana; un ataque al corazón, un accidente de automóvil, una hemorragia cerebral...

—La vida no suele ser tan complaciente.

—La muerte no lo es nunca. Star, ¿contestarás hoy a ese procurador?

—No espera nuestra respuesta hasta el lunes. Puedo telefonear a su oficina de Londres el lunes por la mañana. Todavía faltan cinco días. En cinco días pueden pasar muchas cosas.

7

Brenda dijo:

—¡Pero si son igual que las mías! Las bragas, quiero decir. Tengo unas exactamente iguales. Las compré en Marks & Spencer, en Cambridge, con el primer cheque de mi sueldo.

Eran las 10:35 y Brenda Pridmore, en la mesa de recepción al fondo del vestíbulo principal del Laboratorio Hoggatt, miraba con ojos como platos cómo el inspector Blakelock se hacía cargo de la primera bolsa etiquetada con las pruebas instrumentales del asesinato del pozo de tajón. La joven extendió un dedo y lo deslizó, vacilante, sobre el delgado plástico a cuyo través eran claramente visibles las bragas, arrugadas y manchadas en la entrepierna. El policía que les había traído las pruebas había comentado que la chica había estado en un baile. Era curioso, pensó Brenda, que no se hubiera tomado la molestia de ponerse ropa interior limpia. Quizá no era muy cuidadosa. O quizás había tenido demasiada prisa para cambiarse. Y aquella prenda íntima, que tan irreflexivamente se había puesto en el día de su muerte, sería desplegada por manos extrañas, sometida a escrutinio bajo luz ultravioleta, tal vez incluso entregada, pulcramente rotulada, al juez y al jurado del Tribunal de la Corona.

Brenda comprendió que jamás volvería a ser capaz de llevar aquellas bragas, cuyo encanto había quedado para siempre contaminado por el recuerdo de la desconocida joven muerta. Tal vez las habían comprado en el mismo comercio, el mismo día. Recordaba bien la excitación de gastar por vez primera un dinero ganado con su propio trabajo. Había sido un sábado por la tarde, y en torno al mostrador de la ropa interior se arremolinaba un verdadero gentío, manos ávidas que revolvían entre las prendas. A ella le había gustado aquel par, con rosadas ramitas de flores bordadas a máquina en la parte delantera. También a la desconocida le había gustado. Tal vez sus manos habían llegado a tocarse. Brenda exclamó:

—¿No es horrible la muerte, inspector?

—El asesinato lo es. La muerte, no; por lo menos, no más que el nacimiento. No se puede tener una cosa sin la otra, o no habría sitio para todos. Creo que cuando me llegue la hora no voy a lamentarlo demasiado.

—Pero ese policía que ha traído las pruebas ha dicho que sólo tenía dieciocho años. Igual que yo.

El inspector estaba preparando una carpeta para este caso, copiando meticulosamente los detalles del informe policial en el nuevo expediente. Su cabeza, con sus secos y cortos cabellos que a Brenda le recordaban un trigal después de la siega, estaba inclinada sobre la página, de forma que no podía verle la cara. De pronto, la muchacha recordó haber oído decir que el inspector había perdido a su hija única, atropellada por un conductor que se dio a la fuga, y deseó no haber pronunciado la última frase. Pero, cuando él le contestó, su voz era perfectamente tranquila.

—Es cierto, pobrecilla. Me atrevería a decir que ella misma le dio alas a su asesino. No aprenden nunca. ¿Qué tiene ahí?

—Es la bolsa de ropa masculina. Traje, zapatos y ropa interior. ¿Cree que todo esto pertenece al sospechoso principal?

—Será del marido, seguramente.

—Pero, ¿qué esperan demostrar? La chica fue estrangulada, ¿no?

—No lo sabremos de cierto hasta que tengamos el

informe del doctor Kerrison. Pero normalmente suelen examinar las ropas del principal sospechoso. Pueden quedar rastros de sangre, un grano de arena o de tierra, pintura, minúsculas fibras de la ropa de la víctima, incluso indicios de saliva. También es posible que la violaran. Toda esta ropa pasará a la sala de exámenes biológicos, junto con las prendas de la víctima.

—Pero el policía no ha dicho nada de una violación. Además, usted mismo ha dicho que la ropa pertenece al marido, ¿no?

—No se deje impresionar por todo esto. Tiene que aprender a ser como un médico o una enfermera, a ver las cosas con desapego, ¿me entiende?

—¿Es así como sienten los científicos forenses?

—Sin duda. Es su trabajo. Ellos no piensan en víctimas y sospechosos; eso es cosa de la policía. A ellos sólo les importan los datos científicos.

Tenía razón, pensó Brenda. Recordó la ocasión, apenas tres días antes, en que el funcionario científico superior al frente de la sección de instrumentos le había permitido atisbar por el enorme microscopio electrónico y contemplar cómo una diminuta bola de masilla estallaba instantáneamente para convertirse en una exótica flor incandescente.

—Es un cocolito —le había explicado—, visto a seis mil aumentos.

—¿Un qué?

—El esqueleto de un microorganismo que antiguamente vivió en el mar donde sedimentó la creta que hay en la masilla. Son todos distintos, según el lugar de donde se haya extraído la creta. Así es como se puede distinguir una muestra de masilla de otra.

—¡Es precioso! —exclamó ella.

El hombre tomó su lugar ante el ocular del microscopio.

—Sí, muy bonito, ¿verdad?

Pero Brenda había notado que mientras ella, maravillada, volvía la vista un millón de años atrás, toda la atención del científico estaba centrada en el minúsculo resto de masilla encontrado en el tacón del zapato de un sospechoso, un resto que podía demostrar que el hombre era un violador o un asesino. Y aun así, había pensado ella, en realidad no le importa. Lo único que le interesa es obtener la respuesta correcta. Habría sido inútil preguntarle si creía que existía un propósito unificador en la vida, si verdaderamente podía deberse a la casualidad que un animalillo tan diminuto que no se distinguía a simple vista hubiera muerto millones de años antes en las profundidades del mar hasta ser resucitado por la ciencia para demostrar la inocencia o la culpabilidad de un hombre. Era extraño, pensó, que los científicos no acostumbraran ser personas religiosas, cuando su trabajo revelaba un mundo tan diversamente maravilloso y, al mismo tiempo, tan misteriosamente unificado y concordante. El doctor Lorrimer parecía ser el único miembro del laboratorio de quien se supiera que acudía regularmente a la iglesia. Trató de imaginar si se atrevería a interrogarlo acerca del cocolito y de Dios. Aquella mañana se había mostrado muy amable a propósito del asesinato. Había llegado al laboratorio con más de una hora de retraso, pasadas las diez, con aspecto de profundo cansancio por haber acudido durante la noche al escenario del crimen, y se había dirigido al escritorio de recepción para recoger su correo personal. Entonces había observado:

—Esta mañana recibirá las pruebas de su primer caso de asesinato. No permita que eso la afecte, Brenda. Sólo hay una muerte a la que debamos temer, y es la nuestra.

Era un comentario sorprendente, una extraña forma de darle confianza. Pero estaba en lo cierto. De repente, se alegró de que el inspector Blakelock se hubiera encargado de toda la documentación referente al asesinato del pozo de tajón. Con un poco de cuidado, la propietaria de aquellas bragas manchadas seguiría siendo, al menos para ella, anónima y desconocida, un simple número en la lista de biología dentro de una carpeta de papel manila. La voz del inspector Blakelock interrumpió sus pensamientos:

—¿Ha preparado para el correo los informes judiciales que revisamos ayer?

—Sí, ya están registrados en el libro. Quería preguntárselo. ¿Por qué todas las declaraciones para los tribunales llevan impresa la frase «Ley de Enjuiciamiento Criminal de 1967, secciones 2 y 9»?

—Se trata de la legislación que regula la presentación de declaraciones escritas en los procesos criminales y ante el Tribunal de la Corona. Puede buscar las referencias en la biblioteca. Antes de la ley de 1967, los laboratorios se las veían y se las deseaban, créame, cuando todas las conclusiones científicas tenían que presentarse oralmente. Los funcionarios que van a los tribunales, desde luego, todavía tienen que dedicar bastante tiempo a los juicios. La defensa no siempre acepta las averiguaciones científicas. Ésa es la parte más difícil del trabajo, no el análisis, sino el subir uno solo al estrado de los testigos para defender los resultados bajo un interrogatorio cruzado. Si un hombre no es bueno en el estrado, todo el minucioso trabajo que haya hecho aquí habrá sido en vano.

Brenda recordó de pronto otra cosa que le había dicho la señora Mallett, que el conductor que atropellara a la hija del inspector había sido absuelto porque el científico se había venido abajo durante el interrogatorio; algún detalle relacionado con el análisis de las trazas de pintura halladas en la carretera, que coincidían con el coche del sospechoso. Perder un hijo único tenía que ser terrible; o perder un hijo, sin más. Quizá fuese lo peor que podía ocurrirle a un ser humano. No era de extrañar que el inspector Blakelock se mostrara generalmente tan callado. Cuando llegaban los oficiales de policía con sus joviales chanzas, él sólo respondía con aquella lenta y suave sonrisa suya.

Miró de soslayo hacia el reloj del laboratorio. Las diez cuarenta y cinco. De un momento a otro llegarían los estudiantes para su lección sobre la recogida y preservación de pruebas científicas en la escena del crimen, y el breve lapso de tranquilidad habría terminado. Trató de imaginar qué pensaría el coronel Hoggatt si pudiera visitar su laboratorio en la actualidad. Como a menudo le sucedía, los ojos de Brenda se volvieron hacia el retrato que pendía justo enfrente del despacho del director. Incluso desde su escritorio alcanzaba a distinguir claramente las letras doradas del marco:

Coronel William Makepeace Hoggatt V.C.
Jefe de policía, 1894-1912
Fundador del Laboratorio Forense Hoggatt

Se le veía de pie en la sala que aún seguía utilizándose como biblioteca, su rubicundo rostro severo y patilludo bajo el penacho de plumas de su sombrero. Aparecía enfundado en una guerrera con trenzas y medallas, abrochada con una hilera de botones dorados. Una mano, con ademán de propietario pero ligera como una bendición sacerdotal, se posaba sobre un anticuado microscopio de reluciente latón. Pero los amenazantes ojos no contemplaban esta moderna maravilla de la ciencia, sino que estaban fijos en Brenda. Bajo la acusadora mirada, que le recordaba su deber, la joven volvió a enfrascarse en el trabajo.

8

A las doce, la reunión de científicos superiores en el despacho del director para hablar de los muebles y el material para el nuevo laboratorio ya había terminado. Howarth llamó a su secretaria para que limpiara la mesa de conferencias y estuvo contemplándola mientras vaciaba y limpiaba el cenicero (él no fumaba, y el olor de la ceniza le molestaba), retiraba las diversas copias del plano del nuevo laboratorio y recogía los papeles desperdigados. Desde su asiento ante el escritorio, Howarth distinguió los complejos garabatos geométricos de Middlemass y la arrugada agenda, llena de manchas de café, del examinador de vehículos, Bill Morgan.

Contempló a la muchacha mientras ésta se movía en torno a la mesa con silenciosa competencia, preguntándose, como siempre, qué habría, si es que había algo, tras aquella frente extraordinariamente amplia, aquellos ojos rasgados y enigmáticos. Echaba de menos a su anterior asistente personal, Marjory Faraker, como nunca lo hubiera imaginado. Sin duda había sido bueno para su engreimiento, pensó apesadumbrado, descubrir que, después de todo, la devoción de su antigua secretaria no llegaba al extremo de abandonar Londres —donde sorprendentemente, había resultado poseer una vida propia— para irse con él a los marjales. Como todas las buenas secretarias, había adquirido, o al menos sabía simular, algunos de los atributos idealizados de una esposa, madre, amante, confidente, criada y amiga, sin por ello convertirse, ni siquiera pretenderlo, en ninguna de estas cosas. Sabía halagar su amor propio, protegerle de las pequeñas incomodidades de la vida, defender su intimidad con tesón maternal y asegurar, con infinito tacto, que él supiera todo lo que necesitaba saber acerca de lo que ocurría en su laboratorio.

No podía quejarse de Angela Foley. Era una taquimecanógrafa más que competente, y una secretaria eficaz. Nada quedaba sin hacer. Era sólo que Howarth tenía la sensación de que para ella no existía, que su autoridad, aunque dócilmente respetada, no por eso pasaba de ser una charada. El hecho de que fuera prima de Lorrimer no tenía nada que ver. Jamás le había oído pronunciar su nombre. De vez en cuando se preguntaba qué clase de vida debía llevar en aquel remoto *cottage* con su amiga escritora, y hasta qué punto le resultaba satisfactoria. Pero ella jamás le contaba nada, ni siquiera acerca del laboratorio. Sabía que el Laboratorio Hoggatt tenía un corazón que palpitaba, como todas las instituciones, pero su pulso le eludía. Rompiendo el silencio, se dirigió a la mujer:

—La Oficina del Exterior y la Commonwealth quiere que recibamos a un biólogo danés durante dos o tres días, el mes que viene. Está de visita en Inglaterra para estudiar el funcionamiento del servicio. Mire a ver cuándo podré dedicarle algo de tiempo. Será mejor que consulte también con Lorrimer sobre sus compromisos diarios. Luego, comunique a la O.E.C. qué días podemos ofrecerle.

—Sí, doctor Howarth.

Por lo menos, la autopsia ya estaba hecha. Había resultado peor de lo que suponía, pero había resistido hasta el final sin ponerse en evidencia. No imaginaba que los colores del cuerpo humano pudieran ser tan vívidos, tan exóticamente bellos. En su mente, volvía a ver de nuevo los enguantados dedos de Kerrison, escurridizos como anguilas, afanándose en los distintos orificios del cuerpo. Explicando, demostrando, desechando. Era de suponer que se había vuelto tan inmune a la repugnancia como lo era al agridulce olor de su depósito de cadáveres. Y a los especialistas en muertes violentas, que a diario se enfrentaban con la disolución definitiva de la personalidad, la piedad debía de parecerles tan irrelevante como la repugnancia.

La señorita Foley estaba a punto de retirarse y se había acercado al escritorio para limpiar la bandeja de salidas. Howarth le preguntó:

—¿Sabe si el inspector Blakelock ha calculado ya los promedios de retención del mes pasado?

—Sí, señor. El promedio de todas las pruebas se ha reducido a doce días, y el del alcohol en sangre ha disminuido a 1,2 días. Pero el promedio para crímenes contra la persona ha vuelto a aumentar. Ahora mismo estaba pasando los datos a máquina.

—Hágamelos llegar tan pronto como estén listos, por favor.

Había recuerdos que, sospechaba, serían todavía más persistentes que la imagen de Kerrison trazando sobre el lechoso cuerpo la larga línea de la incisión primaria con su escalpelo para cartílago. Doyle, aquel robusto toro negro, sonriéndole en el cuarto de baño después de la autopsia, cuando, el uno junto al otro, se lavaban las manos. Intentó explicarse por qué había juzgado necesario este lavado. Sus manos no estaban contaminadas.

—La representación ha estado a la altura acostumbrada. Limpio, rápido y meticuloso: así es Doc Kerrison. Me sabe mal no poder avisarle cuando vayamos a efectuar el arresto. No está permitido. Esta parte tendrá que imaginársela. Pero, con un poco de suerte, podrá asistir al juicio.

Angela Foley esperaba de pie ante el escritorio, mirándole, o así se lo pareció, de una forma extraña.

—¿Sí?

—Scobie ha tenido que irse a casa, doctor Howarth. No se encuentra nada bien. Le parece que ha cogido esa gripe de dos días que corre por ahí. Además, dice que el incinerador se ha estropeado.

—Supongo que habrá telefoneado al mecánico antes de irse.

—Sí, señor. Dice que ayer por la mañana funcionaba bien, cuando vino el inspector Doyle con los mandatos judiciales para la destrucción de la cannabis confiscada.

Entonces estaba bien. Howarth estaba irritado. Aquel era uno de los pequeños detalles administrativos con los que la señorita Faraker jamás hubiera soñado molestarle. Y seguramente la señorita Foley esperaba de él algún comentario compasivo sobre Scobie, que preguntara si el viejo había estado en condiciones de volver a casa en bicicleta. Sin duda el doctor MacIntyre balaba como un cordero angustiado cada vez que algún miembro de su personal caía enfermo. Inclinó la cabeza sobre sus papeles.

Pero la señorita Foley estaba ya en la puerta. Tenía que ser entonces. Se obligó a decir:

—Pídale al doctor Lorrimer que baje unos minutos, por favor.

Hubiera podido pedirle a Lorrimer, de forma perfectamente casual, que se quedara unos instantes al terminar la reunión. ¿Por qué no lo había hecho así? Probablemente porque una solicitud tan pública hubiera tenido reminiscencias del maestro de escuela; quizá porque se trataba de una entrevista que prefería posponer, siquiera momentáneamente.

Entró Lorrimer y se detuvo ante el escritorio. Howarth extrajo el expediente personal de Bradley del cajón de la derecha y comenzó:

—Siéntese, por favor. Es el informe anual sobre Bradley. Le ha dado usted una nota negativa. ¿Se lo ha dicho?

Lorrimer permaneció en pie.

—El reglamento sobre informes me obliga a decírselo. He hablado con él en mi despacho a las diez y media, nada más volver de la autopsia.

70

—Parece un poco duro. Según su expediente, es el primer informe negativo que ha tenido. Lo admitimos a prueba hace dieciocho meses. ¿Cómo es que no funciona?

—Creía que eso quedaba claro en mi detallado informe. Ha sido ascendido por encima de su capacidad.

—Dicho de otro modo, ¿cree que el Consejo cometió una equivocación?

—No es nada extraño. Los consejos a veces se equivocan, y no sólo en lo que se refiere a los ascensos.

La alusión era evidente, una provocación deliberada, pero Howarth decidió pasarla por alto y se forzó a mantener serena la voz.

—No estoy dispuesto a dar mi visto bueno a este informe tal y como usted lo ha redactado. Aún es demasiado pronto para juzgarle correctamente.

—Ya le concedí esta excusa el año pasado, cuando llevaba seis meses con nosotros. Pero, si no está usted de acuerdo con mi valoración, puede hacerlo constar en el informe. Hay un espacio reservado para eso.

—Pienso utilizarlo. Y le sugiero que trate de prestar aliento y apoyo al muchacho. Un rendimiento inadecuado puede tener dos motivos. Algunas personas son capaces de rendir más, y lo hacen cuando se las somete a una prudente presión. Otras no son así. Presionarlas no sólo es inútil, sino que equivale a destruir toda la seguridad que puedan tener. Usted dirige un departamento muy eficiente. Pero quizás habría más eficiencia y satisfacción si aprendiera a comprender a la gente. La dirección es en buena parte una cuestión de relaciones personales.

Haciendo un esfuerzo, alzó la mirada. Lorrimer, con labios tan apretados que sus palabras sonaron quebradas, replicó:

—No me había dado cuenta de que su familia destacara por el éxito de sus relaciones personales.

—El hecho de que no pueda aceptar las críticas sin

volverse tan personal y rencoroso como una muchacha neurótica es un buen ejemplo de lo que quiero decir.

No llegó a enterarse de lo que Lorrimer iba a contestarle. La puerta se abrió repentinamente y su hermana entró en el despacho. Vestía pantalones y un chaquetón de piel de cordero, y llevaba los rubios cabellos recogidos bajo un pañuelo. Los miró a los dos sin muestras de embarazo y se disculpó tranquilamente:

—Lo siento, no sabía que estabais ocupados. Habría debido pedirle al inspector Blakelock que llamara desde recepción.

Sin decir palabra, Lorrimer, mortalmente pálido, giró sobre sus talones, pasó junto a ella y se retiró. Domenica le siguió con la vista, sonrió y se encogió de hombros.

—Perdona si he interrumpido algo. Sólo quería decirte que me voy un par de horas a Norwich para hacer algunas compras. ¿Quieres que te traiga algo?

—Nada, gracias.

—Volveré antes de la cena, pero creo que no asistiré al concierto del pueblo. Sin Claire Easterbrook, Mozart resultará bastante insufrible. Ah, y estoy pensando en ir unos cuantos días a Londres la semana que viene.

Su hermano no contestó. Ella le miró y preguntó:

—¿Algo anda mal?

—¿Cómo ha podido saber Lorrimer lo de Gina?

No necesitaba preguntarle si se lo había dicho ella. Fueran cuales fuesen las confidencias que ella hubiera podido hacerle, estaba seguro de que no le había hablado de eso. Ella cruzó la habitación, aparentemente para examinar el Stanley Spencer colgado sobre la repisa de la chimenea, y preguntó despreocupadamente:

—¿Por qué? No ha mencionado tu divorcio, ¿o sí?

—No directamente, pero la alusión era intencionada.

Su hermana se volvió hacia él.

—Probablemente se tomó la molestia de averiguar todo lo que pudo sobre ti cuando se enteró de que eras el candidato para el cargo de director. Después de todo, el servicio tampoco es tan grande.

—Pero yo vengo de fuera de él.

—Aun así, es lógico que haya habladurías, rumores. Un fracaso matrimonial es una de esas fruslerías insignificantes que a él podría ocurrírsele husmear. ¿Y qué, si es así? Después de todo, no es nada fuera de lo común. Yo diría que los científicos forenses han de ser particularmente propensos. Todas esas salidas a la escena del crimen, a altas horas de la noche, y las impredecibles sesiones en los tribunales... Las rupturas matrimoniales deben de ser moneda corriente.

Aun sabiendo que parecía tan quisquilloso como un chiquillo obstinado, Howarth declaró:

—No lo quiero en mi laboratorio.

—¿Tu laboratorio? La cosa no es tan sencilla, ¿verdad? Me parece que el Stanley Spencer no acaba de quedar bien sobre la chimenea. Lo encuentro incongruente. Es extraño que papá lo comprara. Yo hubiera dicho que no es su tipo de pintura, en absoluto. ¿Lo has puesto ahí para escandalizar?

Su cólera y su aflicción se apaciguaron milagrosamente. Pero lo cierto era que ella siempre conseguía producir este efecto sobre él.

—Solamente para desconcertar y confundir. Pretende sugerir que quizá yo sea un personaje más complejo de lo que ellos suponen.

—¡Y lo eres, desde luego! Nunca he necesitado la *Asunción en Cookham* para comprobarlo. ¿Por qué no pusiste el Greuze? Quedaría muy bien con ese friso tallado sobre la repisa de la chimenea.

—Demasiado bonito.

Ella se echó a reír y salió del despacho. Howarth recogió el informe de Clifford Bradley y, en el espacio reservado al efecto, escribió: «El rendimiento del señor Bradley ha sido ciertamente decepcionante, pero no todas las dificultades se deben a él. Le falta confianza en sí mismo, y necesitaría un apoyo más activo que el que ha recibido. He corregido la calificación final, sustituyéndola por otra que considero más justa, y he hablado con el biólogo principal sobre la dirección del personal en su departamento.»

Si por último decidía que, a fin de cuentas, éste no era trabajo para él, el insidioso comentario contribuiría a reducir las posibilidades de que Lorrimer le sucediera como director del Laboratorio Hoggatt.

9

Exactamente a la una cuarenta y ocho, Paul Middle-mass, el examinador de documentos, abrió su expediente sobre el asesinato del pozo de tajón. La Sala de Examen de Documentos, que se extendía a lo ancho de toda la fachada del edificio, inmediatamente por debajo del tejado, olía igual que una papelería; una penetrante amalgama de papel y tinta, agudizada por el dejo de los productos químicos. Middlemass la respiraba como su aire nativo. Era un hombre alto, larguirucho y esbelto, de facciones pronunciadas, con una boca grande y un movedizo rostro de agradable fealdad; su cabello, gris hierro, caía en gruesos mechones sobre una piel de color pergamino. De ademanes plácidos y apariencia indolente, era en realidad un trabajador infatigable obsesionado por su profesión. El papel en todas sus manifestaciones constituía una pasión para él. Pocos hombres, dentro del servicio forense o fuera de él, sabían tanto sobre este tema. Manipulaba el papel con alegría y con una especie de reverencia, se regocijaba con él, conocía su origen casi exclusivamente por el olfato. La identificación de la cola y el blanqueador de una muestra por medios espectrográficos o mediante una cristalografía de rayos X únicamente servía para confirmar lo que la vista y el tacto ya habían dictaminado. La satisfacción de contemplar la aparición de una oscura filigrana bajo la acción de los rayos X no disminuía jamás, y el diseño final, aun sin sorprenderle, era tan fascinante para él como la esperada marca del ceramista para un coleccionista de porcelanas.

Su padre, fallecido mucho antes, había sido dentista, y el hijo había conservado para su propio uso la extraordinariamente amplia colección de batas quirúrgicas del anciano, diseñadas por él mismo. Eran de un corte anticuado, de cintura entallada y faldones de mucho vuelo como el gabán de un petimetre de la Regencia, provistas además de botones de metal en relieve que se abrochaban hasta muy arriba, a un lado del cuello. Aunque las mangas eran demasiado cortas, de forma que sus enjutas muñecas sobresalían como las de un escolar en exceso crecido para su edad, las llevaba con cierta desenvoltura, como si aquel atuendo laboral tan poco ortodoxo, tan distinto a las reglamentarias batas blancas del resto del personal, simbolizara esa combinación única de habilidad científica, experiencia y olfato que caracteriza al buen examinador de documentos.

Acababa de telefonear a su esposa, tras recordar, con cierto retraso, que aquella noche se había comprometido para ayudar en el concierto del pueblo. Le gustaban las mujeres, y antes de su matrimonio había disfrutado de una sucesión de romances casuales, satisfactorios y sin complicaciones. Se había casado tarde, con una rolliza investigadora de Cambridge a la que llevaba veinte años, y cada noche regresaba a su moderno piso en las afueras de la ciudad conduciendo su Jaguar —su mayor extravagancia—, con frecuencia a hora avanzada, pero pocas veces tan tarde que no pudiera salir con su esposa al *pub* local. Seguro en su cargo, con una creciente reputación internacional y matrimonialmente satisfecho con su agraciada Sophie, se sabía un hombre de éxito y sospechaba que era feliz.

El laboratorio para el examen de documentos, con sus armarios y su línea de cámaras monocarril, ocupaba lo que algunos de sus colegas, particularmente Edwin Lorrimer, consideraban más que su parte proporcional de espacio. Pero el laboratorio, iluminado por hileras de luces fluorescentes y con un techo bajo, era sofocante y mal ventilado, y aquella tarde la calefacción central, incierta en el mejor de los casos, había concentrado todos sus esfuerzos en la parte alta del edificio. Normalmente, Middlemass no solía prestar atención a las condiciones de trabajo, pero resultaba difícil hacer caso omiso de una temperatura subtropical. Abrió la puerta del corredor. Enfrente y un poco a la derecha estaban los lavabos de hombres y de mujeres, y podía oír el crujido de ambas puertas y los ocasionales pasos, leves o pesados, apresurados o dilatorios, de los distintos miembros del personal. Estos ruidos no le importaban. Estaba enfrascado en su tarea.

Pero la muestra que examinaba en aquellos momentos no encerraba mucho interés. Si se hubiera tratado de algún otro delito, en vez de asesinato, habría dejado la tarea a su ayudante, que aún no había vuelto de un almuerzo tardío. Pero el asesinato significaba invariablemente una comparecencia ante el tribunal y un interrogatorio en el estrado —en esta acusación, la más grave de todas, la defensa muy rara vez dejaba pasar sin cuestionarlas las conclusiones de los científicos—, y una comparecencia ante el tribunal equivalía a un juicio público del análisis de documentos en general y del Laboratorio Hoggatt en particular. Para él, era cuestión de principios ocuparse personalmente de los casos de asesinato. Casi nunca se contaban entre los más interesantes. Lo que a él realmente le gustaba eran las investigaciones históricas, la satisfacción de demostrar, como había ocurrido tan sólo un mes antes, que un documento fechado en 1872 estaba impreso en un papel que contenía pulpa de madera química, utilizada por primera vez en 1874, un descubrimiento que había representado el punto de partida para la fascinante resolución de un complicado fraude documental. La tarea que en aquellos momentos le ocupaba no tenía nada de complicado y muy poco de interesante. Y, sin embargo, apenas unos años antes, de su opinión hubiera podido depender el cuello de un hombre. Muy pocas veces pensaba en la media docena de hombres que, a lo largo de sus veinte años de experiencia forense, habían sido ahorcados principalmente a causa de su declaración, y cuando lo hacía no eran las tensas pero curiosamente anónimas caras en el banquillo lo que más recordaba, ni tampoco sus nombres; era el papel y la tinta, el grosor de un trazo descendente, la peculiar forma de una letra. Extendió sobre la mesa la nota encontrada en el bolso de la muerta, colocándola entre las dos muestras de la escritura del marido que la policía había podido obtener. Una de ellas era una carta a la madre del sospechoso, escrita durante unas vacaciones en Southend, que le hizo preguntarse cómo había logrado la policía que la madre se la diera. La otra era un breve mensaje recibido por teléfono acerca de un partido de fútbol. La nota hallada en el bolso de la víctima era aun más breve: «Ya tienes tu hombre conque deja en paz a Barry Taylor o te arrepentirás. Sería una pena estropear una cara tan bonita como la tuya. El ácido no es agradable. Ten cuidado. Alguien que te quiere bien.»

El estilo, decidió, provenía de una película de misterio que habían emitido poco antes por televisión, y estaba claro que la escritura había sido deliberadamente deformada. Tal vez la policía pudiera proporcionarle alguna otra muestra de la caligrafía del sospechoso cuando fueran a visitar su lugar de trabajo, pero en realidad no la necesitaba. Las semejanzas entre la nota amenazadora y las dos muestras eran inconfundibles. El autor había tratado de disimular su escritura y había cambiado la forma de la «r» minúscula, pero los levantamientos de la pluma se producían regularmente cada cuatro letras —Middlemass aún no había encontrado nunca un falsificador que se acordara de variar el intervalo en que levantaba la pluma del papel— y el punto de la «i», alto y ligeramente a la izquierda, junto con los exagerados apóstrofes constituían casi una marca de fábrica. Analizaría la muestra de papel, fotografiaría y ampliaría cada letra individual y luego las montaría en un gráfico comparativo que los miembros del jurado se pasarían solemnemente de mano en mano, mientras se preguntaban qué necesidad había de pagar el considerable sueldo de un perito que les explicara lo que cualquiera podía ver con sus propios ojos.

Sonó el teléfono. Middlemass extendió uno de sus largos brazos y acercó el auricular a su oreja izquierda. La voz de Susan Bradley —primero llena de disculpas, luego conspiratoria y finalmente al borde de las lágrimas— se filtró en su oído en un largo monólogo de lamentos y desesperación. El científico escuchó, profirió suaves gruñidos de aliento, sostuvo el aparato a tres o cuatro centímetros del oído y, mientras tanto, advirtió que el escritor, pobre diablo, ni siquiera había pensado en modificar el característico trazo horizontal de su «t» minúscula. Aunque tampoco le habría servido de nada. Y el pobre hombre no podía saber que sus esfuerzos serían presentados como prueba en su propio juicio por asesinato.

—Muy bien —respondió—. No tienes por qué preocuparte. Déjalo de mi cuenta.

—¿Y no le dirá que he telefoneado?

—Claro que no, Susan. Tranquilízate. Yo lo arreglaré.

La voz siguió crepitando.

—Dile que no sea estúpido, por el amor de Dios. ¿No sabe que tenemos un millón y medio de parados? Lorrimer no puede despedirlo. Dile a Clifford que se aferre a su trabajo y deje de comportarse como un maldito estúpido. Ya hablaré yo con Lorrimer.

Colgó el auricular. Sentía cierta simpatía por Susan Moffat, que había trabajado como su asistente durante dos años. Tenía más talento y más agallas que su marido, y eso hizo que se preguntara, sin darle mucha importancia, por qué se había casado con Bradley. Lástima, probablemente, y un instinto maternal excesivamente desarrollado. Algunas mujeres tenían que llevarse literalmente al pecho a los desgraciados. O quizá fuera únicamente la inexistencia de alternativas, la necesidad de un hogar y un hijo propios. Bien, de todos modos ya era demasiado tarde para tratar de impedir aquel matrimonio, y por cierto que no se le había ocurrido intentarlo en su momento. Y al menos tenía la niña y el hogar. Apenas hacía quince días que había llevado a la pequeña al laboratorio para que la conociera. La visita de aquel sollozante fardo con cara de ciruela no había modificado en nada su resolución de no engendrar ningún hijo, pero no cabía duda de que Susan parecía completamente feliz. Y seguramente volvería a ser feliz si se resolvía la cuestión de Lorrimer.

Consideró que había llegado el momento de resolver la cuestión de Lorrimer. Y, a fin de cuentas, él tenía sus propias razones para ocuparse personalmente del asunto. Era una pequeña obligación particular, y hasta la fecha no había inquietado en demasía lo que suponía que otras personas denominaban conciencia. Pero la llamada de Susan Bradley sirvió para recordárselo. Escuchó con atención. Las pisadas le parecieron familiares. Bien, era una coincidencia, pero mejor solventarlo de una vez que dejarlo para más adelante. Acercándose a la puerta, se dirigió a la espalda que se retiraba.

—Lorrimer, quiero tener unas palabras con usted.

Lorrimer fue hacia él y se detuvo nada más cruzar el umbral, alto, sin sonreír, con su bata blanca cuidadosamente abrochada. Sus ojos oscuros y cautelosos se fijaron en Middlemass. Middlemass se forzó a mirarlos, pero en seguida desvió la vista. Los iris parecían dilatados en negras lagunas de desesperación. No era una emoción que supiera cómo manejar, y se sintió violento. ¿Qué podía estar reconcomiendo al pobre diablo? Con acento cuidadosamente despreocupado, comenzó:

—Mire, Lorrimer, deje en paz a Bradley, ¿quiere? Ya sé que no es exactamente un regalo de Dios a la ciencia forense, pero aunque no tenga mucho talento es aplicado y perseverante, y no será intimidando al pobre desgraciado como conseguirá usted estimular su velocidad ni su intelecto. Así que déjelo estar.

—¿Pretende decirme cómo debo dirigir a mi personal?

La voz de Lorrimer sonó perfectamente controlada, pero el pulso de su sien había comenzado a latir visiblemente. A Middlemass le resultó difícil no fijar allí la vista.

—Exactamente, compañero. O, por lo menos, a este miembro en concreto de su personal. Sé muy bien lo que se trae entre manos, y no me gusta en absoluto. O sea que basta ya.

—¿Debo entender esto como una amenaza?

—Más bien como una advertencia amistosa, o razonablemente amistosa, en todo caso. No voy a decir que me gusta usted, y si el Home Office hubiera cometido el error de nombrarle director de este laboratorio, yo me habría negado a seguir trabajando aquí. Pero reconozco que lo que haga usted en su departamento no es asunto mío; sucede únicamente que este caso es la excepción. Sé lo que está pasando, no me gusta y he decidido ponerle coto.

—No sabía que abrigara tan tiernos sentimientos hacia Bradley. Aunque, claro, debe de haberle telefoneado Susan Bradley. No creo que él haya tenido suficientes agallas para hablar por sí mismo. ¿Le ha telefoneado la mujer, Middlemass?

Middlemass hizo caso omiso de la pregunta.

—No tengo ningún interés especial por Bradley. Pero tenía cierto interés por Peter Ennalls, si se acuerda de él.

—Ennalls se ahogó porque su prometida rompió con él y tuvo un ataque mental. Dejó una nota explicando su acto que fue leída en la encuesta. Ambas cosas ocurrieron meses después de que hubiera dejado el Laboratorio del Sur; ninguna de ellas tuvo nada que ver conmigo.

—Lo que ocurrió mientras aún estaba en el laboratorio tuvo mucho que ver con usted. Antes de tener la desgracia de empezar a trabajar bajo sus órdenes, era un muchacho corriente, más bien simpático, con dos buenas calificaciones de grado A y un inexplicable deseo de convertirse en biólogo forense. Además, da la casualidad de que era primo de mi mujer. Yo fui quien le recomendó que se presentara para el puesto. Así que, como ve, tengo cierto interés, incluso podría decir cierta responsabilidad.

Lorrimer contestó:

—Nunca me dijo que era pariente de su esposa. Pero no veo qué importancia puede tener eso. Resultaba completamente inadecuado para el cargo. Un biólogo forense que no es capaz de trabajar correctamente bajo presión es del todo inútil, para mí y para el servicio, y vale más que deje el empleo. Aquí no hay lugar para pasajeros. Eso es lo que me propongo decirle a Bradley.

—Será mejor que no lo haga.

—¿Y cómo piensa impedírmelo?

Era extraordinario que unos labios tan tensos pudieran emitir ningún sonido; que la voz de Lorrimer, aguda y distorsionada, hubiera podido forzar su paso por las cuerdas vocales sin desgarrarlas.

—Expondré claramente a Howarth que usted y yo no podemos trabajar en el mismo laboratorio. No creo que eso le resulte agradable, precisamente. La última complicación que desea en estos momentos es un problema entre los miembros superiores de su personal; por lo tanto, propondrá al ministerio que traslade a uno de los dos antes de que se produzca la complicación adicional del traslado al nuevo laboratorio. Y confío en que Howarth —y el ministerio, si a eso vamos— llegue a la conclusión de que es más fácil encontrar un biólogo forense que un examinador de documentos.

Middlemass se sorprendió a sí mismo. Antes de hablar, en ningún momento había pensado en todo este galimatías. Aunque tampoco era del todo irrazonable. En el servicio no había ningún otro examinador de documentos de su categoría, y Howarth era consciente de ello. Si se negaba categóricamente a trabajar en el mismo laboratorio que Lorrimer, uno de ellos tendría que saltar. La querella no beneficiaría a ninguno de los dos, ciertamente, pero creía saber quién sería el más perjudicado.

Lorrimer replicó:

—Ha contribuido usted a impedir mi ascenso a la dirección, y ahora quiere expulsarme del laboratorio.

—Personalmente, me importa un comino que trabaje aquí o no. Sólo quiero que deje de intimidar a Bradley.

—Aun si estuviera dispuesto a aceptar consejos sobre la forma en que debo dirigir mi departamento, no serían los de un fetichista del papel de tercera categoría con un título de segunda categoría y que ni siquiera conoce la diferencia entre la comprobación científica y la intuición.

La provocación era demasiado absurda como para hacer tambalear la propia estima de Middlemass, pero, al menos, le proporcionaba la posibilidad de una réplica. Descubrió que empezaba a sentirse furioso. Y de pronto vio la luz.

—Mire, compañero, si tiene problemas en la cama, si a ella le parece que no está usted a la altura, no descargue sus frustraciones sobre el resto de nosotros. Recuerde el consejo de Chesterfield: el coste es exorbitante, la posición ridícula y el placer efímero.

El resultado le dejó atónito. Lorrimer profirió un grito ahogado y se abalanzó sobre él. La reacción de Middlemass fue al mismo tiempo instintiva y profundamente satisfactoria: disparó el brazo derecho y descargó un puñetazo sobre la nariz de Lorrimer. Hubo un segundo de desconcertado silencio en el que ambos hombres se miraron el uno al otro. A continuación, comenzó a manar la sangre y Lorrimer se tambaleó y cayó hacia adelante. Middlemass lo sujetó por los hombros y sintió el peso de su cabeza sobre el pecho. Pensó: «Dios mío, va a desmayarse.» Percibió claramente una amalgama de emoción, sorpresa por lo que acababa de hacer, satisfacción adolescente, compasión y un impulso de echarse a reír. Preguntó:

—¿Se encuentra usted bien?

Lorrimer se desasió y se irguió nuevamente. Extrajo su pañuelo, con movimientos torpes, y se lo llevó a la nariz. La mancha roja era cada vez más grande. Bajando la mirada, Middlemass vio la sangre de Lorrimer extendiéndose sobre su bata blanca, tan decorativa como una rosa. Comentó:

—Ya que nos entregamos al histrionismo, creo que ahora le correspondería exclamar: «En el nombre de Dios, vas a pagar por esto, cerdo.»

Le asombró el súbito destello de odio en aquellos ojos negros. La voz de Lorrimer le llegó amortiguada por el pañuelo.

—Pagará por esto. —Y se marchó.

Midlemass advirtió de pronto la presencia de la señora Bidwell, la encargada de la limpieza del laboratorio, que se había detenido ante la puerta, con ojos grandes y excitados tras sus ridículas gafas de cristales romboidales.

—¡Bonita forma de comportarse! Dos funcionarios superiores peleándose como chiquillos. ¡Deberían estar avergonzados!

—Ya lo estamos, señora Bidwell. Ya lo estamos. —Lentamente, Middlemass extrajo sus largos brazos de las mangas de la bata, y se la tendió a la mujer.

—Eche esto en la ropa sucia, ¿quiere?

—Sabe usted muy bien, señor Middlemass, que no entro nunca en el vestuario de caballeros, no en horas de trabajo. Póngala usted mismo en la cesta. Y si quiere una bata limpia, ya sabe dónde la tiene. Yo no voy a sacar más ropa limpia hasta mañana. ¡Mira que pelearse! Habría debido suponer que el doctor Lorrimer estaría mezclado en el asunto. Pero no es un caballero al que una se imagine riñendo a puñetazos. Yo hubiera dicho que le faltaban agallas para eso. Pero, desde luego, lleva unas semanas que está la mar de extraño. Supongo que ya se habrá enterado del alboroto que hubo ayer en el vestíbulo principal, ¿no? Prácticamente sacó a empujones a los hijos del doctor Kerrison. Y lo único que hacían era esperar a su padre. No hay ningún mal en eso, digo yo. Últimamente se está formando muy mal ambiente en este laboratorio, y si cierto caballero no aprende a controlarse la cosa va a acabar muy mal, acuérdese de lo que le digo.

10

Eran casi las cinco y ya había oscurecido cuando el detective inspector Doyle llegó a su casa en el pueblo, seis kilómetros al norte de Cambridge. Había tratado de telefonear a su esposa, pero sin éxito: la línea estaba ocupada. Otra de sus interminables, sigilosas y carísimas llamadas telefónicas, pensó el policía, y, habiendo cumplido con su deber, ya no volvió a intentarlo. La verja de hierro forjado estaba abierta, como de costumbre, y aparcó delante de la casa. No valía la pena meter el coche en el garaje sólo por un par de horas, que era todo el tiempo de que disponía.

Scoope House no presentaba precisamente su mejor aspecto a la caída de una oscura tarde de noviembre. No era de extrañar que en los últimos tiempos los agentes no hubieran enviado a nadie para visitarla. Era una mala época del año. Aquella casa, pensó, era un monumento al mal juicio. La había adquirido por menos de diecisiete mil libras y, hasta el momento, se había gastado en ella otras cinco mil, con la esperanza de venderla por un mínimo de cuarenta mil. Pero eso había sido antes de que la recesión hubiera dado al traste con los cálculos de especuladores más expertos que él. En aquellos momentos, con el mercado inmobiliario casi paralizado, no le quedaba otra alternativa que esperar. Podía permitirse mantener la casa hasta que el mercado se agilizara. No estaba seguro de si tendría la posibilidad de conservar a su esposa. Ni siquiera sabía si deseaba conservarla. También su matrimonio había constituido un error de juicio, pero, dadas las circunstancias del momento, había sido un error comprensible. No era hombre dado a perder el tiempo en lamentaciones.

Los dos alargados rectángulos de luz de la ventana del primer piso habrían debido representar una agradable promesa de calor y comodidad. En vez de ello, resultaban vagamente amenazadores: Maureen estaba en casa. Pero, habría aducido ella, ¿a qué otro lugar podía ir, si no, en aquel lúgubre pueblo de East Anglia en un tedioso anochecer de noviembre?

Su mujer ya había terminado de tomar el té y aún tenía la bandeja a su lado. La botella de leche, con su tapón aplastado y echado hacia atrás; una sola taza; pan rebanado sobresaliendo de su envoltorio; un trozo de mantequilla en un grasiento plato; un pastel de frutas comprado en la tienda, todavía sin abrir. Doyle sintió el acostumbrado arranque de irritación, pero no dijo nada. Una vez, cuando le había reprochado su desaliño, ella le había contestado:

—¿Y quién lo ve? ¿A quién le importa?

Él lo veía y a él le importaba, pero ya hacía muchos meses que no contaba con ella. Anunció:

—Voy a echar una siesta de un par de horas. Despiértame a las siete, por favor.

—¿Quiere eso decir que no vamos a ir al concierto de Chevisham?

—Por el amor de dios, Maureen, si ayer estuviste gritando que no te interesaba en lo más mínimo. Cosa de chiquillos. ¿Recuerdas?

—No es precisamente un gran acontecimiento, pero al menos significa salir. ¡Salir! Salir de este vertedero. Y juntos, para variar. Era una ocasión para acicalarse. Y tú dijiste que luego iríamos a cenar al restaurante chino de Ely.

—Lo siento. No podía saber que tendría un caso de asesinato.

—¿Cuándo volverás? Si es que sirve de algo preguntarlo...

—Sabe Dios. Iré a buscar al sargento Beale. Todavía hemos de hablar con una o dos personas que estuvieron en el baile de Muddington, particularmente con un muchacho llamado Barry Taylor que tiene algunas cosas que explicarnos. Según lo que nos cuente, quizá decida ir a hablar de nuevo con el marido.

—Te gusta hacerlo sudar, ¿verdad? ¿Es por eso por lo que te hiciste policía, porque te gusta asustar a la gente?

—Eso es tan estúpido como decir que tú te hiciste enfermera porque disfrutas vaciando orinales.

Se dejó caer en un sillón y cerró los ojos, dejando paso al sueño. Vio de nuevo el rostro aterrorizado del joven, volvió a oler el sudor del miedo. Pero había sobrellevado bien la primera entrevista, más entorpecido que ayudado por la presencia de su abogado, que nunca antes había visto a su cliente y había dejado dolorosamente claro que preferiría no volver a verlo nunca más. El chico no se había apartado de su historia. Habían tenido una disputa en el baile y él se había ido temprano. A la una, ella no había llegado aún a casa. Había salido a buscarla por la carretera y al otro lado del campo de tajón, para regresar él solo media hora más tarde. No había visto a nadie y en ningún momento se había acercado al pozo de tajón ni al coche abandonado. Era una buena historia, sencilla, sin complicaciones, posiblemente incluso cierta, salvo en el punto esencial. Pero, con suerte, el informe del laboratorio sobre la sangre de la víctima y la mancha que él tenía en el puño de la chaqueta, los restos de tierra arenosa y polvo del automóvil en los zapatos de él, estarían a punto para el viernes. Si Lorrimer se quedaba a trabajar aquella noche —y normalmente lo hacía— quizás incluso tuvieran los resultados del análisis de sangre para el día siguiente. Y entonces vendrían las complicaciones, las incoherencias y, finalmente, la verdad. Su esposa preguntó:

—¿Quién más había en la escena del crimen?

Ya era algo, pensó él, que se tomara la molestia de preguntarlo. Con voz soñolienta, respondió:

—Lorrimer, por supuesto. Nunca se pierde un asesinato. Supongo que no confía en que los demás sepamos hacer bien nuestro trabajo. Y tuvimos la acostumbrada media hora de espera hasta que llegó Kerrison. Eso enfureció a Lorrimer, claro. Hace todo el trabajo en la escena, todo el que cualquiera puede hacer, y luego ha de esperar con el resto de nosotros hasta que el regalo de Dios a la patología forense llega acompañado por una escolta policial y nos da la noticia de que lo que todos habíamos tomado por un cadáver es en realidad —sorpresa, sorpresa— un verdadero cadáver, y que podemos retirar tranquilamente el cuerpo.

—El patólogo forense hace más que eso.

—Claro que sí. Pero no mucho más, no en el lugar del crimen. Su trabajo empieza luego.

Y añadió:

—Siento no haber podido llamar. Lo intenté, pero estabas comunicando.

—Supongo que sería papá. Su oferta sigue en pie, el empleo de oficial de seguridad en la organización. Pero no puede esperar mucho más. Si a final de mes no has aceptado, empezará a poner anuncios.

Oh, Dios, pensó. Eso otra vez, no.

—Me gustaría que tu querido papá no hablara tanto de la organización. Da la impresión de que el negocio familiar sea la mafia. Si lo fuera, quizá me sintiera tentado a aceptar. Lo que papá tiene son tres tiendas baratas y zarrapastrosas en las que vende trajes baratos y zarrapastrosos a idiotas baratos y zarrapastrosos que no serían capaces de reconocer un buen paño aunque se lo estuvieran embutiendo por la garganta. Quizá pudiera pensar seriamente en entrar en el negocio si el querido papá no tuviera ya al Hermano Mayor como director adjunto, dispuesto a sucederle en el mando, y si no hubiera dejado tan claro que únicamente me soporta porque soy tu marido. Pero maldito si voy a patearme los suelos como un amariconado superintendente de sección para vigilar que ningún pobre desgraciado hurte nada de la tienda, aunque pretendan dignificarme con el título de oficial de seguridad. Yo me quedo aquí.

—Donde tienes unos contactos tan útiles...

¿Qué quería decir con eso, se preguntó? Había cuidado de no decirle nada, pero ella no era del todo tonta. Quizá lo hubiera sospechado. Contestó:

—Donde tengo mi empleo. Cuando te casaste conmigo, ya sabías lo que te llevabas.

Pero eso es algo que nunca se sabe, pensó. No verdaderamente.

—No esperes encontrarme aquí cuando vuelvas.

Era una vieja amenaza. Respondió sin inquietarse:

—Tú misma. Pero si estás pensando en llevarte el coche, olvídalo. El Cortina me lo llevo yo, y al Renault le patina el embrague. Así que, si has decidido irte a casa de mamá antes de mañana por la mañana, tendrás que telefonear a papá para que venga a buscarte o llamar un taxi.

Ella contestó algo, pero su voz, malhumoradamente insistente, le llegaba desde muy lejos, ya no en forma de palabras coherentes sino como oleadas de sonido que batían sobre su cerebro. Dos horas. Tanto si ella se tomaba la molestia de despertarlo como si no, sabía que despertaría casi al minuto. Cerró los ojos y se durmió.

SEGUNDA PARTE

UNA MUERTE DE BATA BLANCA

1

Todo estaba muy tranquilo en el vestíbulo principal del Laboratorio Hoggatt a las ocho cuarenta de la mañana. Brenda a menudo pensaba que ésta era la parte de la jornada laboral que más le agradaba, la hora anterior a la llegada del personal y al verdadero comienzo del trabajo en el laboratorio, cuando el inspector Blakelock y ella trabajaban juntos en el tranquilo silencio del vestíbulo, reposado y solemne como una iglesia, preparando anticipadamente las carpetas de papel manila para registrar los nuevos casos del día, empaquetando las muestras ya analizadas para ser recogidas por la policía, repasando por última vez los informes del laboratorio a los tribunales para asegurarse de que todo estaba en orden, que no se había omitido ningún detalle de importancia. Nada más llegar, Brenda se enfundaba su bata blanca y de inmediato se sentía distinta, ya no joven e insegura, sino toda una profesional, casi como un científico, un miembro reconocido del personal del laboratorio. Luego, se dirigía a la cocina, al fondo del edificio, y preparaba el té. Tras la dignificación de la bata blanca, esta tarea doméstica resultaba un tanto decepcionante y, en realidad, ella acababa de desayunar y todavía no necesitaba el té. Pero el inspector Blakelock, que venía desde Ely todos los días, siempre estaba dispuesto a tomarse una taza y a ella no le molestaba prepararlo.

—Esto es lo que hay que dar a la tropa —comentaba él invariablemente, llevando sus húmedos labios al borde de la taza y engullendo el caliente líquido como si su garganta fuese de asbesto—. Una cosa he de decir en su favor, Brenda, y es que prepara usted muy bien el té.

Y ella contestaba:

—Mamá dice que el secreto está en calentar antes la tetera y dejar que el té se haga exactamente durante cinco minutos.

Esta breve conversación ritual, tan invariable que la muchacha se adelantaba en silencio a las palabras del inspector y debía contener las ganas de reírse, junto con el familiar y doméstico aroma del té y la gradual calidez cuando cerraba las manos en torno al grueso tazón, constituían un tranquilizador y reconfortante comienzo de la jornada de trabajo.

Le gustaba el inspector Blakelock. Hablaba poco, pero nunca se mostraba impaciente con ella, siempre amable, como una protectora figura paternal. Incluso a su madre, cuando fue a visitar el laboratorio antes de que Brenda aceptara el empleo, le había parecido bien que trabajara sola con él. Las mejillas de Brenda aún ardían de vergüenza cuando recordaba la insistencia de su madre en visitar el Laboratorio Hoggatt para conocer el lugar en que su hija iba a trabajar, aunque, al parecer, el inspector jefe Martin, el oficial superior de enlace con la policía, lo había encontrado perfectamente razonable. El inspector jefe le había explicado a su madre que para el Laboratorio Hoggatt era una innovación tener un funcionario administrativo en la recepción en vez de un agente de policía subalterno. Si Brenda desempeñaba bien el cargo, ello representaría un ahorro permanente de personal policial a la vez que una útil preparación para ella. Tal como el inspector jefe Martin le había dicho a su madre, «el mostrador de recepción es el corazón del laboratorio». En aquellos momentos, se hallaba visitando los Estados Unidos con un grupo de oficiales de policía, y el inspector Blakelock tenía que hacerse cargo por completo de las dos tareas, no sólo recibir las pruebas, preparar las estadísticas y llevar el registro de comparecencias ante los tribunales, sino también discutir cada caso con el detective que lo llevaba, explicar en qué podía tratar de ser útil el laboratorio, rechazar aquellos casos en que los científicos no podían prestar ninguna ayuda y comprobar que la declaración final para el tribunal estuviera completa. Brenda sospechaba que esto representaba una gran responsabilidad para él, y estaba decidida a no fallarle.

Mientras estaba preparando el té, había llegado ya la primera prueba del día, traída sin duda por alguno de los detectives que trabajaban en el caso. Se trataba de otra bolsa de plástico llena de ropa, relacionada con el asesinato del pozo de tajón. Conforme el inspector Blakelock la hacía girar entre sus grandes manos, Brenda alcanzó a distinguir a través del plástico unos pantalones azul oscuro con la pretina sucia de grasa, una chaqueta a rayas de solapa ancha y un par de zapatos negros puntiagudos y con hebillas ornamentadas. El inspector Blakelock estaba estudiando el informe de la policía.

—Pertenecen al amigo con quien estuvo tonteando en el baile. Tendrá que abrir un expediente nuevo para el informe, pero regístrelo en biología con la referencia de Muddington y un número de subgrupo. Luego, póngale una de esas etiquetas rojas de «Urgente». El asesinato siempre tiene prioridad.

—Pero podría suceder que tuviésemos tres o cuatro asesinatos al mismo tiempo. ¿Quién decidiría las prioridades, entonces?

—El jefe del departamento en cuestión. Es tarea suya adjudicar el trabajo a su personal. Después de los asesinatos y las violaciones, lo normal es dar prioridad a aquellos casos en que el acusado no se encuentra en libertad bajo fianza.

Brenda comentó:

—Espero que no le moleste que le haga tantas preguntas, pero es que quiero aprender. El doctor Lorrimer me dijo que debo averiguar todo lo que pueda y no tomarme el trabajo como una rutina.

—Pregunte lo que quiera, muchacha. No me molesta. Pero no le haga demasiado caso al doctor Lorrimer. No es el director del laboratorio, aunque él se lo tenga creído. Cuando haya terminado con esta ropa, deje el paquete en el estante de biología.

Brenda anotó cuidadosamente el número de la prueba en el libro de diario y dejó el fardo envuelto en plástico en el estante de las pruebas que esperaban pasar a la sala de investigación de biología. Era bueno tener las entradas al corriente. Dirigió una mirada de soslayo hacia el reloj. Eran casi las ocho cincuenta. Pronto recibirían el correo del día y el mostrador quedaría abarrotado de sobres acolchados con las muestras de sangre correspondientes a los casos del día anterior de conductores bebidos. Luego empezarían a llegar los coches de policía. Agentes uniformados o de paisano traerían grandes sobres de documentos para el señor Middlemass, el examinador de documentos; los equipos especialmente preparados que el laboratorio distribuía para la recogida de manchas de sangre, saliva y semen; abultadas bolsas de mantas y sábanas sucias y manchadas; los ubicuos instrumentos romos; cuchillos manchados de sangre, cuidadosamente sujetos a la caja con cinta adhesiva.

Y en cualquier momento comenzarían a llegar los primeros miembros del personal. La señora Bidwell, la encargada de la limpieza, debería haber llegado veinte minutos antes. Tal vez había cogido la gripe, como Scobie. Del personal científico, el primero en llegar sería probablemente Clifford Bradley, el funcionario científico superior del departamento de biología, escabulléndose por el vestíbulo como si no tuviera derecho a estar allí, con sus inquietos ojos de víctima y aquel estúpido bigote caído, tan preocupado que apenas percibía sus saludos. Luego vendría la señorita Foley, la secretaria del director, serena y dueña de sí, exhibiendo siempre aquella sonrisa secreta. A Brenda, la señorita Foley le recordaba a Mona Rigby, una compañera de escuela que resultaba siempre elegida para representar el papel de Virgen María en la función teatral de Navidad. Nunca le había caído bien Mona Rigby —que no hubiera sido reelegida para el codiciado papel si la dirección hubiese sabido tanto como Brenda sobre ella—, y no estaba segura de que le cayera bien la señorita Foley. A continuación vendría alguien que sí le caía bien, el señor Middlemass, el examinador de documentos, con la chaqueta colgada del hombro, subiendo los escalones de tres en tres y saludando a gritos al mostrador de recepción. Después de eso, aparecerían en casi cualquier orden. El vestíbulo se llenaría de gente, como si fuera una terminal del ferrocarril, y en el corazón de aquel aparente caos, controlando y dirigiendo, ayudando y explicando, estaba el personal del mostrador de recepción.

Como si quisiera indicar que la jornada laboral estaba a punto de comenzar, sonó el teléfono. La mano del inspector Blakelock asió el auricular. Escuchó en silencio durante un lapso que a Brenda le pareció superior a lo acostumbrado y, en seguida, habló a su vez.

—No creo que esté aquí, señor Lorrimer. ¿Dice que no ha pasado la noche en casa?

Otro silencio. El inspector Blakelock medio le volvió la espalda e inclinó la cabeza sobre el aparato con aire de conspirador, como si estuviera escuchando una confidencia. Acto seguido, dejó el auricular sobre el mostrador y se volvió hacia Brenda.

—Es el anciano padre del doctor Lorrimer. Está preocupado. Dice que el doctor Lorrimer no le ha llevado el té esta mañana y que parece como si no hubiera pasado la noche en casa. Su cama no está deshecha.

—Bien, pues aquí no puede estar. Quiero decir, al llegar hemos encontrado la puerta cerrada con llave.

De eso no cabía la menor duda. Al doblar la esquina de la casa, después de dejar la bicicleta en lo que antaño habían sido los establos, había visto al inspector Blakelock parado ante la puerta delantera, casi como si estuviera esperándola. Luego, cuando hubo llegado junto a él, el inspector enfocó su linterna sobre las cerraduras e insertó las tres llaves, primero la Yale, a continuación la Ingersoll y, finalmente, la del cerrojo de seguridad que desconectaba el sistema de alarma electrónica de la comisaría de policía de Guy's Marsh. Acto seguido entraron los dos juntos en el oscuro vestíbulo. Ella se dirigió a la guardarropía, al fondo del edificio, en busca de su bata blanca, mientras él iba al despacho del inspector jefe Martin para desconectar el sistema que protegía las puertas interiores de las principales salas del laboratorio.

Brenda emitió una risita y comentó:

—La señora Bidwell aún no ha venido para hacer la limpieza y el doctor Lorrimer ha desaparecido. Puede que se hayan escapado juntos. El gran escándalo de Hoggatt.

No era una broma muy divertida, y no le sorprendió que el inspector Blakelock no se riera.

—Que la puerta estuviera cerrada no significa nada. El doctor Lorrimer tiene sus propias llaves. Y si ha venido a trabajar muy temprano, dejando la cama hecha, lo más probable es que haya vuelto a cerrar la puerta y a conectar las alarmas internas.

—Pero entonces, ¿cómo habría podido entrar en el laboratorio de biología?

—Habría tenido que abrir primero la puerta y dejarla abierta mientras volvía a conectar las alarmas. No parece muy probable. Cuando está aquí solo, normalmente utiliza la Yale.

Se llevó nuevamente el auricular junto al oído y prosiguió:

—Espere un momento, señor Lorrimer, por favor. No creo que esté aquí, pero voy a comprobarlo.

—Ya voy yo —se ofreció Brenda, deseosa de mostrarse útil. Sin detenerse a levantar la hoja plegadiza del mostrador, se agachó y pasó por debajo. Al volverse, vio con sorprendente claridad la figura de su compañero, instantáneamente brillante como iluminada por un flash fotográfico. El inspector Blakelock, con la boca medio abierta en una expresión de protesta, extendía un brazo hacia ella en un ademán, estirado e histriónico, de protección o refrenamiento. Ella, sin comprender, se rió y echó a correr hacia la amplia escalinata. El laboratorio de biología estaba situado al fondo de la primera planta y, con su anexo para investigaciones, ocupaba casi toda la longitud del edificio. La puerta estaba cerrada. Brenda hizo girar el pomo y la abrió de un empujón, palpando la pared en busca del interruptor de la luz. Sus dedos lo encontraron en seguida, y lo accionó. Los dos largos tubos fluorescentes suspendidos del cielorraso parpadearon, centellearon con luz tenue y vacilante y, finalmente, se iluminaron con una claridad uniforme.

Inmediatamente vio el cuerpo. Estaba tendido en el espacio entre las dos grandes mesas centrales, boca abajo, con la mano izquierda como si quisiera arañar el suelo y la mano derecha doblada bajo el cuerpo. Sus piernas estaban estiradas. Brenda emitió un curioso ruidito, entre un grito y un gemido, y se arrodilló junto a él. El cabello sobre su oído izquierdo estaba desgreñado y apelmazado en mechones como el pelo de su gatito después de lavarlo. Aunque no se distinguía la sangre sobre la oscura cabellera, ella supo sin lugar a dudas que aquello era sangre. Ya se había oscurecido sobre el cuello de su camisa blanca, y en el suelo del laboratorio se había formado y coagulado un pequeño charco. Solamente su ojo izquierdo era visible, fijo, sin brillo y apagado, como el ojo de un ternero muerto. La muchacha, vacilante, le palpó una mejilla. Estaba fría. Pero nada más ver aquella mirada vidriosa ya había comprendido que esto era la muerte.

No recordaba haber cerrado la puerta del laboratorio ni bajado otra vez al vestíbulo. El inspector Blakelock seguía tras el mostrador, con el auricular del teléfono en la mano. La muchacha sintió ganas de reír al verle la cara, tan gracioso parecía. Trató de hablarle, pero no encontró palabras. Su mandíbula temblaba incontrolablemente y le castañeteaban los dientes. Hizo una especie de ademán. El inspector dijo algo que ella no alcanzó a entender, colgó el teléfono y se precipitó escaleras arriba.

Ella avanzó tambaleándose hacia la pesada butaca victoriana situada contra la pared junto a la entrada del despacho del inspector jefe Martin, la butaca del coronel Hoggatt. El retrato la contemplaba desde lo alto. Mientras lo miraba, el ojo izquierdo pareció hacerse más grande y los labios se contrajeron en una mueca lasciva.

Un terrible frío atenazó todo su cuerpo. Le pareció sentir que su corazón, que no dejaba de palpitar contra la caja torácica, se estaba volviendo enorme. Respiraba a grandes bocanadas, pero aun así le faltaba el aire. De pronto, llegó a sus oídos el timbre del teléfono. Incorporándose lentamente, como un autómata, se acercó al mostrador y descolgó el aparato. Desde el otro extremo de la línea le llegó la voz frágil y quejumbrosa del señor Lorrimer. Brenda trató de pronunciar las palabras de costumbre, «Laboratorio Hoggatt, recepción al habla». Pero no pudo articular las palabras. Volvió a colgar el aparato y regresó a la butaca.

No recordaba haber oído el largo resonar del timbre de la puerta, ni haber cruzado velozmente el vestíbulo para ir a abrirla. De pronto, la puerta se abrió de par en par y el vestíbulo se llenó de gente y de sonoras voces. Las luces, cosa extraña, parecieron volverse más intensas, y los vio a todos como actores sobre un escenario brillantemente iluminado, con expresiones que el maquillaje acentuaba hasta volverlas grotescas. Todas sus palabras sonaban claras y distintas, como si estuviera en la primera fila de la platea. La señora Bidwell, la encargada de la limpieza, enfundada en su abrigo con cuello de piel de imitación, los ojos encendidos de indignación, su voz potente y aguda.

—¿Qué diablos ocurre aquí? Algún maldito idiota ha llamado a mi viejo y le ha dicho que hoy no hacía falta que viniera, que la señora Schofield me necesitaba. ¿Quién se dedica a gastar estas bromas estúpidas?

El inspector Blakelock bajó por la escalera lenta y deliberadamente, el protagonista haciendo su aparición. Se agruparon todos en un pequeño círculo y alzaron la vista hacia él; el doctor Howarth, Clifford Bradley, la señorita Foley, la señora Bidwell. El director dio un paso al frente. Parecía que fuera a desmayarse. Preguntó:

—¿Y bien, Blakelock?

—Es el doctor Lorrimer, señor. Está muerto. Asesinado.

Sin duda no podía ser que todos hubieran repetido la palabra al unísono, mirándose el uno al otro como el coro de una tragedia griega. Pero dio la impresión de que resonaba en el silencio del vestíbulo, perdiendo paulatinamente su significado hasta convertirse en una especie de sonoro gemido. Asesinato. Asesinato. Asesinato.

Vio que el doctor Howarth echaba a correr hacia la escalera. El inspector Blakelock se volvió para acompañarle, pero el director se lo impidió.

—No, usted quédese aquí. Ocúpese de que nadie pase más allá del vestíbulo. Telefonee al jefe de policía y al doctor Kerrison. Luego, póngame con el Home Office.

De repente, todos parecieron advertir por vez primera la presencia de Brenda. La señora Bidwell fue hacia ella.

—Entonces, ¿ha sido usted la que lo ha encontrado? ¡Pobre chiquilla!

Y de pronto dejó de ser una representación teatral. Las luces se apagaron. Los rostros se hicieron amorfos y ordinarios. Brenda emitió un breve jadeo. Sintió los brazos de la señora Bidwell en torno a sus hombros. El olor de su abrigo le apretó la cara. La falsa piel era tan suave como la pata de su gatito. Y, bienaventuradamente, Brenda empezó a llorar.

2

En un hospital londinense junto al río, desde el que podía divisar en sus momentos más masoquistas la ventana de su propia oficina, el doctor Charles Freeborn, del Servicio de Ciencias Forenses, yacía rígidamente en toda su longitud de un metro noventa sobre una angosta cama, su nariz como un montículo que sobresalía del metódico pliegue de la sábana, su blanca cabellera una neblina sobre la aún más blanca almohada. La cama era demasiado corta para él, un inconveniente al que se adaptaba proyectando limpiamente los dedos sobre el pie de la cama. El velador situado junto a la cabecera contenía el conglomerado de regalos, necesidades y amenidades de menor importancia que se considera indispensable para una breve estancia en el hospital. Entre ellos figuraba un jarro de rosas de aspecto muy oficial, sin aroma pero floridas, a través de cuyos pétalos funéreos y antinaturales el comandante Adam Dalgliesh tuvo la visión de un rostro tan inmóvil, con los abiertos ojos fijos en el cielorraso, que por un instante le sobresaltó la impresión de estar visitando a un muerto. Recordando que Freeborn estaba convaleciendo de algo tan poco grave como una exitosa operación de venas varicosas, se acercó a la cama y exclamó:

—¡Hola!

Freeborn, galvanizado de su adormecimiento, se incorporó como impulsado por un muelle, haciendo caer de la mesilla de noche un paquete de pañuelos de papel, dos ejemplares del *Boletín de la Sociedad de Ciencias Foren-*

ses y una caja abierta de chocolatinas. En seguida, extendió un brazo enjuto y salpicado de manchitas, rodeado por la pulsera de identificación del hospital, y estrujó la mano de Dalgliesh.

—¡Adam! ¡No vuelvas a sorprenderme de esta forma, condenado! ¡Dios mío, no sabes cuánto me alegro de verte! La única noticia buena que he recibido esta mañana es la de que quedas tú al frente. Pensaba que tal vez te habrías marchado ya. ¿De cuánto tiempo dispones? ¿Cómo viajarás hasta allí?

Dalgliesh respondió por el mismo orden a las preguntas que acababa de formularle.

—Diez minutos. En helicóptero, desde el helipuerto de Battersea. Ahora mismo voy hacia allí. ¿Cómo estás, Charles? ¿Te estoy dando la lata?

—Yo soy quien da la lata. La cosa no podía ocurrir en peor momento. Y lo que más me enfurece es que la culpa ha sido mía. La operación habría podido esperar. Pero el dolor ya empezaba a cargarme, y Meg insistió en que lo hiciera ahora, antes de retirarme, con la teoría, supongo, de que más valía perder el tiempo del gobierno que el mío propio.

Recordando lo que sabía de la pasión y los logros de Freeborn durante sus cuarenta y tantos años en el Servicio de Ciencias Forenses, los difíciles años de la guerra, el aplazamiento de su jubilación, los últimos cinco años, en los que había cambiado su cargo de director por las frustraciones de la burocracia, Dalgliesh asintió:

—Estoy totalmente de acuerdo con ella. Y tu presencia en Chevisham no habría servido de nada.

—Ya lo sé. Es absurda esta sensación de culpabilidad por no haber estado al pie del cañón cuando sobreviene el desastre. Me han llamado de la oficina de servicios para darme la noticia, justo después de las nueve. Supongo que habrán pensado que era mejor telefonear antes que dejar que me enterase por mis visitantes o por los periódicos de la tarde. Muy correcto por su parte. El jefe de policía debe de haber llamado al Yard a los pocos minutos de conocer la noticia. ¿Qué es lo que sabes, exactamente?

—Aproximadamente lo mismo que tú, supongo. He hablado con el jefe de policía y con Howarth. Me han proporcionado los datos principales. El cráneo destrozado, al parecer con un pesado mazo que Lorrimer estaba examinando. El laboratorio cerrado como de costumbre a la llegada del oficial adjunto de enlace con la policía y la joven administrativa, a las ocho y media de esta mañana. Las llaves de Lorrimer en su bolsillo. A menudo solía quedarse a trabajar fuera de horas, y la mayor parte de los miembros del laboratorio sabían que anoche pensaba hacerlo. No hay señales de que forzaran la puerta. Cuatro juegos de llaves. Lorrimer tenía uno, en su calidad de funcionario científico principal y responsable de la seguridad. El oficial adjunto de enlace con la policía tiene el segundo juego. Lorrimer y uno de los oficiales de enlace con la policía eran las únicas personas autorizadas para abrir y cerrar el edificio. El director tiene el tercer juego de llaves en su caja de seguridad, y el cuarto está en una caja fuerte en la comisaría de Guy's Marsh, por si se da el caso de que la alarma suene durante la noche.

Freeborn concluyó:

—Entonces, o bien Lorrimer dejó entrar a su asesino o el asesino tenía una llave.

Había otras posibilidades, pensó Dalgliesh, pero no era aquel el momento de discutirlas. Preguntó:

—Supongo que Lorrimer habría dejado pasar a cualquier empleado del laboratorio, ¿no?

—¿Por qué no? Probablemente habría admitido a cualquier miembro de la policía local al que conociera personalmente, sobre todo si se trataba de un detective relacionado con un caso reciente. De otro modo, no estoy tan seguro. Quizás hubiera dejado pasar a algún pariente o amigo, aunque eso me parece aún más dudoso.

Era un tipo muy puntilloso, y no me lo imagino utilizando el laboratorio como punto de cita. Desde luego, también habría dejado entrar al patólogo.

—Me han dicho que es un residente local, Henry Kerrison. El jefe de policía dijo que lo llamaron para que echara un vistazo al cuerpo. Bien, supongo que no podían hacer otra cosa. No sabía que hubierais encontrado un sucesor para Donald *el Mortecino*.

—Todavía no. Kerrison actúa como colaborador independiente, contratado para cada caso. Está bien considerado y probablemente recibirá el nombramiento, si podemos conseguir que la Autoridad Sanitaria de Zona dé su aprobación. Existe el problema de costumbre con sus responsabilidades en el hospital. No sabes cuánto me gustaría dejar solucionado el servicio patológico forense antes de retirarme, pero creo que este dolor de cabeza tendrá que quedar para mi sucesor.

Dalgliesh pensó sin afecto en Donald *el Mortecino* y en su macabro humor de colegial: —«No emplee ese cuchillo para el pastel, mi querida señora. Lo he utilizado esta mañana con una de las víctimas de Harry *el Sacamantecas* y el filo está todo mellado»—, su propensión al autobombo y su insoportable risa de campesino, sintiéndose agradecido porque, al menos, no tendría que interrogar a aquel temible viejo farsante.

—Háblame de Lorrimer. ¿Qué tal era?

Ésta era la pregunta que subyacía en el núcleo de cualquier investigación de asesinato; sin embargo, aun antes de formularla se dio cuenta de lo absurda que resultaba. Ésta era la parte más extraña del trabajo de un detective, el ir construyendo una relación con el muerto, visto únicamente como un cadáver desplomado en la escena del crimen o desnudo sobre una mesa del depósito de cadáveres. La víctima era la pieza central en el misterio de su propia muerte. Había muerto a causa de lo que era. Antes de que el caso llegara a su fin, Dalgliesh habría recibido una docena de imágenes de la personalidad de Lorrimer, transferidas como impresiones de las mentes de otras personas. A partir de estas imágenes amorfas e inciertas iría creándose su propio concepto, superpuesto y dominante, pero en esencia incompleto y distorsionado —al igual que lo eran los demás— por sus propias ideas preconcebidas, su propia personalidad. Pero la pregunta debía ser formulada. Y por lo menos podía confiar en que Freeborn la contestara sin enzarzarse en una discusión filosófica sobre la naturaleza del yo. Pero el rumbo de sus pensamientos debía de haber corrido paralelo por unos instantes, pues Freeborn le respondió:

—Es curioso que siempre tengas que hacer esta pregunta, que sólo puedas llegar a conocerle a través de las impresiones de otras personas. Sobre los cuarenta años de edad. Tiene el aspecto de un Juan Bautista sin barba y viene a ser más o menos igual de intransigente. Soltero. Vive con su anciano padre en una casita a las afueras del pueblo. Es un biólogo forense sumamente competente, o mejor dicho lo era, pero no creo que hubiera llegado más arriba. Obsesivo, irritable, difícil de tratar. Se presentó para el cargo de director del laboratorio, naturalmente, y quedó en segundo lugar después de Howarth.

—¿Cómo se tomó el nombramiento? ¿Y el resto del laboratorio?

—Lorrimer se lo tomó bastante mal, creo. Pero el laboratorio no habría aceptado bien su nombramiento. La mayor parte del personal superior le tenía ojeriza, pero siempre hay uno o dos que prefieren un colega a un extraño, aunque lo odien a muerte. Y el sindicato, claro, tuvo que protestar porque el nombramiento no había recaído en un científico forense.

—¿Por qué elegisteis a Howarth? Doy por sentado que tú estabas en el consejo.

—Oh, sí. Y acepto mi parte de la responsabilidad. Aunque eso no significa que piense que cometimos una equivocación. El viejo Doc Mac era uno de los más grandes científicos forenses —comenzamos juntos—, pero no se puede negar que en los últimos tiempos había aflojado un poco las riendas. Howarth ya ha conseguido aumentar el ritmo de trabajo en un diez por ciento. Y, además, está la contrata del nuevo laboratorio. El nombramiento de un hombre sin experiencia forense fue un riesgo calculado, pero lo que nos interesaba sobre todo era un gestor. Al menos, ésa era la opinión de la mayoría, y el resto nos dejamos persuadir de que no sería mala cosa, aunque, lo confieso, no quedara del todo claro lo que se entendía por esa palabra mágica. Gestión. La nueva ciencia. Todos le rendimos pleitesía. En los viejos tiempos, estábamos por la faena; bromeábamos con el personal si era necesario, dábamos un puntapié en el trasero a los más lentos, alentábamos a los inseguros y convencíamos a una policía reluctante y escéptica para que utilizara nuestros servicios. Ah, y de vez en cuando enviábamos un informe estadístico al Ministerio del Interior para recordarles nuestra existencia. La cosa parecía funcionar bien. El servicio no se colapsaba. ¿Te has parado alguna vez a pensar cuál es exactamente la diferencia entre administración y gestión, Adam?

—Apúntate esta pregunta para confundir a los candidatos en el próximo consejo. Howarth estaba en el Instituto de Investigaciones Bruche, ¿no es cierto? ¿Por qué quiso cambiar? Eso tuvo que representarle un recorte en su salario.

—Apenas unas seiscientas libras al año, y eso carece de importancia para él. Su padre era rico, y todo fue a parar a él y su hermanastra.

—Pero era un sitio más grande, ¿no? Y en el Hoggatt no creo que pueda realizar investigación.

—Hace un poco, sí, pero esencialmente se trata de un laboratorio para el servicio, desde luego. Eso nos tuvo un poco preocupados a los del consejo. Pero no podíamos tratar de convencer a nuestro candidato más prometedor que el nombramiento representaría un descenso para él, ¿verdad? Científica y académicamente —es especialista en física pura— estaba muy por delante de los demás. De hecho, le presionamos un poco para que expusiera sus motivos, y nos dio los habituales: estaba estancándose, quería un nuevo campo de actividades, anhelaba ir a vivir fuera de Londres. Se rumoreaba que su esposa le había dejado poco antes y que pretendía empezar nuevamente de cero. Es probable que ésta fuera la auténtica razón. Gracias a Dios que no utilizó la condenada palabra desafío. Si vuelvo a oír a un candidato más diciendo que ve el trabajo como un desafío, creo que vomitaré sobre la mesa del consejo. Me estoy haciendo viejo, Adam.

Meneó la cabeza en dirección a la ventana y añadió:

—Están un poco crispados por allí, no hace falta que te lo diga.

—Ya lo sé. He tenido una conversación de lo más breve, pero llena de tacto. Tienen un gran talento para dar a entender más de lo que realmente dicen. Pero, evidentemente, es importante resolver el asunto cuanto antes. Aparte de la confianza en el servicio, todo el mundo debe querer que el laboratorio reanude su trabajo normal.

—¿Cómo está la situación? Con el personal, quiero decir.

—La sección local del C.I.D.* ha cerrado todas las puertas interiores, y el personal está confinado en la biblioteca y en la zona de recepción hasta que llegue yo. En estos momentos están ocupados redactando sendos resúmenes de sus movimientos desde que Lorrimer fue visto por última vez con vida, y la policía local ha dado comienzo a la comprobación preliminar de coartadas. Esto debe permitirnos ganar algún tiempo. Llevaré conmigo a un oficial, John Massingham. Mientras tanto, el Laborato-

---

* Siglas de *Criminal Investigation Department*, el departamento de investigación criminal de la policía británica. *(N. de la T.)*

rio Metropolitano se hará cargo de las tareas forenses. El departamento de relaciones públicas enviará a un tipo para que se ocupe de la prensa, o sea que no tendré que cuidarme yo de eso. Ha sido muy amable este conjunto pop al separarse tan espectacularmente. Entre eso y los problemas del gobierno, es posible que no salgamos en las primeras páginas hasta dentro de uno o dos días.

Freeborn estaba mirándose los dedos de los pies con una expresión de moderado disgusto, como si se tratara de miembros errantes cuyas deficiencias le hubieran pasado inadvertidas hasta aquel momento. De vez en cuando los agitaba, aunque era imposible decir si lo hacía en cumplimiento de alguna orden médica o bien para su satisfacción personal. Al cabo de unos instantes, explicó:

—Comencé mi carrera en el Laboratorio Hoggatt, ya lo sabes. Eso fue antes de la guerra. En aquel entonces sólo disponíamos de métodos químicos por vía húmeda, tubos de ensayo, probetas, soluciones. Y no empleábamos mujeres porque no era decente que una joven tuviera que ocuparse en casos de violencia sexual. Aun para las normas del servicio en los años treinta, el Hoggatt era un laboratorio anticuado. Aunque no en un sentido científico, no creas. Cuando los espectrógrafos eran todavía el nuevo juguete maravilloso, nosotros ya teníamos uno. Los marjales producían algunos crímenes muy peculiares. ¿Recuerdas el caso Mulligan, el viejo que descuartizó a su hermano y ató los despojos en las compuertas de la esclusa de Leamings? De ahí sacamos una evidencia forense de lo más interesante.

—Había como una cincuentena de manchas de sangre en el chiquero, ¿no es cierto? Y Mulligan juraba que era sangre de gorrino.

La voz de Freeborn adquirió un tono reminiscente.

—Me gustaba, el viejo villano. Y todavía siguen utilizando las fotos que tomé yo de aquellas salpicaduras para ilustrar conferencias acerca de las manchas de sangre. Es curiosa la atracción que ejercía el Hoggatt, y que sigue ejerciendo, si a eso vamos. Una inadecuada mansión palladiana en una aburrida aldea de East Anglia al borde de los marjales negros. A dieciséis kilómetros de Ely, que difícilmente puede considerarse un centro de voraginosa actividad para los jóvenes. Inviernos que le hielan a uno los huesos y un viento de primavera —el soplo del marjal, así lo llaman— que va cargado de turba y obstruye los pulmones como el *smog*. Y aun así, el personal que no se marchaba durante el primer mes, se quedaba para siempre. ¿Sabías que hay una pequeña capilla del arquitecto Wren en los terrenos del laboratorio? Arquitectónicamente es muy superior a la casa, porque el viejo Hoggatt la dejó tal como estaba. Según creo, carecía casi completamente de sensibilidad estética. Después de que fuera desconsagrada, o lo que sea que hacen a los lugares de culto cuando dejan de utilizarse, el viejo la convirtió en almacén de productos químicos. Howarth ha organizado un cuarteto de cuerda en el laboratorio y dieron un concierto allí. Al parecer, es un notable violinista aficionado. Seguramente en estos instantes debe de estar lamentando no haberse dedicado a la música. No es un buen comienzo para él, pobre diablo. Y siempre había sido un laboratorio muy feliz. Supongo que era precisamente este aislamiento el que nos daba tal sensación de camaradería.

Dalgliesh observó adustamente:

—Dudo que esta sensación se mantenga una hora después de mi llegada.

—No. Normalmente, traéis con vosotros tantos problemas como los que resolvéis. No podéis evitarlo. El asesinato es así, un crimen contaminante. Oh, acabarás resolviéndolo, ya lo sé. Siempre lo haces. Pero me gustaría saber a qué precio.

Dalgliesh no respondió. Era demasiado sincero y respetaba demasiado a Freeborn para contestarle con vagas promesas falsamente tranquilizadoras. Actuaría con toda discreción, por supuesto. Eso no tenía ni que decirlo. Pero iba al laboratorio a resolver un asesinato, y todas las demás consideraciones retrocedían ante esta tarea prioritaria. La resolución de un asesinato siempre exigía un precio, a veces a él mismo pero con más frecuencia a terceros. Y Freeborn tenía razón. Era un crimen que contaminaba a todo el que tocaba, inocentes y culpables por igual. No le dolían los diez minutos que había pasado con Freeborn. El anciano, con sencillo patriotismo, creía que el servicio al que había dedicado toda una vida de trabajo era el mejor del mundo. Había contribuido a darle su forma actual, y probablemente estaba en lo cierto. Dalgliesh había averiguado aquello que había venido a averiguar. Pero, mientras estrechaba su mano y se despedía de él, era consciente de que no dejaba ningún consuelo tras de sí.

3

La biblioteca del Laboratorio Hoggatt se hallaba al fondo de la planta baja. Sus tres altas ventanas se abrían sobre la terraza de losas y la doble escalinata que conducía a lo que otrora había sido un prado de césped y unos jardines formales pero actualmente sólo era medio acre de hierba descuidada, limitado al oeste por el anexo de ladrillos del departamento de examen de vehículos, y al este por el antiguo edificio de las cuadras, ahora convertidas en garajes. La sala en sí era una de las pocas de la mansión que habían escapado al celo transformador de su antiguo propietario. Los anaqueles originales de roble tallado seguían recubriendo los muros, aunque su anterior contenido había sido sustituido por la nada despreciable biblioteca científica del laboratorio. Además, se había añadido espacio adicional para las colecciones encuadernadas de revistas nacionales y extranjeras gracias a dos estanterías metálicas y movibles que dividían la pieza en tres compartimientos. Ante cada una de las tres ventanas había una mesa de trabajo con cuatro sillas; una mesa estaba casi completamente ocupada por una maqueta del nuevo laboratorio.

Era en este espacio, un tanto inapropiado, donde se había reunido el personal. Un sargento detective de la sección local del C.I.D. permanecía impasiblemente sentado junto a la puerta, como para recordarles por qué se hallaban tan incómodamente encarcelados. Se les permitía acudir a la guardarropía de la planta baja con una discreta escolta, y les habían indicado que podían telefonear a sus casas desde la biblioteca. Pero, por el momento, el resto del laboratorio les estaba vedado.

A su llegada, les habían rogado a todos que escribieran una breve declaración de dónde habían pasado, y con quién, la tarde y la noche anteriores. En aquellos momentos esperaban pacientemente su turno ante una de las tres mesas. El sargento había recogido sus declaraciones para entregarlas a su colega del mostrador de recepción, presumiblemente con el fin de iniciar las comprobaciones preliminares. Aquellos miembros subalternos del personal que podían proporcionar una coartada satisfactoria eran autorizados a regresar a su casa nada más verificarla; uno por uno, iban dejando el laboratorio de no muy buen grado, lamentando perderse los excitantes acontecimientos que iban a tener lugar. Los menos afortunados, junto con los primeros que habían llegado aquella mañana y los científicos de mayor antigüedad, debían esperar la llegada del equipo de Scotland Yard. El director sólo había efectuado una fugaz aparición en la biblioteca. En un primer momento, se había marchado en compañía de Angela Foley para comunicar la noticia de la muerte al padre de Lorrimer. Al regresar, se había encerrado en su propio despacho con el detective superintendente Mercer, de la sección local del C.I.D. Se rumoreaba que el doctor Kerrison estaba con ellos.

Los minutos parecían arrastrarse mientras todos esperaban oír el primer zumbido del helicóptero. Inhibidos por la presencia de la policía, por prudencia, por delicadeza o por encontrarlo embarazoso, evitaban hablar del tema predominante en sus pensamientos y conversaban con la precavida cortesía de unos extraños a los que el azar ha reunido en la sala de un aeropuerto. Las mujeres parecían, en general, mejor dispuestas para soportar el tedio de la espera. La señora Mallett, mecanógrafa de la oficina general, había llevado su labor de punto al trabajo y, respaldada por una coartada indestructible —había estado en el concierto del pueblo, sentada entre la encargada de la oficina de correos y el señor Mason, del almacén general— y con las manos ocupadas en algo, se dedicaba a tejer con comprensible aunque un tanto irritante complacencia hasta que le dieran la orden de liberación. La señora Bidwell, la encargada de la limpieza del laboratorio, había insistido en visitar el cuarto de las escobas, naturalmente acompañada, y se había provisto de un plumero para el polvo y un par de trapos, con los que inició un vigoroso asalto contra los estantes de libros. Permanecía desacostumbradamente callada, pero los científicos reunidos en torno a las mesas podían oírla mascullar para su coleto mientras castigaba a los libros del extremo de uno de los compartimientos.

Brenda Pridmore había recibido autorización para recoger del mostrador el libro registro de pruebas recibidas, y, pálida de cara pero exteriormente compuesta, comprobaba las cifras del mes anterior. El libro ocupaba más espacio del que justamente le correspondía en la mesa, pero al menos estaba realizando un trabajo efectivo. Claire Easterbrook, funcionaria científico superior del departamento de biología y, tras la muerte de Lorrimer, el biólogo de mayor rango, había extraído de su portafolio un artículo científico escrito por ella sobre recientes adelantos en la clasificación por grupos sanguíneos y estaba revisándolo, en apariencia tan poco afectada como si en el Laboratorio Hoggatt el asesinato fuese una incomodidad habitual para la que, previsoramente, siempre estaba preparada.

Los demás miembros del personal mataban el tiempo cada uno a su manera. Aquellos que preferían fingirse atareados se sumergían en algún libro y, de vez en cuando, efectuaban ostentosamente una anotación. Los dos examinadores de vehículos, con la reputación de no tener conversación excepto en el tema de los automóviles, estaban acuclillados el uno junto al otro, las espaldas apoyadas en la estantería metálica, y hablaban de coches con desesperada vehemencia. Middlemass había terminado el crucigrama de *The Times* a las diez menos cuarto, y había hecho durar el resto del periódico tanto como había podido. Para entonces, empero, había agotado ya hasta la columna de esquelas. Dobló el periódico y lo arrojó sobre la mesa, hacia manos que lo aguardaban con anhelo.

La llegada de Stephen Copley, el químico superior, justo antes de las diez, representó un alivio general. Bullicioso como de costumbre, su rostro rubicundo, con la tonsura y la orla de negros y rizados cabellos, resplandecía como si viniera de tomar el sol. No se sabía de nada capaz de desconcertarle, y mucho menos la muerte de un hombre que nunca le había gustado. Pero contaba con una coartada segura, pues había pasado todo el día anterior ante un Tribunal de la Corona y la tarde y la noche con unos amigos de Norwich, regresando a Chevisham con el tiempo justo para comparecer, no sin cierto retraso, en su lugar de trabajo. Sus colegas, aliviados de tener algún tema de conversación, comenzaron a interrogarle acerca del caso en que había declarado. Pero hablaban con voz demasiado fuerte para que resultara natural. El resto de la compañía escuchaba con simulado interés, como si la conversación fuese un diálogo dramático orquestado para su entretenimiento.

—¿Quién se ocupaba de la defensa? —quiso saber Middlemass.

—Charlie Pollard. Repantigó su enorme vientre sobre la barandilla del estrado y explicó confidencialmente a los jurados que no tenían por qué asustarse de los llamados peritos científicos, porque ninguno de nosotros, incluyéndose él mismo, por descontado, sabíamos realmente de qué estábamos hablando. No hará falta decir que quedaron todos sumamente aliviados.

—Los jurados detestan la evidencia científica.

—Están convencidos de que no serán capaces de entenderla y claro, no la entienden. Nada más subir uno al estrado, percibe el velo de obstinada incomprensión que cubre sus mentes. Lo que quieren es certidumbre. ¿Procede esta partícula de pintura de la carrocería de este automóvil? Responda sí o no. No nos salga con una de esas molestas probabilidades matemáticas que tanto les gustan a ustedes.

—Pues si detestan la evidencia científica, todavía detestan más la aritmética. Deles una opinión científica que dependa de la capacidad de dividir un factor entre dos tercios y, ¿qué le dirá el abogado? «Temo que deberá explicarse con mayor sencillez, señor Middlemass. Ni el jurado ni yo somos titulados superiores en matemáticas, ya sabe.» Lo que, traducido, significa: eres un bastardo arrogante y el jurado hará bien en no creer ni una palabra de lo que digas.

Era una antigua discusión. Brenda la había oído otras veces, mientras consumía los bocadillos del almuerzo en la habitación, a mitad de camino entre la cocina y una sala de estar, que seguía llamándose el comedor de los subalternos. Pero en aquellos momentos le parecía terrible que pudieran charlar con tanta naturalidad cuando el doctor Lorrimer yacía muerto en el piso de arriba. De pronto, sintió la necesidad de pronunciar su nombre. Alzó la mirada y, haciendo un esfuerzo, señaló:

—El doctor Lorrimer creía que el servicio acabaría repartido entre tres inmensos laboratorios que harían el trabajo de todo el país, recibiendo las pruebas y muestras por vía aérea. Decía que, según su parecer, todas las evidencias científicas deberían ser aceptadas por ambas partes antes de comenzar el juicio.

Middlemass respondió con soltura:

—Es un viejo argumento. Pero la policía desea un laboratorio local bien a mano, y ¿quién puede culparlos? Además, tres cuartas partes de todo el trabajo científico forense no requieren esta sofisticada instrumentación. Quizá fuese más conveniente tener laboratorios regionales perfectamente equipados y una red de subestaciones locales. Pero entonces, ¿quién querría trabajar en los laboratorios pequeños si todo el material más interesante era enviado a otra parte?

La señorita Easterbrook había terminado ya su revisión, y opinó:

—Lorrimer sabía que su idea del laboratorio como árbitro científico no podía funcionar, no con el sistema judicial británico. Y, de todos modos, las evidencias científicas deben ser sometidas a prueba como cualquier otra evidencia.

—Pero, ¿cómo? —inquirió Middlemass—. ¿Mediante un jurado corriente? Supongamos que usted es un perito examinador de documentos ajeno al servicio y que la defensa solicita su intervención. Usted y yo discrepamos. ¿Cómo puede un jurado elegir entre los dos? Lo más probable es que decidan creer en usted porque es más atractiva.

—O más probablemente en usted, porque es un hombre.

—O uno de ellos, el decisivo, rechazará mi declaración porque le recuerdo al tío Ben y toda la familia sabe que Ben era el peor embustero del mundo.

—De acuerdo. De acuerdo. —Copley extendió sus regordetas manos en un apaciguador gesto de bendición—. Es lo mismo que la democracia. Un sistema falible, pero es lo mejor que tenemos.

Middlemass prosiguió:

—Es extraordinario, no obstante, lo bien que funciona. Uno mira al jurado, allí cortésmente sentado y prestando toda su atención, como niños que muestran sus mejores modales porque se encuentran en un país extranjero y no desean ponerse en ridículo ni ofender a los nativos. Y, sin embargo, ¿con cuánta frecuencia emiten un veredicto que es manifiestamente perverso con respecto a las pruebas?

Claire Easterbrook replicó secamente:

—El que sea manifiestamente perverso con respecto a la verdad es otro asunto.

—Un juicio criminal no es un tribunal para dilucidar la verdad. Por lo menos, nos atenemos a los hechos. ¿Qué sucede con las emociones? ¿Amaba usted a su esposo, señora B.? ¿Cómo puede la pobre mujer explicarles que, probablemente como la mayoría de las esposas, lo amaba buena parte del tiempo, cuando no se pasaba la noche roncando junto a su oído, ni gritaba a los niños o le regateaba el dinero para el bingo?

Intervino Copley:

—No puede explicarlo. Si tiene un poco de sentido común y si su abogado la ha aconsejado correctamente, sacará su pañuelo y sollozará «Oh, sí, señor. Bien sabe Dios que no hubo nunca un esposo mejor.» Es un juego, ¿verdad? Para ganar hay que seguir las reglas.

Claire Easterbrook se encogió de hombros.

—Si es que las conoce uno. Demasiado a menudo se trata de un juego en el que las reglas sólo las conoce un bando. Lo cual resulta lógico, porque es el bando que las escribe.

Copley y Middlemass se echaron a reír.

Clifford Bradley se había medio escondido del resto de la compañía detrás de la mesa donde reposaba la maqueta del nuevo laboratorio. Había tomado al azar un libro de la biblioteca, pero en los últimos diez minutos ni siquiera se había molestado en volver la página.

¡Estaban riéndose! ¡Estaban de veras riéndose! Levantándose de la mesa, anduvo a tientas hacia el compartimiento más alejado y devolvió el libro a su estante, apoyando luego la frente sobre el frío acero del mueble. Middlemass le siguió discretamente y, de espaldas a los demás, se alzó de puntillas para coger un libro. Preguntó:

—¿Se encuentra usted bien?

—Ojalá hubieran llegado ya.

—Eso deseamos todos. Pero el helicóptero está al llegar.

—¿Cómo pueden reírse de esta manera? ¿Es que no les importa?

—Claro que nos importa. El asesinato es algo brutal, embarazoso e inconveniente. Pero dudo mucho que alguno sienta un pesar puramente personal. Y las tragedias de las demás personas, el peligro de los demás, siempre produce una cierta euforia, a condición de encontrarse uno a salvo. —Miró a Bradley y añadió suavemente—: Siempre está el homicidio sin premeditación. O incluso el homicidio justificado. Aunque, pensándolo bien, no creo que se pueda alegar esto último.

—Cree usted que fui yo quien lo mató, ¿verdad?

—Yo no creo nada. Además, tiene una coartada. ¿No estuvo su suegra con ustedes ayer por la tarde?

—No toda la tarde. Cogió el autobús de las siete cuarenta y cinco.

—Bien, con un poco de suerte se demostrará que a esa hora ya estaba muerto. —¿Por qué, se preguntó Middlemass, había Bradley de suponer que no lo estaba? Los oscuros e inquietos ojos de Bradley se entornaron con suspicacia.

—¿Cómo sabía usted que la madre de Susan estuvo anoche con nosotros?

—Susan me lo dijo. De hecho, me telefoneó al laboratorio justo antes de las dos. Quería hablarme de Lorrimer. —Reflexionó un instante y prosiguió con soltura—: Quería saber si existía alguna posibilidad de que fuera a pedir un traslado, ahora que Howarth lleva ya un año en el cargo. Pensaba que tal vez yo hubiera oído comentar algo. Cuando vuelva a su casa, dígale a Susan que no me propongo hablar a la policía de esta llamada a no ser que ella lo haga primero. Ah, y puede asegurarle que no he sido yo el que le ha roto la cabeza. Haría muchas cosas por Sue, pero un hombre debe trazar la raya en alguna parte.

Bradley, con una nota de resentimiento, replicó:

—¿Por qué habría usted de preocuparse? Su coartada es excelente. ¿No estuvo en el concierto del pueblo?

—No toda la velada. Y, aunque estuve allí visiblemente, mi coartada no deja de resultar ligeramente embarazosa.

Bradley se volvió hacia él y exclamó, con repentina vehemencia:

—¡Yo no lo hice! ¡Oh, Dios mío, no puedo soportar esta espera!

—Tiene que soportarla. ¡Domínese, Cliff! Venirse abajo no le ayudará en nada, ni a Susan. Son policías ingleses, recuerde. No estamos esperando a el K.G.B.

Fue entonces cuando oyeron el tan esperado sonido, un lejano zumbido rechinante como el de una avispa enfurecida. La esporádica conversación en torno a las mesas se interrumpió, las cabezas se alzaron y, todos a una, los allí reunidos se acercaron a las ventanas. La señora Bidwell se apresuró a buscar un lugar privilegiado. El helicóptero rojo y blanco apareció matraqueando sobre las copas de los árboles y se cernió, como un tábano ruidoso, sobre la terraza. Nadie hablaba. Finalmente, Middlemass dijo:

—El chico prodigio del Yard, muy apropiadamente, desciende desde las nubes. Bien, esperemos que trabaje rápidamente. Quiero volver a mi laboratorio. Alguien debería decirle que no es el único que tiene un caso de asesinato entre manos.

4

El honorable John Massingham, detective inspector, no era amigo de los helicópteros, que juzgaba ruidosos, angostos y aterradoramente inseguros. En circunstancias normales no habría tenido ningún inconveniente en decirlo así, puesto que ni él mismo ni nadie ponía en duda su valentía. Pero sabía que a su superior le desagradaba la charla innecesaria y, como ambos iban lado a lado, sujetos por los cinturones de seguridad del Enstrom F28 en incómodamente estrecha proximidad, decidió que el comienzo más propicio para el caso de Chevisham exigía una política de disciplinado silencio. Advirtió con interés que el cuadro de instrumentos de la carlinga era notablemente semejante al tablero de un automóvil; incluso la velocidad de vuelo se indicaba en millas por hora y no en nudos. Lo único lamentable era que el parecido terminaba allí. Se ajustó los auriculares más cómodamente y se arrellanó en el asiento para calmar sus nervios con el concentrado estudio de los mapas.

Se habían desprendido por fin de los tentáculos pardorrojizos de los suburbios de Londres, y el cuadriculado paisaje otoñal, con tantas texturas distintas como una tela hecha de parches, se desplegaba ante ellos en un cambiante diseño de verde, marrón y oro, conduciéndolos hacia Cambridge. Los esporádicos rayos del sol caían en amplios haces sobre los nítidos y segmentados pueblos, sobre los pulcros parques municipales y el campo abierto. Coches de hojalata en miniatura, relucientes como coleópteros bajo la luz del sol, se afanaban uno en pos de otro por las concurridas carreteras.

Dalgliesh miró de soslayo a su acompañante, su rostro fuerte y pálido con una rociada de pecas sobre la escarpada nariz y la amplia frente, la mata de cabellos rojos que sobresalía de los auriculares, y pensó cuánto se parecía aquel joven a su padre, un temible par tres veces condecorado cuyo coraje sólo era comparable a su obstinación y a su ingenuidad. La maravilla de los Massingham era que un linaje que se remontaba quinientos años hubiera podido producir tantas generaciones de afables nulidades. Recordó la última vez que había visto a lord Dungannon. Había sido con ocasión de un debate en la Cámara de los lores a propósito de la delincuencia juvenil, cuestión en la que Su Señoría se tenía por experto puesto que, indudablemente, en tiempos había sido joven y durante una breve temporada había ayudado a organizar un club juvenil en la finca de su abuelo. Sus ideas, cuando por fin aparecieron, fueron formuladas en toda su simplista banalidad, sin ningún orden particular de lógica o de importancia, y con una voz curiosamente suave y puntuada por largas pausas, durante las cuales contemplaba pensativamente el trono y parecía comulgar felizmente con alguna presencia interior. Entre tanto, como conejos de Noruega que han husmeado el mar, los nobles lores abandonaron colectivamente la cámara para reaparecer, como telepáticamente convocados, cuando el discurso de Dungannon llegaba a su fin. Pero aunque la familia no había contribuido en nada al gobierno del estado, y muy poco a las artes, sus hombres habían muerto con espectacular gallardía por las causas ortodoxas en todas las generaciones.

Y el actual heredero de Dungannon había elegido esta en absoluto ortodoxa profesión. Sería interesante ver si la familia lograba distinguirse por vez primera y en un terreno tan desacostumbrado. Dalgliesh no había querido preguntar qué había inducido a Massingham a elegir

126

el servicio policial para dar salida a su natural combatividad y su trasnochado patriotismo, en vez de seguir la carrera militar como era habitual en su familia; en parte porque era dado a respetar la intimidad de los demás hombres, y en parte porque no estaba seguro de querer conocer la respuesta. Hasta el momento, Massingham se había comportado excepcionalmente bien. La policía era un cuerpo tolerante, y sostenía la opinión de que nadie podía evitar ser hijo de quien era. Aceptaban que Massingham se había ganado el ascenso por méritos propios, aunque no eran tan ingenuos como para pensar que ser el hijo mayor de un noble pudiera perjudicar a nadie. A espaldas de Massingham, y a veces a la cara, le llamaban *el Honjohn*, y no le guardaban mala voluntad.

Aunque la familia había venido a menos y vendido las tierras —lord Dungannon estaba criando a su considerable familia en una modesta villa de Bayswater—, el muchacho aún había estudiado en la misma escuela que su padre. Probablemente, pensó Dalgliesh, el viejo guerrero ni siquiera estaba enterado de que existían otras escuelas; como todas las demás clases, la aristocracia, por empobrecida que estuviera, siempre lograba encontrar dinero para las cosas que verdaderamente deseaba. Massingham, empero, era un producto atípico de aquel establecimiento, completamente desprovisto de la elegancia ligeramente *dégagée* y el irónico desapego que caracterizaban a sus alumnos. De no haber conocido su historia, Dalgliesh habría supuesto que provenía de una sólida familia de clase media alta —un médico o un abogado, tal vez— y de una antigua y acreditada escuela de segunda enseñanza. Eso fue la segunda vez que trabajaron juntos. La primera, Dalgliesh había descubierto la inteligencia de Massingham y su enorme capacidad de trabajo, así como su admirable facilidad para tener la boca cerrada y percibir cuándo su jefe prefería que le dejaran en paz. También había advertido en el joven una vena de implacabilidad que, reconoció, no habría debido sorprenderle, pues sabía que, como en todos los buenos detectives, forzosamente debía estar presente.

El Enstrom rugía ya sobre las torres y los chapiteles de Cambridge; divisaron la resplandeciente curva del río, las brillantes avenidas del otoño que por entre verdes jardines conducían hacia encorvados puentes en miniatura, la capilla del King's College completamente inclinada y girando lentamente junto a su extenso rectángulo de césped. Y, casi inmediatamente, la ciudad quedó a sus espaldas y ante ellos, como un fruncido mar de ébano, se extendió la negra tierra de los marjales. Por debajo había rectilíneas carreteras que discurrían por taludes elevados sobre el nivel de los campos, cruzando pueblos que se adherían a ellas como buscando la seguridad del terreno elevado; granjas aisladas con techumbres tan bajas que parecían semisumergidas en la turba; algún que otro campanario de iglesia que se alzaba majestuosamente apartado de su pueblo, con las lápidas sepulcrales plantadas a su alrededor como otros tantos dientes torcidos. Ya debían de estar cerca; hacia el este, Dalgliesh podía ver la vertiginosa torre occidental y los pináculos de la catedral de Ely.

Massingham alzó la vista de sus mapas y miró hacia abajo. Su voz crepitó en los auriculares de Dalgliesh:

—Ya estamos, señor.

Chevisham se extendía a sus pies. Estaba en una angosta meseta sobre los marjales, y sus casas bordeaban la más septentrional de las dos carreteras que convergían allí. La torre de la impresionante iglesia cruciforme era inmediatamente identificable, al igual que Chevisham Manor y, más allá, extendiéndose sobre el campo lleno de cicatrices y uniendo las dos carreteras, el hormigón y el ladrillo del nuevo edificio del laboratorio. Sobrevolaron ruidosamente la calle mayor de lo que parecía una típica aldea de East Anglia. Dalgliesh atisbó la ornada fachada de ladrillo rojo de la capilla local, una o dos viviendas de próspera apariencia con gabletes de estilo holandés, un pequeño vallado de casas apareadas recién construidas, con el cartel del contratista todavía en su lugar, y lo que juzgó sería el almacén general del pueblo y la oficina de correos. Había pocos transeúntes, pero el ruido de los motores atrajo a figuras desde casas y comercios, haciendo visera con las manos, concentrando en ellos la mirada.

Entonces viraron hacia el Laboratorio Hoggatt, iniciando el descenso sobre lo que debía ser la capilla Wren. Se alzaba a un cuarto de milla de la casa, dentro de un triple círculo de hayas, y era una construcción aislada tan pequeña y tan perfecta que parecía la maqueta de un arquitecto precisamente situada en un paisaje artificial, o una elegante extravagancia eclesiástica que se justificaba únicamente por su clásica pureza, tan alejada de la religión como lo estaba de la vida. Era curioso que distara tanto de la casa. Dalgliesh pensó que probablemente la habían edificado más tarde, quizá porque el propietario original de la mansión había reñido con el párroco local y, en un acto de desafío, había decidido proveer él mismo a sus necesidades de asistencia espiritual. Desde luego, la casa no parecía lo bastante grande como para mantener una capilla privada. Durante algunos segundos, mientras descendían, un hueco entre los árboles le procuró una clara visión de la fachada occidental de la capilla. Vio una sola ventana alta y arqueada, flanqueada por dos hornacinas cuyas cuatro pilastras corintias separaban los intercolumnios. El conjunto estaba coronado por un gran frontón ornamentado que sostenía, por encima de todo, un cimborrio hexagonal. El helicóptero dio la impresión de pasar rozando los árboles. Las quebradizas hojas de otoño, agitadas por la corriente de aire, se precipitaron sobre el tejado y el brillante verde del césped como una cascada de papel chamuscado.

Y, de pronto, el helicóptero se elevó vertiginosamente, la capilla desapareció de un bandazo y quedaron suspendidos, con los motores rugiendo, listos para tomar tierra en la espaciosa terraza posterior de la casa. Sobre el borde del tejado alcanzó a ver el patio delantero dividido en zonas de aparcamiento, los coches de la policía ordenadamente alineados y lo que parecía la camioneta de una funeraria. Una amplia avenida de acceso, bordeada de arbustos dispersos y unos cuantos árboles, conducía hacia lo que el mapa identificaba como Stoney Piggot's Road. No había portón en la entrada. Al otro lado se veía el llamativo indicador de una parada de autobús y la marquesina de la parada. En seguida, el helicóptero comenzó a descender y ya sólo pudo ver la fachada posterior del edificio. En una ventana de la planta baja distinguió las borrosas formas de las caras que contemplaban su llegada.

Había un comité de recepción compuesto por tres personas, curiosamente distorsionadas por la perspectiva, torciendo el cuello hacia arriba. El vendaval provocado por las palas del rotor agitaba sus cabellos confiriéndoles formas grotescas, hacía ondear las perneras de sus pantalones y les aplastaba las chaquetas contra el pecho. De pronto, al detenerse los motores, el súbito silencio fue tan absoluto que vio las tres figuras inmóviles como si fuera un grupo de maniquís en un mundo silencioso. Massingham y él desabrocharon los cinturones de seguridad y echaron pie a tierra. Durante cosa de cinco segundos, ambos grupos se midieron con la mirada. Luego, como a una sola voz, las tres figuras que habían salido a recibirlos se alisaron el cabello y avanzaron cautelosamente hacia Dalgliesh. Simultáneamente, los oídos de éste se destaparon y el mundo volvió a ser audible. Se volvió para cambiar unas breves palabras con el piloto y darle las gracias. Luego, Massingham y él echaron a andar hacia la casa.

Dalgliesh ya conocía al superintendente Mercer de la sección local del C.I.D.; ambos habían coincidido en

130

diversas conferencias de la policía. Aun desde una altura de veinte metros, su envergadura de buey, su redonda cara de comediante con la gran boca torcida hacia arriba y sus brillantes ojuelos habían sido claramente reconocibles. Dalgliesh sintió que le estrujaban la mano y, acto seguido, Mercer hizo las presentaciones. El doctor Howarth; un hombre alto y rubio, casi tan alto como el propio Dalgliesh, de ojos muy separados y de un azul notablemente oscuro, con unas pestañas tan largas que habrían dado aspecto afeminado a un rostro menos arrogantemente viril que el suyo. Dalgliesh pensó que bien se le habría podido tener por un hombre extraordinariamente apuesto de no ser por cierta incongruencia de sus facciones, tal vez el contraste entre la finura del cutis que se tensaba sobre sus lisos pómulos y la fuerte y prominente mandíbula o la resuelta boca. Dalgliesh se había percatado al instante de que era un hombre rico. Sus ojos azules contemplaban el mundo con el aplomo ligeramente cínico de un hombre acostumbrado a obtener lo que quería en el momento en que lo quería, gracias al más sencillo de los expedientes: el de pagar su precio. A su lado, el doctor Kerrison, aunque igualmente alto, parecía disminuido. Su rostro inquieto y arrugado estaba pálido de cansancio, y en sus oscuros ojos, de párpados cargados, había una mirada incómodamente parecida a la derrota. Estrechó la mano de Dalgliesh con un apretón firme y sereno, pero no dijo nada. Howarth explicó:

—Actualmente no existe ninguna entrada en la parte posterior de la casa; tendremos que rodearla hasta la fachada principal. Por aquí es el camino más fácil.

Portando sus estuches con el equipo para la escena del crimen, Dalgliesh y Massingham le siguieron hacia una esquina del edificio. Habían desaparecido los rostros de la ventana de la planta baja, y reinaba una quietud extraordinaria. Caminando pesadamente sobre la hojarasca que cubría el camino, olfateando el fresco aire otoñal con su dejo a humo, notando el sol en su cara, Massingham sintió un arranque de bienestar animal. Era bueno estar fuera de Londres. Aquél prometía ser la clase de trabajo que más le gustaba. El grupito dobló la esquina de la casa y Massingham y Dalgliesh tuvieron su primera visión clara de la fachada del Laboratorio Hoggatt.

5

La casa constituía una excelente muestra de la arquitectura doméstica de finales del siglo XVII: una mansión de ladrillo de tres plantas, con techo a cuatro vertientes y cuatro ventanas de gablete, y una proyección central de tres vanos rematada por un frontón con cornisa y medallones profusamente tallados. Un tramo de cuatro anchos y curvados escalones conducía hasta el umbral, imponente con sus pilastras, pero sólida y nada ostentosamente correcto. Dalgliesh se detuvo momentáneamente para estudiar la fachada. A su lado, Howarth comentó:

—Agradable, ¿verdad? Pero espere a ver qué hizo el viejo con el interior.

La puerta delantera, con su elegante pero comedido llamador de latón, estaba provista, además de la Yale, de otras dos cerraduras de seguridad, una Chubb y una Ingersoll. A primera vista no se advertían señales de que hubieran sido forzadas. La puerta se abrió casi antes de que Howarth hiciera ademán de ir a tocar el timbre. El hombre que se hizo a un lado, sin sonreír, para dejarles pasar, aunque no vestía de uniforme, fue inmediatamente reconocido por Dalgliesh como un oficial de la policía. Howarth se detuvo brevemente para presentarle al inspector Blakelock, oficial adjunto de enlace con la policía. A continuación, añadió:

—Esta mañana, a la llegada de Blakelock, las tres cerraduras estaban en orden. La Chubb conecta el sistema electrónico de alarma con la comisaría de policía de Guy's

Marsh. El sistema de seguridad interior se controla desde un cuadro en el despacho del oficial de enlace con la policía.

Dalgliesh se volvió hacia Blakelock.

—¿Y también estaba en orden?

—Sí, señor.

—¿No existe otra salida?

Le contestó Howarth.

—No. Mi predecesor hizo cegar la puerta de atrás y otra puerta lateral que había. Resultaba demasiado complejo instalar un sistema de cierres de seguridad en las tres puertas. Todo el mundo entra y sale por la puerta delantera.

«Excepto, quizás, una persona anoche» pensó Dalgliesh.

Cruzaron el vestíbulo, que ocupaba casi toda la longitud del edificio, con pasos repentinamente sonoros sobre el suelo de mármol teselado. Dalgliesh estaba acostumbrado a hacerse impresiones al primer vistazo. El grupo no se detuvo en su avance hacia la escalera, pero tuvo tiempo de hacerse una clara imagen de aquella sala, el alto cielorraso con molduras, las dos elegantes puertas con frontón que se abrían a derecha e izquierda, una pintura al óleo del fundador del laboratorio colgada en la pared de la derecha, la reluciente madera del mostrador de recepción, al fondo de todo. Un oficial de policía con un fajo de papeles ante sí estaba utilizando el teléfono del mostrador, sin duda comprobando coartadas. El hombre prosiguió su conversación sin levantar la vista.

La escalinata era notable. Los pasamanos eran paneles de roble tallado adornados con volutas de hojas de acanto, y todos los postes estaban coronados con pesadas piñas de roble. No había alfombra, y el suelo de madera sin pulir estaba profundamente arañado. El doctor Kerrison y el superintendente Mercer subieron tras Dalgliesh en silencio. Howarth, que abría la marcha, parecía sentir la necesidad de hablar.

—En la planta baja se encuentra la recepción y el almacén de pruebas, mi despacho, el de mi secretaria, la oficina general y el despacho del oficial de enlace con la policía. Eso es todo, aparte de las instalaciones domésticas en la parte de atrás. El oficial de enlace con la policía es el inspector jefe Martin, pero en estos momentos se encuentra en los Estados Unidos y sólo ha quedado Blakelock de servicio. En esta planta tenemos Biología, al fondo; Criminalística, al frente, y la Sección de Instrumentación al final del pasillo. Pero en mi despacho le tengo preparado un plano del laboratorio. He pensado cedérselo, si le parece conveniente, pero me he abstenido de retirar mis cosas hasta que haya podido usted examinar la habitación. Éste es el laboratorio de biología.

Miró de soslayo al superintendente Mercer, que extrajo el llavín de su bolsillo y abrió la cerradura. Era una sala alargada, obviamente conseguida uniendo otras dos más pequeñas, quizás una sala de estar o un saloncito. Las molduras del techo habían sido eliminadas, quizá porque el coronel Hoggatt las juzgaba inadecuadas para un laboratorio serio, pero persistían las cicatrices del agravio. Las ventanas originales habían sido sustituidas por dos ventanales alargados que ocupaban casi toda la pared del fondo. Bajo ellas había una hilera de bancos y fregaderos, y dos islas de bancos de trabajo en el centro de la habitación, una provista de fregaderos y la otra con unos cuantos microscopios. A la izquierda había una pequeña oficina con tabiques de vidrio, y a la derecha un cuarto oscuro. Junto a la puerta se veía un enorme frigorífico.

Pero los objetos más desconcertantes que había en la habitación eran un par de maniquís de escaparate desnudos, un hombre y una mujer, de pie entre las ventanas. Las dos figuras estaban sin ropa y desprovistas de sus pelucas. La pose de las calvas cabezas en forma de huevo, las manos unidas y rígidamente flexionadas en una parodia de bendición, la mirada penetrante y los curvados labios en flecha les daban el aspecto hierático de una pareja de deidades pintadas. Y a sus pies, como una víctima ataviada de blanco, estaba el cadáver.

Howarth se quedó mirando los dos maniquís como si no los hubiera visto nunca antes. Parecía pensar que exigían una explicación. Por vez primera perdió parte de su aplomo. Observó:

—Son Liz y Burton. El personal los viste con las ropas del sospechoso a fin de contrastar manchas de sangre o desgarrones. —En seguida, añadió—: ¿Quiere que me quede?

—De momento, sí —respondió Dalgliesh.

Se arrodilló junto al cuerpo. Kerrison se adelantó hasta quedar de pie a su lado. Howarth y Mercer permanecieron uno a cada lado de la puerta.

Tras un par de minutos, Dalgliesh comentó:

—La causa de la muerte es evidente. Todo parece indicar que recibió un solo golpe y murió al instante. La hemorragia fue sorprendentemente escasa.

Kerrison objetó:

—Eso no es infrecuente. Como sabe, una simple fractura puede provocar serias lesiones intracraneales, sobre todo si se produce una hemorragia extradural o subdural o si la sustancia cerebral resulta dañada. Estoy de acuerdo en que probablemente lo mataron de un solo golpe, y ese mazo de madera que hay sobre la mesa me parece el arma más probable. Pero Blain-Thomson podrá decirle mucho más cuando lo tenga sobre la mesa. Va a realizar la autopsia esta misma tarde.

—La rigidez es casi completa. ¿Cuándo calcula que fue la hora de la muerte?

—Le vi justo antes de las nueve, y en aquel momento me pareció que llevaba unas doce horas muerto, quizás un poco más. Digamos entre las ocho y las nueve de la noche. La ventana está cerrada y la temperatura ambiental es de unos dieciocho grados y medio, prácticamente constante. En estas circunstancias, normalmente suelo calcular un descenso de la temperatura corporal de casi un grado centígrado por hora. La tomé en el primer examen del cuerpo y, juntamente con la rigidez, que ya estaba casi totalmente establecida, diría que es muy improbable que estuviera vivo mucho después de las nueve de la noche. Pero ya sabe usted lo inciertos que pueden llegar a ser estos cálculos. Será mejor que digamos entre las ocho treinta y medianoche.

Desde la puerta, Howarth apuntó:

—Su padre dice que Lorrimer le telefoneó a las nueve menos cuarto. Esta mañana he ido a ver al viejo con Angela Foley, para darle la noticia. Ella es mi secretaria, y Lorrimer era primo suyo. Pero ya hablará usted con el padre, naturalmente. Parecía muy seguro de la hora.

Dalgliesh se volvió hacia Kerrison.

—Parece ser que la sangre fluyó con bastante abundancia, pero sin ninguna salpicadura previa. ¿Cree usted que el atacante quedó manchado de sangre?

—No necesariamente, sobre todo si es cierto que el mazo fue el arma del crimen. Probablemente dio un solo golpe con balanceo, descargado cuando Lorrimer estaba vuelto de espaldas. El hecho de que el asesino golpeara justo encima de la oreja izquierda no parece especialmente significativo. Es posible que se trate de un zurdo, pero no hay motivos para creerlo así.

—Y tampoco debió necesitar una gran fuerza. Probablemente hasta un niño habría podido hacerlo.

Kerrison vaciló, desconcertado.

—Bueno, una mujer, desde luego.

Había una pregunta que Dalgliesh debía formular necesariamente, aunque, a juzgar por la postura del cuerpo y el flujo de la sangre, la respuesta no ofrecía lugar a dudas.

—¿Murió inmediatamente o cabe la posibilidad de que hubiera podido caminar un rato, quizás incluso cerrar la puerta y conectar la alarma?

—No sería el primer caso, desde luego, pero esta vez

creo que sería sumamente improbable, virtualmente imposible que lo hiciera. El mes pasado, sin ir más lejos, tuve un hombre con una herida de hacha, una fractura hundida del hueso parietal de dieciocho centímetros de longitud, con hemorragia extradural profusa. Se fue a un *pub*, pasó media hora con los amigos y luego se presentó en urgencias y al cabo de un cuarto de hora había muerto. Las lesiones en la cabeza pueden ser imprevisibles, pero no en este caso. O eso creo.

Dalgliesh se dirigió a Howarth.

—¿Quién ha encontrado el cuerpo?

—Nuestra administrativa, Brenda Pridmore. Empieza la jornada a las ocho y media, con el inspector Blakelock. El anciano señor Lorrimer ha telefoneado para decir que su hijo no había dormido en casa, de modo que la muchacha ha subido para ver si estaba aquí. Yo he llegado casi al mismo tiempo junto con la encargada de la limpieza, la señora Bidwell. Al parecer, esta mañana, una mujer ha telefoneado a su marido para pedirle que acudiera a mi casa para ayudar a mi hermana en vez de venir al laboratorio. Era una falsa llamada. He supuesto que se trataría de una estúpida broma de pueblo, pero he decidido venir lo antes posible por si acaso estaba ocurriendo algo extraño. Así pues, hemos metido la bicicleta de la señora Bidwell en el maletero del coche y justo pasadas las nueve ya estábamos aquí. Mi secretaria, Angela Foley, y Clifford Bradley, funcionario científico superior del departamento de biología, han llegado más o menos al mismo tiempo.

—¿Quién ha estado a solas con el cuerpo, en un momento u otro?

—Brenda Pridmore, naturalmente, pero imagino que durante muy poco tiempo. Luego ha subido el inspector Blakelock. Luego he estado yo solo durante unos segundos. He cerrado la puerta del laboratorio, reunido al personal en el vestíbulo principal y esperado allí hasta la llegada del doctor Kerrison. Éste se ha presentado en cuestión de cinco minutos y ha examinado el cadáver. Yo estaba en el umbral. El superintendente Mercer ha llegado poco después y le he entregado la llave del laboratorio de biología.

Mercer prosiguió:

—El doctor Kerrison me ha sugerido que llamara al doctor Greene, el cirujano de la policía local, para confirmar sus observaciones preliminares. El doctor Greene no ha estado a solas con el cuerpo en ningún momento. Tras un examen rápido y bastante superficial, he cerrado la puerta con llave. No ha vuelto a abrirse hasta la llegada de los fotógrafos y la sección de huellas digitales. Han sacado sus instrumentos y han examinado el mazo, pero entonces han llamado del Yard para anunciarnos su llegada y hemos dejado las cosas como estaban. Los chicos de las huellas siguen aquí, en el despacho del oficial de enlace con la policía, pero a los fotógrafos les he dejado marchar.

Enfundándose sus guantes de cacheo, Dalgliesh registró el cadáver. Bajo la bata blanca, Lorrimer vestía unos pantalones grises y una chaqueta de mezclilla. En el bolsillo interior había una fina cartera de piel que contenía seis billetes de una libra, su permiso de conducción, una libreta de sellos y dos tarjetas de crédito. En el bolsillo exterior derecho había un saquillo con las llaves del coche y otras tres, dos Yale y una más pequeña y complicada, posiblemente de algún cajón o escritorio. En el bolsillo superior izquierdo de la bata blanca llevaba un par de bolígrafos. En el inferior derecho había un pañuelo, las llaves del laboratorio y, separada de las demás, una llave suelta y pesada que parecía bastante nueva. El cadáver no llevaba encima nada más.

Se acercó a examinar las dos pruebas que yacían sobre el banco de trabajo situado en el centro, el mazo y una chaqueta masculina. El mazo, obviamente hecho a mano, era un arma fuera de lo común. El mango, de roble burdamente tallado, medía unos cuarenta y cinco centímetros y en otro tiempo, pensó Dalgliesh, probablemente había formado parte de un grueso bastón de paseo. La cabeza, que consideró pesaría poco más de un kilo, tenía uno de los extremos ennegrecido de sangre coagulada, con un par de ásperos cabellos grises que sobresalían como bigotes de gato. En aquella masa reseca no era posible distinguir algún cabello más oscuro que pudiera proceder de la cabeza de Lorrimer, ni distinguir a simple vista su sangre. Eso sería trabajo del Laboratorio Policial Metropolitano, cuando el mazo, cuidadosamente empaquetado y con dos etiquetas identificativas en lugar de una, fuera entregado en su Departamento de Biología aquella misma tarde.

Preguntó al superintendente:

—¿Nada de huellas?

—Ninguna, salvo las del viejo Pascoe. Es el dueño del mazo. No hay ninguna otra sobre ellas, conque se diría que ese tipo usaba guantes.

Eso, pensó Dalgliesh, sugería premeditación, o al menos la precaución instintiva de un experto bien informado. Pero, si venía dispuesto a matar, era extraño que lo hubiera hecho con el primer instrumento que había encontrado a mano; a no ser, naturalmente, que ya supiera que podría utilizar el mazo.

Se inclinó para estudiar de cerca la chaqueta. Era la parte superior de un traje de confección barato, de un crudo tono azul con finas rayitas más claras y solapas anchas. Una manga había sido cuidadosamente extendida y en el puño se distinguía un resto de lo que podía ser sangre. Era evidente que Lorrimer ya había comenzado el análisis. Sobre el banco, el aparato de electroforesis estaba enchufado a su fuente de alimentación y con dos columnas de seis circulitos ya perforadas en la lámina de gel de agaragar. Al lado había un soporte para tubos de ensayo con una serie de muestras de sangre. A la derecha reposaban un par de carpetas de archivo de color de ante, con anotaciones de biología y junto a ellas, abierto sobre el banco de trabajo, una libreta de notas de hojas intercambiables, tamaño cuaderno. La página de la izquierda, con fecha del día anterior, estaba repleta de jeroglíficos y fórmulas en una fina caligrafía de color negro. Si bien la mayor parte de las indicaciones científicas significaban muy poco para él, Dalgliesh no dejó de advertir que Lorrimer anotaba meticulosamente la hora en que comenzaba y terminaba cada análisis. La página de la derecha estaba en blanco.

Dirigiéndose a Howarth, preguntó:

—¿Quién es el biólogo jefe, ahora que Lorrimer ha muerto?

—Claire Easterbrook. La señorita Easterbrook.

—¿Está aquí?

—En la biblioteca, con los demás. Creo que tiene una firme coartada para toda la tarde de ayer, pero en su calidad de científico superior le han pedido que se quede. Y, por supuesto, ella querrá reanudar el trabajo en cuanto su personal pueda utilizar nuevamente el laboratorio. Hace dos noches hubo un asesinato en un pozo de tajón de Muddington —la chaqueta es una de las pruebas—, y querrá dedicarse a este asunto además de dar salida a la habitual sobrecarga de trabajo.

—Me gustaría verla en primer lugar, por favor, y aquí. Luego, la señora Bidwell. ¿Hay alguna sábana que podamos utilizar para cubrirlo?

Howarth contestó:

—Supongo que en el armario de la ropa habrá fundas para el polvo o algo por el estilo. Está en el piso de arriba.

—Le agradecería que acompañara al inspector Massingham y le mostrara el camino. Luego, si no le importa esperar en la biblioteca o en su propio despacho, bajaré a cambiar unas palabras con usted cuando termine aquí.

Por un instante le pareció que Howarth iba a ponerle reparos. Frunció el ceño, y el agraciado rostro se nubló momentáneamente en una expresión de chiquillo irritable. Pero salió en compañía de Massingham sin decir palabra. Kerrison aún seguía de pie junto al cadáver, tieso como un guardia de honor. De pronto tuvo un pequeño sobresalto, como si regresara a la realidad, y dijo:

—Si ya no me necesita, debería estar de camino hacia el hospital. Puede encontrarme en el St. Luke de Ely o aquí, en la vieja rectoría. Le he entregado al sargento una relación de mis movimientos durante la pasada noche. A las nueve en punto, como habíamos convenido, llamé por teléfono a uno de mis colegas del hospital, el doctor J.D. Underwood, para un asunto que debemos tratar en el próximo comité médico. Creo que él ya ha confirmado que tuvimos esta conversación. Aún no disponía de la información que yo estaba esperando, pero me llamó él luego hacia las diez menos cuarto.

Había tan pocos motivos para retener a Kerrison como los que había, de momento, para sospechar de él. Después que se hubo retirado, Mercer observó:

—Si a usted le parece bien, tenía pensado dejar dos sargentos, Reynolds y Underhill, y un par de agentes, Cox y Warren. Son todos hombres sensatos y con experiencia. El jefe dijo que podía usted pedir el personal y los medios que considere necesarios. Esta mañana ha tenido que asistir a una reunión en Londres, pero estará de regreso por la noche. Haré subir a los hombres del depósito de cadáveres, si cree que ya pueden llevárselo.

—Sí, ya he terminado con él. Tendré unas palabras con sus hombres en cuanto haya hablado con la señorita Easterbrook. Pero pídale a uno de los sargentos que suba dentro de diez minutos a envolver el mazo para el laboratorio del Yard, ¿quiere? El piloto del helicóptero querrá regresar cuanto antes.

Intercambiaron algunas frases más para concretar el enlace con la policía local y, en seguida, Mercer se fue a supervisar la retirada del cuerpo. Luego esperaría hasta poder presentar sus hombres a Dalgliesh; a partir de ahí, su responsabilidad había concluido. El caso quedaba en manos de Dalgliesh.

6

Al cabo de dos minutos, Claire Easterbrook fue admitida en el laboratorio. Entró haciendo gala de un aplomo que un investigador menos experimentado que Dalgliesh habría podido confundir con petulancia o insensibilidad. Era una mujer joven, de unos treinta años, delgada y de formas esbeltas, con un rostro huesudo e inteligente y un copete de oscuros cabellos rizados que una mano evidentemente experta, y sin duda cara, había dispuesto de forma que cayeran en mechones sobre la frente y formaran bucles en la parte posterior de su alargado cuello. Vestía un suéter castaño de lana fina, ceñido por un cinturón sobre una falda negra que pendía hasta las pantorrillas, por encima de unas botas de tacón alto. Sus manos, de uñas muy cortas, carecían de anillos, y su único adorno era un collar de grandes cuentas de madera enhebradas en una cadena de plata. Incluso sin la bata blanca, la impresión que causaba —sin duda deliberadamente— era la de una competencia profesional ligeramente intimidante. Antes de que Dalgliesh tuviera ocasión de hablar ella le advirtió, con un ápice de beligerancia:

—Temo que está perdiendo el tiempo conmigo. Anoche, mi amante y yo cenamos juntos en Cambridge, en la residencia del director de su colegio universitario. Estuve en compañía de cinco personas desde las ocho y media hasta casi medianoche. Ya he indicado sus nombres al agente de la biblioteca.

Dalgliesh respondió suavemente:

—Lamento haber tenido que pedirle que subiera antes de poder retirar el cuerpo del doctor Lorrimer, señorita Easterbrook. Y, puesto que parecería una impertinencia que la invitara a tomar asiento en su propio laboratorio, no lo haré. Pero no le haré perder mucho tiempo.

La mujer se ruborizó, como si la hubiera pillado en una incorrección social. Contemplando con renuente disgusto la amortajada y yerta forma que yacía sobre el suelo, los rígidos tobillos que sobresalían bajo la tela, comentó:

—Quedaría más digno si lo dejaran sin cubrir. Así, podría tratarse de un saco de basura. Este instinto universal de cubrir a los recién muertos, es una curiosa superstición. Después de todo, somos nosotros los que estamos en desventaja.

Massingham intervino en tono despreocupado:

—Supongo que no lo dirá por usted, que tiene al director y a su esposa para confirmar su coartada.

Sus ojos se encontraron: los de él, fríamente divertidos; los de ella, oscurecidos por el desagrado.

Dalgliesh prosiguió:

—El doctor Howarth me ha informado que ahora es usted la biólogo de mayor rango. ¿Podría explicarme, por favor, qué estaba haciendo el doctor Lorrimer anoche? No toque nada.

Ella se acercó de inmediato a la mesa y ojeó las dos pruebas, las carpetas y el instrumental científico. A continuación, rogó:

—¿Quiere abrir esta carpeta, por favor?

Las enguantadas manos de Dalgliesh se deslizaron entre las tapas y las abrieron.

—Estuvo comprobando los resultados de Clifford Bradley en el caso Pascoe. El mazo pertenece a un granjero de los marjales llamado Pascoe, un hombre de sesenta y cuatro años de edad cuya esposa ha desaparecido. Él asegura que lo ha abandonado, pero se dan algunas circunstancias sospechosas. La policía envió el mazo para comprobar si las manchas son de sangre humana. No lo son. Pascoe dice que lo utilizó para acabar con los sufrimientos de un perro herido. Bradley halló que la sangre reaccionaba al suero anticanino, y el doctor Lorrimer ha llegado a la misma conclusión. Así que fue un perro el que murió.

Demasiado mezquino para gastar una bala o ir a buscar un veterinario, pensó salvajemente Massingham. Encontró extraño que la muerte de un desconocido perro mestizo pudiera indignarle, siquiera por breves instantes, más que el asesinato de Lorrimer.

La señorita Easterbrook se dirigió hacia la libreta abierta de notas. Los dos hombres esperaron. Ella frunció el ceño y comentó, obviamente intrigada:

—Es curioso. Edwin siempre anotaba la hora en que comenzaba y terminaba sus análisis y el método que había utilizado. Dio su visto bueno a los resultados de Bradley sobre el caso Pascoe, pero en la libreta no hay nada registrado. Y es evidente que ya había comenzado con el caso del asesinato del pozo de tajón, pero tampoco está anotado. La última referencia corresponde a las cinco cuarenta y cinco, y la última anotación está incompleta. Alguien tiene que haber arrancado la página de la derecha.

—¿Por qué cree que alguien podría estar interesado en hacer tal cosa?

La señorita Easterbrook miró directamente a los ojos de Dalgliesh y respondió con calma:

—Para que no se sepa qué estaba haciendo Lorrimer, o el resultado de su análisis, o el tiempo que invirtió en él. Las dos primeras posibilidades parecen fuera de lugar. Por los aparatos que utilizaba, es evidente lo que estaba haciendo, y cualquier biólogo competente podría llegar a los mismos resultados. Así que probablemente se tratará de la tercera.

Conque el aspecto de inteligencia no era engañoso... Dalgliesh inquirió:

—¿Cuánto pudo tardar en verificar el resultado del caso Pascoe?

—No mucho. De hecho, comenzó antes de las seis y creo que ya había terminado cuando me fui a las seis y cuarto. Fui la última en salir. El resto del personal ya se había marchado. No es normal que se queden después de las seis. Yo suelo trabajar hasta más tarde, pero tenía que vestirme para la cena.

—¿Y el trabajo que ha hecho respecto al caso del pozo de tajón? ¿Cuánto tiempo cree que debió de dedicarle?

—Es difícil de calcular. Yo diría que habría podido estar ocupado hasta las nueve o más. Estaba clasificando una muestra de sangre de la víctima y la sangre de la mancha seca mediante el sistema de grupos sanguíneos ABO, utilizando electroforesis para identificar las haptoglobinas y el PGM, el enzima fosfoglucomutasa. La electroforesis es una técnica para identificar los componentes proteicos y enzimáticos de la sangre mediante la colocación de las muestras en un gel de almidón o agaragar y la aplicación de una corriente eléctrica. Como puede usted ver, incluso había comenzado ya la prueba.

Dalgliesh no desconocía el principio científico de la electroforesis, pero le pareció que no había necesidad de mencionarlo. Abriendo la carpeta del pozo de tajón, observó:

—No hay nada en la carpeta.

—Los resultados para la carpeta los habría anotado luego, pero no habría iniciado el análisis sin registrar los detalles en su libreta.

Junto a la pared había dos cubos a pedal. Massingham los abrió. Uno de ellos, con una bolsa interior de plástico, estaba obviamente reservado para los desechos de laboratorio y vidrios rotos; el otro era para papeles. Revolvió su contenido: pañuelos de un solo uso, unos cuantos sobres desgarrados, un periódico desechado. No había nada que se pareciese a la página que faltaba.

Dalgliesh dijo:

—Hábleme de Lorrimer.

—¿Qué quiere saber?

—Cualquier cosa que contribuya a explicar por qué hay alguien que lo odiaba tanto como para querer romperle la cabeza.

—En eso no puedo ayudarle, lo siento. No tengo la menor idea.

—A usted, ¿le caía bien?

—No especialmente. No es cosa que me haya preocupado mucho. Me llevaba bien con él. Era un perfeccionista que no soportaba de buena gana a los necios. Pero se podía trabajar bien con él si conocía uno su oficio. Yo lo conozco.

—O sea que no necesitaba verificar su trabajo. ¿Qué me dice de los que no conocen su oficio?

—Será mejor que se lo pregunte a ellos, comandante.

—¿Era popular entre su personal?

—¿Qué tiene que ver la popularidad con esto? Yo no me considero una persona popular, pero de ahí a temer por mi vida...

Permaneció unos instantes en silencio y luego, con tono más conciliador, añadió:

—Probablemente debo de parecerle obstructiva. No lo pretendo. Es sólo que no puedo ayudarle. No tengo idea de quién puede haberlo matado ni por qué. Solamente sé que yo no he sido.

—¿Había advertido algún cambio en él, últimamente?

—¿Cambio? ¿Se refiere a su estado de ánimo o su conducta? Creo que no. Daba la impresión de estar sometido a mucha tensión, pero también es cierto que él era de esa clase de hombres: solitario, obsesivo, abrumado de trabajo. Una cosa bastante curiosa. Estaba mostrando bastante interés por la nueva administrativa, Brenda Pridmore. Es una chica bonita, pero no está precisamente a su nivel intelectual, diría yo. No creo que hubiera nada se-

147

rio, pero provocó algunos comentarios divertidos en el laboratorio. Imagino que probablemente trataba de demostrarle algo a alguien, o tal vez a sí mismo.

—Estará usted al corriente de la llamada telefónica que ha recibido la señora Bidwell, ¿no es así?

—Supongo que lo sabe todo el laboratorio. No fui yo quien telefoneó, si es eso lo que está pensando. En todo caso, yo habría sabido de antemano que no serviría de nada.

—¿Qué quiere decir con eso de que no serviría de nada?

—Sin duda, todo dependía de que el viejo Lorrimer no estuviera ayer en casa. Después de todo, el autor de la llamada no podía confiar en que el viejo no se diera cuenta de que Edwin no había pasado la noche en casa hasta ver que no le llevaba su té matinal. Tal y como salieron las cosas, el hombre se fue a la cama tan tranquilo. Pero eso el bromista no podía preverlo. Normalmente, la ausencia de Edwin habría sido advertida mucho antes.

—¿Existía alguna razón para suponer que el anciano señor Lorrimer no estaría ayer en el *cottage*?

—Ayer por la tarde tenía que ingresar en el hospital de Addenbrooke para tratarse un problema de la piel. Creo que todo el laboratorio de biología estaba enterado de ello. Solía telefonear muy a menudo, preocupándose por los detalles y por si Edwin tendría tiempo de llevarlo hasta allí en el coche. Pero ayer, poco después de las diez, llamó para decir que no había ninguna cama libre para él.

—¿Quién recibió la llamada?

—Yo. Sonó el teléfono del despacho particular de Edwin, y atendí allí la llamada. Él aún no había vuelto de la autopsia del pozo de tajón. Le di el mensaje en cuanto llegó.

—¿A quién más se lo dijo?

—Al salir del despacho, creo que hice un comentario casual, algo así como que el viejo señor Lorrimer no ingresaría en el hospital, después de todo. No recuerdo las palabras exactas. Me parece que nadie respondió nada ni prestó demasiada atención.

—¿Y todo el personal del laboratorio de biología se encontraba presente en aquel momento y pudo oír sus palabras?

De pronto, ella perdió la compostura. Enrojeció y vaciló, como si acabara de darse cuenta de dónde conducía todo aquello. Los dos hombres esperaron. Finalmente, enfurecida consigo mismo, estalló en una torpe defensa:

—Lo siento, pero no me acuerdo. Tendrá que preguntárselo a ellos. En aquel momento no parecía tener ninguna importancia, y yo estaba muy ocupada. Todos estábamos muy ocupados. Creo que estaba todo el personal, pero no puedo asegurarlo.

—Gracias —respondió tranquilamente Dalgliesh—. Nos ha prestado una gran ayuda.

7

La señora Bidwell llegó ante la puerta cuando los dos hombres de la camioneta del depósito estaban sacando el cadáver. Parecía lamentar la desaparición del cuerpo, y contempló la silueta de tiza trazada por Massingham sobre el suelo como si fuera un pobre sustituto de la cosa en sí. Siguiendo con la vista la cerrada caja metálica, exclamó:

—¡Pobre diablo! Nunca había imaginado que lo vería salir de su laboratorio con los pies por delante. No era muy popular, ya sabe, pero seguro que eso ya no le importa, allí donde está ahora. Oiga, ¿lo han tapado con una de mis fundas para el polvo?

Contempló suspicazmente la tela, pulcramente plegada en el extremo de uno de los bancos.

—Ha salido del armario de la ropa limpia, sí.

—Bueno, si luego la dejan en el mismo sitio... Aunque será mejor meterla directamente con la ropa sucia. Pero no quiero que ninguno de sus chicos se la lleve. Ya se pierde bastante ropa.

—¿Por qué no era popular, señora Bidwell?

—Demasiado exigente. Claro que hoy en día tienes que ser así, si quieres que se haga el trabajo. Pero, por lo que he oído, era demasiado quisquilloso para su propio bien. Y cada vez iba peor, no lo dude. Además, últimamente también estaba muy extraño. Un manojo de nervios. ¿Le han contado lo del follón que hubo anteayer en el vestíbulo de recepción? Bueno, ya lo harán. Pregunte al inspector Blakelock. Fue justo antes del almuerzo. El doctor Lorrimer tuvo una auténtica pelotera con esa hija chiflada del doctor Kerrison. Casi la sacó a empujones por la puerta. Ella iba chillando como un alma en pena. Yo llegué al vestíbulo justo a tiempo de verlo. A su padre no va a gustarle nada, le dije al inspector Blakelock. Está loco por esas criaturas. Fíjese en lo que le digo, dije, si el doctor Lorrimer no se domina, acabaremos viendo un asesinato en el laboratorio. Lo mismo le dije al señor Middlemass.

—Quiero que me hable de la llamada telefónica que ha recibido esta mañana, señora Bidwell. ¿A qué hora ha sido exactamente?

—Las siete iban a dar. Estábamos con el desayuno y acababa de llenar la tetera para segundas tazas. Tenía el cazo del agua en la mano cuando sonó.

—¿Quién contestó la llamada?

—Bidwell. Tenemos el teléfono en el recibidor, conque se levantó y fue a cogerlo. No vea cómo refunfuñaba, porque acababa de sentarse delante de su arenque. Y Bidwell no soporta el arenque frío. Los jueves siempre tenemos arenque, porque la camioneta de Marshall viene de Ely con el pescado todos los miércoles por la tarde.

—¿Es su marido quien suele contestar el teléfono?

—Siempre lo contesta él. Y si no está en casa, lo dejo que suene. No soporto esos malditos cacharros. No he podido soportarlos nunca. Y no tendría uno en casa si nuestra Shirley no hubiera pagado para que lo pusieran. Ahora está casada y vive por Mildenhall, y le gusta pensar que podemos telefonearla si queremos algo de ella. Ya ve usted cuánto uso le damos. No entiendo nunca lo que dicen. Y basta con el timbre para meterte el temor de Dios en el alma. Telegramas y timbres de teléfono son dos cosas que odio.

—Y aquí, en el laboratorio, ¿quién podía saber que era su esposo el que contestaba siempre el teléfono?

—La mayoría, seguro. Saben que no quiero ni tocar el aparato. No es ningún secreto. Todos somos como el buen Dios nos hizo, y algunos bastante peores. No es ninguna vergüenza.

—Claro que no. Supongo que su esposo en estos momentos debe de estar trabajando, ¿verdad?

—Eso es. En Yeoman's Farm, la granja del capitán Massey. Casi todo es trabajo de tractor. Lleva ya casi veinte años trabajando para él.

Dalgliesh hizo un gesto casi imperceptible a Massingham, y el inspector salió del laboratorio para hablar discretamente con el sargento Underhill. No estaría de más entrevistar al señor Bidwell mientras sus recuerdos de la llamada estaban aún frescos. Dalgliesh prosiguió:

—¿Y qué ocurrió entonces?

—Bidwell volvió a la mesa y me dijo que esta mañana no hacía falta que fuera al laboratorio, porque la señora Schofield me quería en su casa particular de Leamings. Dijo que fuera en bicicleta, que a la vuelta me traería ella con el coche, a mí y a la bicicleta. Supongo que colgando de la parte de atrás de ese Jaguar rojo que tiene. Me pareció una frescura, sabiendo que por las mañanas he de venir a trabajar aquí, pero no tengo nada contra la señora Schofield y, si me necesita, no tengo por qué negarle un favor. El laboratorio tendrá que esperar, le dije a Bidwell. No puedo estar en dos sitios a la vez. Lo que no se pueda hacer hoy, se hará mañana.

—¿Viene aquí todas las mañanas?

—Menos los fines de semana. Llego sobre las ocho y media, más o menos, y trabajo hasta las diez. Luego vuelvo a las doce por si alguno de los señores quiere que le prepare el almuerzo. Las chicas generalmente se arreglan solas. Luego, les lavo los platos. Casi siempre termino sobre las dos y media, más o menos. Es un trabajo ligero, ya lo ve. Scobie, que es el bedel del laboratorio, y yo nos encargamos de las salas de trabajo, pero de la limpieza fuerte se encarga una empresa. Sólo vienen los lunes y los viernes de siete a nueve. Vienen de Ely, una camioneta llena de gente, y limpian el vestíbulo principal y la escalera, pulen los metales, cosas así. El inspector Blakelock llega más temprano esos días para abrirles la puerta, y Scobie no les quita ojo de encima. Y aun así, la mayoría de las veces ni se nota que han estado aquí. No se toman un interés personal, ya sabe. No es como en los viejos tiempos, cuando venía yo con dos mujeres del pueblo y nos cuidábamos de todo.

—Entonces, ¿qué habría hecho normalmente nada más llegar si este hubiera sido un jueves corriente? Quiero que lo piense muy bien, señora Bidwell. Esto podría ser muy importante.

—No tengo que pensarlo. Habría hecho lo mismo que cada día.

—O sea...

—Quitarme el sombrero y el abrigo en el vestuario de la planta baja. Ponerme la bata. Ir a buscar el cubo, los polvos y el desinfectante en el cuarto de las escobas. Limpiar los lavabos, el de hombres y el de mujeres. Luego, ir a por la ropa sucia y meterla en las bolsas. Sacar batas blancas limpias si hacen falta. Y después quitar el polvo y ordenar el despacho del director y la oficina general.

—Muy bien —aprobó Dalgliesh—. Pues vamos a hacer la ronda, ¿quiere?

Tres minutos después, una curiosa procesión subía por la escalera. La señora Bidwell, que se había envuelto en una bata de faena de color azul marino y llevaba un cubo de plástico en una mano y una fregona en la otra, abría la marcha. Dalgliesh y Massingham iban tras ella.

Los lavabos estaban al fondo de la segunda planta, enfrente del laboratorio de examen de documentos. Resultaba evidente que habían sido instalados en lo que antaño fuera un elegante dormitorio. Pero en el centro de la habitación habían construido un angosto pasillo que terminaba ante la única ventana, atrancada. A mano izquierda, una puerta de baja calidad conducía al tocador de señoras y, unos metros más abajo, otra puerta semejante daba entrada al lavabo de caballeros, a la derecha. La señora Bidwell entró primero en el cuarto de la izquierda. Era más espacioso de lo que Dalgliesh había supuesto, pero pobremente iluminado por una sola ventana redonda con vidrio traslúcido giratorio, a cosa de metro y medio del suelo. La ventana estaba abierta. Había tres retretes separados. En la parte exterior había dos lavabos, un rollo de toallas de papel y, a la izquierda de la puerta, un largo mostrador recubierto de formica con un espejo encima, obviamente utilizado como tocador. A la derecha, instalado en la pared, había un incinerador a gas, una hilera de perchas, una gran cesta de mimbre para la ropa sucia y dos sillas de bejuco bastante desvencijadas.

Dalgliesh se volvió hacia la señora Bidwell.

—¿Es así como esperaba encontrarlo?

Los penetrantes ojillos de la señora Bidwell se pasearon por la habitación. Las puertas de los tres retretes estaban abiertas, y les echó un rápido vistazo.

—Ni mejor ni peor. Suelen dejar los lavabos bastante bien, todo hay que decirlo.

—Y esta ventana, ¿suele quedarse abierta?

—Verano e invierno, si no es que hace mucho frío. No hay otra ventilación, ya lo ve.

—El incinerador está apagado. ¿También es normal?

—Sí. Por la noche, la última que sale lo deja apagado, y yo lo enciendo por la mañana.

Dalgliesh examinó su interior. El incinerador estaba vacío, salvo algunos restos de cenizas de carbón.

Se acercó a la ventana. Estaba claro que durante la noche había entrado algo de lluvia, y las salpicaduras secas eran perfectamente visibles sobre las baldosas del suelo. Pero incluso la parte interior del vidrio, donde no po-

155

día haber salpicado la lluvia, estaba considerablemente limpia, y no se veía polvo en el alféizar. Preguntó:

—¿Limpió ayer esta ventana, señora Bidwell?

—Vaya que sí. Es como le he dicho. Limpio los lavabos cada mañana. Y yo cuando limpio, limpio. ¿Puedo empezar ya?

—Me temo que hoy no va a haber limpieza. Haremos ver que ya ha acabado de limpiar. ¿Qué viene ahora? ¿Qué pasa con la ropa sucia?

El cesto de la ropa sólo contenía una bata, marcada con las iniciales C.M.E. La señora Bidwell comentó:

—Ya me pensaba que no habría muchas batas sucias, siendo jueves. Normalmente, procuran hacerlas durar toda la semana, y las dejan aquí el viernes antes de irse a casa. El lunes es el día de más trabajo con la ropa sucia, y hay que sacar las batas limpias. Parece que ayer la señorita Easterbrook se echó el té por encima. No es propio de ella. Pero es que la señorita Easterbrook es muy escrupulosa. No la verá yendo por ahí con una bata sucia, sea el día de la semana que sea.

De modo que había por lo menos un miembro del departamento de biología, pensó Dalgliesh, que sabía que la señora Bidwell haría una visita temprana al laboratorio para dejar allí una bata limpia. Sería interesante averiguar quién estaba presente cuando la escrupulosa señorita Easterbrook había sufrido su accidente con el té.

A excepción de los urinarios, el lavabo de hombres no difería gran cosa del de mujeres. Había la misma ventana redonda, también abierta, y la misma ausencia de marcas en los vidrios y en el alféizar. Dalgliesh acercó una de las sillas y, evitando cuidadosamente cualquier contacto con la ventana o el alféizar, miró al exterior. Había una caída de algo menos de dos metros hasta la parte superior de la ventana del piso de abajo, y otra caída igual hasta la de la planta baja. A sus pies, una terraza pavimentada llegaba hasta la pared.

La ausencia de tierra suelta, la lluvia nocturna y la eficiente limpieza de la señora Bidwell significaban que necesitaría mucha suerte para encontrar alguna huella de que hubieran trepado por allí. Pero era indudable que un hombre o mujer lo suficientemente delgado y ágil de movimientos, con sangre fría y no afectado por el vértigo, podía haber salido por aquella vía. Aunque, si el asesino era un miembro del personal del laboratorio, ¿por qué habría de arriesgarse a romperse el cuello si forzosamente debía saber que Lorrimer tenía las llaves? Y si el asesino era alguien de fuera, ¿cómo se explicaba la puerta cerrada, el sistema de alarma conectado y el hecho de que Lorrimer tenía que haberle dejado entrar?

Dirigió su atención a los lavabos. No había ninguno particularmente sucio, pero en el borde del más cercano a la puerta había una mancha de una sustancia mucosa parecida a las gachas de avena. Inclinó la cabeza hacia el lavabo y husmeó. Su sentido del olfato era sumamente agudo, y pudo detectar en el desagüe un leve pero inconfundible y desagradable hedor a vómito humano.

Entre tanto, la señora Bidwell había levantado la tapa del cesto de la ropa sucia. Profirió una exclamación.

—¡Qué extraño! ¡Está vacía!

Dalgliesh y Massingham se volvieron. Dalgliesh preguntó:

—¿Qué esperaba encontrar, señora Bidwell?

—La bata blanca del señor Middlemass, eso es lo que esperaba encontrar.

Salió apresuradamente del lavabo. Dalgliesh y Massingham la siguieron. Abrió de golpe la puerta de la sala de examen de documentos y atisbó al interior. Enseguida, volvió a cerrar la puerta y apoyó la espalda contra ella.

—¡Ha desaparecido! No está colgada de su percha. ¿Dónde puede estar? ¿Dónde está la bata blanca del señor Middlemass?

Dalgliesh inquirió:

—¿Por qué esperaba encontrarla en el cesto de la ropa sucia?

Los negros ojos de la señora Bidwell se hicieron inmensos. Miró furtivamente a uno y otro lado y, con temerosa fruición, explicó:

—Porque estaba manchada de sangre, eso es. ¡Sangre de Lorrimer!

8

Por último, volvieron a la escalera para bajar al despacho del director. Desde la biblioteca les llegó un entrecortado rumor de voces, apagadas y esporádicas como en un funeral. Un agente de policía montaba guardia ante la puerta delantera con la despreocupada atención de un hombre al que pagan por sobrellevar el aburrimiento, pero listo para entrar en acción si, imprevisiblemente, el aburrimiento terminara.

Howarth había dejado su despacho abierto y con la llave en la cerradura. A Dalgliesh le interesó constatar que el director había preferido esperar en la biblioteca con el resto del personal, y trató de imaginar si con ello pretendía demostrar solidaridad con sus colegas o si se trataba de una discreta admisión de que su despacho era uno de los lugares que hubieran debido recibir la visita mañanera de la señora Bidwell, y, por tanto, encerraba un interés especial para Dalgliesh. Pero sin duda este razonamiento era demasiado sutil. Resultaba difícil creer que Howarth no hubiera entrado en el despacho desde el descubrimiento del cadáver. Si había algo que ocultar, nadie como él había tenido la posibilidad de hacerlo.

Dalgliesh ya suponía que la habitación sería impresionante, pero aun así le sorprendió. Las molduras de yeso del abovedado techo componían una alegre algarabía de guirnaldas, caracolas, cintas y vides colgantes, recargada, pero también disciplinada. El hogar era de mármol blanco y moteado, con una cenefa de ninfas y pastores

159

de excelente factura, y sobre la repisa de la chimenea había un friso clásico con remate triangular. Supuso que aquel salón de armoniosas proporciones, demasiado pequeño para ser dividido y no lo bastante grande como para instalar en él un laboratorio de trabajo, había escapado al destino de buena parte de la casa más por razones de conveniencia científica y administrativa que por alguna sensibilidad especial del coronel Hoggatt hacia su connatural perfección. Había sido amueblado recientemente en un estilo que no podía molestar a nadie, un feliz compromiso entre la ortodoxia burocrática y el funcionalismo moderno. Había una gran vitrina para libros a la izquierda de la chimenea, y a la derecha un perchero y un armario personal. Entre las altas ventanas se destacaba una mesa rectangular de conferencias y cuatro sillas del tipo que se facilitaba a los funcionarios civiles de categoría. Al lado había un armario de seguridad de acero, con cierre de combinación. El escritorio de Howarth, un mueble sencillo de la misma madera que la mesa de conferencias, quedaba frente a la puerta. Además de un secante manchado de tinta y un soporte para plumas, sostenía un pequeño anaquel de madera con el *Shorter Oxford Dictionary*, un diccionario de citas, el *Roget's Thesaurus* y el *Fowler's Modern English Usage*. Parecía una curiosa selección para un científico. Había también tres bandejas de metal, rotuladas «Entrada», «Pendiente» y «Salida». La bandeja de «Salida» contenía dos carpetas de archivo de papel manila, la primera de ellas etiquetada «Capilla - Propuestas para su transferencia al Departamento del Medio Ambiente», y la segunda, una carpeta grande, vieja y abultada, visiblemente manoseada, llevaba el rótulo de «Nuevo Laboratorio - Contratas».

Dalgliesh quedó sorprendido por la vacuidad y la impersonalidad de todo el despacho. Era obvio que había sido decorado poco antes para la llegada de Howarth, y la alfombra de tonos verde y gris pálido, con el recuadro a juego bajo el escritorio, carecía aún de marcas, y las cortinas pendían en prístinos pliegues de verde oscuro. Únicamente había un cuadro, colocado sobre el friso ornamental de la chimenea, pero se trataba de un original, una obra temprana de Stanley Spencer que representaba la Asunción de la Virgen. Pintadas en escorzo, unas piernas fofas y varicosas, enfundadas en unos bombachos rojos, se alzaban sobre un círculo de callosas manos para flotar hacia un comité de recepción de querubines embobados. Era, pensó, una excéntrica elección para aquel despacho, con el que no concordaba en fecha ni en estilo. Aparte de los libros, era el único objeto que reflejaba un gusto personal; a Dalgliesh le resultaba difícil suponer que ninguna agencia del gobierno hubiera podido proporcionar aquella pintura. Por lo demás, el despacho poseía la atmósfera expectante y escasamente amueblada de una habitación reacondicionada para recibir a un ocupante desconocido, todavía a la espera de que éste le imprimiera su gusto y su personalidad. Costaba creer que Howarth llevaba casi un año trabajando allí. La señora Bidwell, con los tensos labios fruncidos y los párpados entornados, contemplaba el lugar con evidente desagrado. Dalgliesh le preguntó:

—¿Es así como habría esperado encontrarlo?

—Exactamente. Cada maldita mañana. No hay mucho que hacer aquí, ¿verdad? ¡Ojo! Que yo quito el polvo, y limpio, y paso la aspiradora por la alfombra. Pero es un hombre limpio y pulcro, eso no se puede negar. No como el viejo doctor MacIntyre. ¡Ah, él sí que era encantador! ¡Pero más desaliñado! Habría tenido usted que ver su escritorio por las mañanas. ¡Y el humo! A veces no se podía ver de un lado a otro de la habitación. Encima del escritorio tenía una calavera preciosa para guardar las pipas. La encontraron cuando estaban abriendo la zanja para las tuberías del nuevo anexo para examen de vehículos. El doctor MacIntyre me dijo que llevaba más de doscientos años enterrada, y me enseñó la grieta —igual que una taza agrietada— donde le habían roto la cabeza. Ése es un asesinato que nunca se ha resuelto. Echo de menos la calavera. De verdad que quedaba preciosa. Y tenía todas aquellas fotos con sus amigos de la universidad y los remos cruzados sobre ellos, y una en colores de las Highlands, con unas vacas peludas chapoteando en un lago, y una de su padre con sus perros, y una foto preciosa de su mujer, difunta ya, la pobre, y otra foto muy grande de Venecia con las góndolas y un montón de extranjeros vestidos de fiesta, y una caricatura del doctor Mac que le hizo un amigo suyo, en la que se veía el amigo muerto en el suelo y al doctor Mac con su gorra de cazador buscando pistas con la lupa. ¡Ésa sí que era buena! ¡Oh, cuánto me gustaban las fotos del doctor Mac! —Contempló el Spencer con una marcada falta de entusiasmo.

—¿Y esta mañana no ve nada extraño en la habitación?

—Ya se lo he dicho, igual que siempre. Bueno, mire usted mismo. Limpio como una patena. Ojo, que de día tiene otro aspecto, cuando él está trabajando. Pero siempre lo deja todo como si no fuera a volver por la mañana.

Ya no se podía averiguar nada más por la señora Bidwell. Dalgliesh le dio las gracias y le dijo que podía irse a su casa en cuanto hubiera comprobado que el sargento detective Reynolds, en la biblioteca, disponía ya de toda la información necesaria acerca de sus movimientos durante la tarde anterior. Trató de explicárselo con su tacto habitual, pero con la señora Bidwell el tacto era innecesario.

—Es inútil que intente cargarme el muerto a mí, ni a Bidwell, si a eso vamos. Estuvimos juntos en el concierto del pueblo. En la quinta fila, entre Joe Machin, que es el sacristán, y Willie Barnes, el capillero. Y nos quedamos hasta que terminó todo, no como otros que yo me sé que salieron a escondidas a mitad del concierto.

—¿Quién salió a escondidas, señora Bidwell?

—Pregúnteselo usted. Estaba sentado en el último asiento de la fila de delante nuestro, un caballero que igual podría ser que estuviéramos ahora mismo en su despacho como que no. ¿Quiere hablar con él? ¿Le digo que venga? —Hablaba con tono esperanzado y miraba hacia la puerta como un anhelante perro de caza, con las orejas enhiestas y alerta a la orden de busca.

—Ya nos ocuparemos de eso, gracias, señora Bidwell. Si tenemos que hablar de nuevo con usted ya se lo indicaremos. Nos ha prestado una gran ayuda.

—Había pensado preparar un poco de café para todos, antes de irme. No hay ningún inconveniente, ¿verdad?

Sería inútil advertirle que no dijera nada al personal del laboratorio, o, en realidad, a todos los del pueblo. Dalgliesh no dudaba de que su examen de los lavabos y la desaparición de una bata manchada de sangre pronto serían la comidilla del lugar. Pero el perjuicio no sería muy grande. El asesino no podía ignorar que la policía comprendería de inmediato la posible importancia de aquella falsa llamada a la señora Bidwell. Estaba tratando con hombres y mujeres inteligentes, con experiencia —bien que indirecta— en la investigación criminal, al tanto de todos los procedimientos policiales, conocedores de las reglas que gobernaban cada uno de sus actos. No dudaba de que la mayoría de los que estaban en la biblioteca esperando ser entrevistados seguían sus acciones casi al minuto.

Y entre ellos, o conocido por ellos, había un asesino.

9

El superintendente Mercer había elegido a sus dos sargentos con la idea de crear un contraste, o tal vez con la intención de satisfacer cualquier prejuicio que Dalgliesh pudiera albergar con respecto a la edad y la experiencia de sus subordinados. El sargento Reynolds era un imperturbable agente de la vieja escuela, ancho de espaldas, lento de palabra y natural de los marjales. El sargento Underhill, recién ascendido, parecía lo bastante joven para ser su hijo. Su rostro franco y juvenil, con una expresión de disciplinado idealismo, a Massingham le resultaba vagamente familiar, y sospechaba que quizá lo había visto en un folleto de reclutamiento de la policía. Sin embargo, en interés de una armoniosa colaboración, decidió conceder a Underhill el beneficio de la duda.

Los cuatro policías estaban sentados ante la mesa de conferencias del despacho del director. Dalgliesh daba instrucciones a su equipo antes de empezar con las entrevistas preliminares. Como siempre, se sentía agudamente consciente del transcurrir del tiempo. Ya eran más de las once, y anhelaba terminar en el laboratorio para ir a ver al anciano señor Lorrimer. Las claves físicas del asesinato de su hijo podían hallarse en el laboratorio; la clave del hombre en sí estaba en otro lugar. Pero ni su tono ni sus palabras dejaban traslucir la menor impaciencia.

—Comenzaremos suponiendo que la llamada telefónica a la señora Bidwell y la muerte de Lorrimer están relacionadas. Eso significa que la llamada fue realizada por el asesino o por un cómplice. No podremos saber el sexo de quien hizo la llamada hasta que Bidwell nos lo confirme, pero lo más probable es que fuera una mujer, y también es probable que fuera alguien que sabía que el señor Lorrimer tenía que ser internado ayer en el hospital, pero ignoraba que su ingreso se había aplazado. De estar el anciano en casa, la estratagema tenía muy pocas posibilidades de salir bien. Como ha señalado la señorita Easterbrook, nadie hubiera podido prever que anoche se acostaría temprano y que no advertiría la ausencia de su hijo hasta después que el laboratorio hubiese abierto esta mañana.

Massingham sugirió:

—El asesino no habría dejado de acudir esta mañana temprano, suponiendo que no supiera que su plan había fracasado. Y suponiendo, por supuesto, que la llamada no fuese doblemente falsa. Sería un buen truco para hacernos perder el tiempo, embrollar la investigación y desviar las sospechas de todos salvo de los primeros en llegar.

Para uno de los sospechosos, pensó Dalgliesh, aún habría podido ser un truco mejor. Había sido precisamente la llegada de la señora Bidwell a la casa de Howarth, en obediencia a la llamada, lo que había proporcionado al director un motivo para llegar tan temprano. Se preguntó a qué hora solía llegar habitualmente Howarth. Ésa era una de las cosas que debería preguntarle.

—Comenzaremos suponiendo que no era un truco, que el asesino, o su cómplice, efectuó la llamada para postergar la llegada de la señora Bidwell y el descubrimiento del cuerpo. ¿Qué esperaba conseguir de esta manera? ¿Plantar alguna pista o destruirla? ¿Arreglar algo que le había pasado por alto; limpiar el mazo; eliminar las pruebas de lo que estuvo haciendo aquí anoche; devolver las llaves al bolsillo del muerto? Pero quien ha tenido la mejor oportunidad de hacer tal cosa es Blakelock, y él no habría necesitado quitárselas, para empezar. La llamada habría podido proporcionar a alguien la oportunidad de devolver el juego de llaves de recambio a la caja de seguridad de este despacho, pero eso sería perfectamente factible sin necesidad de retrasar la llegada de la señora Bidwell. Y, por supuesto, puede que lo hayan hecho así.

Underhill opinó:

—Pero, ¿le parece verdaderamente probable, señor, que la llamada tuviera el propósito de postergar el descubrimiento del cuerpo y dar tiempo al asesino para devolver las llaves? Cierto que lo más normal es que la señora Bidwell fuera la primera en entrar esta mañana en el departamento de biología, para llevar las batas limpias, pero el asesino no podía estar seguro de que sería así. El inspector Blakelock o Brenda Pridmore fácilmente habrían podido tener ocasión de subir al laboratorio.

Dalgliesh consideró que se trataba de un riesgo que el asesino habría podido juzgar aceptable. Según su experiencia, la rutina mañanera de una institución rara vez se alteraba. A menos que Blakelock tuviera la responsabilidad de comprobar la seguridad del laboratorio a primera hora de la mañana —y ésta era otra de las preguntas que debía formular—, lo más probable era que Brenda y él se hubieran dedicado a su trabajo habitual en el mostrador de recepción. En el curso normal de los acontecimientos, el cadáver habría sido hallado por la señora Bidwell. Cualquier miembro del personal que acudiera al laboratorio de biología antes que ella habría necesitado una buena excusa para explicar su presencia allí, a menos, desde luego, que se tratara de un miembro del departamento de biología.

Massingham observó:

—La desaparición de la bata blanca resulta muy extraña, señor. No creo que la hayan escondido o destruido para evitar que nos enteremos de la pelea entre Middlemass y Lorrimer. Este poco edificante, aunque intrigante, acontecimiento debe de haber sido la comidilla del laboratorio a los pocos minutos de haberse producido. La señora Bidwell se habrá encargado de ello.

Tanto Dalgliesh como Massingham se preguntaban hasta qué punto la descripción de la pelea que les había dado la señora Bidwell, con el mayor efecto dramático, se ajustaba a la realidad. Era evidente que ella había entrado en el laboratorio después del puñetazo y, de hecho, había visto muy poco. Dalgliesh había reconocido un fenómeno familiar: el deseo de la testigo, consciente de la brevedad de su declaración, de embellecerla al máximo para no decepcionar a la policía, manteniéndose en lo posible dentro de los límites de la verdad. Desprovisto de los adornos de la señora Bidwell, el núcleo de su relato era decepcionantemente reducido.

—No me atrevería a decir por qué se estaban peleando, sólo que era por una mujer, y el doctor Lorrimer estaba molesto porque había telefoneado al señor Middlemass. Tenían la puerta abierta y eso pude oírlo cuando pasé para ir al lavabo de señoras. Supongo que llamó para citarse con él y al doctor Lorrimer no le hizo gracia. Nunca había visto un hombre tan pálido. La muerte parecía, con aquel pañuelo en la cara lleno de sangre, y echando chispas por los ojos. Y el señor Middlemass estaba rojo como un pavo, avergonzado, diría yo. Bueno, no es lo que estamos acostumbrados a ver por aquí, el personal superior dándose de golpes por los pasillos. Cuando unos caballeros correctos empiezan a puñetazos, en el fondo siempre hay una mujer. Y, si quiere saber mi opinión, con este asesinato pasa lo mismo.

Dalgliesh contestó:

—Ya le pediremos al señor Middlemass que nos dé su versión del asunto. Ahora me gustaría tener unas palabras con todo el personal del laboratorio, en la biblioteca, y luego el inspector Massingham y yo empezaremos con las entrevistas preliminares: Howarth, las dos mujeres, Angela Foley y Brenda Pridmore, Blakelock, Middlemass y cualquiera de los demás que no tenga una coartada firme. Me gustaría también, sargento, que comenzara a organizar la rutina habitual. Mientras se realiza el registro, quiero uno de los funcionarios superiores en cada departamento; son los únicos que pueden decirnos si en su laboratorio ha cambiado algo desde ayer. Buscará, aunque reconozco que no es muy probable que la encuentre, la página que falta en la libreta de Lorrimer, y cualquier dato que pueda indicarnos lo que estuvo haciendo aquí anoche aparte de trabajar en el asesinato del pozo de tajón. También quiero que se fije en cualquier indicio de lo que ha podido ocurrir con la bata desaparecida. Quiero un examen a fondo de todo el edificio, especialmente de los posibles medios de entrada y salida. La lluvia de anoche es un contratiempo; probablemente encontrará las paredes lavadas por el agua, pero tal vez vea alguna señal de que el asesino salió por una de las ventanas de los lavabos.

»Necesitará un par de hombres en la propiedad. La tierra está muy reblandecida por la lluvia y, si el asesino llegó en coche o en moto, puede que haya huellas de neumáticos. Todas las que encontremos podemos verificarlas en el índice de neumáticos de este mismo laboratorio; no hará falta perder tiempo enviándolas al Laboratorio Metropolitano. Hay una parada de autobús justo enfrente de la entrada del laboratorio. Averigüe a qué horas pasan los autobuses. Siempre existe la posibilidad de que alguno de los pasajeros o los empleados se fijara en algo. Me gustaría que, antes que nada, registraran el edificio del laboratorio lo más rápidamente posible, para que el personal pueda reanudar su trabajo. Tienen un asesinato reciente entre manos y no podemos mantener cerrado el lugar durante más tiempo del estrictamente necesario. Me gustaría que pudieran volver a trabajar mañana por la mañana.

»Luego está esa mancha que parece vómito en el primer lavabo de los aseos de caballeros. El olor del desagüe es aún bastante perceptible. Quiero que mande urgentemente una muestra de eso al Laboratorio Metropolitano. Seguramente tendrá que desenroscar la juntura para llegar a la curva del sifón. Tendremos que averiguar quiénes utilizaron el lavabo ayer por la tarde, y si advirtieron o no la mancha en cuestión. Si nadie admite haberse mareado durante el día, o no puede presentar un testigo de que lo estuvo, tendremos que ver qué comió cada uno en la cena. El vómito podría ser de Lorrimer, conque necesitaremos información sobre el contenido de su estómago. También me gustaría que quedaran aquí muestras de su sangre y de su cabello. Pero de eso ya se encargará el doctor Blain-Thomson.

Reynolds preguntó:

—¿Podemos considerar que el período crucial va desde las seis quince, cuando fue visto por última vez con vida en su laboratorio, hasta la medianoche?

—Por el momento, sí. Cuando haya hablado con su padre y confirmado que realizó una llamada a las ocho cuarenta y cinco, seguramente podremos reducirlo un poco. Y tendremos una idea más precisa del momento de la muerte cuando el doctor Blain-Thomson efectúe la autopsia. Aunque, a juzgar por la rigidez, el doctor Kerrison no debe de andar muy equivocado.

Pero, si Kerrison era el asesino, no necesitaba equivocarse de mucho. El *rigor mortis* era notoriamente impreciso y, si quería concederse una coartada, Kerrison podía alterar el momento de la muerte hasta en una hora sin que ello suscitara sospechas. Si la sincronización era buena, quizá ni siquiera necesitara toda una hora. Había sido una muestra de prudencia por su parte el hacer venir al cirujano de la policía para que confirmara su estimación del momento de la muerte. Pero, ¿cuántas probabilidades había de que el doctor Greene, por más experiencia que tuviera en examinar cadáveres, se mostrara en desacuerdo con la opinión del patólogo forense, a no ser que el juicio de este último fuese manifiestamente inexacto? Si Kerrison era el culpable, el hecho de llamar a Greene apenas representaba ningún riesgo para él.

Dalgliesh se puso en pie.

—Bueno —sentenció—, vamos a poner manos a la obra. ¿De acuerdo?

10

A Dalgliesh no le gustaba que hubiera más de un agente acompañándole durante las entrevistas preliminares e informales, conque era Massingham quien se encargaba de tomar notas. En realidad, apenas eran necesarias; sabía que Dalgliesh tenía una memoria casi total. Pero aun así le parecía una práctica útil. Estaban los dos sentados ante la mesa de conferencias del despacho del director, pero Howarth, quizá porque no quería sentarse en su propio despacho si no era en su escritorio, había preferido seguir en pie y se apoyaba informalmente contra la chimenea. De vez en cuando, Massingham alzaba una discreta ceja para mirar de soslayo el bien dibujado y dominante perfil que se recortaba sobre el friso clásico. Sobre la mesa había tres manojos de llaves: las que Lorrimer llevaba encima, las que les había entregado el inspector Blakelock y las que el doctor Howarth, tras manipular el cierre de seguridad, había extraído de su caja en el armario metálico. Los tres juegos eran idénticos, una llave Yale y dos de seguridad para la puerta delantera, y otra llave más pequeña en un sencillo aro de metal. Ninguna de ellas estaba etiquetada, sin duda por razones de seguridad. Dalgliesh inquirió:

—¿Estos tres juegos son los únicos que existen?

—Sí, descontando el que tienen en la comisaría de policía de Guy's Marsh. Naturalmente, esta misma mañana he comprobado que la policía sigue teniendo su juego. Guardan las llaves en una caja fuerte bajo el control del oficial de guardia, y no las ha tocado nadie. Tiene que haber un juego en la comisaría, por si se dispara la alarma. Anoche no hubo ninguna alarma.

Dalgliesh ya sabía por Mercer que se habían comprobado las llaves de la comisaría. Añadió:

—¿Y la llave más pequeña?

—Es la que corresponde al almacén de pruebas. La norma es que todas las pruebas que nos llegan, después de haber sido registradas en el libro, sean almacenadas allí hasta ser entregadas al jefe del departamento correspondiente. A él le incumbe asignárselas a un funcionario en concreto. Además, también guardamos las pruebas que ya han sido examinadas y deben ser recogidas por la policía, y las que se han presentado ante el tribunal y nos han sido devueltas para que procedamos a su destrucción. En este último caso se trata casi siempre de drogas. Las destruimos aquí, en el incinerador, y la destrucción ha de tener por testigos a un miembro del personal del laboratorio y al oficial de policía encargado del caso. El almacén de pruebas también está protegido por un sistema de alarma electrónica, pero, evidentemente, necesitamos una llave para la seguridad interna cuando el sistema no está conectado.

—Entonces, anoche, después de conectar el sistema de alarma interna, todas las puertas interiores del laboratorio y su oficina quedaron protegidas, ¿no es así? Eso quiere decir que un intruso solamente pudo salir sin ser detectado a través de las ventanas de los lavabos de la última planta. Todas las demás están protegidas con barrotes o con la alarma electrónica, ¿no?

—Exacto. Desde luego, habría podido seguir el mismo camino para entrar, que era lo que más nos preocupaba. Pero no es una ascensión fácil, y de todos modos hubiera sonado la alarma en cuanto hubiese tratado de entrar en cualquiera de las salas principales del laboratorio. Al poco tiempo de llegar yo, estudiamos la posibilidad de instalar también alarmas en los lavabos, pero nos pareció innecesario. En los setenta y tantos años de existencia del laboratorio, no hemos tenido ni un solo intento de penetrar por la fuerza.

—¿Cuáles son exactamente las disposiciones para el cierre del laboratorio?

—Los únicos que están autorizados a cerrarlo son los dos oficiales de enlace con la policía y Lorrimer, en su calidad de oficial suplente de seguridad. Antes de conectar la alarma y de cerrar definitivamente la puerta delantera hasta el día siguiente, Lorrimer o el oficial de enlace que se halle de servicio deben comprobar que no queda ningún miembro del personal dentro del edificio y que todas las puertas interiores están cerradas. El sistema de alarma en la comisaría de Guy's Marsh queda conectado tanto si la puerta se cierra por dentro como por fuera.

—¿Reconoce alguna de las otras llaves que encontramos en el cadáver? Me refiero a las tres de la bolsa de cuero y la que iba aparte.

—Las tres de la bolsa, no. Evidentemente, una es la de su automóvil, y supongo que las dos restantes serán las de su casa. Pero la llave suelta se parece mucho a la que abre la capilla Wren. Si efectivamente lo es, no sabía que Lorrimer la tuviera. Tampoco es que tenga mucha importancia. Pero, por lo que yo sé, sólo hay una llave de la capilla y la tiene el oficial de enlace colgada en el tablón de su despacho. No se trata de una cerradura de seguridad; de hecho, la capilla no nos preocupa demasiado. Allí ya no queda nada de auténtico valor. Pero ocasionalmente hay arquitectos y sociedades arqueológicas que desean visitarla, de modo que les prestamos la llave y les hacemos firmar en un registro que se guarda en el despacho. De todos modos, nunca les permitimos cruzar por terrenos del laboratorio para llegar hasta ella. Deben utilizar la entrada posterior, por la carretera de Guy's Marsh. La empresa que se ocupa de la limpieza nos pide la llave cada dos meses para limpiar y revisar la calefacción —en invierno debemos mantener la capilla razonablemente caldeada, porque el cielorraso y las tallas son bastante delicados—, y Miss Willard se pasa por allí de vez en cuando, para quitar un poco el polvo. Cuando su padre era el párroco de Chevisham, en ocasiones solía celebrar servicios en la capilla, y creo que ella siente cierto apego sentimental hacia el lugar.

Massingham se dirigió al despacho del inspector jefe Martin y regresó con la llave de la capilla. Las dos coincidían. La libreta de notas que había encontrado colgada junto a la llave indicaba que había sido utilizada por última vez por la señorita Willard, el lunes veinticinco de octubre. Howarth prosiguió:

—Estamos pensando en transferir la capilla al Departamento del Medio Ambiente en cuanto nos traslademos al nuevo laboratorio. Para el Tesoro, es una constante irritación que utilicemos nuestros fondos para calentarla y mantenerla. He formado un cuarteto de cuerda aquí, y el veintiséis de agosto dimos un concierto en la capilla, pero aparte de eso está completamente en desuso. Supongo que deseará echarle una ojeada, y en verdad que vale la pena verla por su propio mérito. Es un magnífico ejemplar de la arquitectura eclesiástica de finales del siglo XVII, aunque en realidad no fue construida por Wren, sino por Alexander Fort, que estaba muy influido por él.

Dalgliesh preguntó de pronto:

—¿Se llevaba bien con Lorrimer?

Howarth contestó sin perder la calma.

—No especialmente. Le respetaba como biólogo, y ciertamente no tenía ninguna queja respecto a su trabajo ni su colaboración conmigo como director. No era un hombre con el que fuese fácil intimar, y no me resultaba especialmente simpático. Pero probablemente era uno de los serólogos más respetados de todo el servicio, y en este sentido le echaremos de menos. Si algún defecto tenía era su renuencia a delegar. Tenía otros dos serólogos en su departamento para la clasificación por grupos de la sangre líquida, las manchas y las muestras de semen y saliva, pero invariablemente se reservaba para sí todos los casos de asesinato. Además de trabajar en los casos y de sus visitas a los tribunales y a los lugares del crimen, realizaba también un gran número de conferencias en los cursos de preparación para detective y los de familiarización con la policía.

La libreta de notas de Lorrimer se hallaba sobre el escritorio. Dalgliesh la empujó hacia Howarth y preguntó:

—¿Había visto esto alguna vez?

—¿Su borrador? Sí, creo haberlo visto en su departamento, o cuando lo llevaba consigo. Era obsesivamente ordenado y detestaba los pedazos de papel sueltos. Todas las cosas de cierta importancia eran anotadas en esta libreta y luego transferidas al archivo. Claire Easterbrook me ha indicado que falta la última página.

—Por eso nos interesa tanto saber qué estuvo haciendo aquí ayer por la noche, además de trabajar en el asesinato del pozo de tajón. Supongo que habría podido entrar en cualquiera de los restantes laboratorios, ¿no es cierto?

—Si había desconectado el sistema de alarma interior, sí. Creo que, cuando era el último en marcharse, tenía la costumbre de cerrar la Yale y el pestillo de la puerta delantera, y que sólo comprobaba las puertas interiores y conectaba la alarma de seguridad cuando ya se iba. Evidentemente, es importante no accionar la alarma por descuido.

—¿Cree que su preparación le hubiera permitido realizar un examen en otro departamento?

—Depende de lo que se tratara. Esencialmente, por supuesto, se dedicaba a la identificación y clasificación de sustancias biológicas como la sangre o las manchas orgánicas, y al examen de fibras y tejidos animales y vegetales.

175

Pero era un competente científico general y sus intereses eran muy amplios; me refiero a sus intereses científicos. Los biólogos forenses suelen volverse muy versátiles, sobre todo en los pequeños laboratorios, como lo ha sido éste hasta el momento. Pero estoy seguro de que no intentaría emplear los aparatos más complicados de la sección de instrumentos, como el espectrómetro de masas, por ejemplo.

—¿Y usted personalmente no tiene ninguna idea de lo que podía estar haciendo?

—Ninguna. Aunque me consta que entró en este despacho. Ayer tuve que consultar el nombre de un cirujano, asesor nuestro, que declaró para la defensa en uno de nuestros viejos casos, y al salir por la noche dejé el directorio médico sobre mi escritorio. Esta mañana lo he encontrado de nuevo en su lugar, en la biblioteca. Pero si anoche entró en este despacho, no creo que fuera meramente para comprobar mi dejadez con los libros de consulta.

Finalmente, Dalgliesh le interrogó acerca de sus movimientos de la noche anterior.

—Toqué el violín en el concierto del pueblo. El párroco tenía unos cinco minutos en blanco y me preguntó si el cuarteto de cuerda podría interpretar algo que fuera, según sus palabras, breve y animado. El cuarteto lo componíamos un químico, uno de los funcionarios científicos del departamento de examen de documentos, una mecanógrafa de la oficina general y yo mismo. La señorita Easterbrook hubiera debido ser el primer violoncelo, pero tenía un compromiso para cenar que ella consideraba importante y no pudo participar. Tocamos el *Divertimento en Re mayor* de Mozart y fuimos los terceros en el programa.

—¿Y se quedó usted a escuchar el resto del concierto?

—Tal era mi intención. Pero la atmósfera de la sala estaba increíblemente cargada y me escabullí justo antes del descanso de las ocho y media. Luego, ya me quedé fuera.

Dalgliesh quiso saber qué había hecho exactamente.

—Nada. Estuve sentado sobre una de esas lápidas planas durante unos veinte minutos, y luego me fui.

—¿Vio a alguien, o alguien le vio a usted?

—Vi un caballo de pantomima que salía del vestuario de hombres; ahora sé que debía de ser Middlemass, en sustitución del inspector jefe Martin. Empezó a retozar por ahí muy alegremente, según me pareció, y a lanzarle tarascadas a un ángel que había sobre una de las tumbas. En seguida se le unió una *troupe* de danzarines medievales que venían del Moonraker cruzando el cementerio. Fue una visión extraordinaria: la luna atravesando el firmamento y aquellas extraordinarias figuras cargadas de cascabeles y con sus gorras engalanadas de siemprevivas, avanzando hacia mí desde la oscuridad por entre los remolinos de niebla a ras del suelo. Era como un ballet o una película de vanguardia. Solamente se echaba en falta una música de fondo de segunda categoría, de Stravinsky a ser posible. Yo seguía sentado en la lápida, sin moverme, y dado que me encontraba a cierta distancia no creo que me vieran; yo, desde luego, no me di a conocer. El caballo se reunió con los danzarines y todos juntos entraron en la sala. Luego oí sonar el violín. Calculo que permanecí sentado durante otros diez minutos, y luego me marché de allí. El resto de la velada estuve paseando por el dique de Leamings y llegué a casa alrededor de las diez. Mi medio hermana Domenica podrá confirmarle la hora.

Se demoraron un poco más discutiendo los arreglos administrativos para la investigación. El doctor Howarth anunció que se trasladaría al cuarto de la señorita Foley y dejaría su despacho a disposición de la policía. No había ninguna posibilidad de que el laboratorio se abriera aquel mismo día, pero Dalgliesh prometió que haría todo lo posible para que pudieran reanudar sus trabajos a la mañana siguiente. Antes de que Howarth se retirase, Dalgliesh le preguntó:

—Todos los que han hablado conmigo respetaban a Lorrimer como biólogo forense. Pero, ¿cómo era humanamente? Por ejemplo, ¿qué sabía usted de él, al margen de que era un biólogo forense?

El doctor Howarth replicó fríamente:

—Nada. No creía que hubiera nada que saber, al margen de que era un biólogo forense. Y ahora, si no tiene nada más que preguntarme por el momento, debo telefonear al ministerio y asegurarme de que, con la excitación de su espectacular partida, no se olvidan de enviarme un sustituto.

11

Con la resistencia propia de la juventud, Brenda Pridmore no había tardado en recuperarse de la impresión de encontrar el cuerpo de Lorrimer. Se había negado resueltamente a que la acompañaran a casa y, cuando Dalgliesh estuvo en disposición de verla, se encontraba perfectamente serena y, de hecho, deseando referir su historia. Con su nube de espesos cabellos castaños y su cara pecosa y curtida por el viento, componía una bella imagen de bucólica salud. Pero los ojos grises eran inteligentes, y la boca dulce y sensible. Sentada al otro lado del escritorio, contemplaba a Dalgliesh tan francamente como una niña obediente, y sin ningún temor. El policía supuso que durante toda su joven vida se había acostumbrado a recibir de los hombres cierta amabilidad avuncular, y en ningún momento había dudado que también la encontraría en aquellos desconocidos oficiales de la policía. En respuesta a las preguntas de Dalgliesh, describió con exactitud todo lo sucedido entre su llegada al laboratorio aquella misma mañana y el descubrimiento del cadáver. Dalgliesh quiso saber:

—¿Tocó usted el cuerpo?

—¡Oh, no! Me arrodillé y extendí una mano para tocarle la mejilla, pero eso fue todo. Se notaba que estaba muerto, comprenda.

—¿Y luego?

—No me acuerdo. Sé que volví a bajar corriendo, y que el inspector Blakelock estaba esperándome al pie de la escalera. Yo ni siquiera podía hablar, pero supongo que al verme la cara comprendió que pasaba algo malo. Después, recuerdo que me senté en la butaca que hay ante el despacho del inspector jefe Martin y que miré el retrato del coronel Hoggatt. Luego ya no me acuerdo de nada más hasta que llegaron el doctor Howarth y la señora Bidwell.

—¿Le parece posible que saliera alguien del edificio pasando ante usted mientras estaba allí sentada?

—¿El asesino, quiere decir? No veo cómo. Ya sé que no estaba muy atenta, pero no me había desmayado ni ninguna tontería por el estilo, y estoy segura de que si alguien hubiera cruzado el vestíbulo me habría dado cuenta. Y, aunque hubiera logrado pasar sin que yo lo viera, habría tropezado con el doctor Howarth, ¿no cree?

Dalgliesh le preguntó por su trabajo en el laboratorio y luego quiso saber si había conocido bien al doctor Lorrimer. La joven disertó con ingenua confianza sobre su vida, sus colegas, su fascinante empleo, el inspector Blakelock que era tan amable con ella y que había perdido a su hija única; y con cada frase decía más de lo que sabía. No porque fuera estúpida, pensó Massingham, sino únicamente sincera e ingenua. Por vez primera oyeron hablar de Lorrimer con afecto.

—Siempre era muy amable conmigo, aunque yo no pertenecía al departamento de biología. Desde luego, era un hombre muy serio. ¡Tenía tantas responsabilidades! El departamento de biología está terriblemente sobrecargado de trabajo, y él solía quedarse hasta muy tarde casi todas las noches, verificando resultados y poniendo al día los trabajos acumulados. Me parece que se llevó una gran desilusión cuando no le eligieron para suceder al doctor Mac. No es que me lo dijera nunca, claro. ¿Cómo iba a decirme tal cosa? Yo soy demasiado nueva y él era demasiado leal.

Dalgliesh inquirió:

—¿Cree que alguien habría podido malinterpretar este interés que le manifestaba el doctor Lorrimer, o que podría haber causado celos a alguien?

—¿Celos del doctor Lorrimer porque a veces se paraba en el mostrador para charlar de mi trabajo y me trataba con amabilidad? ¡Pero si era un viejo! ¡Qué tontería!

Inclinándose sobre su libreta para ocultar una sonrisa, Massingham garrapateó unas líneas apresuradas mientras pensaba que probablemente sí era una tontería.

Dalgliesh siguió preguntando:

—Parece que hubo algún alboroto el día anterior a su muerte, cuando los hijos del doctor Kerrison vinieron al laboratorio. ¿Estaba usted en el vestíbulo en aquellos momentos?

—¿Quiere decir cuando sacó a empujones a la señorita Kerrison? Bueno, en realidad no llegó a empujarla, pero le habló con mucha dureza. Había venido con su hermano pequeño, y tenían intención de esperar al doctor Kerrison en el vestíbulo. El doctor Lorrimer los miró a los dos verdaderamente como si los odiara. No fue nada propio de él. Creo que últimamente estaba sometido a una terrible tensión. Quizás había sentido una premonición de su muerte. ¿Sabe qué me dijo cuando llegaron las pruebas del asesinato del pozo de tajón? Pues dijo que la única muerte que debemos temer es la propia. ¿No le parece un comentario de lo más extraño?

—Muy extraño —admitió Dalgliesh.

—Y eso me recuerda otra cosa. Como usted dijo que todo podía tener importancia... Bueno, el caso es que ayer por la mañana llegó una curiosa carta para el doctor Lorrimer. Por eso se detenía en el mostrador, para que pudiera entregarle el posible correo personal. Era un sobre marrón muy delgado, con la dirección escrita a mano en mayúsculas. Y sólo ponía su nombre, sin especificar su titulación. Curioso, ¿verdad?

—¿Solía recibir aquí muchas cartas particulares?

—Oh, no, en absoluto. El papel de carta del laboratorio dice que todas las comunicaciones deben dirigirse al director. En el mostrador nos ocupamos de recibir las pruebas, pero la correspondencia la llevan a la oficina general para clasificarla. Nosotros sólo entregamos las cartas personales, pero de esas hay muy pocas.

En la rápida inspección preliminar que Massingham y él habían efectuado en la oficina de Lorrimer, meticulosamente ordenada, Dalgliesh no había encontrado ninguna carta personal. Le preguntó a la señorita Pridmore si el doctor Lorrimer había ido a almorzar a casa. Ella dijo que así era. Entonces, era posible que se hubiera llevado la carta a casa. Podía significar cualquier cosa, o nada. Era, simplemente, otro detalle más que habría que investigar.

Dio las gracias a Brenda Pridmore y le recordó una vez más que acudiera a él si se acordaba de algo que pudiera tener importancia, por insignificante que pareciese. Brenda no estaba acostumbrada a fingir. Era obvio que le sucedía algo. Se ruborizó y bajó la vista al suelo. La metamorfosis de alegre confidente a escolar culpable fue casi patéticamente cómica. Dalgliesh la alentó suavemente:

—¿Sí?

Ella no contestó, pero se forzó a alzar la vista y meneó la cabeza. El policía esperó unos instantes y añadió:

—La investigación de un asesinato no es nunca agradable. Como en muchas de las cosas amargas de la vida, a veces parece más fácil no involucrarse, mantenerse al margen de él. Pero no puede ser. En una investigación de asesinato, ocultar una verdad equivale a decir una mentira.

—Pero supongamos que una da cierta información. Algo personal, quizá, que una no tenía por qué saber, y resulta que hace recaer las sospechas sobre alguien que no es...

Dalgliesh adujo suavemente:

—Tiene que confiar en nosotros. ¿Lo intentará?

La joven asintió con un gesto y musitó un «sí», pero no dijo nada más. Dalgliesh consideró que no era el momento de presionarla. La dejó marchar y mandó llamar a Angela Foley.

12

En contraste con la confiada naturalidad de Brenda Pridmore, Angela Foley presentaba un aspecto imperturbable e inescrutable. Era una joven de desacostumbrada apariencia, con una cara en forma de corazón y una frente amplia y sumamente despejada; los cabellos, finos como los de un bebé y del color del grano maduro, estaban peinados hacia atrás y recogidos en un apretado moño sobre su cabeza. Los ojos eran pequeños, sesgados y tan profundamente asentados que a Dalgliesh le resultó difícil determinar su color. Se cubría con un vestido de fina lana color cervato, complementado con un tabardo de manga corta de complicado diseño y unas botas de lazo de caña corta, presentando un sofisticado y exótico contraste con la ortodoxa hermosura de Brenda y su sencillo vestido de dos piezas tejido a mano.

Si la violenta muerte de su primo la había perturbado, lo disimulaba admirablemente. Explicó que llevaba cinco años trabajando como secretaria del director, primero con el doctor MacIntyre y luego con el doctor Howarth. Antes de eso había sido taquimecanógrafa en la oficina general del Laboratorio Hoggatt, en el que había ingresado directamente desde la escuela. Contaba veintisiete años de edad. Hasta un par de años antes había vivido en un pequeño apartamento en Ely, pero ahora compartía Sprogg's Cottage con una amiga. Habían pasado toda la velada anterior en mutua compañía. Edwin Lorrimer y su padre habían sido sus únicos parientes vivos, pero no solían verse a menudo. La familia, explicó como si se tratara de la cosa más natural del mundo, nunca había estado muy unida.

—Entonces supongo que sabrá muy poco de sus asuntos personales; de su testamento, por ejemplo.

—No, nada. Cuando mi abuela le dejó a él todo el dinero, allí en el despacho del abogado, él dijo que me haría su heredera. Pero creo que en aquel momento se sentía culpable porque yo no era mencionada en el testamento. No creo que hablara en serio. Y, naturalmente, puede haber cambiado de idea.

—¿Recuerda cuánto dejó su abuela?

La joven hizo una breve pausa. Casi, pensó él, como si calculara si resultaría más sospechosa la ignorancia o el conocimiento. Finalmente, respondió:

—Creo que sobre unas treinta mil. No sé cuánto puede haber ahora.

Dalgliesh la condujo rápida pero minuciosamente por los acontecimientos de la mañana. Su amiga y ella tenían un Mini, pero solía acudir al trabajo en bicicleta. Así lo había hecho aquella mañana, para llegar al laboratorio a la hora de costumbre, poco antes de las nueve, sorprendiéndose al ver pasar al doctor Howarth y la señora Bidwell en automóvil. Brenda Pridmore les había abierto la puerta. El inspector Blakelock estaba bajando por la escalera, y les comunicó la noticia del asesinato. Habían permanecido todos juntos en el vestíbulo mientras el doctor Howarth subía al laboratorio de biología. El inspector Blakelock había telefoneado a la policía y al doctor Kerrison. El doctor Howarth, de vuelta en el vestíbulo, le había pedido que acompañara al inspector Blakelock a comprobar las llaves. El director y ella eran los dos únicos miembros del personal que conocían la combinación de su armario de seguridad. Howarth se había quedado en el vestíbulo, creía ella que hablando con Brenda Pridmore. Las llaves estaban en su caja, dentro del armario, y el inspector Blakelock y ella las habían dejado en su lugar. Luego, ella había vuelto a asegurar la cerradura de combinación y regresado al vestíbulo. El doctor Howarth había pasado a su despacho para telefonear al Ministerio del Interior, tras pedir a los demás que no salieran del vestíbulo. Más tarde, cuando ya había llegado el doctor Kerrison y la policía, el doctor Howarth la había llevado en su coche al domicilio del señor Lorrimer para darle la noticia y, tras dejarla con el anciano, había regresado al laboratorio. Ella había telefoneado a su amiga y había permanecido allí con la señorita Mawson hasta la llegada de la señora Swaffield, la esposa del rector, con un agente de policía, cosa de una hora más tarde.

—¿Qué hizo en Postmill Cottage?

—Preparé té y se lo llevé a mi tío. La señorita Mawson estuvo casi todo el rato en la cocina, lavando los cacharros. La cocina estaba bastante desaseada, casi todo vajilla sucia del día anterior.

—¿Cómo vio a su tío?

—Preocupado, y bastante molesto por haberse quedado solo. Me parece que no acababa de darse cuenta de que Edwin estaba muerto.

No parecía que la señorita Foley pudiera proporcionarle mucha más información. Por lo que ella sabía, su primo carecía de enemigos. No tenía la menor idea de quién podía haberle matado. Su voz, alta y más bien monótona, la voz de una niña pequeña, parecía sugerir que no era un asunto que le preocupara mucho. No expresó pesar alguno ni propuso ninguna teoría, respondiendo a todas las preguntas con su voz fría y aguda. En vez de un policía, muy bien habría podido tratarse de un visitante casual y de poca importancia que se interesara en la rutina del laboratorio movido únicamente por la curiosidad. Dalgliesh sintió una instintiva antipatía hacia ella. No le costó nada ocultarla, pero el hecho le pareció interesante, pues hacía mucho tiempo que ningún sospechoso en un caso de asesinato provocaba en él una reacción tan física e inmediata. Pero se preguntó si no serían sus prejuicios los que le hacían ver en aquellos ojos profundos y enigmáticos un brillo de desdén, de desprecio incluso, y hubiera dado mucho por saber qué pensamientos discurrían tras aquella despejada y un tanto abombada frente.

Cuando ella se hubo ido, Massingham observó:

—Es curioso que el doctor Howarth la enviara con Blakelock a comprobar las llaves. Debe de haberse dado cuenta de inmediato de la importancia que tienen. El acceso al laboratorio es fundamental en este caso. Pero, entonces, ¿por qué no fue a comprobarlas él mismo? También conocía la combinación.

—Demasiado orgulloso para llevar un testigo y demasiado inteligente para no hacerlo. Y quizá consideró más importante atender a lo que ocurría en el vestíbulo. Pero, al menos, se cuidó de proteger a Angela Foley. No la envió a ella sola. Bien, veamos qué nos dice Blakelock al respecto.

13

A igual que el doctor Howarth, el inspector Blakelock prefirió no tomar asiento. Se detuvo en posición de firmes ante el escritorio de Howarth, ocupado ahora por Dalgliesh, como un hombre ante un consejo de guerra. Dalgliesh sabía que sería inútil procurar que se relajara. Había aprendido la técnica de responder a las preguntas en su época de agente detective, en el estrado de los testigos. Daba la información que se le pedía, ni más ni menos, y mantenía la vista fija en un punto situado un palmo por encima del hombro derecho de Dalgliesh. Cuando dio su nombre con voz firme y carente de expresión, Dalgliesh casi imaginó que iba a poner la mano derecha sobre la Biblia y pronunciar el juramento.

En respuesta a las preguntas de Dalgliesh, describió todos sus actos desde que había salido de su casa, en Ely, hasta llegar al laboratorio. Su descripción del descubrimiento del cuerpo coincidía con la de Brenda Pridmore. Nada más ver con qué cara bajaba las escaleras, había comprendido que algo andaba mal y se había precipitado hacia el laboratorio de biología sin esperar sus explicaciones. Había encontrado la puerta abierta y la luz encendida. Describió la posición del cuerpo con tanta precisión como si sus rígidos contornos hubieran quedado indeleblemente impresos en la retina de la mente. Había advertido de inmediato que Lorrimer estaba muerto. No había tocado el cuerpo salvo, instintivamente, para deslizar una mano en el bolsillo de la bata blanca y comprobar que las llaves estaban allí.

Dalgliesh inquirió:

—Esta mañana, al llegar al laboratorio, esperó a que la señorita Pridmore estuviera a su lado antes de abrir. ¿Por qué lo hizo?

—La vi doblar la esquina del edificio después de guardar su bicicleta, y me pareció que lo cortés era esperarla, señor. Además, así me ahorraba tener que volver a abrir la puerta para dejarla pasar.

—¿Encontró las tres cerraduras y el sistema de seguridad interior en buen funcionamiento?

—Sí, señor.

—¿Hace usted una comprobación rutinaria del laboratorio cuando llega?

—No, señor. Naturalmente, si viera que han manipulado alguna de las cerraduras o el cuadro de seguridad, haría una comprobación de inmediato. Pero todo estaba en orden.

—Ha dicho que la llamada del señor Lorrimer, padre, fue una sorpresa para usted. ¿No vio el coche del doctor Lorrimer cuando llegó por la mañana?

—No, señor. El personal científico superior utiliza el garaje del extremo.

—¿Por qué mandó a la señorita Pridmore a ver si el doctor Lorrimer estaba aquí?

—No la mandé, señor. Se deslizó por debajo del mostrador antes de que pudiera impedírselo.

—Entonces, ¿tenía usted la impresión de que había ocurrido algo malo?

—En realidad, no, señor. No creía que fuera a encontrarlo. Pero por un instante pensé que quizá se hubiera sentido repentinamente enfermo.

—¿Qué clase de hombre era el doctor Lorrimer, inspector?

—Era el biólogo principal, señor.

—Eso ya lo sé. Le pregunto qué tal era como hombre y como colega.

188

—No llegué a conocerlo demasiado bien, señor. No solía entretenerse charlando en el mostrador de recepción. Pero me llevaba bien con él. Era un buen científico forense.

—Me han dicho que mostraba cierto interés por Brenda Pridmore. ¿No significa eso que ocasionalmente se entretenía ante el mostrador?

—Tan sólo unos minutos, señor. Le gustaba conversar un poco con la chica de vez en cuando. Como a todos. Resulta agradable tener una joven así en el laboratorio. Es bonita, trabajadora y entusiasta, y creo que el doctor Lorrimer pretendía alentarla.

—¿Nada más que eso, inspector?

Impasible, Blakelock contestó:

—No, señor.

A continuación, Dalgliesh le preguntó por sus movimientos de la noche anterior. El inspector respondió que su esposa y él habían comprado entradas para el concierto del pueblo, aunque su esposa no fue de muy buena gana porque tenía un fuerte dolor de cabeza. Era propensa a sufrir dolores de sinusitis, que ocasionalmente la obligaban a retirarse a descansar. Aun así, habían asistido a la primera mitad del programa, pero, en vista de que la jaqueca empeoraba, se habían marchado en el entreacto. El inspector había conducido el automóvil de regreso a Ely, llegando a casa alrededor de las nueve menos cuarto. Su esposa y él vivían en un moderno bungalow en las afueras de la población, sin vecinos próximos, y le parecía improbable que alguien hubiera advertido su regreso. Dalgliesh comentó:

—Parece que hubo una desgana general por parte de todos para quedarse a la segunda mitad del programa. ¿Por qué se molestaron en ir, si su esposa no se encontraba bien?

—Al doctor MacIntyre, el antiguo director, le gustaba que el personal del laboratorio participara en las actividades del pueblo, señor, y el inspector jefe Martin es de la misma opinión. Por eso compré las entradas, y mi esposa creyó que, ya que las teníamos, podíamos aprovecharlas. Tenía la esperanza de que el concierto la ayudara a olvidar su dolor de cabeza. Pero la primera parte resultó bastante ruidosa y, de hecho, la jaqueca empeoró.

—¿Fue a casa a recogerla o se encontraron en el pueblo?

—Ella fue en autobús más temprano, señor, y pasó la tarde con la señora Dean, la esposa del ministro de la capilla. Son viejas amigas. Yo fui a buscarla cuando salí de trabajar, a las seis en punto. Cenamos en el pueblo antes del concierto, a base de pescado con patatas.

—¿Suele usted salir a esa hora?

—Sí, señor.

—¿Y quién cierra el laboratorio si los científicos se quedan trabajando después de su hora de salir?

—Siempre compruebo quién se queda, señor. Si hay personal subalterno trabajando, entonces debo quedarme hasta que terminen. Pero no es frecuente. El doctor Howarth tiene un juego de llaves y, si se quedara después de la hora, él mismo conectaría la alarma.

—El doctor Lorrimer, ¿solía quedarse trabajando cuando usted se iba?

—Unas tres o cuatro noches por semana, señor. Pero eso no me inquietaba en absoluto. El doctor Lorrimer era muy concienzudo y nunca se habría olvidado de cerrar.

—¿Cree que dejaría entrar a alguien en el laboratorio si estuviera él solo?

—No, señor, a menos que se tratara de algún miembro del personal o, quizá, del cuerpo de policía. Pero tendría que ser algún oficial que él conociera. No dejaría entrar a nadie que no tuviera un motivo válido para estar aquí. El doctor Lorrimer era muy quisquilloso en cuanto a la presencia en el laboratorio de personas sin autorización.

—¿Fue por eso por lo que anteayer intentó expulsar por la fuerza a la señorita Kerrison?

El inspector Blakelock no perdió la compostura, y contestó:

—Yo no lo describiría como una expulsión por la fuerza, señor. En ningún momento llegó a tocar a la joven.

—¿Quiere explicarme qué sucedió exactamente, inspector?

—La señorita Kerrison y su hermano pequeño vinieron a encontrarse con su padre. Esa mañana, el doctor Kerrison estaba pronunciando una conferencia en el curso de preparación de inspectores. Le sugerí a la señorita Kerrison que tomara asiento y esperase, pero en aquel momento bajó el doctor Lorrimer a comprobar si había llegado ya el mazo para su examen. Vio a los niños y preguntó, muy autoritariamente, qué estaban haciendo allí. Dijo que un laboratorio forense no era lugar para niños. La señorita Kerrison replicó que no tenía intención de irse, y él se le acercó como si fuera a sacarla a empujones. Recuerdo que estaba muy pálido, muy extraño. No llegó a ponerle la mano encima, pero me parece que la chica se asustó. Creo que es una joven bastante neurótica, señor. Comenzó a chillar y a gritarle: «¡Le odio! ¡Le odio!» El doctor Lorrimer giró en redondo y se dirigió escaleras arriba, mientras Brenda trataba de consolar a la chica.

—¿Y la señorita Kerrison y su hermano se fueron sin esperar a su padre?

—Sí, señor. El doctor Kerrison bajó al cabo de unos quince minutos, y le expliqué que sus hijos habían venido a buscarle pero que se habían ido ya.

—¿No le dijo nada del incidente?

—No, señor.

—¿Diría que fue un rasgo típico del comportamiento de Lorrimer?

—No, señor. Pero en las últimas semanas no tenía muy buen aspecto. Creo que estaba sometido a alguna tensión.

—¿Y no tiene idea de qué clase de tensión?

—No, señor.

—¿Tenía enemigos?

—No que yo sepa, señor.

—Entonces, ¿no se imagina quién podía querer verle muerto?

—No, señor.

—Tras el descubrimiento del cadáver del doctor Lorrimer, el doctor Howarth le envió con Angela Foley a comprobar si su juego de llaves seguía en el armario de seguridad. ¿Quiere explicarme exactamente lo que hicieron ustedes dos?

—La señorita Foley abrió el armario. El director y ella son las dos únicas personas que conocen la combinación.

—¿Y usted miraba?

—Sí, señor, pero no sabría decirle las cifras. Vi que hacía girar el disco de la combinación.

—¿Y luego?

—Sacó la caja metálica y abrió la tapa. No estaba cerrada. Las llaves estaban dentro.

—¿Estuvo observándola de cerca todo el tiempo, inspector? ¿Está absolutamente seguro de que la señorita Foley no pudo meter las llaves en la caja sin que usted lo viera?

—No, señor. Eso habría sido imposible.

—Una última cosa, inspector. Cuando subió usted a ver el cuerpo, la señorita Pridmore se quedó abajo sola. Ella misma me ha dicho que está prácticamente segura de que nadie habría podido salir inadvertidamente del laboratorio durante esos momentos. ¿Ha pensado usted en esta posibilidad?

—¿De que se hubiera quedado aquí toda la noche, señor? Sí. Pero no estaba escondido en el despacho del oficial de enlace, porque me habría dado cuenta cuando entré a desconectar la alarma interna. Es el cuarto más cercano a la puerta delantera. Supongo que habría podido estar en el despacho del director, pero no veo cómo habría podido cruzar el vestíbulo y abrir la puerta sin que la señorita Pridmore lo advirtiera, por más que se encontrara muy aturdida. No es como si la puerta hubiera estado abierta de par en par; habría tenido que girar la cerradura Yale.

—¿Está usted absolutamente seguro de que anoche no se separó en ningún momento de sus llaves?

—Estoy seguro, señor.

—Gracias, inspector. Eso es todo, por el momento. ¿Quiere pedirle al señor Middlemass que pase, por favor?

14

El examinador de documentos entró en el despacho con tranquilo aplomo, acomodó su largo cuerpo en el sillón de Howarth sin esperar a que lo invitaran, cruzó el tobillo derecho sobre la rodilla izquierda y se volvió hacia Dalgliesh enarcando interrogativamente una ceja, como un visitante que lo único que espera de su anfitrión es aburrimiento, pero está cortésmente resuelto a no demostrarlo. Llevaba unos pantalones de pana marrón oscuro, un jersey de lana fina con cuello de cisne y unos vistosos calcetines morados con mocasines de cuero. El efecto general era de despreocupada informalidad, pero a Dalgliesh no le pasó por alto que los pantalones eran a medida, el jersey de cachemira y los zapatos hechos a mano. Bajó la vista hacia el papel donde Middlemass había anotado todos sus movimientos desde las siete de la tarde anterior. A diferencia de los entregados por sus colegas, estaba escrito con una estilográfica, no con bolígrafo, en una caligrafía fina, alta y cursiva que conseguía ser al mismo tiempo decorativa y virtualmente ilegible. No era el tipo de letra que había esperado. Comenzó:

—Antes de entrar en materia, ¿querría hablarme de su disputa con Lorrimer?

—¿Quiere decir mi versión de la disputa, en contraposición a la de la señora Bidwell?

—Quiero decir la verdad, en contraposición a las especulaciones.

—No fue un episodio particularmente edificante, y

no puedo decir que me sienta orgulloso de él. Pero no tuvo importancia. Acababa de comenzar con el caso del asesinato del pozo de tajón cuando oí salir a Lorrimer del lavabo. Tenía una cuestión particular que discutir con él, de modo que le llamé y le hice pasar. Hablamos, discutimos, me atacó y yo reaccioné con un puñetazo a su nariz que le hizo sangrar espectacularmente sobre mi bata. Me disculpé. Se marchó.

—¿Por qué fue la disputa? ¿Por una mujer?

—Tratándose de Lorrimer, comandante, eso era difícil. Creo que Lorrimer sabía que existen dos sexos, pero dudo que tal cosa le pareciera bien. Fue un asunto personal, algo ocurrido dos años antes. No tuvo nada que ver con este laboratorio.

—De manera que estaba usted comenzando a trabajar con una prueba de un caso de asesinato, una prueba importante, puesto que había decidido examinarla personalmente. Sin embargo, no estaba tan absorto en esta tarea como para no oír cuándo pasaba alguien ante su puerta e identificar los pasos de Lorrimer. El momento le pareció oportuno para llamarle y comentar algo que había ocurrido dos años antes, algo que durante todo este tiempo no le había preocupado, pero que en aquel instante logró enfurecerlos a ambos hasta el extremo de que acabaron atacándose físicamente.

—Dicho así, suena como una excentricidad.

—Dicho así, suena completamente absurdo.

—Supongo que fue absurdo, en cierto modo. Se trataba de un primo de mi mujer, llamado Peter Ennalls. Dejó la escuela con dos calificaciones de nivel A en ciencias, y parecía interesado en ingresar en el Servicio. Vino a pedirme consejo y le expliqué lo que tenía que hacer. Terminó como funcionario científico a las órdenes de Lorrimer en el Laboratorio del Sur. La cosa no fue ningún éxito. No creo que fuera exclusivamente culpa de Lorrimer, pero lo cierto es que carece de talento para dirigir a los empleados jóvenes. Ennalls acabó con su carrera fracasada, un compromiso matrimonial roto y lo que suele denominarse, con un eufemismo, un ataque de nervios. Y el muchacho se ahogó. Nos llegaron rumores de lo que había ocurrido. El Servicio es pequeño, y estas cosas se saben. Yo casi no conocía a Ennalls, pero mi mujer le tenía cierto cariño.

»No pretendo culpar a Lorrimer por la muerte de Peter. En último término, un suicida siempre es responsable de su propia destrucción. Pero mi mujer cree que Lorrimer habría podido hacer algo para ayudarle. Ayer la telefoneé después de almorzar para anunciarle que llegaría tarde a casa, y nuestra conversación me recordó que siempre había querido hablar con Lorrimer acerca de Peter. Por casualidad, reconocí sus pasos en aquel momento y le hice pasar, con los resultados que, sin duda, la señora Bidwell le habrá descrito gráficamente. Estoy seguro de que la señora Bidwell ve a una mujer en el fondo de cualquier pelea entre hombres. Y si le ha hablado de una mujer o de una conversación telefónica, la mujer era mi esposa y la conversación la que acabo de mencionarle.

Era plausible, pensó Dalgliesh. Quizás incluso fuera la verdad. Tendría que comprobar la historia de Peter Ennalls. Otro trabajo rutinario, cuando ya estaban sobrecargados y la verdad del asunto apenas estaba en duda. Middlemass, empero, había hablado en presente: «Lorrimer carece de talento para dirigir a los empleados jóvenes». ¿Podía ser, tal vez, que hubiera otros empleados jóvenes, más próximos en el tiempo y en el espacio, que hubieran sufrido bajo su mando? Sin embargo, decidió dejar de lado el asunto, al menos por el momento. Paul Middlemass era un hombre inteligente. Antes de efectuar una declaración formal, tendría tiempo para reflexionar sobre el efecto que podía producir en su carrera el hecho de estampar su firma al pie de una mentira. Dalgliesh prosiguió:

—Según su declaración, ayer representó el papel de

caballo de pantomima con los danzarines medievales, en el concierto del pueblo. A pesar de ello, añade que no puede citar a nadie que responda de su coartada. Es de suponer que todo el mundo, danzarines y público, vio un caballo haciendo cabriolas por ahí, y no a quien lo llevaba. Pero, ¿acaso no había nadie cuando llegó usted a la sala, o cuando se fue?

—Nadie que pueda reconocerme. Es una pega, pero no puedo evitarlo. Todo ocurrió de una forma más bien curiosa. Yo no soy danzarín. Normalmente, no me interesan estos rituales rústicos, y los conciertos de pueblo no son lo que yo entiendo por entretenimiento. En realidad, era la fiesta del oficial superior de enlace, el inspector jefe Martin, pero inesperadamente se le presentó la oportunidad de esta visita a Estados Unidos y me pidió que actuara yo en su lugar. Somos aproximadamente del mismo tamaño, y supongo que pensó que el disfraz sería de mi medida. Tenía que ser alguien bastante amplio de espaldas y con la fuerza suficiente como para sostener el peso de la cabeza. Además, le debía un favor: habló discretamente con uno de sus compañeros de la patrulla de carreteras cuando me detuvieron conduciendo por encima del límite de velocidad, el mes pasado. No podía negarme.

»La semana pasada asistí a uno de los ensayos. En realidad, lo único que debía hacer era cabriolear entre los danzarines, como usted ha dicho, lanzar tarascadas al público, agitar la cola y, en general, actuar como un tonto. La cosa no parecía tener la menor importancia, puesto que nadie podía reconocerme. Como no tenía intención de pasar toda la noche en el concierto, le pedí a Bob Gotobed, el cabecilla de la *troupe*, que me telefoneara desde la sala unos quince minutos antes de empezar nuestra actuación. Según el programa, teníamos que aparecer después de la media parte, y calculamos que sería hacia las ocho y media. El concierto, como seguramente ya sabe, comenzó a las siete y media.

—¿Y usted se quedó trabajando en el laboratorio hasta que le telefonearon?

—Eso es. Uno de mis subalternos me subió unos emparedados de ternera y *chutney* y me los comí en mi escritorio. Bob telefoneó a las ocho y cuarto para decirme que iban un poco adelantados y que sería mejor que me dirigiera hacia allí. Los muchachos ya estaban vestidos y se proponían ir al Moonraker a tomar una cerveza. La sala no tiene licencia, conque lo único que el público puede beber en la media parte es té o café servido por la Unión de Madres. Salí del laboratorio sobre las ocho y veinte, supongo.

—¿Quiere decir, entonces, que por lo que usted sabe Lorrimer seguía aún con vida?

—Sabemos que estaba vivo veinticinco minutos más tarde, si su padre está en lo cierto respecto a la llamada telefónica. Pero, de hecho, creo que lo vi. Salí por la puerta delantera, porque no hay otra salida, pero tuve que dar la vuelta por la parte de atrás para ir a los garajes en busca de mi coche. La luz del departamento de biología estaba encendida, y vi una figura en bata blanca que cruzaba ante la ventana. No puedo jurar que fuese Lorrimer. Lo único que puedo decir es que en aquel momento no se me ocurrió pensar que no lo fuera. Y sabía, desde luego, que aún tenía que estar en el edificio. Era el encargado de cerrar, y en cuestión de seguridad se mostraba de lo más minucioso. No se habría marchado sin antes comprobar todos los departamentos, incluyendo el de examen de documentos.

—¿Cómo estaba cerrada la puerta delantera?

—Solamente con la Yale y un pestillo. Así es como esperaba encontrarla. Abrí y me marché.

—¿Qué ocurrió cuando llegó a la sala?

—Para explicárselo, tendré antes que describir las peculiaridades del edificio. Lo levantó el constructor del pueblo hace cinco años, muy barato, y el comité pensó que ahorraría dinero si no intervenía ningún arquitecto. Se limitaron a indicarle al constructor que querían una sala rectangular con un escenario, dos vestuarios y lavabos en un extremo, y un vestíbulo, guardarropía y salón para refrescos. Fue construido por Harry Gotobed y sus hijos. Harry es uno de los pilares de la capilla y un modelo de rectitud cristiana. No soporta el teatro, ni aficionado ni de cualquier otra clase, y creo que les costó un poco convencerlo para que construyera un escenario. Pero lo que de ninguna manera iba a permitir es que hubiera una puerta de comunicación entre el vestuario de hombres y el de mujeres. En consecuencia, lo que tenemos es un escenario con dos cuartos detrás, cada uno con sus lavabos independientes. Hay una salida a cada lado que da al cementerio, y dos puertas al escenario, pero no existe ningún espacio común detrás del escenario. En consecuencia, los hombres se cambian en el vestuario de la derecha y salen al escenario por el mismo lado, y las mujeres por la izquierda. Cualquiera que desee entrar por el lado opuesto, tiene que salir del vestuario ya caracterizado, cruzar el cementerio, seguramente bajo la lluvia y, si no resbala sobre una lápida, se rompe el tobillo o cae al interior de una tumba abierta, puede hacer finalmente una triunfal aparición, aunque quizás algo húmeda, por el lado correcto del escenario.

De pronto, echó la cabeza hacia atrás y emitió una carcajada. Recobrando la compostura, explicó:

—Lo siento, ya sé que es de mal gusto. Acabo de recordar la representación que ofreció la sociedad dramática el pasado año. Habían elegido una de esas anticuadas comedias de costumbres cuyos personajes se pasan el tiempo en traje de noche, intercambiando comentarios agudos y triviales. La joven Bridie Corrigan, del almacén general, hacía el papel de doncella. Mientras cruzaba el camposanto, le pareció que veía el fantasma de la vieja Maggie Gotobed. Hizo su aparición chillando y con la cofia torcida, pero aún recordaba su papel lo bastante como para exclamar: «¡Santa Madre de Dios, la cena está servida!», ante lo cual la compañía abandonó ordenadamente el escenario, los hombres por un lado y las mujeres por el otro. Nuestra sala, se lo aseguro, incrementa considerablemente el interés de las representaciones.

—Entonces, usted se dirigió al vestuario de la derecha, ¿no?

—Efectivamente. Era un caos total. Los actores deben colgar allí sus abrigos de calle, además de guardar los disfraces. Hay una hilera de perchas y un banco en el centro del cuarto, un espejo bastante pequeño y el espacio suficiente para que dos personas se maquillen al mismo tiempo. En el lavabo hay un solo lavamanos. Bien, estoy seguro de que ya lo verá usted mismo. Anoche era un verdadero caos, con la ropa de calle, los trajes, el banco lleno de cajas y toda clase de objetos que caían por el suelo... El disfraz de caballo estaba colgado de uno de los ganchos, y me lo puse.

—¿No había nadie cuando llegó usted?

—En el vestuario no, pero oí a alguien en el lavabo. Sabía que la mayor parte de la *troupe* se encontraba en el Moonraker. Cuando ya me había enfundado el disfraz, se abrió la puerta del lavabo y salió Harry Sprogg, uno de los danzarines. Llevaba puesto su traje de escena.

Massingham tomó nota del nombre: Harry Sprogg. Dalgliesh quiso saber:

—¿Le dijo usted algo?

—Yo no. Él dijo algo así como que se alegraba de que hubiera podido llegar a tiempo y que los muchachos estaban en el Moonraker. Luego dijo que iba a buscarlos. Es el único abstemio del grupo, y supongo que por ese motivo no fue con ellos. Se marchó, y yo salí tras él.

—¿Sin haberle hablado?

—No recuerdo haber dicho nada. Sólo estuvimos juntos durante un par de segundos. Le seguí porque el vestuario resultaba sofocante, de hecho hedía, y mi disfraz era extraordinariamente pesado y caluroso. Decidí esperar fuera, para unirme al grupo cuando volviera de la taberna. Y eso es lo que hice.

—¿No vio a nadie más?

—No, pero eso no quiere decir que no hubiera nadie por allí. La máscara del caballo limita mucho la visión. Si en el cementerio hubiera habido una persona inmóvil, es fácil que me hubiera pasado inadvertida. No esperaba ver a nadie.

—¿Cuánto tiempo se quedó allí?

—Menos de cinco minutos. Estuve corveteando un poco y probé a echar algunos mordiscos y coletazos. Si alguien estaba viéndome, debí de parecerle un loco. En el cementerio hay una escultura especialmente repulsiva, un ángel de mármol con una nauseabunda expresión de piedad y una mano señalando al cielo. Hice unas cuantas cabriolas en torno a él y chasqueé los dientes ante su necio rostro. ¡Sabe Dios por qué! Tal vez fuese el efecto conjunto de la luna y del propio lugar. Luego vi llegar a los muchachos a través del cementerio, y me uní a ellos.

—¿Dijo algo entonces?

—Puede que les dijera «hola» o «buenas noches», pero me parece que no. De todos modos, no habrían reconocido mi voz a través de la máscara. Levanté el casco de la mano derecha y les hice una reverencia burlona, y luego salí trotando tras ellos. Entramos todos juntos en el vestuario. Oímos el rumor del público que ocupaba sus asientos y, en seguida, el director de escena asomó la cabeza y dijo «adelante, muchachos». Entonces los seis danzarines salieron al escenario. Oí el violín, el ruido de sus pies y el tintineo de los cascabeles. Luego cambió la música, y ésa era la señal para que me uniera a ellos e hiciera mi número. Parte de mi actuación consistía en bajar los escalones del escenario y cabriolear entre el público. A juzgar por los gritos que lanzaban, parece que la cosa salió bastante bien, pero si está pensando en preguntar si alguien me reconoció, yo de usted no me molestaría. No veo cómo habrían podido hacerlo.

—Pero, ¿y después de la actuación?

—Tampoco me vio nadie después de la actuación. Bajamos en tropel del escenario hacia el vestidor, pero los aplausos proseguían. Entonces advertí, con considerable horror, que algunos bobos entre el público estaban gritando «Otra, otra». Los muchachos de verde no necesitaron una segunda invitación, y se lanzaron de nuevo escaleras arriba como una banda de marinos sedientos a los que acaban de anunciar que el bar está abierto. Yo juzgué que mi acuerdo con Bill Martin se refería a una actuación, sin incluir bises, y que ya había hecho bastante el tonto por aquel día. Así que, cuando empezó a sonar el violín y el ruido de saltos sobre el escenario, me quité el disfraz lo colgué de su gancho y me fui de allí. Por lo que yo sé, nadie me vio salir, y no había nadie en el aparcamiento cuando me metí en mi coche. Llegué a casa antes de las diez, y mi esposa puede confirmárselo si está usted interesado. Pero no creo que lo esté.

—Sería más conveniente que encontrara usted a alguien que pudiera responder por usted entre las ocho cuarenta y cinco y medianoche.

—Ya lo sé. Irritante, ¿verdad? Si hubiera sabido que alguien se proponía asesinar a Lorrimer durante la velada, habría procurado no ponerme la máscara hasta un segundo antes de subir al escenario. Lástima que la cabeza del bicho sea tan grande. Se apoya, como podrá comprobar, directamente en los hombros del portador, sin tocar en absoluto la cara ni la cabeza. De otro modo, quizá pudiera usted encontrar un cabello o alguna otra prueba biológica de que verdaderamente la había llevado puesta. Y las huellas no sirven de nada: la tuve en mis manos durante el ensayo, al igual que una docena de personas. Para mí, todo este incidente es un ejemplo de la locura que representa el dejarse llevar por el buen natural. Si le hubiera dicho al viejo Bill dónde podía meterse su caballo de pantomima, habría estado en casa y literalmente seco hasta las ocho de la tarde y con una sólida y agradable coartada en el Panton Arms para el resto de la velada.

Dalgliesh dio por terminada la entrevista preguntándole acerca de la desaparecida bata blanca.

—Es de un diseño muy característico. De hecho, tengo media docena de batas iguales, todas heredadas de mi padre. Si quiere echarles una mirada, las otras cinco están aquí, en el armario de la ropa limpia. Son entalladas, de un lino blanco muy grueso y abrochadas hasta el cuello con botones en relieve del Cuerpo de Dentistas del ejército. Ah, y no tienen bolsillos. El viejo opinaba que los bolsillos son antihigiénicos.

Massingham pensó que una bata ya manchada con la sangre de Lorrimer podía ser considerada por el asesino como una prenda protectora especialmente útil. Reflejando este pensamiento, Middlemass añadió:

—Si vuelve a aparecer, no creo que pueda asegurar con absoluta certeza qué manchas se deben a nuestra pelea. Había una salpicadura grande, como de cinco por diez centímetros, a la altura del hombro derecho, pero es posible que hubiera alguna otra. De todos modos, supongo que los serólogos podrían hacerse una idea de la antigüedad relativa de las manchas.

Eso si volvía a aparecer, pensó Dalgliesh. Una bata no era cosa fácil de destruir por completo. Pero el asesino, si era éste quien se la había llevado, habría dispuesto de toda la noche para deshacerse de la evidencia. Preguntó:

—¿Y usted echó la bata en cuestión al cesto de la ropa sucia inmediatamente después de la pelea?

—Iba a hacerlo, pero cambié de idea. La mancha no era muy grande, y las mangas estaban perfectamente limpias. Me la puse de nuevo y la eché a la ropa sucia cuando fui a lavarme, al salir del laboratorio.

—¿Recuerda qué lavamanos utilizó?

—El primero, el más cercano a la puerta.

—¿Estaba limpio?

Si Middlemass encontró extraña la pregunta, no lo demostró.

—Tan limpio como normalmente lo está después de un día de uso. Yo suelo lavarme bastante vigorosamente, conque quedó bien limpio al marcharme. Igual que yo.

La imagen se formó en la mente de Massingham con asombrosa nitidez. Middlemass con su bata manchada de sangre inclinándose sobre el lavabo, con ambos grifos abiertos al máximo, con el agua girando y gorgoteando por el sumidero, agua teñida de rosa por la sangre de Lorrimer. Pero, ¿y el tiempo? Si el anciano Lorrimer había hablado verdaderamente con su hijo a las ocho cuarenta y cinco, entonces Middlemass debía estar libre de sospecha, al menos durante la primera parte de la velada. Y, de pronto, se le presentó otra imagen; el cuerpo tendido de Lorrimer, el estridente timbre del teléfono, la mano enguantada de Middlemass alzando lentamente el auricular. Pero, ¿podía ser que el anciano Lorrimer confundiera la voz de otra persona con la de su hijo?

Una vez el examinador de documentos se hubo retirado, Massingham comentó:

—Al menos, hay una persona que corrobora su historia. El doctor Howarth vio al caballo de pantomima haciendo cabriolas alrededor del ángel de mármol del cementerio. Difícilmente habrían podido reunirse esta mañana para ponerse de acuerdo en este detalle, y no veo cómo habría podido saberlo Howarth, si no.

Dalgliesh replicó:

—A menos que se pusieran de acuerdo anoche, en el cementerio. O a menos que fuera Howarth, y no Middlemass, quien se ocultaba bajo la máscara del caballo.

15

Clifford Bradley dijo:

—No me gustaba, y le tenía miedo, pero no lo maté. Ya sé que todo el mundo pensará que lo hice yo, pero no es verdad. No podría matar a nadie; ni siquiera a un animal, y mucho menos a una persona.

Había soportado bastante bien la larga espera hasta ser llamado. No se mostraba incoherente. Había intentado comportarse con dignidad. Pero había llevado consigo al despacho el agrio contagio del miedo, la más difícil de ocultar de todas las emociones. Todo su cuerpo lo delataba: las inquietas manos que se unían y se separaban sobre su regazo, la boca temblorosa, los inquietos y parpadeantes ojos. No era una figura impresionante, y el temor lo había vuelto patético. No sería un asesino muy convincente, pensó Massingham. Contemplándolo, sintió un poco de esa vergüenza instintiva de los sanos en presencia de los enfermos. Era fácil imaginárselo abocado sobre el lavabo, vomitando su culpa y su terror. Menos fácil resultaba verlo arrancando la página de la libreta, destruyendo la bata blanca, preparando aquella temprana llamada telefónica a la señora Bidwell. Dalgliesh respondió con suavidad:

—Nadie le acusa. Está usted lo bastante familiarizado con las reglas de enjuiciamiento como para saber que no estaríamos hablando así si tuviera la intención de acusarle. Dice usted que no lo mató. ¿Tiene alguna idea de quién puede haberlo hecho?

—No. ¿Por qué habría de tenerla? No sabía nada de él. Lo único que sé es que anoche estuve en casa con mi mujer. Mi suegra vino a cenar con nosotros y luego la acompañé hasta la parada del autobús, donde cogió el de las siete cuarenta y cinco hacia Ely. Yo volví directamente a casa, y estuve allí toda la noche. Mi suegra telefoneó sobre las nueve para decirnos que había llegado bien a su casa. No habló conmigo, porque en aquel momento estaba en el baño. Mi mujer se lo explicó. Pero Sue puede confirmar que, menos cuando la acompañé a la parada del autobús, estuve toda la noche en casa.

Bradley admitió que no sabía que el ingreso del señor Lorrimer en el hospital hubiera sido aplazado. Creía que estaba en el lavabo cuando se recibió la llamada del anciano. Pero no sabía nada de la llamada telefónica que había recibido la señora Bidwell a primera hora de la mañana, ni de la página arrancada de la libreta de Lorrimer o de la bata desaparecida de Middlemass. Al ser preguntado acerca de su cena del miércoles por la noche, declaró que habían cenado un curry a base de carne en conserva con arroz y guisantes de lata. A continuación había venido un postre preparado, según explicó a la defensiva, con un bizcocho algo seco y crema. Massingham contuvo un estremecimiento mientras tomaba cuidadosamente nota de estos detalles, y se alegró cuando Dalgliesh le dijo a Bradley que podía retirarse. En su estado actual, no parecía que se pudiera saber por él nada importante; de hecho, no parecía que se pudiera saber nada más por ningún miembro del laboratorio. Se sentía impaciente por ver la casa de Lorrimer, el único allegado de Lorrimer.

Pero, antes de salir, el sargento Reynolds tenía que informarle de algo. Le resultaba difícil ocultar la excitación de su voz.

—Hemos encontrado huellas de neumáticos, señor, entre los arbustos, más o menos hacia la mitad del camino de acceso. A mí me parecen bastante recientes. Las hemos protegido hasta que llegue el fotógrafo, y luego sacaremos un molde en yeso. Es difícil estar seguro hasta poder consultar un índice de neumáticos, pero yo diría que las dos ruedas de atrás son una Dunlop y una Semperit. Se trata de una combinación bastante extraña. Eso debería facilitarnos la identificación del automóvil.

Era una pena, pensó Dalgliesh, que Mercer hubiera dicho a los fotógrafos que podían irse. Pero no era sorprendente. Considerando la abrumadora cantidad de trabajo que tenía la policía, era difícil retener indefinidamente a los hombres sin una buena justificación. Y, al menos, los de las huellas digitales aún seguían allí. Inquirió:

—¿Han podido localizar ya al señor Bidwell?

—El capitán Massey dice que está en el campo de remolachas y que ya le avisará usted si quiere hablar con él cuando vaya a por el amaitaco.

—¿El qué?

—El amaitaco, señor. Así llamamos por aquí a una pausa para comer algo sobre las diez y media o las once.

—Me alegra ver que el capitán Massey tiene un correcto sentido de las prioridades entre la agricultura y el asesinato.

—Van muy atrasados con el campo de remolachas, señor, pero el capitán Massey se ocupará personalmente de que se presente en la comisaría de Guy's Marsh en cuanto termine el trabajo de la tarde.

—Si no lo hace, tendrán ustedes que ir a buscarlo, aunque haya que tomar prestado el tractor del capitán Massey para arrancarlo de allí. Esta llamada telefónica es importante. Ahora voy a la biblioteca a hablar con los científicos superiores, a explicarles que quiero que estén presentes en sus departamentos mientras ustedes examinan el interior del edificio. Los demás pueden irse a sus casas. Les diré que esperamos terminar el registro esta misma tarde. Si todo va normalmente, el laboratorio podrá volver a abrir mañana por la mañana. El inspector Massingham y yo iremos a Postmill Cottage para hablar con el padre del doctor Lorrimer. Si hay alguna novedad, puede llamarnos allí o localizarnos por la radio del coche, a través del control de Guy's Marsh.

Menos de diez minutos después, con Massingham al volante del Rover de la policía, se hallaban en la carretera.

TERCERA PARTE

UN HOMBRE EXPERIMENTAL

1

Postmill Cottage se hallaba unos tres kilómetros al oeste del pueblo, en la intersección de Stoney Piggott's Road y Tenpenny Lane, donde la carretera comenzaba a ascender suavemente, de un modo tan imperceptible que a Dalgliesh le resultó difícil creer que se hallaban en un terreno algo más elevado hasta que el automóvil quedó aparcado en la cuneta de hierba y, al volverse para cerrar la portezuela, vio a sus pies el pueblo extendido junto a la carretera. Bajo el tumultuoso firmamento de pintor, con las cambiantes masas de cúmulos blancos, grises y violáceos que se arremolinaban sobre el luminoso azul de las capas más elevadas de la atmósfera, y los rayos del sol que caían en caprichosos haces a través de los campos, reflejándose en techumbres y ventanas, el lugar parecía un remoto y aislado puesto fronterizo, pero también acogedor, próspero y seguro. La muerte violenta podía acechar más al este, en los oscuros marjales, pero no bajo aquellos pulcros tejados domésticos. El Laboratorio Hoggatt quedaba oculto por su cinturón de arbolado, pero el edificio nuevo resultaba fácilmente identificable por sus tocones de hormigón, sus zanjas y muros a medio construir que parecían la ordenada excavación de una ciudad por mucho tiempo enterrada.

El *cottage*, una baja casita de ladrillo con una fachada blanca revestida de madera, sobre la que se distinguía el redondeado extremo y las aspas del molino de viento, estaba separada de la carretera por una amplia cuneta. Un puente de tablones y un portón pintado de blanco conducían al camino de entrada y a una puerta con picaporte. La primera impresión de melancólico descuido, inducida tal vez por el aislamiento de la casa y por la desnudez de las ventanas y los muros exteriores, resultaba ilusoria cuando se miraba mejor. El jardín delantero tenía el aspecto desaliñado y lleno de hierbas que corresponde al otoño, pero los rosales de los dos arriates circulares, uno a cada lado del sendero, estaban bien atendidos. El camino de grava estaba libre de hierbas, la pintura de la puerta y las ventanas era reluciente. Unos seis metros más allá, dos anchos y robustos tablones salvaban la cuneta y conducían a un patio enlosado y un garaje de ladrillo.

A su llegada, había un viejo y sucio Mini rojo aparcado junto a un automóvil de la policía. Por el manojo de revistas parroquiales y un fajo más pequeño de lo que parecían programas de concierto, junto con el ramo de hirsutos crisantemos y hojas otoñales que ocupaba el asiento de atrás, Dalgliesh dedujo que el párroco, o más probablemente su esposa, estaba ya en el *cottage*, seguramente de camino a echar una mano en la decoración de la iglesia, aunque, desde luego, el jueves era un día poco habitual para esta clase de tareas eclesiásticas. Acababa apenas de dar por terminado su escrutinio del coche de la rectoría cuando se abrió la puerta del *cottage* y una mujer les salió al encuentro por el sendero. Nadie que hubiera nacido y se hubiera criado en una rectoría podría albergar la menor duda de que se hallaban ante la señora Swaffield. Ciertamente, parecía el prototipo de la esposa de un párroco rural, de abundante pecho, animosa y enérgica, exudando la levemente amedrentadora seguridad de una mujer habituada a reconocer la autoridad y la competencia al primer golpe de vista, y a hacer inmediato uso de ellas. Vestía una falda de *tweed* cubierta con un floreado delantal de algodón, un jersey tejido a mano, zapatos gruesos y unas medias de lana caladas. Un sombrero de fieltro, de ala ancha y copa baja, atravesado por un agujón de acero para sombreros, se sostenía inexorablemente sobre una amplia frente.

—Buenos días. Buenos días. Ustedes son el comandante Dalgliesh y el inspector Massingham. Winifred Swaffield. Pasen, por favor. El anciano caballero está arriba, cambiándose. Cuando ha sabido que venían ustedes ha querido ponerse el traje, aunque le he asegurado que no hacía falta en absoluto. Bajará en seguida. Estarán ustedes mejor en la salita delantera, ¿no les parece? Tenemos aquí al agente Davis, pero naturalmente ya deben de saberlo todo acerca de él. Me ha informado que lo han enviado para impedir que nadie entre en la habitación del doctor Lorrimer y para asegurarse de que ningún visitante molesta al anciano caballero. Bien, de momento no ha venido ninguno, salvo un periodista y yo misma me he librado de él al momento, conque por esta parte todo va bien. Pero el agente me ha prestado una gran ayuda en la cocina. Acabo de prepararle el almuerzo al señor Lorrimer. Solamente sopa y una tortilla, me temo, pero no parece que haya mucho más en la despensa, excepto latas de conserva, y quizá más adelante se alegre de tenerlas. Nunca me ha gustado venir de la rectoría cargada como una hipócrita benefactora victoriana.

»Simon y yo queríamos que viniera a la rectoría de inmediato, pero él no parece muy impaciente por irse y lo cierto es que no se debe atosigar a la gente, y menos a las personas mayores. Y quizá sea mejor así. Simon está en cama con gripe, por eso no ha podido venir, y no queremos que el anciano caballero se contagie. Pero tampoco podemos permitir que se quede aquí solo por la noche. Había pensado que tal vez le gustaría tener aquí a su sobrina, Angela Foley, pero dice que no. O sea que vamos a ver si Millie Gotobed, del Moonraker, puede quedarse a pasar esta noche aquí, y mañana ya veremos. Pero no debo hacerles perder el tiempo con mis preocupaciones.

Al terminar este discurso, Dalgliesh y Massingham se

215

vieron introducidos en la salita delantera. Al ruido de sus pisadas en el estrecho recibidor había surgido el agente Davis de lo que sin duda debía ser la cocina, se había puesto firmes, saludado, ruborizado y dirigido a Dalgliesh una mirada donde se combinaba la súplica y una ligera desesperación, antes de desaparecer de nuevo por donde había salido. Por la puerta abierta emanaba un apetitoso aroma a sopa casera.

La salita, mal ventilada y con un fuerte olor a tabaco, estaba bien amueblada, pero aun así producía una impresión de inhospitalaria incomodidad como un desordenado almacén de los recordatorios del envejecimiento y sus tristes consuelos. La chimenea había sido entablada, y un anticuado quemador de gas desprendía siseando un calor incómodamente fiero sobre un sofá de moqueta con dos círculos grasientos allí donde se habían apoyado innumerables cabezas. Había una mesa cuadrada de roble con bulbosas patas talladas y cuatro sillas a juego con tapicería de vinilo, y un enorme aparador dispuesto contra la pared opuesta a la ventana, donde pendían los agrietados restos de antiguos juegos de té. Sobre el aparador se veían dos botellas de Guinness y un vaso sin lavar. A la derecha del fuego había un sillón de aletas de alto respaldo y, a su lado, una mesa de mimbre con una destartalada lámpara, una bolsa de tabaco, un cenicero con una foto del malecón de Brighton y un tablero de damas con las fichas en su lugar, cubiertas de restos de comida secos y de mugre acumulada. El hueco a la izquierda del fuego estaba ocupado por un televisor de gran tamaño. Sobre él había un par de estantes que contenían una colección de novelas populares con idéntica encuadernación y tamaño, editadas por un club del libro al que, al parecer, el señor Lorrimer había pertenecido durante un breve tiempo. Daban la impresión de haber sido pegados entre sí con goma, sin leerlos ni tan siquiera abrirlos.

Dalgliesh y Massingham se acomodaron en el sofá.

La señora Swaffield se balanceó en el borde del sillón y les sonrió alentadoramente, introduciendo en la melancolía de la habitación un tranquilizador ambiente de confitura casera, escuelas dominicales bien dirigidas y coros femeninos entonando el *Jerusalén* de Blake. Los dos hombres se sintieron de inmediato a gusto con ella. Ambos, en sus diferentes vidas, habían conocido antes a otras como ella. No era, pensó Dalgliesh, que desconociera los raídos y deshilachados márgenes de la vida. Se limitaría a plancharlos con mano firme y a rehacer pulcramente el dobladillo.

Dalgliesh comenzó:

—¿Cómo ha reaccionado, señora Swaffield?

—Sorprendentemente bien. No deja de hablar de su hijo en presente, lo que resulta un poco desconcertante, pero creo que se da perfecta cuenta de que Edwin ha muerto. No pretendo sugerir que el anciano caballero esté senil. En lo más mínimo. Pero a veces es difícil saber lo que piensan las personas de edad. Naturalmente, debe de haber sido una conmoción terrible. Resulta abrumador, ¿verdad? Supongo que ha debido ser un criminal de esas bandas de Londres, que ha venido a robar alguna prueba. Por el pueblo se comenta que no había señales de allanamiento, pero siempre he oído decir que un ratero verdaderamente resuelto puede entrar donde sea. Y sé que el padre Gregory ha tenido muchos problemas con los rateros en la iglesia de St. Mary, en Guy's Marsh. El cepillo de los pobres lo han forzado dos veces, y hace poco robaron dos cojines de reclinatorio, los que la Unión de Madres había bordado especialmente para celebrar su quincuagésimo aniversario. ¡Sabe Dios para qué puede querer nadie tal cosa! Afortunadamente, aquí no hemos tenido nunca este tipo de problemas. A Simon le disgustaría muchísimo tener que cerrar la iglesia con llave. Chevisham siempre ha sido un pueblo muy respetuoso de la ley, por eso nos consterna tanto este asesinato.

A Dalgliesh no le sorprendió que el pueblo ya supiera que la puerta del laboratorio no había sido forzada. Seguramente, algún miembro del personal, con la excusa de telefonear a casa para avisar que no iría a comer, y deseoso de ser el primero en difundir las emocionantes noticias, se había mostrado menos que discreto. Pero carecía de sentido tratar de identificar al culpable. Según su experiencia, en una comunidad rural las noticias se extendían por una especie de ósmosis verbal, y muy atrevido tenía que ser el hombre que quisiera controlar o impedir esta misteriosa difusión. La señora Swaffield, como cualquier esposa de párroco digna de este nombre, había sido una de las primeras en enterarse. Dalgliesh comentó:

—Es una lástima que la señorita Foley y su tío no parezcan llevarse bien. Si el señor Lorrimer quisiera irse a vivir temporalmente con ella, eso al menos resolvería su problema más inmediato. Tengo entendido que ella estaba aquí con una amiga cuando ha llegado usted por la mañana, ¿no es cierto?

—Sí, las dos. El doctor Howarth vino con Angela para dar la noticia, lo que me parece muy atento por su parte, y luego la dejó aquí cuando regresó al laboratorio. No quería faltar mucho tiempo de allí, por supuesto. Creo que Angela telefoneó a su amiga, y ésta vino enseguida. Luego llegó el agente y, al cabo de un ratito, vine yo. Estando yo aquí, no hacía falta que se quedaran Angela y la señorita Mawson, y el doctor Howarth deseaba que todo el mundo estuviera en el laboratorio para cuando usted llegara.

—¿Y no hay otros parientes o amigos íntimos, que usted sepa?

—Creo que no. Llevaban una vida muy recogida. El anciano señor Lorrimer no viene a la iglesia ni participa en los asuntos del pueblo, de modo que Simon y yo no hemos llegado a conocerle bien. Ya sé que mucha gente espera que el párroco vaya por ahí llamando a las puertas y sacando a la gente a rastras, pero Simon no cree que eso haga ningún bien, y debo decir que estoy de acuerdo con él. El doctor Lorrimer, naturalmente, iba a St. Mary, en Guy's Marsh. Quizás el padre Gregory pueda decirle algo de él, aunque no creo que desempeñara un papel muy activo en la vida eclesiástica. Solía recoger a la señorita Willard de la Vieja Rectoría y la llevaba en su coche. Tal vez valga la pena tener unas palabras con ella, pero me parece improbable que tuvieran mucho trato. Me da la impresión de que la acompañaba a la iglesia porque se lo sugirió el padre Gregory, más que por una inclinación personal. Es una mujer extraña, diría yo, y no me parece muy apta para cuidar de unos niños. Pero aquí baja por fin el que ustedes han venido a ver.

La muerte, pensó Dalgliesh, destruye los parecidos familiares del mismo modo que la personalidad; no existe afinidad entre los vivos y los muertos. El hombre que entró en la habitación, arrastrando ligeramente los pies, pero aún erguido, había sido otrora tan alto como su hijo, y los escasos cabellos grises cepillados hacia atrás desde la despejada frente todavía mostraban restos del negro que antaño lucían; los acuosos ojos, hundidos bajo arrugados párpados, eran igual de oscuros. Pero no se veía ningún parentesco con aquel cuerpo rígido tendido en el suelo del laboratorio. La muerte, al separarlos para siempre, les había robado incluso el parecido.

La señora Swaffield hizo las presentaciones con voz de resuelto aliento, como si todos se hubieran vuelto sordos de pronto. Acto seguido, se desvaneció discretamente, musitando algo acerca de la sopa y la cocina. Massingham se incorporó automáticamente para ayudar al anciano a tomar asiento, pero el señor Lorrimer lo apartó de su lado con un rígido y cortante ademán.

Poco a poco, tras una vacilación inicial, como si la salita le resultara desconocida, se acomodó en el que obviamente era su lugar de costumbre, el raído sillón de respaldo alto situado a la derecha del fuego, desde donde dirigió una sostenida mirada a Dalgliesh.

Sentado allí, tieso como un palo, con su mal cortado y anticuado traje azul oscuro, que olía intensamente a naftalina y colgaba flácidamente sobre sus enjutos huesos, parecía patético y casi grotesco, pero no desprovisto de dignidad. Dalgliesh trató de imaginar por qué se había molestado en cambiarse. ¿Era acaso un gesto de respeto hacia su hijo, la necesidad de formalizar la pena o un inquieto impulso de encontrar algo que hacer? ¿Era quizás una especie de atávica creencia en que la autoridad estaba a punto de llegar y era necesario propiciarla mediante una demostración externa de deferencia? Dalgliesh recordó los funerales de un joven agente detective muerto en acto de servicio. Lo que le había resultado casi insoportablemente patético no había sido la sonora belleza del entierro, ni siquiera la presencia de los hijos pequeños que avanzaban cogidos de la mano con solemnidad tras el ataúd de su padre. Había sido la recepción que siguió al entierro, en la pequeña casa del policía; la excelente comida casera y las bebidas que su viuda, que apenas podía costearlas, había dispuesto para refresco de los colegas y amigos de su esposo. Tal vez en aquellos momentos le había proporcionado consuelo, o la solazaba en el recuerdo. Tal vez el anciano señor Lorrimer, de igual manera, se sentía mejor porque se había sometido a esa molestia.

Instalándose a cierta distancia de Dalgliesh sobre aquel sofá extraordinariamente plagado de bultos, Massingham abrió su libreta de notas. Gracias a Dios, al menos el anciano estaba sereno. Nunca había forma de saber cómo iban a tomárselo los parientes. Dalgliesh, como bien sabía, tenía la reputación de ser bueno con los afligidos por la muerte de un ser querido. Sus condolencias podían ser breves, casi formularias, pero por lo menos parecían sinceras. Daba por supuesto que la familia desearía colaborar con la policía, pero no por venganza sino como cuestión de justicia. No fomentaba la extraordinaria interdependencia psicológica en la que a menudo se sustentaban el detective y los familiares, y que resultaba fatalmente fácil de explotar. No hacía promesas especiosas, jamás coaccionaba a los débiles ni complacía a los sentimentales. Y aun así parecía que lo apreciaban, pensó Massingham. Sabe Dios por qué. A veces es tan frío que apenas parece humano.

Vio cómo se levantaba Dalgliesh cuando el señor Lorrimer entró en la salita, pero sin hacer ademán de ayudar al anciano a tomar asiento. Massingham había contemplado fugazmente el rostro de su jefe y detectado aquella familiar mirada de especulativo y desapegado interés. ¿Habría alguna cosa, se preguntó, capaz de suscitar en Dalgliesh una espontánea piedad? Recordó otro caso en el que habían trabajado juntos, cosa de un año antes, cuando él era todavía sargento detective: la muerte de un chiquillo. Dalgliesh había contemplado a los padres con aquella misma mirada de serena apreciación. Pero había trabajado dieciocho horas diarias durante un mes hasta dejar resuelto el caso. Y en su siguiente libro de poemas apareció aquel tan extraordinario sobre un niño asesinado; un poema que nadie en el Yard, ni siquiera los que aseguraban entenderlo, había tenido la audacia de mencionar delante de su autor. En aquellos momentos estaba diciendo:

—Como ya le había dicho la señora Swaffield, me llamo Dalgliesh, y éste es el inspector Massingham. Creo que el doctor Howarth ya la había informado de que íbamos a venir. Lamento mucho lo de su hijo. ¿Se siente con ánimos para responder a unas cuantas preguntas?

El señor Lorrimer asintió, mirando hacia la cocina.

—¿Qué está haciendo allí adentro?

Su voz resultó sorprendente; de timbre agudo y una pizca quejumbrosa por la edad, pero extraordinariamente fuerte para un anciano.

—¿La señora Swaffield? Creo que está preparando una sopa.

—Supongo que habrá utilizado las cebollas y las zanahorias que teníamos en el verdulero. Ya me parecía que olía a zanahoria. Edwin sabe que no me gustan las zanahorias en la sopa.

—¿Solía cocinar para usted?

—Siempre cocina él, cuando no está en la escena de algún crimen. No suelo comer mucho a mediodía, pero él me deja algo preparado para que lo caliente: un estofado de la noche anterior, o quizás un poquito de pescado con salsa. Esta mañana no me ha dejado nada, porque anoche no estuvo en casa. He tenido que prepararme yo el desayuno. Me apetecía comer bacon, pero he pensado que valía más guardarlo por si lo quería él por la noche. Cuando llega tarde a casa, suele prepararse unos huevos con bacon.

Dalgliesh preguntó:

—Señor Lorrimer, ¿tiene usted idea de por qué alguien podía querer asesinar a su hijo? ¿Tenía algún enemigo?

—¿Por qué habría de tener enemigos? No conocía a nadie fuera del laboratorio. Y en el laboratorio todo el mundo le respetaba mucho, él mismo me lo dijo. ¿Por qué habrían de querer hacerle daño? Edwin vivía para su trabajo.

Pronunció esta última frase como si fuese una expresión original de la que se sintiera orgulloso.

—Usted le telefoneó anoche al laboratorio, ¿verdad? ¿A qué hora fue eso?

—Eran las nueve menos cuarto. La tele perdió la imagen. No parpadeó y empezó a hacer rayas, como pasa a veces; Edwin me enseñó a arreglar eso, con el botón que hay detrás del aparato. No, perdió la imagen del todo y sólo quedó un circulito de luz, y luego se apagó del todo. No podía ver las noticias de las nueve, así que llamé a

Edwin y le pedí que avisara al técnico. Tenemos el aparato alquilado y se supone que han de venir a arreglarlo a cualquier hora, pero siempre hay una excusa u otra. El mes pasado, cuando les telefoneamos, tardaron dos días en venir.

—¿Recuerda qué le contestó su hijo?

—Dijo que sería inútil telefonear a aquellas horas, que ya avisaría por la mañana temprano antes de irse a trabajar. Pero, claro, no lo ha hecho. No ha venido a casa. La tele sigue estropeada. A mí no me gusta nada telefonear. Edwin se ocupa siempre de estas cosas. ¿Cree que la señora Swaffield querría telefonear?

—Estoy seguro de que lo hará con mucho gusto. Cuando telefoneó usted, ¿le comentó algo acerca de si esperaba a algún visitante?

—No. Parecía tener prisa por acabar, como si no le gustara que hubiera telefoneado. Pero él siempre dice que llame al laboratorio si tengo algún problema.

—¿Y solamente dijo que llamaría al técnico de televisión esta mañana?

—¿Qué más iba a decir? No era de los que se entretienen charlando por teléfono.

—¿Telefoneó ayer al laboratorio a propósito de su ingreso en el hospital?

—Así es. Se suponía que debía ingresar en Addenbrooke ayer por la tarde. Edwin iba a llevarme en el coche. Es por mi pierna, ¿sabe? Tengo psoriasis. Iban a probar un nuevo tratamiento.

Hizo ademán de subirse la pernera del pantalón, pero Dalgliesh se le anticipó.

—No hace falta, señor Lorrimer. ¿Cuándo se enteró de que no había ninguna cama libre?

—Llamaron sobre las nueve. Edwin acababa de salir de casa, de manera que telefoneé al laboratorio. Naturalmente, conozco el número del departamento de biología. Ahí es donde trabaja él; en el departamento de biología. Me contestó la señorita Easterbrook y dijo que Edwin estaba en el hospital asistiendo a una autopsia, pero que ella le daría el mensaje en cuanto llegara. Los de Addenbrooke dijeron que seguramente podrían admitirme el próximo martes. ¿Quién me llevará, ahora?

—Supongo que la señora Swaffield ya dispondrá algo, o tal vez pueda ayudarle su sobrina. ¿No le gustaría que viniera a hacerle compañía?

—No. ¿Qué puede hacer? Estuvo aquí esta mañana con esa amiga suya, la que escribe. A Edwin no le gusta ninguna de las dos. La amiga, Mawson se llama, ¿verdad?, subió a revolver el piso de arriba. Tengo muy buen oído. La oí perfectamente. Salí a la puerta justo cuando bajaba por la escalera. Dijo que había estado en el cuarto de baño. ¿Por qué llevaba puestos los guantes de fregar si venía del baño?

Verdaderamente, ¿por qué?, pensó Dalgliesh. Sintió un espasmo de irritación por el hecho de que el agente Davis no hubiera llegado más temprano. Era perfectamente lógico que Howarth hubiese venido a dar la noticia acompañado de Angela Foley y la hubiera dejado con su tío. Alguien debía quedarse a su lado, y ¿quién más adecuado que su único pariente vivo? Probablemente, también era lógico que Angela Foley hubiera buscado el apoyo de su amiga. Seguramente las dos estaban interesadas en conocer el testamento de Lorrimer. Bien, también eso era muy lógico. Massingham se agitó en el sofá. Dalgliesh percibía su impaciencia por subir al cuarto de Lorrimer, y la compartía. Pero los libros y los papeles, tristes detritus de una vida cortada, podían esperar. Podía ser que el testigo viviente no volviera a mostrarse tan comunicativo en otro momento. Inquirió:

—¿Cómo pasaba el tiempo su hijo, señor Lorrimer?

—¿Después de trabajar, quiere decir? Casi siempre está en su habitación. Leyendo, supongo. Allí arriba tiene toda una biblioteca. Es un erudito, mi Edwin. La televisión no le gusta mucho, conque yo suelo quedarme aquí abajo. A veces oigo el tocadiscos. Luego, durante los fines de semana, cuida el jardín, lava el coche, cocina y va de compras. Tiene una vida muy llena. Y no le sobra el tiempo. La mayor parte de los días se queda en el laboratorio hasta las siete, y a veces hasta más tarde.

—¿Y amigos?

—No. No le gustan los amigos. Llevamos una vida retirada.

—¿Salidas de fin de semana?

—¿Adónde querría ir? ¿Y qué haría yo entonces? Además, están las compras. Si no tiene que salir a visitar la escena de algún crimen, los sábados por la mañana me lleva a Ely y vamos al supermercado. Y luego almorzamos juntos en la ciudad. Eso me gusta.

—¿Qué llamadas telefónicas recibía?

—¿Del laboratorio? Solamente cuando el oficial de enlace con la policía llama para decir que se le requiere en la escena de un crimen. A veces llama en plena noche. Pero Edwin nunca me despierta. Me deja una nota y casi siempre está de vuelta a tiempo de traerme una taza de té a las siete en punto. Esta mañana no lo ha hecho, claro. Por eso he telefoneado al laboratorio. Primero he marcado su número, pero no me ha contestado nadie, y entonces he llamado a recepción. Edwin me dio los dos números, por si había una emergencia y no lograba hablar con él.

—¿Y no le ha telefoneado nadie más últimamente? ¿No ha venido nadie a verle?

—¿Quién iba a venir a verle? Y no ha telefoneado nadie, salvo esa mujer.

Dalgliesh, muy suavemente, preguntó:

—¿Qué mujer, señor Lorrimer?

—No sé qué mujer. Sólo sé que telefoneó. El lunes de la semana pasada, lo recuerdo muy bien. Edwin estaba tomando un baño y el teléfono no paraba de sonar, conque pensé que sería mejor que contestara yo.

225

—¿Recuerda exactamente qué sucedió y qué le dijo desde el momento en que descolgó el auricular, señor Lorrimer? No se apresure, piénselo bien. Esto podría ser muy importante.

—No hay mucho que recordar. Iba a decir nuestro número y pedirle que colgara, pero no me dio tiempo. Empezó a hablar en cuanto descolgué el aparato. Dijo: «Tenemos razón, hay algo en marcha.» Luego añadió algo como que habían quemado la tela y que ella tenía los números.

—¿Que habían quemado la tela y ella tenía los números?

—Exactamente. No parece que tenga mucho sentido, pero dijo algo por el estilo. Y luego me dio los números.

—¿Puede recordarlos, señor Lorrimer?

—Solamente el último, que era 1840. O quizá fueran dos números, el 18 y el 40. Me acuerdo porque la primera casa en que vivimos después de casarnos tenía el número 18, y la segunda el 40. Verdaderamente, fue toda una casualidad. Sea como fuere, el caso es que estos números se me quedaron grabados. Pero de los demás no me acuerdo.

—¿Cuántos números eran, en total?

—En total, me parece que tres o cuatro. Había dos, y luego el 18 y el 40.

—¿Qué sugerían los números, señor Lorrimer? ¿Le pareció que estaba dándole un número de teléfono o la matrícula de un coche, por ejemplo? ¿Qué impresión le causaron en aquel momento?

—Ninguna. ¿Por qué habrían de causarme ninguna impresión? Más bien se parecía a un número de teléfono, diría yo. No creo que fuera una matrícula; no había ninguna letra, ya sabe. Sonaba como una fecha: mil ochocientos cuarenta.*

—¿Tiene alguna idea de quién llamaba?

---

* En inglés, los años suelen leerse como compuestos por dos pares de cifras. Así, por ejemplo, 1840 se leería «dieciocho cuarenta». (N. de la T.)

—No. No creo que fuera nadie del laboratorio. No hablaba como un miembro del laboratorio.

—¿Qué quiere decir, señor Lorrimer? ¿Cómo sonaba aquella voz?

El anciano permaneció sentado, mirando fijamente al frente. Sus manos, de dedos alargados como las de su hijo, pero con la piel seca y manchada como las hojas marchitas, colgaban pesadamente entre las rodillas, grotescamente grandes para sus frágiles muñecas. Respondió al cabo de unos instantes:

—Excitada.

Hubo otro silencio. Ambos policías lo miraban sin decir nada. Massingham pensó que aquel era un ejemplo más de la pericia de su jefe. Él habría subido precipitadamente al piso de arriba en busca del testamento y demás papeles, pero esta declaración, tan hábilmente conseguida, podía ser vital. Tras una breve pausa, el anciano habló de nuevo. La palabra, cuando fue pronunciada, resultó sorprendente.

—Conspiradora. Eso es lo que parecía. Una voz de conspiradora.

Siguieron esperando pacientemente, pero ya no añadió nada más. Luego, se dieron cuenta de que estaba llorando. Su expresión no había cambiado, pero en sus apergaminadas manos cayó una lágrima solitaria, refulgente como una perla. El hombre se la quedó mirando como si se preguntara qué podía ser aquello. Finalmente, prosiguió:

—Fue un buen hijo para mí. En otro tiempo, cuando empezó a estudiar en Londres, perdimos el contacto. Nos escribía a su madre y a mí, pero nunca venía a casa. Pero en estos últimos años, desde que me quedé solo, ha cuidado de mí. No me quejo. Me atrevería a decir que me ha dejado algo de dinero, y tengo mi pensión. Pero es duro que se vayan primero los jóvenes. ¿Y quién cuidará de mí ahora?

Dalgliesh dijo en voz baja:

—Debemos ver su habitación, examinar sus papeles. ¿Está cerrada con llave?

—¿Cerrada con llave? ¿Por qué habría de estarlo? El único que entraba allí era Edwin.

Dalgliesh le hizo una indicación con la cabeza a Massingham, que salió a llamar a la señora Swaffield. Luego, ambos subieron escaleras arriba.

2

Era una habitación alargada y de techo bajo, con paredes blancas y una ventana de bisagras. Desde la ventana podía verse un rectángulo de hierba sin segar, un par de manzanos retorcidos y cargados de fruta barnizada de verde y oro bajo el sol del otoño y un descuidado seto salpicado de bayas, más allá del cual se alzaba el molino de viento. Aun bajo la suave luz de la tarde, el molino no parecía más que un melancólico desecho de su antigua potencia. La pintura se desprendía de sus paredes y las grandes aspas, cuyas tablillas habían caído como dientes cariados, colgaban paralizadas por la inercia en el inquieto aire. Tras el molino, las hectáreas de negros marjales, recién roturadas por el laboreo del otoño, se extendían en centelleantes planicies entre los diques.

Dalgliesh volvió la espalda a este cuadro de melancólica paz para examinar la habitación. Massingham ya se afanaba en el escritorio. Viendo que la tapa no estaba cerrada con llave, la alzó unos centímetros y en seguida la dejó caer de nuevo. Acto seguido, probó los cajones. Sólo el superior de la izquierda estaba cerrado. Si sentía impaciencia porque Dalgliesh sacara de su bolsillo las llaves de Lorrimer y procediera a abrirlo, se guardó de manifestarla. Era bien sabido que el comandante, capaz de trabajar con mayor rapidez que cualquiera de sus colegas, de vez en cuando todavía gustaba de tomarse su tiempo. Y en aquellos momentos se lo tomaba, contemplando el cuarto con sus sombríos ojos oscuros en una postura de absoluta inmovilidad, como si estuviera absorbiendo vibraciones invisibles.

El lugar desprendía una curiosa paz. Sus proporciones eran correctas, y los muebles encajaban allí donde habían sido colocados. En aquel ordenado santuario, un hombre podía tener espacio para pensar. Junto a la pared de enfrente había una cama individual, pulcramente cubierta con una manta roja y marrón. Por encima de la cama, un largo estante sostenía una lámpara de lectura, una radio, un tocadiscos, un despertador, una jarra de agua y el libro de oraciones de la Iglesia Anglicana. Ante la ventana había una mesa de trabajo, de roble, y una silla de respaldo oscilante. Sobre la mesa había un secante y una jarrita de cerámica de color marrón y azul llena de lápices y bolígrafos. Aparte de eso, los únicos muebles eran una raída butaca junto a una mesita baja, un armario de roble de doble cuerpo, a la izquierda de la puerta, y, a la derecha, un escritorio pasado de moda con tapa levadiza enrollable. El teléfono estaba sujeto a la pared. No había cuadros o espejos, nada de efectos masculinos, ningún objeto trivial sobre la mesa o en el escritorio. Todo era funcional, usado, desprovisto de adornos. Era una habitación en la que un hombre podía sentirse a gusto.

Dalgliesh se acercó a echar un vistazo a los libros. Calculó que debía haber unos cuatrocientos volúmenes, que cubrían la pared por completo. Había muy pocas obras de ficción, aunque los novelistas ingleses y rusos del siglo XIX se hallaban representados. Casi todos los libros eran de historia o biografías, pero también había un anaquel de filosofía: *La ciencia y Cristo*, de Teilhard de Chardin; *El ser y la nada: una perspectiva humanista*, de Jean-Paul Sartre; *Lo primero y lo último*, de Simone Weil; *La república* de Platón y una historia editada en Cambridge del fin de la filosofía griega y los comienzos de la medieval. Parecía que Lorrimer, en un momento dado, hubiera tratado de aprender griego clásico por su cuenta;

en el estante había una introducción a la gramática griega y un diccionario.

Massingham había cogido un libro sobre religión comparada, y comentó:

—Se diría que era uno de esos hombres que se atormentan intentando descubrir el significado de la existencia.

Dalgliesh dejó el volumen de Sartre que estaba examinando.

—¿Y eso le parece censurable?

—Me parece fútil. La especulación metafísica viene a ser tan carente de sentido como una discusión sobre el significado de nuestros pulmones. Los pulmones son para respirar.

—Y la vida es para vivirla. Entonces, éste le parece un adecuado credo personal.

—Maximizar los placeres y minimizar el dolor; en efecto, señor, así lo creo. Y, supongo, sobrellevar con estoicismo aquellas desgracias que no podemos evitar. Siendo humanos, ya tenemos bastantes de estas sin necesidad de inventarlas. Sea como fuere, no creo que exista la posibilidad de llegar a comprender aquello que no puede verse, tocarse ni medirse.

—Un positivista lógico. Está usted en respetable compañía. Pero Lorrimer se pasó la vida examinando lo que podía ver, tocar y medir, y no parece que eso le satisficiera. Bien, veamos qué nos dicen sus papeles personales.

Dirigió su atención al escritorio, dejando el cajón cerrado para el final. Al levantar la tapa, quedaron al descubierto dos pequeños cajones y cierto número de casillas. Y allí, pulcramente ordenadas y compartimentadas, se encontraban las minucias de la solitaria vida de Lorrimer. Un cajón con tres facturas pendientes de pago, y otro para los recibos. Un sobre etiquetado que contenía el árbol genealógico de sus padres y sus propios certificados de nacimiento y de bautismo. Su pasaporte, un rostro anónimo pero con la mirada fija de un hipnotizado, tensos los músculos del cuello. El objetivo de la cámara habría podido ser el cañón de una pistola. Una póliza de seguro de vida. Facturas pagadas del gas, la electricidad y el combustible. El contrato de mantenimiento de la calefacción central. El contrato de alquiler del televisor. Una cartera con un extracto de su cuenta bancaria. Su cartera de inversiones, conservadora, ortodoxa, nada excitante.

No había nada relacionado con su trabajo. Era evidente que mantenía su vida tan compartimentada como su sistema de archivo. Todo lo que tenía que ver con su profesión —los diarios, los borradores de sus artículos científicos— lo guardaba en su oficina del laboratorio. Probablemente, también los escribía allí. Tal vez eso explicara las horas extraordinarias. En todo caso, habría sido imposible adivinar su profesión por el contenido de su escritorio.

Su testamento estaba en un sobre aparte, también etiquetado, junto con una breve carta de una firma de abogados de Ely, los señores Pargeter, Coleby y Hunt. El testamento, redactado cinco años antes, era muy escueto. Lorrimer dejaba a su padre Postmill Cottage y 10.000 libras esterlinas, y el resto de su posesión pasaba íntegramente a su prima Angela Maud Foley. Vista la cartera de inversiones, la señorita Foley heredaría un sustancioso capital.

Finalmente, Dalgliesh se sacó del bolsillo el manojo de llaves de Lorrimer y abrió el cajón superior de la izquierda. La cerradura giró con gran facilidad. El cajón estaba repleto de papeles cubiertos con la escritura de Lorrimer. Dalgliesh los llevó a la mesa de la ventana e hizo un gesto a Massingham para que acercara la butaca. Los dos hombres tomaron asiento. Había veintiocho cartas en total, y las leyeron sin decir palabra. Massingham era consciente de los largos dedos de Dalgliesh cuando cogían cada hoja, la soltaban y la empujaban sobre la mesa hacia él antes de coger la siguiente. El tictac del reloj parecía extrañamente ruidoso, y su propia respiración se le antojaba embarazosamente molesta. Las cartas constituían una liturgia de la amarga exfoliación del amor. En ellas estaba todo: la incapacidad de admitir que el deseo ya no era compartido; la exigencia de explicaciones que, de obtenerse, sólo podían aumentar el dolor; la lacerante autocompasión; los espasmos de renovada e irracional esperanza; los estallidos de irritación ante la ceguera de la amante que no alcanzaba a comprender dónde se hallaba su felicidad; la degradante humillación de rebajarse para ser correspondido.

«Comprendo que no estarás dispuesta a vivir en los marjales. Pero eso no tiene por qué ser ningún problema, cariño. Si prefieres Londres, podría conseguir un traslado al Laboratorio Metropolitano. O tal vez pudiéramos encontrar casa en Cambridge o en Norwich, por citar dos ciudades a cuál más civilizada. En cierta ocasión dijiste que te gustaría vivir entre los chapiteles. También, si lo deseas, yo podría seguir aquí; tendríamos un piso en Londres para ti y yo vendría siempre que pudiera. Calculo que podría disponer de casi todos los domingos. La semana sin ti sería una eternidad, pero podría soportar cualquier cosa si supiera que me perteneces. Y me perteneces. Tantos libros, tanta búsqueda y tanta lectura, ¿a qué se reducen a fin de cuentas? Hasta que tú me enseñaste que la respuesta es muy sencilla.»

Algunas de las cartas eran sumamente eróticas. Probablemente, pensó Massingham, eran las cartas de amor más difíciles de escribir satisfactoriamente. ¿Acaso el pobre diablo ignoraba que, una vez muerto el deseo, únicamente podían repugnar? Quizá los más sabios fuesen aquellos amantes que utilizaban un lenguaje secreto y particular para sus más íntimos actos. Por lo menos, el erotismo era personal. Aquí, las descripciones sexuales resultaban dignas de Lawrence, por su embarazosa intensidad, o bien fríamente clínicas. Massingham reconoció con asombro una emoción que nada más podía ser la vergüenza. No era simplemente que algunas de las descripciones fuesen brutalmente explícitas; ya estaba acostumbrado a ser testigo de la pornografía privada de las vidas asesinadas. Pero estas cartas, con su combinación de crudo deseo y elevado sentimiento, se hallaban al margen de su experiencia. El sufrimiento desnudo que expresaban le parecía neurótico e irracional. La sexualidad ya no tenía poder para escandalizarlo; el amor, decidió, aún lo hacía.

Le sorprendió el contraste entre la tranquilidad del cuarto de Lorrimer y la turbulencia de su mente. Pensó: al menos, este oficio le enseña a uno a no acumular residuos personales. El trabajo policial era tan eficaz como la religión para enseñar a vivir como si cada día fuera el último. Y no era solamente el asesinato el que quebrantaba la intimidad. Cualquier muerte súbita podía tener el mismo efecto. Si el helicóptero se hubiera estrellado en el momento de aterrizar, ¿qué clase de imagen hubieran ofrecido al mundo sus restos? ¿Un conformista prosaico, de tendencias derechistas y obsesionado por la buena forma física? ¿Un *homme moyen sensuel*, y, para el caso, *moyen* en todo? Pensó en Emma, con la que dormía siempre que les era posible a ambos y que, suponía, acabaría convirtiéndose en Lady Dungannon, a menos que, como cada vez parecía más probable, encontrara otro primogénito con mejores perspectivas y más tiempo para dedicárselo a ella. Se preguntó qué habría pensado Emma, una jovial hedonista que disfrutaba sin cortapisas de los placeres del lecho, ante aquellas desenfrenadas fantasías masturbatorias, aquella humillante crónica de las miserias del amor derrotado.

Entre los papeles había media hoja cubierta con numerosas repeticiones de un nombre. Domenica, Domenica, Domenica. Y luego Domenica Lorrimer, una combinación forzada y poco eufónica. Tal vez se había percatado de su desacierto, pues solamente lo había escrito una vez. La caligrafía resultaba laboriosa, poco decidida, como la de una jovencita que practica en secreto el anhelado apellido de casada. Todas las cartas iban sin fecha, todas sin encabezamiento ni firma. Unas cuantas eran obviamente borradores, una dolorosa búsqueda de la palabra huidiza, el texto plagado de tachaduras.

Pero Dalgliesh le tendía ya la última carta. Aquí no había enmiendas ni vacilaciones, pero, si Lorrimer había redactado un borrador previo, lo había destruido luego. Esta última carta estaba tan clara como una afirmación. Las palabras, resueltamente trazadas en tinta negra con la vertical escritura de Lorrimer, estaban dispuestas en líneas regulares, tan pulcras como un ejercicio de caligrafía. Tal vez ésta era la que había pensado enviar, después de todo.

«He estado buscando palabras para explicar lo que me ha ocurrido, lo que has hecho que me ocurriera. Ya sabes lo difícil que me resulta. Han sido tantos años de escribir informes oficiales, siempre con las mismas frases, siempre con las mismas sórdidas conclusiones. Mi mente era un ordenador programado para la muerte. Era como un hombre que hubiera nacido y vivido siempre en las tinieblas de una profunda cueva, agazapado junto al solaz de una pequeña e insuficiente fogata, observando las sombras que destellan sobre los dibujos de la caverna y tratando de hallar en sus crudas siluetas algún significado, algún sentido de la existencia que me ayudara a sobrellevar la oscuridad. Y entonces apareciste tú y me llevaste de la mano hacia la luz del sol. Y allí estaba el mundo real, deslumbrando mis ojos con su colorido y su belleza. Y sólo me hizo falta tu mano y el valor de dar unos cuantos pasos para alejarme de las sombras y fantasías y salir a la luz. *Ex umbris et imaginibus in veritatem.*»

Dalgliesh dejó la carta sobre la mesa y sentenció:

—«Señor, déjame conocer mi final y el número de mis días: que me sea dado saber cuánto tiempo he de vivir.» Si hubiera podido elegir, seguramente Lorrimer habría preferido que su asesinato quedara impune antes que estas cartas fueran vistas por otros ojos que los suyos. ¿Qué opina de ellas?

Massingham, inseguro de si le pedía su opinión sobre el tema de los escritos o sobre su estilo, respondió cautelosamente:

—El pasaje de la caverna es eficaz. Da la impresión de que lo hubiera trabajado bastante.

—Pero no es del todo original. Un eco de *La república* de Platón. Y, al igual que el habitante de la caverna en Platón, la claridad le deslumbró y la luz hirió sus ojos. George Orwell dejó escrito en algún lugar que el asesinato, el único delito, tendría que deberse únicamente a una emoción intensa. Bien, aquí tenemos la emoción intensa. Pero parece que el cadáver no es el que corresponde.

—¿Cree que el doctor Howarth lo sabía, señor?

—Casi con toda certeza. Lo asombroso es que en el laboratorio nadie pareciera estar enterado. No es la clase de información que la señora Bidwell, por citar un nombre, guardaría en secreto. En primer lugar, me parece que hablaremos con los abogados para comprobar que el testamento sigue en vigor. Luego iremos a ver a la señorita.

Pero hubo que cambiar el programa. El teléfono de la pared comenzó a sonar, haciendo añicos la paz de la habitación. Contestó Massingham. Era el sargento Underhill, que intentaba, aunque sin mucho éxito, contener la excitación de su voz.

—Ha venido el señor Hunt, de Pargeter, Coleby y Hunt, para hablar con el señor Dalgliesh. Dice que preferiría no hablar por teléfono. Quiere saber si podría usted llamar para decirles cuándo le iría bien al señor Dalgliesh pasarse por su despacho. Y, señor, ¡tenemos un testigo! En este mismo instante está en la comisaría de Guy's Marsh. Se llama Alfred Goddard. Viajaba en el autobús que pasó ante el laboratorio anoche a las nueve y diez.

3

El señor Goddard dijo:

—Bajaba corriendo por el camino de entrada como si le persiguieran todos los diablos.

—¿Podría describírnoslo, señor Goddard?

—Qué va. No era viejo.

—¿Muy joven?

—No digo que fuera joven. No lo vi tan de cerca para saberlo. Pero no corría como los viejos.

—Quizá corría para coger el autobús.

—Pues no lo cogió.

—¿No hacía señales con el brazo?

—Claro que no. El chófer no podía verlo. Es tonto hacer señas desde atrás del maldito autobús.

La comisaría de Guy's Marsh era un edificio victoriano de ladrillo rojo con un frontón de madera pintado de blanco, tan parecido a una antigua estación de ferrocarril que Dalgliesh sospechó que la policía del siglo XIX había decidido ahorrar dinero utilizando el mismo arquitecto y los mismos planos para ambos fines.

El señor Alfred Goddard, cómodamente instalado en la sala de entrevistas ante una humeante taza de té, parecía estar como en su propia casa, ni complacido ni impresionado por el hecho de ser un testigo clave en la investigación de un asesinato. Era un campesino pequeño de cuerpo, moreno y arrugado, que olía fuertemente a tabaco, a alcohol y a excremento de vaca. Dalgliesh recordó que los primeros pobladores de los marjales eran llama-

237

dos «barrigas amarillas» por sus vecinos de las tierras más altas, porque se arrastraban como las ranas por sus pantanosos campos, y también «slodgers» que chapoteaban por el fango como palmípedos. Cualquiera de ambos apelativos habría convenido al señor Goddard. Dalgliesh observó con interés que llevaba lo que parecía una correa de cuero enrollada en torno a la muñeca izquierda, y supuso que se trataba de una piel de anguila seca, el antiguo encantamiento para conjurar el reumatismo. Los deformes dedos que sostenían rígidamente la taza de té sugerían que el talismán no había sido tan eficaz como podía desearse.

Dalgliesh no creía que Goddard se hubiera molestado en presentarse a declarar si Bill Carney, el cobrador del autobús, no lo conociera como uno de los pasajeros habituales en el trayecto del miércoles por la noche entre Ely y Stoney Piggott, vía Chevisham, y hubiera dirigido a los investigadores a su remota vivienda. Sin embargo, después de ser sumariamente desenterrado de su madriguera, no había mostrado ningún resentimiento contra Bill Carney ni contra la policía, y se había manifestado dispuesto a contestar todas las preguntas si, como explicó, se las hacían con educación. Su principal motivo de queja contra la vida era el autobús de Stoney Piggott: sus retrasos, su irregularidad, el constante aumento de la tarifa y, sobre todo, la estupidez del reciente experimento de utilizar vehículos con imperial en la ruta de Stoney Piggott, con el resultado de que cada miércoles se veía desterrado al piso superior por culpa de su pipa.

—Para nosotros, en cambio, ha sido una gran suerte que estuviera usted allí —observó Massingham.

El señor Goddard se limitó a resoplar sobre su taza de té.

Dalgliesh reanudó el interrogatorio.

—¿Alguna cosa le llamó especialmente la atención en él, señor Goddard? ¿Su estatura, su cabello, su forma de vestir?

—Qué va. Una altura normal y con un chaquetón o abrigo corto, creo. Lo llevaba abierto, creo.

—¿Se acuerda del color?

—Oscuro, creo. Sólo lo vi un segundo, ¿sabe? Luego me lo taparon los árboles. El autobús ya estaba arrancando cuando lo vi.

Intervino Massingham:

—El conductor no lo vio, y tampoco el cobrador.

—Es posible. Ellos iban en el piso de abajo. No es fácil que se dieran cuenta. Además, el conductor estaba conduciendo el maldito autobús.

Dalgliesh insistió:

—Señor Goddard, esto es muy importante. ¿Recuerda si había alguna luz encendida en el laboratorio?

—¿De qué laboratorio me habla?

—La casa de donde venía corriendo aquel hombre.

—¿Luces en la casa? Si quiere decir casa, ¿por qué no dice casa? —El señor Goddard parodió los ardores de la más intensa reflexión, frunciendo los labios en una mueca y entornando los párpados. Los demás esperaron. Al cabo de una pausa de duración precisamente calculada, anunció—: Luces débiles, creo. Ojo, no digo luces brillantes. Pero creo que vi algo de luz en las ventanas de abajo.

Massingham preguntó:

—¿Está seguro de que era un hombre?

El señor Goddard le dedicó una mirada en que se mezclaban el reproche y la mortificación, como un candidato electoral enfrentado a lo que evidentemente considera una pregunta injusta.

—Llevaba pantalones, ¿no? Si no era un hombre, debería serlo.

—¿Pero no está absolutamente seguro?

—Hoy en día no se puede estar seguro de nada. En otro tiempo, cuando la gente tenía temor de Dios, se vestía de una manera decente. Hombre o mujer, era humano y estaba corriendo. Eso es lo que yo vi.

—Entonces, ¿habría podido ser una mujer con pantalones?

—No corría como una mujer. Las mujeres son torpes corriendo. Juntan las rodillas y separan los tobillos como los patos. Lástima que no junten las rodillas cuando no están corriendo, digo yo.

Era una buena deducción, pensó Dalgliesh. Ninguna mujer corre exactamente como un hombre. La primera impresión de Goddard había sido la de un hombre más bien joven que bajaba corriendo, y, casi con toda certidumbre, eso era exactamente lo que había visto. Un exceso de preguntas sólo serviría para confundirlo.

El conductor y el cobrador, convocados desde la terminal de autobuses y todavía vestidos de uniforme, no pudieron confirmar la declaración de Goddard, pero lo que dijeron también fue útil. No era de extrañar que ninguno de los dos hubiera visto al corredor, pues el muro de casi dos metros y los árboles que lo bordeaban impedían ver el laboratorio desde el piso bajo del autobús y sólo hubieran podido ver el edificio en el instante en que el vehículo pasaba ante el camino de acceso, reduciendo su velocidad para detenerse en la parada. Pero si el señor Goddard estaba en lo cierto y la figura había aparecido cuando el autobús ya arrancaba, no habrían podido verla de ningún modo.

Resultó conveniente que ambos estuvieran en condiciones de confirmar que el miércoles por la noche el autobús circulaba según el horario previsto. Bill Carney incluso había consultado su reloj en el momento de arrancar, e indicaba las nueve y doce. El autobús se había detenido en la parada un par de segundos. Ninguno de sus tres pasajeros había hecho ademán de querer apearse, pero tanto el conductor como el cobrador habían visto una mujer que esperaba en la oscuridad de la marquesina, y habían supuesto que querría subir. Sin embargo, no había sido así, y la mujer se había retirado más hacia la sombra de la parada al ver llegar el autobús. Al cobrador le había parecido extraño que estuviera esperando allí, ya que aquella noche no había otro autobús. Pero, como caía una ligera llovizna, había supuesto sin pensar demasiado en ello que sólo pretendía guarecerse. Después de todo, como señaló con toda razón, no era su trabajo arrastrar pasajeros al autobús si ellos no querían subir.

Dalgliesh los interrogó bastante a fondo acerca de la mujer, pero obtuvo muy poca información concreta. Ambos coincidían en que se cubría la cabeza con un pañuelo y llevaba el cuello del abrigo vuelto hacia arriba. El conductor creía recordar que vestía pantalones y una gabardina ceñida por medio de un cinturón. Bill Carney estaba de acuerdo en lo tocante a los pantalones, pero creía que llevaba un abrigo de tres cuartos. El único motivo para suponer que se trataba de una mujer era el pañuelo de la cabeza. Ninguno de los dos podía describirlo. Les parecía improbable, por lo demás, que ninguno de los tres pasajeros del piso bajo pudiera serles de utilidad. Dos de ellos, que conocían como habituales, eran personas mayores y en aquel momento iban durmiendo. El tercero les era desconocido.

Dalgliesh sabía que habría que localizarlos a los tres. Era una de esas tareas pesadas y laboriosas que, aunque resultaban necesarias, raramente proporcionaban alguna información que valiera la pena. Pero era sorprendente comprobar en cuántas cosas se fijaba la gente. Quizá los que dormían habían sido despertados por el frenazo del autobús y habían visto a la mujer que esperaba en la parada con mayor claridad que el conductor o el cobrador. El señor Goddard no había advertido su presencia, lo que no era de extrañar. Al ser preguntado, había respondido cáusticamente que cómo podía una persona ver a través del techo de la marquesina y que, de todas maneras, estaba mirando hacia el otro lado, ¿verdad?, y suerte habían tenido de que fuera así. Dalgliesh se apresuró a apaciguarlo y, cuando el anciano dio finalmente por concluida su declaración de una forma que le satisfizo, lo acompañó hasta el coche de policía que iba a devolverlo a su hogar, sentado en el asiento de atrás, no sin cierto estilo, como un pequeño y rígido maniquí.

Pero aún tuvieron que pasar otros diez minutos antes de que Dalgliesh y Massingham pudieran salir hacia Ely. No sin cierto retraso, Albert Bidwell había acudido a la comisaría, llevando consigo una cuantiosa muestra de la tierra del campo de remolachas y una adusta expresión de agravio. Massingham se preguntó cómo habría conocido a su esposa, y qué había conducido a la unión de dos personalidades tan distintas. Estaba seguro de que ella había nacido *cockney*; él era un hijo de los marjales. Lo que ella tenía de locuaz, lo tenía él de taciturno; era tan lento de pensamiento como ella aguda, tan indiferente como ella ávida de rumores y excitación.

El hombre reconoció haber recibido la llamada telefónica. Era una mujer, y el recado era que la señora Bidwell debía ir a Leamings a echarle una mano a la señora Schofield en vez de acudir al laboratorio. No recordaba si la mujer había dado su nombre, pero creía que no. La señora Schofield le había telefoneado anteriormente en un par de ocasiones, cuando necesitaba que su esposa la ayudara a preparar una cena con invitados o algo así. Cosas de mujeres. No sabría decir si era la misma voz. Al ser preguntado si había supuesto que quien llamaba era la señora Schofield, contestó que no había supuesto nada.

Dalgliesh quiso saber:

—¿Recuerda usted si la voz dijo que su esposa debía venir a Leamings o ir a Leamings?

Resultaba evidente que el significado de esta pregunta se le escapaba, pero la recibió con hosca suspicacia y, tras una larga pausa, respondió que no lo sabía. Cuando Massingham le preguntó si era posible que la llamada no fuera de una mujer, sino de un hombre que disfrazaba su voz, el señor Bidwell le dedicó una mirada de concentrado disgusto, como si le indignara una mente capaz de concebir tan sofisticada villanía. Pero fue esta pregunta la que mereció su más larga respuesta. Con voz resuelta, vino a decir que ignoraba si había sido una mujer, un hombre que fingía ser una mujer o quizás un muchacho. Lo único que sabía era que le habían pedido que diera un recado a su mujer, y él se lo había dado. Y si hubiera sabido que aquello iba a causar tantos problemas, no habría descolgado el teléfono.

Y con eso tuvieron que darse por satisfechos.

4

Según la experiencia de Dalgliesh, los letrados que practican en ciudades catedralicias invariablemente disponen de un agradable alojamiento, y la oficina de los señores Pargeter, Coleby y Hunt no era ninguna excepción. Se trataba de una bien cuidada y conservada casa Regencia con vistas a los jardines de la catedral, una imponente puerta delantera cuya pintura negra resplandecía como si aún estuviera fresca y cuyo llamador de latón en forma de cabeza de león había sido pulimentado casi hasta la blancura. Les abrió la puerta un pasante flaquísimo y de avanzada edad, dickensiano en su anticuado traje negro con cuello duro, cuyo aspecto de lúgubre resignación se avivó un tanto al verles, como si se sintiera animado ante la perspectiva de que hubiera problemas. Cuando Dalgliesh se presentó, hizo una ligera reverencia y dijo:

—El mayor Hunt, naturalmente, está esperándole, señor. Ahora mismo está terminando una entrevista con un cliente. Si hace el favor de pasar por aquí, no tardará más de un par de minutos en recibirle.

La sala de espera a la que fueron conducidos parecía el salón de un club de hombres por su comodidad y su apariencia de controlado desorden. Los sillones eran de piel, y tan hondos que resultaba difícil imaginarse a una persona de más de sesenta años levantándose de uno de ellos sin dificultad. A pesar del calor de dos anticuados radiadores, en el hogar ardía un fuego de carbón. La gran mesa circular, de caoba, estaba cubierta de revistas dedicadas a los intereses de la clase terrateniente, muchas de ellas de una gran antigüedad. Había una vitrina para libros repleta de tomos encuadernados sobre la historia del condado y volúmenes ilustrados sobre pintura y arquitectura. El óleo sobre la repisa de la chimenea, un faetón con caballos y los correspondientes lacayos, se parecía mucho a un Stubbs y, pensó Dalgliesh, probablemente lo era.

Sólo había tenido tiempo para examinar brevemente la habitación, y acababa de asomarse a la ventana para contemplar la Lady Chapel de la catedral, cuando se abrió de nuevo la puerta y el mismo pasante los condujo al despacho del mayor Hunt. El hombre que se incorporó tras su escritorio para recibirles era de apariencia completamente opuesta a la de su pasante. Era un hombre tieso y fornido, algo entrado ya en años, enfundado en un raído pero bien cortado traje de *tweed*, de rubicunda tez y calvicie incipiente, con ojos penetrantes bajo las hirsutas e inquisitivas cejas. Al estrechar su mano, dedicó a Dalgliesh una mirada abiertamente calculadora, como si tratara de decidir en qué lugar exactamente debía situarle dentro de su esquema personal de las cosas, y finalmente asintió como si estuviera satisfecho de lo que veía. Todavía tenía más aspecto de militar que de abogado, y Dalgliesh supuso que la voz con que les dio la bienvenida había adquirido su poderosa y autoritaria resonancia en desfiles y comedores de oficiales de la Segunda Guerra Mundial.

—Buenos días, buenos días. Siéntese, comandante, por favor. Viene usted por un asunto trágico. Creo que es la primera vez que perdemos a uno de nuestros clientes por causa de asesinato.

El pasante carraspeó. Fue el carraspeo exacto que Dalgliesh habría imaginado: inofensivo, pero discretamente conminatorio y en modo alguno susceptible de ser pasado por alto.

—Estuvo también sir James Cummins, señor, en 1923. Le pegó un tiro el capitán Cartwright a causa de la seducción de la señora Cartwright por sir James, un agravio que vino a enconar viejas disputas sobre derechos de pesca.

—Muy cierto, Mitching. Pero eso fue en tiempos de mi padre. El pobre Cartwright acabó en la horca. Una lástima, decía siempre mi padre. Tenía un buen historial de guerra. Sobrevivió a las batallas del Somme y de Arras y fue a terminar en el patíbulo. No escapó indemne a la guerra, el pobre diablo. El jurado probablemente habría presentado una solicitud de gracia si no hubiera descuartizado el cuerpo. Porque descuartizó el cuerpo, ¿verdad, Mitching?

—Muy cierto, señor. Encontraron la cabeza enterrada en el huerto.

—Ése fue el fin de Cartwright. Los jurados ingleses no perdonan el descuartizamiento. Si Crippen hubiera enterrado a Belle Elmore de una pieza, hoy aún estaría con vida.

—Difícilmente, señor. Crippen nació en 1860.

—Bien, pues no llevaría mucho tiempo muerto. No me sorprendería excesivamente que hubiera llegado a cumplir el siglo. Sólo contaba tres años más que su padre, Mitching, y era de la misma complexión: pequeño, de ojos saltones, delgado pero fuerte. Los de este tipo viven para siempre. Oh, bien, vamos a lo nuestro. Tomarán ustedes café, espero. Puedo prometerles que será bebible. Mitching ha instalado uno de esos chismes con retorta de vidrio, y molemos nosotros mismos los granos en el momento. Café pues, Mitching, por favor.

—La señorita Makepeace está preparándolo, señor.

El mayor Hunt exudaba bienestar de sobremesa, y Massingham dedujo, no sin envidia, que sus negocios con su último cliente se habían tratado principalmente ante una mesa bien provista. Dalgliesh y él solamente habían engullido un apresurado bocadillo y una cerveza en un pub a mitad de camino entre Chevisham y Guy's Marsh. Dal-

247

gliesh, que tenía la reputación de saber disfrutar de la comida y del vino, manifestaba una incómoda tendencia a pasar por alto las horas de las comidas cuando estaba trabajando en un caso. Massingham no se quejaba por la calidad; era la cantidad lo que deploraba. Pero al menos iban a tomar café.

Mitching se había situado cerca de la puerta y no mostraba ninguna intención de retirarse. Esto, al parecer, resultaba perfectamente aceptable. Dalgliesh pensó que eran como una pareja de comediantes que estuvieran perfeccionando su antifonal parloteo, y no desearan perderse ninguna ocasión de practicar. El mayor Hunt comentó:

—Querrá usted conocer el testamento de Lorrimer, naturalmente.

—Y todo lo que usted pueda decirnos sobre él.

—No será mucho, me temo. Solamente le he visto dos veces desde que traté con las propiedades de su abuela. Pero, por supuesto, haré todo lo que esté en mi mano. Cuando el asesinato entra por la ventana, la intimidad sale por la puerta. ¿No es así, Mitching?

—No hay secretos, señor, bajo la fiera luz que ilumina el patíbulo.

—No estoy seguro de que lo haya dicho bien, Mitching. Y hoy en día no tenemos patíbulos. ¿Es usted abolicionista, comandante?

Dalgliesh asintió:

—Forzosamente debo serlo, hasta que llegue el día en que podamos estar absolutamente seguros de que nunca, bajo ninguna circunstancia, podemos cometer un error.

—Ésta es la respuesta ortodoxa, pero suscita un gran número de interrogantes, ¿no cree? Sea como fuere, no ha venido usted aquí para charlar sobre la pena capital. No debemos perder el tiempo. Ahora, el testamento. ¡Dónde he puesto la caja del señor Lorrimer, Mitching?

—Está aquí, señor.

—Pues tráigala, hombre, tráigala.

El pasante cogió la negra caja de hojalata de una mesa lateral y la depositó frente al mayor Hunt. El mayor la abrió no sin cierta ceremonia y extrajo el testamento. Dalgliesh observó:

—Hemos encontrado un testamento en su escritorio. Lleva fecha del 3 de mayo de 1971. Parece el original.

—¿O sea que no lo destruyó? Interesante. Eso sugiere que aún no había terminado de decidirse.

—Entonces, ¿hay un testamento posterior?

—Oh, sí que lo hay, comandante. Sí que lo hay. Eso es lo que quería decirle. Lo firmó el viernes pasado, y dejó el original y la copia aquí conmigo. Aquí los tengo. Tal vez le gustaría leerlo usted mismo.

Le tendió el testamento. Era muy breve. Lorrimer, de la forma aceptada, revocaba todos los testamentos anteriores, se proclamaba en plena posesión de sus facultades mentales y disponía de todas sus propiedades en menos de una docena de líneas. A su padre le dejaba Postmill Cottage y la suma de diez mil libras esterlinas. Mil libras eran para Brenda Pridmore, «para permitirle comprar los libros que le hagan falta para completar su educación científica». El resto de sus posesiones las legaba a la Academia de Ciencias Forenses a fin de crear un premio anual en efectivo por el importe que la Academia juzgara oportuno, para un ensayo original sobre cualquier aspecto de la investigación científica del crimen. El ensayo debía ser elegido por tres jueces, seleccionados anualmente por la Academia. No se hacía ninguna mención de Angela Foley.

Dalgliesh preguntó:

—¿Le dio alguna explicación de por qué excluía del testamento a su prima, Angela Foley?

—A decir verdad, sí que la dio. Me pareció correcto indicarle que, en caso de que falleciera, su prima, en tanto que única pariente viva aparte de su padre, podría desear impugnar el testamento. Si lo hacía, una batalla legal costaría dinero y quizá redujera considerablemente la herencia. No me sentía obligado a presionarle para que modificara su decisión; sencillamente, me pareció correcto indicarle las posibles consecuencias. Usted oyó lo que me contestó, ¿verdad, Mitching?

—En efecto, señor. El difunto señor Lorrimer expresó su desaprobación hacia la forma en que su prima había elegido vivir. En particular, deploraba la relación que, según dijo, subsistía entre su prima y la dama con quien tengo entendido que comparte su hogar, y dijo que no deseaba que dicha compañera pudiera beneficiarse de su herencia. Si su prima decidía impugnar el testamento, estaba dispuesto a dejar el asunto en manos de los tribunales. El resultado ya no le interesaría. Él habría dejado bien claros sus deseos. También señaló, si no recuerdo mal, señor, que este testamento era solamente de naturaleza transitoria. Tenía previsto contraer matrimonio y, por supuesto, si lo hacía, el testamento quedaría automáticamente anulado. Entre tanto, deseaba protegerse contra la posibilidad, que él juzgaba remota, de que su prima lo heredara absolutamente todo si fallecía inesperadamente antes de que sus asuntos personales estuvieran arreglados.

—Así es. Mitching eso es efectivamente lo que dijo. Debo añadir que sus palabras contribuyeron a reconciliarme con el nuevo testamento. Si se proponía contraer matrimonio, entonces perdería toda vigencia y podría pensárselo de nuevo. Tampoco es que me pareciese un testamento injusto o inadecuado. Todo hombre tiene derecho a disponer de sus posesiones como mejor le parezca, si es que el estado le deja algo de que disponer. Pero se me hizo un poco extraño que, si estaba comprometido para casarse, no hiciera mención de la dama en el testamento provisional. Aunque supongo que la cosa tiene su lógica. Si le hubiera dejado una pequeña cantidad, ella no le habría quedado muy agradecida, y si se lo hubiera dejado todo, seguramente se habría casado inmediatamente con otro tipo y todo el dinero sería para él.

Dalgliesh inquirió:

—¿Le dijo alguna cosa sobre este previsible matrimonio?

—Ni siquiera el nombre de la dama. Y, naturalmente, no se lo pregunté. Ni siquiera estoy seguro de que hubiera pensado en nadie en particular; quizá fuera únicamente una intención abstracta o, quizás, una excusa para modificar el testamento. Me limité a felicitarlo y a indicarle que el nuevo testamento quedaría cancelado en cuanto se celebrase el matrimonio. Él me respondió que era consciente de ello y que a su debido tiempo regresaría para redactar un nuevo testamento. Entre tanto, así es como lo quería y así es como lo redacté. Mitching lo firmó, con mi secretaria como segundo testigo. Ah, aquí viene con el café. ¿Se acuerda usted de haber firmado el testamento del señor Lorrimer?

La muchacha que había traído el café, delgada y de apariencia nerviosa, respondió al rugido del mayor Hunt con un nervioso ademán de asentimiento y se apresuró a salir del cuarto. El mayor Hunt, satisfecho, comentó:

—Se acuerda. Estaba tan aterrorizada que apenas podía firmar. Pero firmó. Aquí está todo. Todo correcto y en orden. Creo que somos capaces de preparar un testamento válido, ¿eh, Mitching? Pero será interesante comprobar si la mujercita quiere luchar por él.

Dalgliesh quiso saber por cuánto dinero sería la lucha.

—La mayor parte de 50.000 libras, diría yo. Hoy en día no es una fortuna, pero resulta útil, muy útil. El capital original le fue legado por la anciana Annie Lorrimer, su abuela paterna. Una anciana extraordinaria. Nacida y criada en los marjales. Con ayuda de su marido, llevaba la tienda del pueblo en Low Willow. La bebida condujo

a Tom Lorrimer a una tumba relativamente temprana —no podía soportar el invierno de los marjales— y
ella siguió adelante sola. No todo el dinero procedía de la
tienda, naturalmente, aunque la vendió en muy buen momento. No, tenía un gran olfato para los caballos. Una cosa
extraordinaria. Sabe Dios de dónde le venía. Nunca en su
vida montó en uno, por lo que yo sé. Cerró la tienda y
tres veces al año se iba a Newmarket. Jamás perdía un penique, según he oído, y ahorraba todas las libras que ga-
naba.

—¿Qué familia tenía? El padre de Lorrimer, ¿fue su
único hijo?

—Exactamente. Tenía un hijo y una hija, la madre de
Angela Foley. Por lo que puedo juzgar, no soportaba a
ninguno de los dos. La hija se casó con el sacristán del
pueblo, y la anciana la repudió en la ortodoxa tradición
victoriana. El matrimonio salió mal, y no creo que Maud
Foley volviera a ver a su madre. Murió de cáncer unos cinco años después de que naciera la niña. La anciana no quiso
acoger a su nieta, de modo que terminó recogida por las
autoridades locales. Creo que se ha pasado casi toda la vida
en hogares adoptivos.

—¿Y el hijo?

—Oh, ése se casó con la maestra local y, por lo que
yo sé, la cosa fue razonablemente bien. Pero la familia no
estuvo nunca muy unida. La anciana no quiso dejar el dinero a su hijo porque, según ella, eso representaría pagar dos veces los derechos reales. Ella tenía más de cuarenta años cuando nació su hijo. Pero me parece que el
verdadero motivo fue sencillamente que no le tenía mucho aprecio. No creo que tampoco viera mucho al nieto,
Edwin, pero a alguien tenía que dejarle el dinero, y la suya
era una generación que creía que la sangre es más espesa
que la sopa de beneficencia, y la sangre masculina más
espesa que la femenina. Aparte del hecho de que había
repudiado a su hija y jamás había mostrado el menor in-

terés por su nieta, lo cierto es que su generación no creía en dejar el dinero directamente a las mujeres. Eso sólo sirve para dar alas a los seductores y a los cazadotes. Por consiguiente, se lo dejó absolutamente todo a su nieto, Edwin Lorrimer. Creo que, cuando murió la abuela, él sintió escrúpulos de conciencia con respecto a su prima. Como usted sabe, en su primer testamento se lo dejaba prácticamente todo.

Dalgliesh preguntó:

—¿Sabe usted si Lorrimer advirtió a su prima que pensaba modificar el testamento?

El abogado le dirigió una penetrante mirada.

—No me lo dijo. En las presentes circunstancias, sería muy conveniente para ella que pudiera demostrar que sí lo hizo.

Tan conveniente, pensó Dalgliesh, que sin duda no habría dejado de mencionar el hecho en su primera entrevista. Pero aunque ella se creyera la heredera de su primo, eso no la convertía necesariamente en una asesina. Si quería una participación en el dinero de su abuela, ¿por qué habría esperado hasta entonces para matar por ella?

Sonó el teléfono. El mayor Hunt masculló una disculpa y cogió el auricular. En seguida, tapando la bocina con la mano, se volvió hacia Dalgliesh.

—Es la señorita Foley, que llama desde Postmill Cottage. El anciano señor Lorrimer desea hablar conmigo a propósito del testamento. La joven dice que está muy interesado en saber si ahora la casa le pertenece. ¿Quiere que se lo diga?

—Eso debe decidirlo usted. Pero es el pariente más cercano; lo mismo da que se entere ahora o más tarde. Igual que ella.

El mayor Hunt vaciló. Luego, habló por el aparato.

—Muy bien, Betty. Pásame a la señorita Foley.

Volvió a mirar a Dalgliesh.

—En Chevisham, esta noticia va a soltar el gato en el palomar.

Dalgliesh tuvo una repentina visión del entusiasta y juvenil rostro de Brenda Pridmore dirigiéndole una radiante sonrisa sobre el escritorio de Howarth.

—Sí —admitió ceñudamente—. Sí, eso me temo.

5

Leamings, la casa de Howarth, se hallaba a unos cinco kilómetros del pueblo de Chevisham por la carretera de Cambridge. Era un moderno edificio de hormigón, madera y vidrio, sobre los llanos marjales, con dos alas blancas como velas plegadas. Incluso bajo la menguante luz resultaba impresionante. La casa se alzaba en espléndido aislamiento, sin que el efecto que producía dependiera de otra cosa que de su perfección de líneas y su artística sencillez. No se veía ningún otro edificio, salvo un solitario *cottage* de madera negra elevado sobre pilotes, desolado como un barracón de ejecuciones, y, surgiendo espectacularmente sobre el horizonte oriental, un intrincado espejismo: la maravillosa torre y el octágono de la catedral de Ely. Desde las habitaciones de la parte posterior se veía una inmensidad de cielo y se divisarían extensos campos sin vallar, cortados por el dique de Leamings, que cambiaban con las estaciones; de la negra tierra labrada a la siembra de primavera y luego a la cosecha. No se oiría nada sino el viento y, en verano, el incesante susurro del grano.

El solar era pequeño y el arquitecto había debido de aguzar su ingenio. No había jardín, nada salvo un breve camino de acceso que terminaba en un patio pavimentado y un garaje doble. Ante el garaje, un Jaguar XJS de color rojo hacía compañía al Triumph de Howarth. Massingham dedicó una envidiosa mirada al Jaguar, preguntándose cómo habría conseguido la señora Schofield una entrega tan rápida. Entraron en el patio y aparcaron junto al Jaguar. Howarth había salido afuera antes de que Dalgliesh pudiera parar el motor, y esperaba en silencio. Iba enfundado en una bata larga de carnicero a rayas blancas y azules con la que parecía sentirse perfectamente a gusto, no viendo necesidad de quitársela ni de justificar su atavío. Mientras subían por la escalera, con peldaños abiertos de madera tallada, Dalgliesh le felicitó por la casa. Howarth explicó:

—Fue diseñada por un arquitecto sueco que realizó algunas de las adiciones modernas en Cambridge. En realidad pertenece a un amigo de la universidad. Su esposa y él están pasando un par de años sabáticos en Harvard. Si deciden quedarse en Estados Unidos, es posible que la vendan. De un modo u otro, estamos instalados para los próximos dieciocho meses, y luego podemos buscar otra cosa si hace falta.

La escalera por la que subían era circular y muy amplia. En el piso de arriba, sonaba, a gran volumen, una grabación del final del tercer concierto de Brandenburgo. El glorioso son polifónico latía contra las paredes y se difundía por toda la casa; Massingham casi se lo imaginó despegando sobre sus blancas alas y remontándose gozosamente sobre los marjales. Alzando un poco la voz para imponerse a la música, Dalgliesh preguntó:

—¿Está a gusto aquí la señora Schofield?

La voz de Howarth, cuidadosamente despreocupada, descendió hacia ellos.

—Oh, para entonces es probable que ya se haya marchado. A Domenica le gusta la variedad. Mi hermanastra padece del *horreur de domicile* de que hablaba Baudelaire; por lo general, prefiere estar en otra parte. Su hábitat natural es Londres, pero ahora vive conmigo porque está ilustrando una nueva edición limitada de Crabbe para la editorial Paradine.

El disco llegó a su fin. Howarth hizo una pausa y añadió con cierta aspereza, como cediendo de mala gana a la confidencia:

—Creo que debería advertirles que mi hermana enviudó hace apenas dieciocho meses. Su marido se mató en un accidente automovilístico. Iba conduciendo ella, pero tuvo suerte. Al menos, supongo que tuvo suerte. Apenas sufrió algunos arañazos. Charles Schofield murió al cabo de tres días.

—Lo siento —contestó Dalgliesh. La parte que tenía de cínico se preguntó a qué venía aquella explicación. Howarth le había parecido un hombre esencialmente introvertido, en absoluto propenso a comentar sus tragedias personales o familiares. ¿Era quizás una llamada a su caballerosidad, una súplica encubierta para que la trataran con especial consideración? ¿O acaso Howarth pretendía advertirles que ella seguía perturbada por el dolor y que resultaba impredecible, quizás incluso desequilibrada? No podía insinuar, desde luego, que a partir de aquella tragedia había adquirido el irresistible hábito de asesinar a sus amantes.

Llegaron al final de la escalera y se encontraron de pie en un espacioso balcón de madera que parecía suspendido en el espacio. Howarth abrió una puerta y anunció:

—Aquí les dejo. Hoy empezaré temprano a preparar la cena. Ella está dentro. —Alzó más la voz—. El comandante Dalgliesh y el detective inspector Massingham. Han venido por el asesinato. Mi hermana, Domenica Schofield.

El cuarto era inmenso, con una ventana triangular del suelo al techo que sobresalía hacia los campos como la proa de un buque, y un alto y curvo cielorraso de pino claro. El mobiliario era escaso y muy moderno. De hecho, el lugar recordaba más el estudio de un músico que una sala de estar. Junto a la pared había un amasijo de atriles de música y estuches de violín y, montado sobre ellos, un moderno y obviamente caro equipo estereofónico. Había un solo cuadro, un retrato al óleo de Ned Kelly pintado por Sidney Nolan. La anónima máscara metálica, con los dos ojos inidentificables que refulgían tras la ranura, encajaba bien con la austeridad de la habitación y la austera negrura de los marjales al oscurecer. Resultaba fácil imaginárselo como un ceñudo Hereward de nuestros días, cruzando a grandes zancadas los enlodados campos.

Domenica Schofield estaba de pie ante una mesa de dibujo situada en mitad de la habitación. Se giró, sin sonreír, para contemplarlos con los ojos de su hermano, y Dalgliesh se encontró de nuevo ante aquellas desconcertantes lagunas de azul bajo las gruesas y curvadas cejas. Como siempre, en aquellos momentos cada vez más infrecuentes en que inesperadamente se hallaba cara a cara con una mujer hermosa, su corazón dio una sacudida. Era un placer más sensual que sexual, y le alegró comprobar que aún era capaz de sentirlo, incluso en mitad de una investigación de asesinato.

No obstante, se preguntó hasta qué punto no era estudiado aquel suave y deliberado giro, aquella primera mirada, remota pero especulativa, de tan extraordinarios ojos. Bajo aquella luz, las pupilas, al igual que las de su hermano, eran casi moradas, y el blanco estaba teñido de un azul más claro. Su tez era pálida, de color miel, y sus cabellos, como de lino, estaban peinados hacia atrás desde la frente y recogidos en una masa en la base del cuello. Vestía unos tejanos que ceñían estrechamente sus poderosos muslos y una camisa de cuello abierto a cuadros verdes y azules.

Dalgliesh calculó que sería unos diez años más joven que su medio hermano. Cuando habló, su voz fue curiosamente grave para una mujer, y con un ápice de rudeza.

—Siéntense. —Agitó vagamente la mano derecha hacia uno de los sillones de cuero y metal cromado—. ¿Les importa que siga con mi trabajo?

—No, si a usted no le molesta que le hablemos mientras trabaja, y si no le importa que esté sentado mientras usted sigue en pie.

Acercó el asiento al caballete, desde donde podía ver al mismo tiempo su cara y su trabajo, y se arrellanó. El sillón era sumamente cómodo. Advirtió que ella ya comenzaba a lamentar su falta de cortesía. En cualquier enfrentamiento, el que está de pie goza de una ventaja psicológica, pero no así cuando su adversario está sentado a sus anchas en el lugar que él mismo ha elegido.

Massingham, con una discreción casi ostentosa, había cogido otro sillón para sí y lo había situado junto a la pared, a la izquierda de la puerta. Ella sin duda era consciente de la presencia del inspector a sus espaldas, pero no lo demostró. Difícilmente podía quejarse de una situación que ella misma había provocado, pero, como si advirtiera que la entrevista había comenzado de una forma poco propicia, comentó:

—Lamento parecer tan obsesionada con mi trabajo, pero debo cumplir un plazo de entrega. Como probablemente les habrá dicho mi hermano, estoy ilustrando una nueva edición de los poemas de Crabbe para la editorial Paradine. Este dibujo es para *Dilación: Dinah entre sus curiosas chucherías*.

Dalgliesh ya se figuraba que debía ser una competente artista profesional para haber merecido el encargo, pero quedó impresionado por la sensibilidad y la seguridad de trazo del dibujo que tenía delante. Era considerablemente detallista, pero no melindroso; una composición sumamente decorativa y muy equilibrada con la esbelta figura de la muchacha y los objetos de su deseo, minuciosamente enumerados por Crabbe. Allí estaban todos, cuidadosamente representados: el papel decorado con figuras, la alfombra rosa, la disecada cabeza de venado, el reloj enjoyado y esmaltado. Era, pensó, una ilustración muy inglesa para el más inglés de los poetas. Era evidente que la artista había concedido una gran importancia a los detalles de la época. Sobre la pared de la derecha había montado un tablón de corcho donde destacaban, prendidos con chinchetas, los esbozos preliminares; un árbol, interiores a medio terminar, piezas de mobiliario, pequeñas impresiones paisajísticas.

—Es bueno que no sea necesario admirar la obra de un poeta para ilustrarla adecuadamente. ¿Quién fue el que llamó a Crabbe «Pope con medias de estambre»? Después de veinte versos, mi cerebro empieza a latir en pareados. Pero tal vez sea usted de gustos neoclásicos. Tengo entendido que escribe versos, ¿no es cierto?

Lo hizo sonar como si coleccionara cajetillas de cigarrillos para pasar el rato.

Dalgliesh contestó:

—He respetado a Crabbe desde que, siendo un muchacho, leí que Jane Austen había dicho que le hubiera gustado ser la señora de Crabbe. Cuando fue a Londres por vez primera, era tan pobre que tuvo que empeñar todas sus ropas, y luego se gastó el dinero en una edición de los poemas de Dryden.

—¿Y eso le parece bien?

—Me parece atrayente.

Citó:

Infortunios y pesares había en todo el mundo,
pero éstos no habían hallado la agradable morada de ella;
ella sabía de madres que se afligían y viudas que
    lloraban
y se apenaba, rezaba sus oraciones y dormía:
pues condescendía, y no era tan pequeño su corazón
como para que una fuerte pasión lo absorbiera del todo.

Ella le dirigió una breve mirada elíptica.

—En este caso, por fortuna, no hay madre que se aflija ni viuda que solloce. Y yo dejé de rezar mis oraciones cuando tenía nueve años. ¿O es que únicamente pretendía demostrar que es capaz de citar a Crabbe?

—Esto último, por supuesto —replicó Dalgliesh—. En realidad, he venido para hablar con usted sobre estas cartas.

Sacó un fajo de papeles del bolsillo de su abrigo, desplegó una de las hojas y, sosteniéndola delante de ella, preguntó:

—¿Es la letra de Lorrimer?

Ella examinó desinteresadamente el papel.

—Desde luego. Lástima que no llegara a enviármelas. Me habría gustado leerlas, aunque no ahora, quizá.

—Supongo que no deben de ser muy distintas de las que sí envió.

Por un momento creyó que ella iba a negar haber recibido ninguna. Se dijo: «Está pensando que no nos costará nada averiguarlo por el cartero.» Vio que los azules ojos se volvían cautelosos. Ella contestó:

—Así es como termina el amor: no con un estallido, sino con un plañido.

—No tanto un plañido como un llanto de dolor.

Había dejado de trabajar, pero seguía en pie, examinando el dibujo. Comentó:

—Es extraordinario lo poco atractiva que resulta la desdicha. Habría hecho mejor probando con la sinceridad. Significa muchísimo para mí y muy poco para ti. ¿Por qué no eres generosa? No te costará nada, salvo una ocasional media hora de tu tiempo. Le habría respetado más.

—Pero él no pretendía un arreglo comercial —objetó Dalgliesh—. Lo que él pedía era amor.

—Eso es algo que no estaba en mi mano darle, y él no tenía derecho a esperarlo.

Ninguno de nosotros, pensó Dalgliesh, tiene derecho a esperarlo. De forma improcedente, le vino a la memoria una frase de Plutarco: «Los muchachos apedrean a las ranas por diversión. Pero las ranas no mueren por diversión, mueren de veras.»

—¿Cuándo rompió con él? —quiso saber.

Por un instante, ella pareció asombrada.

—Iba a preguntarle cómo sabía que era yo quien había roto con él, y no al revés, pero, claro, tiene las cartas. Supongo que están llenas de gemidos. Le dije que no quería volver a verle hace cosa de dos meses. Desde entonces, no he vuelto a hablar con él.

—¿Le dio alguna explicación?

—No. No estoy segura de que hubiera ninguna explicación. ¿Es imprescindible que la haya? No había ningún otro hombre, si es eso lo que está pensando. ¡Qué visión de la vida más hermosamente simple debe de tener usted! Supongo que el trabajo policial produce una mentalidad de índice de fichero. Víctima: Edwin Lorrimer. Crimen: Asesinato. Acusada: Domenica Schofield. Motivo: Pasional. Veredicto: Culpable. Lástima que ya no pueda concluir limpiamente con un Sentencia: Muerte. Digamos que me cansé de él.

—¿Cuando hubo agotado sus posibilidades, sexuales y emocionales?

—Digamos más bien intelectuales, si me perdona la arrogancia. Encuentro que las posibilidades físicas se agotan bastante rápidamente, ¿no cree? Pero si un hombre tiene ingenio, inteligencia y sus propios motivos de entusiasmo, entonces la relación puede tener algún sentido. En cierta ocasión conocí a un hombre que era una autoridad en la arquitectura eclesiástica del siglo XVII. Recorríamos kilómetros y kilómetros para admirar una iglesia. Fue fascinante mientras duró, y actualmente sé muchas cosas sobre finales del siglo XVII. Todo esto hay que apuntarlo en el haber.

—Mientras que los únicos entusiasmos intelectuales de Lorrimer eran la filosofía popular y la ciencia forense.

—La biología forense. Y manifestaba una curiosa inhibición a hablar de ella. Probablemente tenía la Ley de Secretos Oficiales grabada en lo que él denominaría su alma. Además, conseguía ser aburrido incluso hablando de su trabajo. He descubierto que los científicos invariablemente lo son. Mi hermano es el único científico que he conocido que no me aburre al cabo de diez minutos de estar en su compañía.

—¿Dónde hacían el amor?

—Es una pregunta impertinente. ¿Le parece que viene al caso?

—Podría ser. Podría darnos una idea del número de personas que sabían que ustedes dos eran amantes.

—Nadie lo sabía. No me deleita que mis asuntos particulares sean motivo de risitas en los lavabos de mujeres del Laboratorio Hoggatt.

—Entonces, ¿los únicos que lo sabían eran su hermano y usted?

Debían de haber decidido de antemano que sería estúpido y peligroso negar que Howarth estuviera al corriente, porque esta vez no vaciló al responder:

—Espero que ahora no me pregunte si lo aprobaba.

—No. Doy por sentado que lo desaprobaba.

—¿Por qué diablos ha de darlo por sentado?

El tono pretendía ser ligero, casi de chanza, pero Dalgliesh detectó el cortante filo de una cólera defensiva. Sin inmutarse, respondió:

—Trato de ponerme en su lugar, sencillamente. Si acabara de empezar un trabajo nuevo, un trabajo con cierto grado de dificultad, la relación de mi medio hermana con un miembro de mi personal, y especialmente uno que probablemente pensaba que había sido postergado, constituiría una complicación de la que preferiría prescindir.

—Tal vez carece usted de la seguridad de mi hermano. No necesitaba el apoyo de Edwin Lorrimer para dirigir con eficiencia su laboratorio.

—¿Le trajo usted aquí?

—¿Seducir a un subalterno de mi hermano en su propia casa? Si me llevara mal con mi hermano, la cosa hubiera podido dar a la relación un aliciente adicional. Y confieso que, hacia el final, no habría estado de más. Pero como no es éste el caso, eso hubiera sido nada más que una demostración de mal gusto. Los dos tenemos coches, y el de él es particularmente amplio.

—Creía que ésta era la solución habitual de los adolescentes lujuriosos. Debe de haber sido incómodo y frío.

—Muy frío. Lo cual fue otra razón para que decidiera terminar con la historia. —Se volvió hacia él con súbita vehemencia—. Mire, no pretendo escandalizarle. Intento ser sincera. Odio la muerte y la violencia. ¿Y quién no? Pero no estoy de luto, por si había pensando en ofrecerme sus condolencias. Sólo hay un hombre cuya muerte me haya afligido, y no se trata de Edwin Lorrimer. Y no me siento culpable. ¿Por qué habría de sentírmelo? No soy culpable. Aunque se hubiera quitado él mismo la vida, no me consideraría responsable. Tal y como ha sucedido, no creo que su muerte haya tenido nada que ver conmigo. Supongo que él puede haber sentido deseos de asesinarme. Pero yo nunca he tenido el menor motivo para asesinarlo a él.

—¿Tiene alguna idea de quién puede haberlo hecho?

—Un extraño, supongo. Alguien que se introdujo en el laboratorio para dejar o para destruir alguna prueba forense. Quizás un conductor ebrio que pretendía apoderarse de una muestra de su propia sangre. Edwin le sorprendió y el intruso acabó matándolo.

—Los análisis de alcohol en sangre no se llevan a cabo en el departamento de biología.

—Entonces puede que haya sido un enemigo, alguien que le guardaba rencor. Alguien contra el que había declarado en un juicio, por ejemplo. Después de todo, era bien conocido en el estrado de los testigos. La muerte de un forense.

Dalgliesh objetó:

—Está el problema de cómo pudo el asesino entrar y salir del laboratorio.

—Probablemente se introdujo durante el día y permaneció escondido hasta que cerraron el edificio, por la noche. Dejo para usted la explicación de cómo pudo escapar. Tal vez se escabulló por la mañana, durante la batahola que se formó después de que esa chica Brenda Pridmore, ¿no es eso? descubriera el cuerpo. No creo que nadie se dedicara a vigilar la puerta de la calle.

—¿Y la falsa llamada telefónica a la señora Bidwell?

—Yo diría que seguramente no tiene ninguna relación con el caso. Una bromista, nada más. Y ahora seguramente está demasiado asustada para reconocer lo que hizo. Yo en su lugar interrogaría al joven personal femenino del laboratorio. Es la clase de broma que una adolescente con poco seso podría encontrar divertida.

Dalgliesh prosiguió interesándose por sus movimientos del día anterior. Ella explicó que no había acompañado a su hermano al concierto, pues le desagradaban los festejos rústicos, no sentía deseos de escuchar un Mozart interpretado con indiferencia y tenía un par de dibujos por terminar. Habían cenado temprano, hacia las siete menos cuarto, y Howarth había salido de casa a las siete y veinte. Ella había seguido trabajando sin ser interrumpida por el teléfono ni por ningún visitante hasta el regreso de su hermano poco después de las diez. Luego, antes de acostarse, él le había explicado el desarrollo de la velada ante un vaso compartido de whisky caliente. Ambos se habían retirado a dormir al poco rato.

Luego, sin ser preguntada, añadió que su hermano le había parecido perfectamente normal cuando regresó, aunque ambos estaban cansados. La noche anterior, él había acudido a la escena de un asesinato y había perdido varias horas de sueño. Ella utilizaba ocasionalmente los servicios de la señora Bidwell, como, por ejemplo, antes y después de una cena con invitados que Howarth y ella habían dado al poco tiempo de llegar, pero, desde luego, nunca la llamaría un día en que debiera ir al laboratorio.

Dalgliesh preguntó:

—¿Le dijo su hermano que salió del concierto durante cierto tiempo, tras la media parte?

—Me dijo que se pasó media hora sentado en una losa, reflexionando sobre la muerte. Imagino que, a esas alturas del festival, encontraba a los muertos más entretenidos que a los vivos.

Dalgliesh alzó la vista hacia el inmenso y curvo cielorraso de madera.

—Debe de resultar caro mantener la casa caliente en invierno. ¿Qué calefacción tienen?

De nuevo pudo ver aquel elíptico y fugaz destello de azul.

—Calefacción central a gas. No hay ningún hogar abierto. Es una de las cosas que echamos de menos. O sea, que no podemos haber quemado la bata blanca de Paul Middlemass. En realidad, habría sido una locura por nuestra parte el intentarlo. El plan más razonable habría consistido en lastrarla con piedras en los bolsillos y arrojarla a la esclusa de Leamings. Probablemente, aun así acabarían encontrándola, pero no veo cómo eso les ayudaría a descubrir quién la echó allí. Eso es lo que yo habría hecho.

—No, no lo crea —la contradijo suavemente Dalgliesh—. No había ningún bolsillo.

La mujer no se ofreció a acompañarlos a la salida, pero Howarth los esperaba al pie de la escalera. Dalgliesh comentó:

—No me dijo usted que su hermana era la amante de Lorrimer. ¿Realmente llegó a convencerse de que era un dato carente de importancia?

—¿Con respecto a su muerte? ¿Qué importancia puede tener? Quizá fuese importante para la vida de Lorrimer, pero dudo mucho que lo fuera para ella. Además, no soy el guardián de mi hermana. Ella es capaz de hablar por sí misma, como probablemente ya ha podido constatar.

Salió con ellos hasta el automóvil, tan formal como un anfitrión que se apresura a despedir una pareja de huéspedes no deseados. Ya con la mano en la portezuela del vehículo, Dalgliesh preguntó:

—¿Significa algo para usted el número 1840?

—¿En qué contexto?

—En el que usted prefiera.

Howarth contestó imperturbablemente:

—Whewell publicó su *Filosofía de las ciencias inductivas*; nació Tchaikovsky; Berlioz compuso la *Symphonie Funèbre et Triomphale*. Creo que mis conocimientos de un año poco notable no llegan más lejos. O, en un contexto distinto, la relación entre la masa del protón y la del electrón.

Desde el otro lado del automóvil, Massingham le corrigió:

—Creía que esta relación era de 1836. A menos, claro está, que no le importe redondear. Buenas noches, señor.

Mientras salían de la propiedad, Dalgliesh inquirió:

—¿Cómo es que recuerda este dato tan notablemente improcedente?

—De la escuela. Quizás estuviéramos en desventaja en lo que se refiere a mezcla social, pero la enseñanza no era mala. Y es un número que se graba en la mente.

—No en la mía. ¿Qué le ha parecido la señora Schofield?

—No esperaba que fuera así.

—¿En cuanto a atractivo, talento o arrogancia?

—Las tres cosas. Su cara me recuerda a alguien, a una actriz de cine. Francesa, creo.

—Simone Signoret cuando era joven. Me sorprende que sea tan mayor como para recordarla.

—El año pasado vi una reposición de *Casque d'Or*.

Dalgliesh hizo notar:

—Nos ha dicho, por lo menos, una pequeña mentira.

Aparte, pensó Massingham, de la gran mentira que puede habernos dicho o no. Poseía la suficiente experiencia como para saber que era la mentira central, la afirmación de inocencia, la que resultaba más difícil de detectar; y que eran las pequeñas e ingeniosas invenciones, muy a menudo innecesarias, las que acababan confundiendo y traicionando.

—¿Señor?

—Acerca de dónde hacían el amor Lorrimer y ella, en el asiento de atrás del coche de él. Eso no puedo creerlo, ¿y usted?

No era frecuente que Dalgliesh interrogara tan directamente a un subordinado. Massingham, para su desconcierto, se sintió sometido a examen y, antes de contestar, reflexionó cuidadosamente.

—Psicológicamente, parece que no concuerda. Es una mujer exigente y amante de la comodidad, con una elevada opinión de su propia dignidad. Y probablemente vio cómo retiraban el cuerpo de su marido de entre los restos del coche, después de aquel accidente en que iba conduciendo ella. No sé, pero me da la impresión de que no deben apetecerle las relaciones sexuales en el asiento trasero de ningún automóvil. A no ser, por supuesto, que esté intentando exorcizar el recuerdo. Podría ser eso.

Dalgliesh sonrió.

—En realidad, yo estaba pensando en términos menos esotéricos. Un Jaguar escarlata, especialmente del último modelo, no es el vehículo más discreto para ir de paseo por el campo con un amante. Y el anciano señor Lorrimer nos dijo que su hijo apenas salía de casa por la tarde y por la noche, a menos que fuera a la escena de un asesinato. Y éstos son imprevisibles. Por otra parte, a menudo solía quedarse hasta tarde en el laboratorio, y estoy seguro de que no todas estas demoras se debían al trabajo. Creo que la señora Schofield y él tenían un lugar de encuentro bastante cercano.

—¿Cree que es importante, señor?

—Lo bastante importante como para hacer que nos mintiera. ¿Por qué habría de preocuparle que supiéramos dónde solían retozar? Lo comprendería mejor si nos hubiera dicho que nos metiéramos en nuestros asuntos. Pero, ¿una mentira? Además, ha habido otro instante en que ha perdido muy brevemente la compostura: cuando nos ha hablado de la arquitectura eclesiástica del siglo XVII. Me ha dado la impresión de que se producía un breve y casi indetectable momento de confusión, cuando se ha dado cuenta de que había mencionado algo indiscreto o, por lo menos, algo de lo que prefería que no se hablara. Mañana, cuando hayamos terminado con las entrevistas, creo que iremos a echar un vistazo a la capilla de Hoggatt.

—Pero el sargento Reynolds ya ha estado esta mañana, señor, después de registrar la propiedad. No es más que una capilla vacía y cerrada con llave. No ha encontrado nada.

—Probablemente porque no hay nada que encontrar. Es sólo una corazonada. Ahora será mejor que volvamos a Guy's Marsh para esa conferencia de prensa, y, si ha regresado el jefe de policía, debo tener unas palabras con él. Luego me gustaría volver a ver a Brenda Pridmore. Y después quiero ir a la Vieja Rectoría para hablar con el doctor Kerrison. Pero eso puede esperar hasta que hayamos visto qué puede hacer la señora Gotobed, del Moonraker, respecto a nuestra cena.

6

Veinte minutos después, en la cocina de Leamings —una incongruente combinación de laboratorio y rústica domesticidad—, Howarth estaba preparando una vinagreta. El penetrante y nauseoso aroma del aceite de oliva, que se curvaba desde el gollete de la botella en un fino chorro dorado, le traía, como siempre, recuerdos de Italia y de su padre, aquel diletante coleccionista de chucherías que se pasaba la mayor parte del año en la Toscana o en Venecia, y cuya vida autoindulgente, hipocondríaca y solitaria había llegado a su fin —de forma bastante apropiada, pues profesaba espanto a la vejez— el día de su quincuagésimo aniversario. Para sus dos hijos, huérfanos de madre, no había sido tanto un extraño como un enigma que rara vez estaba a su lado en persona, pero siempre misteriosamente presente en sus pensamientos.

Maxim recordó una imagen de su padre enfundado en un batín malva y dorado, de pie junto a su cama en aquella extraordinaria noche de voces sofocadas, súbitas carreras e inexplicables silencios, en que su madrastra había muerto. Con ocho años de edad, estaba en casa por las vacaciones de la escuela, olvidado en la crisis de la enfermedad, solo y asustado. Recordaba claramente la voz tenue y cansada de su padre, que ya comenzaba a asumir la lasitud de la pesadumbre.

—Tu madrastra ha muerto hace diez minutos, Maxim. Es evidente que el destino no quiere que yo sea un marido. No me expondré de nuevo a un pesar como éste. Tú, hijo mío, deberás cuidar de tu hermanastra. En ti confío.

Y luego una mano fría se posó informalmente en su hombro, como confiriéndole una carga. Y él la había aceptado, literalmente, a la edad de ocho años, y nunca la había abandonado. Al principio, la inmensidad de esta confianza le había abrumado. Recordaba cómo había yacido allí, aterrorizado, escrutando la oscuridad. Cuida de tu hermana. Domenica tenía tres meses. ¿Cómo debía cuidarla? ¿Con qué la alimentaría? ¿Cómo la vestiría? ¿Y la escuela? No le permitirían quedarse en casa para cuidar a su hermana. Sonrió irónicamente al rememorar el alivio que sintió al descubrir, a la mañana siguiente, que, después de todo, la nodriza se quedaría. Recordó los primeros intentos de asumir su responsabilidad, cuando asía resueltamente el cochecillo infantil y lo empujaba dificultosamente por el Broad Walk arriba, cuando se esforzaba por alzar a Domenica hasta su sillita elevada.

—Déjelo estar, señorito Maxim, por favor. Estorba usted más que ayuda.

Pero luego la nodriza comenzó a darse cuenta de que estaba convirtiéndose más en una ayuda que en un estorbo, que podía dejar tranquilamente la niña a su cargo mientras ella y los demás criados se dedicaban a sus asuntos particulares. La mayoría de sus vacaciones escolares habían transcurrido ayudando a cuidar de Domenica. Desde Roma, Verona, Florencia y Venecia, su padre, por mediación de su abogado, enviaba instrucciones sobre asignaciones y escuelas. Era él quien ayudaba a comprarle la ropa, la llevaba a la escuela, la consolaba y la aconsejaba. Había intentado prestarle apoyo durante las agonías e incertidumbres de la adolescencia, antes incluso de haber superado las propias. Había sido su campeón contra el mundo. Sonrió al recordar la ocasión en que su hermana le telefoneó a Cambridge desde el internado, pidiéndole que la recogiera esa misma noche ante el pabellón de hockey —horrenda casa de torturas— al punto de la medianoche. «Yo saldré por la escalera de incendios. Prometido.» Y luego, su código particular de desafío y lealtad: «*Contra mundum.*»

Contra mundum.

La llegada de su padre desde Italia, tan poco perturbado por los insistentes llamamientos de la Reverenda Madre que resultaba evidente que de todas formas había tenido la intención de regresar.

—La salida de tu hermana fue innecesariamente excéntrica, no cabe duda. Una cita a medianoche. Una espectacular escapada en automóvil a través de media Inglaterra. La Madre Superiora parecía particularmente angustiada por el hecho de que se hubiera dejado el baúl, aunque comprendo que habría sido un engorro en la escalera de incendios. Y tú debiste pasarte la noche fuera del colegio. A tu tutor no puede haberle gustado.

—Ya soy posgraduado, padre. Me gradué hace dieciocho meses.

—Es verdad. A mi edad, el tiempo pasa muy deprisa. Física, ¿verdad? Una curiosa elección. ¿No habrías podido ir a buscarla a la salida de las clases, de la forma ortodoxa?

—Queríamos alejarnos del lugar todo lo posible antes de que se dieran cuenta de que faltaba y empezaran a buscarla.

—Una estrategia razonable, hay que admitirlo.

—Dom detesta la escuela, padre. Allí se siente profundamente desdichada.

—También yo me sentía así en la escuela, pero nunca se me ocurrió esperar otra cosa. La Reverenda Madre parece una mujer encantadora. Muestra cierta tendencia a la halitosis cuando se halla bajo tensión, es verdad, pero me parece difícil que eso pueda haber molestado a tu hermana. No creo que hayan llegado a tener una relación tan íntima. Por cierto, dice que no está dispuesta a readmitir a Domenica.

—¿Tienes que enviarla forzosamente a alguna parte, padre? Dom va a cumplir los quince años. No tiene por qué ir necesariamente a la escuela. Ella quiere ser pintora.

—Supongo que podría quedarse en casa hasta que tenga edad de ingresar en la facultad de Bellas Artes, si es eso lo que me aconsejas. Pero no vale la pena abrir la casa de Londres sólo para ella. La semana que viene me vuelvo a Venecia. Solamente he venido a consultar al doctor Mavers-Brown.

—Tal vez podría ir a Italia contigo durante un mes o así. Le encantaría ver la Accademia. Y debería conocer Florencia.

—Oh, no creo que eso sea posible, muchacho. Totalmente fuera de la cuestión. Será mucho mejor que tome una habitación en Cambridge, y así podrás tenerle la vista encima. En el museo Fitzwilliam tienen unas cuantas pinturas muy agradables. ¡Oh, vaya, qué responsabilidad traen los hijos! Con mi actual estado de salud, estas alteraciones no me convienen nada. Mavers-Brown insistió mucho en que debía evitar el nerviosismo.

Y en aquellos momentos yacía dentro de un ataúd en su autosuficiencia final, en el más hermoso de los camposantos, el Cementerio Británico de Roma. Eso le habría gustado, pensó Maxim, si hubiera podido soportar el pensar en su propia muerte, del mismo modo en que le habría irritado el agresivo chófer italiano cuya mal calculada aceleración en el cruce de la Via Vittoria y el Corso le había conducido hasta allí.

Oyó los pasos de su hermana en la escalera.

—Conque ya se han ido...

—Hace veinte minutos. Hemos tenido una breve escaramuza de despedida. ¿Se ha mostrado ofensivo Dalgliesh?

—No más que yo con él. Diría que hemos quedado empatados. No creo que le haya gustado.

—No creo que nadie le guste mucho. Pero se le considera muy inteligente. ¿Lo encuentras atractivo?

—Sería como hacer el amor con un verdugo —respondió a la pregunta no formulada. Luego, hundiendo un dedo en la vinagreta, observó—: Demasiado vinagre. ¿Qué has estado haciendo?

—¿Aparte de cocinar? Pensando en padre. ¿Sabes una cosa, Dom? Cuando yo tenía once años, estaba absolutamente convencido de que había asesinado a nuestras madres.

—¿A las dos? Quiero decir, ¿la tuya y la mía? Qué idea más extravagante. ¿Cómo habría podido hacerlo? La tuya murió de cáncer y la mía de neumonía. No pudo organizarlo él.

—Ya lo sé. Es sólo que me parecía un viudo por naturaleza y pensaba que lo había hecho para impedir que tuvieran más hijos.

—Bien, no cabe duda de que así lo habría logrado. ¿Te preguntabas quizá si la tendencia al asesinato es hereditaria?

—No exactamente. Pero hay mucho que sí lo es. Por ejemplo, la absoluta incapacidad de padre para establecer relaciones. Su increíble absorción en sí mismo. ¿Sabías que llegó a solicitar mi ingreso en Stonyhurst antes de recordar que era tu madre, y no la mía, la que había sido católica romana?

—Es una lástima que lo averiguara. Me habría gustado ver qué hacían de ti los jesuitas. El problema de una educación religiosa, si eres una pagana como yo, es que te deja toda la vida con la sensación de que has perdido algo, no que no existe. —Se acercó a la mesa y revolvió un cuenco de champiñones con el dedo—. Yo puedo establecer relaciones. El problema es que me aburren y no son duraderas. Y parece que sólo conozco una forma de mostrarme amable. Menos mal que nosotros duramos, ¿verdad? Tú me durarás hasta el día en que me muera. ¿Me cambio ahora o quieres que me ocupe del vino?

«Tú me durarás hasta el día en que me muera.» *Contra mundum*. Ya era demasiado tarde para cortar aquel lazo aun de haberlo deseado. Recordó la cabeza vendada de Charles Schofield, los ojos moribundos todavía maliciosos tras una ranura entre los vendajes, los hinchados labios que se movían dolorosamente.

—Felicidades, Giovanni. Recordadme en vuestro jardín de Parma.

Lo que había sido tan asombroso no era la mentira en sí, ni que Schofield la creyera o fingiera creerla, sino que hubiera odiado tanto a su cuñado como para morir con aquel sarcasmo en los labios. ¿O acaso había dado por supuesto que un físico, pobre inculto, no conocería a los dramaturgos jacobinos? Incluso su esposa, aquella infatigable sofisticada sexual, estaba mejor enterada.

—Supongo que dormiríais juntos si a Domenica le viniera en gana. Un poco de incesto no la inquietaría. Pero no os hace falta, ¿verdad? No os hace falta una cosa tan vulgar como el sexo para sentiros más unidos de lo que ya lo estáis. Ninguno de los dos necesita a nadie más. Por eso me marcho. Me voy ahora que todavía queda algo en mí que puede irse.

—Max, ¿qué pasa?

La voz de Domenica, agudizada por la inquietud, lo devolvió al presente. Su mente giró de regreso por un caleidoscópico torbellino de años, por entre imágenes superpuestas de su infancia y su juventud, hasta llegar a la más reciente e inolvidable, la imagen inmóvil, perfectamente enfocada, grabada para siempre en su memoria, de los dedos muertos de Lorrimer arañando el suelo de su laboratorio, el apagado y entreabierto ojo de Lorrimer, la sangre de Lorrimer. Respondió:

—Ve a cambiarte. Ya me encargaré yo del vino.

7

La señora Pridmore dijo:

—¿Qué dirá la gente?

—Es lo único que piensas siempre, mamá, lo que dirá la gente. ¿Qué más da lo que digan? No he hecho nada de lo que deba avergonzarme.

—Claro que no. Y si alguien dice lo contrario, ya verás qué poco tarda tu padre en explicárselo. Pero ya sabes qué lenguas tienen en este pueblo. Mil libras. Cuando ha llamado el abogado, casi no podía creérmelo. Es una bonita cantidad. Y cuando Lillie Pearce haya hecho correr la noticia en el *Stars and Plough*, lo más probable será que se hayan convertido en diez mil.

—¿Y a quién le importa Lillie Pearce, la vacaburra?

—¡Brenda! No te consiento que hables así.

—Habla por ti. Yo no tengo por qué. Y si en este pueblo tienen esta clase de mentalidad, cuanto antes me vaya, mejor. ¡Oh, mamá, no pongas esa cara! Sólo quería ayudarme, ser amable conmigo. Y seguramente lo hizo en un impulso.

—Pues no fue muy considerado por su parte, ¿no crees? Podría haberlo hablado con tu padre o conmigo.

—Pero él no sabía que iba a morirse.

Brenda y su madre estaban solas en la granja, pues Arthur Pridmore había salido después de cenar para asistir a la reunión mensual del consejo de la iglesia parroquial. Los platos ya estaban lavados y ante ellas se extendía una larga velada. Demasiado inquietas para instalarse ante el televisor y demasiado preocupadas por los extraordinarios acontecimientos de la tarde para coger un libro, se sentaron ante el resplandor del fuego, nerviosas, medio excitadas y medio asustadas, echando de menos la tranquilizadora figura de Arthur Pridmore en su sillón habitual. Finalmente, la señora Pridmore, con un estremecimiento, regresó a la normalidad y cogió su costurero.

—Bueno, al menos servirá para que tengas una bonita boda. Si has de aceptarlo, será mejor que lo ingreses en la Caja Postal. Así te dará intereses y lo tendrás allí cuando lo quieras.

—Lo quiero ahora. Para comprar libros y un microscopio, como era la intención del señor Lorrimer. Para eso me dejó el dinero, y eso es lo que haré con él. Además, si la gente deja el dinero para algo en especial, no puedes usarlo para otra cosa. Ni yo quiero. Le pediré a papá que me instale una estantería y una mesa de trabajo en mi cuarto y empezaré inmediatamente a estudiar para mis grados A en ciencia.

—No habría debido pensar en ti. ¿Y Angela Foley? Ha tenido una vida horrible, esa chica. En la herencia de su abuela no recibió ni un penique, y ahora esto.

—Eso no debe preocuparnos, mamá. La decisión era de él. Quizá se lo habría dejado si no se hubieran peleado.

—¿Cómo que peleado? ¿Cuándo?

—La semana pasada. Creo que fue el martes. Fue justo antes de volver a casa, cuando ya se habían ido casi todos. El inspector Blakelock me envió a Biología a que me aclararan una duda sobre uno de los informes para el tribunal. Estaban los dos juntos en el despacho del doctor Lorrimer y les oí discutir. Ella le pedía dinero y él dijo que no le daría nada, y luego dijo algo de cambiar su testamento.

—¿Quieres decir que te quedaste allí escuchando?

—Bueno, no podía evitar oírlo, ¿verdad? Hablaban en voz bastante alta. Él decía unas cosas horribles de Stella Mawson, ya sabes, esa escritora que vive con Angela Foley. No estaba fisgoneando a propósito. No quería espiarlos.

—Habrías podido irte.

—¿Y volver a subir otra vez desde el vestíbulo? Además, tenía que preguntarle lo del informe del caso Munnings. No podía volverme y decirle al inspector Blakelock que no había podido preguntárselo porque el doctor Lorrimer estaba riñendo con su prima. Y, de todos modos, en la escuela siempre escuchábamos los secretos.

—Ya no estás en la escuela. En serio, Brenda, a veces me preocupas. En un momento te comportas como una adulta responsable, y al siguiente cualquiera diría que aún sigues en cuarto grado. Tienes dieciocho años, ya eres adulta. ¿Qué pinta la escuela en todo esto?

—No sé por qué te pones tan excitada. No se lo he dicho a nadie.

—Bueno, pues tienes que decírselo a ese detective de Scotland Yard.

—¡Mamá! ¡No puedo! ¡No tiene nada que ver con el asesinato!

—¿Quién puede decirlo? Se supone que debes decir a la policía todo lo que sepas. ¿No te lo dijo él?

Era exactamente lo que el policía le había dicho. Brenda recordó su mirada, su propio rubor culpable. El hombre se había dado cuenta de que estaba ocultándole algo. Con desafiante obstinación, replicó:

—Bueno, pues yo no puedo acusar de asesinato a Angela Foley, o decir una cosa que es como acusarla. Además —añadió con aire de triunfo, recordando algo que le había oído decir al inspector Blakelock—, sería un testimonio de oídas, no una auténtica prueba. No podría hacerle ningún caso. Y, mamá, otra cosa: supongamos que ella no imaginara que verdaderamente iba a cambiar el testamento tan pronto. El abogado te dijo que el doctor Lorrimer había preparado su nuevo testamento el viernes pasado, ¿no? Pues eso seguramente fue porque el viernes por la mañana tuvo que ir a Ely a una escena de crimen. La llamada de la policía se recibió hacia las diez. Seguramente fue entonces cuando fue al abogado.

—¿Adónde quieres ir a parar?

—A ninguna parte. Sólo que, si la gente cree que yo tenía un motivo, también lo tenía ella.

—¡Pues claro que no tenías ningún motivo! Eso es absurdo. ¡Es perverso! Oh, Brenda, si hubieras venido al concierto con papá y conmigo.

—No, gracias. Miss Spencer cantando *Las pálidas manos que yo amé* y los chicos de la escuela dominical con su vieja y aburrida danza de las cintas del poste de mayo, y los antillanos con sus campanillas, y el viejo señor Matthews matraqueando con sus cucharas acústicas. Ya lo tengo todo muy visto.

—Pero tendrías una coartada.

—También la tendría si papá y tú os hubierais quedado en casa conmigo.

—Si no fuese por esas mil libras, a nadie le importaría que hubieras estado en un sitio o en otro. Bueno, Dios quiera que Gerald Bowlem lo comprenda.

—Y si no, ya sabe lo que puede hacer. No entiendo qué tiene esto que ver con Gerald. No estoy casada con él; ni siquiera prometida, si a eso vamos. Vale más que no se meta.

Volvió la vista hacia su madre y de repente quedó abrumada. Sólo la había visto así en una ocasión, la noche en que tuvo su segundo aborto y el anciano doctor Greene le anunció que ya no podría tener más hijos. Por aquel entonces, Brenda sólo tenía doce años, pero el rostro de su madre, repentinamente recordado, había tenido exactamente la misma expresión que en aquellos momentos, como si una mano arrasadora hubiese pasado sobre él llevándose la jovialidad, desdibujando los contornos de frente y mejilla, apagando la mirada, dejando únicamente una amorfa máscara de desolación.

Recordó, y comprendió lo que antes únicamente había sentido, la cólera y el resentimiento al ver que su madre, indestructible y consoladora como un enorme peñón en una tierra agostada, era también vulnerable al dolor. Ella estaba allí para consolar las desdichas de Brenda, no para sufrir; para dar consuelo, no para ser consolada. Pero Brenda había crecido y podía comprender. Vio a su madre claramente, como a una extraña acabada de conocer. El vestido de barata tela sintética, impecablemente limpio, como siempre, y con el broche que Brenda le había regalado en su último cumpleaños prendido a la solapa. Los tobillos que se engrosaban sobre sus zapatos, de razonable tacón bajo, las regordetas manos salpicadas con las manchas marrones de la edad, el anillo de matrimonio que hundía en la carne su oro mate, los rizados cabellos que otrora fueran castaño rojizos como los suyos y que seguían sencillamente peinados hacia un lado, el cutis fresco y casi sin arrugas. Rodeó con sus brazos los hombros de su madre.

—¡Oh, mamá! No te preocupes. Todo irá bien. El comandante Dalgliesh averiguará quién lo hizo y entonces todo volverá a ser como siempre. Mira, voy a prepararte una taza de cacao. No esperaremos a que llegue papá. Nos lo tomaremos ahora mismo. No pasa nada, mamá. De veras que sí. Todo está bien.

Simultáneamente, sus oídos percibieron el zumbido del automóvil que se acercaba. Se buscaron con la mirada, sin habla, culpables como conspiradoras. Aquel no era su viejo Morris. ¿Cómo había de serlo? El Consejo de la Iglesia Parroquial no terminaba nunca antes de las ocho y media.

Brenda se dirigió a la ventana y miró al exterior. El coche se detuvo. Se volvió hacia su madre, con la cara blanca como una sábana.

—¡Es la policía! ¡Es el comandante Dalgliesh!

Sin decir palabra, la señora Pridmore se puso resueltamente en pie. Posó brevemente una mano en el hombro de su hija y, acto seguido, salió al corredor y abrió la puerta antes de que Massingham hubiera podido alzar la mano para llamar. Por entre labios apretados, comenzó:

—Pasen, por favor. Me alegra verlos por aquí. Brenda tiene algo que decirles, algo que me parece que deberían saber.

8

El día casi había llegado a su fin. En batín, sentado ante la mesita situada frente a la ventana de su habitación en el Moonraker, Dalgliesh oyó tocar las once y media en el campanario de la iglesia. Le gustaba su habitación. Era la mayor de las dos que la señora Gotobed había podido ofrecerles. Su única ventana se abría sobre el cementerio y le permitía ver la sala pública del pueblo y, más allá, el triforio y la cuadrada torre de pedernal de la iglesia de St. Nicholas. En la hostería no había más que tres cuartos para huéspedes. El más pequeño y ruidoso, puesto que quedaba encima del bar, le había correspondido a Massingham. La habitación principal ya estaba ocupada por una pareja norteamericana que recorría East Anglia, tal vez en busca de sus antecedentes familiares. Los había visto sentados a la mesa en el salón comedor, felizmente atareados con sus mapas y sus guías, y si alguien les había dicho que los huéspedes recién llegados eran agentes de la policía que investigaban un asesinato, eran demasiado educados para dejar traslucir el menor interés. Tras una breve sonrisa y un buenas noches en sus suaves voces transatlánticas, habían devuelto inmediatamente su atención al excelente guiso de liebre con sidra que les había preparado la señora Gotobed.

Todo estaba muy silencioso. El apagado rumor de voces del bar hacía tiempo que no se oía. Había transcurrido más de una hora desde que oyera gritar las últimas despedidas. Massingham había pasado la velada en el bar, sin duda con la esperanza de recoger algunas migajas de información útil. Dalgliesh deseaba que hubiera hallado la cerveza de su gusto. Había nacido lo bastante cerca de los marjales como para saber que, de otro modo, Massingham se habría sentido frustrado por la velada.

Se levantó para estirar las piernas y la espalda, y paseó aprobadoramente la vista por la habitación. Los tablones del suelo eran de roble viejo, negros y resistentes como las cuadernas de los barcos. Tras los victorianos morillos, en la chimenea ardía un fuego de madera y turba, cuya acre humareda se curvaba bajo un sombrerete decorado con espigas de trigo y ramilletes de flores silvestres atados con cintas. La gran cama matrimonial era de latón, alta y adornada en las esquinas con cuatro enormes boliches, grandes como pulimentadas balas de cañón. La señora Gotobed había dejado abierto el cobertor de ganchillo, poniendo al descubierto un mullido e invitador colchón de plumas. En un hotel de cuatro estrellas habría podido encontrar más lujos, pero difícilmente una mayor comodidad.

Regresó a su trabajo. Había sido una larga jornada de interrogatorios y más interrogatorios, llamadas telefónicas a Londres, una apresuradamente organizada e insatisfactoria conferencia de prensa, dos consultas con el jefe de la policía local y, en suma, de ir reuniendo los irregulares retazos de información y conjeturas que finalmente encajarían para formar la imagen completa. La comparación del trabajo detectivesco con la lenta resolución de un rompecabezas quizás estuviera muy manida, pero seguía resultando razonablemente apropiada, quizá más que nada porque muy a menudo era la exasperantemente elusiva pieza que contenía el fragmento decisivo de un rostro humano la que servía para completar el cuadro.

Volviendo la página, se dispuso a repasar la última entrevista del día, con Henry Kerrison en la Vieja Rectoría. Aún seguía percibiendo el olor de la casa, un olor que le hacía pensar en comida rancia y líquido para limpiar muebles, recordándole visitas efectuadas en la infancia en compañía de sus padres a vicarías rurales excesivamente grandes y mal calentadas. El ama de llaves de Kerrison y sus hijos ya llevaban algún tiempo en la cama, y la casa encerraba tal melancolía, tal triste silencio, que parecía que todas las tragedias y decepciones de sus numerosos habitantes siguieran latentes en el aire.

Kerrison les había abierto personalmente la puerta y les había hecho pasar a su estudio, donde estaba ocupado clasificando diapositivas en colores de diversas lesiones *post mortem* para ilustrar una conferencia que debía pronunciar a la semana siguiente en la escuela de policía. Sobre el escritorio había una fotografía enmarcada en la que aparecía él de joven acompañado de un hombre de más edad, obviamente su padre. Lo que interesó a Dalgliesh tanto como la fotografía en sí fue el hecho de que Kerrison no se hubiera preocupado de retirarla.

Al parecer, no le había molestado la tardía llegada de sus visitantes. Incluso era posible creer que recibía con agrado su compañía. Había estado trabajando a la luz de la lámpara de su escritorio, encajando cada diapositiva en el visor y colocándola luego en el montoncito correspondiente, tan absorto como un colegial en su afición. Había contestado a sus preguntas sosegadamente y con precisión, pero como si sus pensamientos se hallaran en otro lugar. Dalgliesh quiso saber si su hija le había hablado acerca del incidente con Lorrimer.

—Sí, me lo contó. Cuando llegué a casa para almorzar, después de la conferencia, la encontré llorando en su habitación. Parece que Lorrimer se mostró innecesariamente áspero. Pero Nell es una niña muy sensible y no siempre se puede llegar a saber la exacta verdad del asunto.

—¿No habló con él al respecto?

—No hablé con nadie. Pensé que quizá debería hacerlo, pero eso habría significado preguntar al inspector

Blakelock y a la señorita Pridmore, y no deseaba involucrarlos. Tenían que trabajar con Lorrimer. Y también yo, si a eso vamos. La eficacia de una institución aislada como el Laboratorio Hoggatt depende en gran medida de una buena relación entre sus miembros. Me pareció preferible no darle mayor importancia al asunto. Tal vez esto sea prudencia, tal vez sea cobardía. No lo sé. —Sonrió tristemente y añadió—: Solamente sé que no era motivo para un asesinato.

Motivo para un asesinato. Dalgliesh había descubierto abundantes motivos en aquel atareado pero no muy satisfactorio día. Pero, en una investigación de asesinato, el motivo era el factor menos importante. Con gusto habría cambiado todas las sutilezas psicológicas de la motivación por una sola prueba física, sólida e incontrovertible, que relacionara a algún sospechoso con el crimen. Y, por el momento, no había ninguna. Seguía esperando los informes del Laboratorio Metropolitano sobre el mazo y sobre el vómito. La misteriosa figura que el viejo Goddard había visto salir corriendo del Laboratorio Hoggatt seguía siendo misteriosa; no había aparecido nadie, ni ellos habían logrado encontrarlo, capaz de confirmar que no se trataba simplemente de una fantasía del anciano. Las huellas de neumáticos junto a la verja, ya definitivamente identificadas gracias al índice de neumáticos del laboratorio, aún no habían podido relacionarse con ningún automóvil. Tampoco era de extrañar que no se hubiera encontrado ni rastro de la bata blanca de Middlemass, ni siquiera una indicación de si había sido destruida ni cómo. Un examen de la sala pública y del disfraz de caballo no había arrojado ningún resultado que contradijera la versión de Middlemass de cómo había pasado la velada, y era evidente que el disfraz de caballo, un pesado artilugio de lienzo y sarga, garantizaba que su portador permanecería en el anonimato hasta, en el caso de Middlemass, la punta de sus elegantes zapatos hechos a mano.

Los principales misterios del caso seguían en pie. ¿Quién había telefoneado a Lorrimer para comunicarle el mensaje respecto a la tela que habían quemado y el número 1840? ¿Era la misma mujer que había llamado a la señora Bidwell? ¿Qué había escrito en la hoja arrancada de la libreta de Lorrimer? ¿Qué había impulsado a Lorrimer a redactar aquel extraordinario testamento?

Levantando la cabeza de sus notas, escuchó atentamente. Se oía un ruido apenas discernible, como el de una miríada de insectos arrastrándose. Lo recordaba de sus noches de la infancia, cuando yacía despierto en su habitación en la vicaría de su padre en Norfolk, un sonido que jamás había vuelto a oír entre el ruido de las ciudades, el suave y sibilante susurro inicial de la lluvia nocturna. Pronto fue seguido por una rociada de gotas sobre la ventana y por el creciente gemido del viento en la chimenea. El fuego chisporroteó y luego destelló en un súbito fulgor. Hubo un violento crepitar de lluvia sobre el vidrio de la ventana y luego, tan rápidamente como había comenzado, terminó la breve tormenta. Abrió la ventana para saborear el olor del húmedo aire nocturno y se asomó para escrutar la sábana de oscuridad, la negra tierra del marjal fundida con el firmamento apenas más claro.

A medida que sus pupilas se adaptaban a la noche, comenzó a discernir el bajo rectángulo de la sala pública y, más allá, la gran torre medieval de la iglesia. Luego apareció la luna entre las nubes y el cementerio se hizo visible, con sus lápidas y obeliscos fulgurando tenuemente como si exudaran una pálida y misteriosa luz propia. Bajo él, débilmente luminoso, estaba el camino de grava por donde el grupo de danzarines, haciendo repicar sus cascabeles, había atravesado la creciente neblina la noche anterior. Mirando hacia el cementerio, se imaginó al caballo de pantomima pateando el suelo para darles la bienvenida, alzando su grotesca cabeza entre las losas y rasgando el aire con sus enormes mandíbulas. Y, una vez más, volvió a preguntarse quién había bajo su piel.

La puerta de debajo de la ventana se abrió de pronto y la señora Gotobed salió a llamar a su gato:

—¡Bola de nieve! ¡Bola de nieve! ¡Vamos, buen chico, ven aquí!

Hubo un destello de blanco y se cerró la puerta. Dalgliesh aseguró la ventana con el pestillo y decidió que también él iba a dar el día por terminado.

CUARTA PARTE

COLGANDO DEL CUELLO

1

Sprogg's Cottage, una casita baja y abultada en su parte superior por el voluminoso techado de bálago, con alambreras, resistente a los vendavales del invierno en el marjal, resultaba casi invisible desde la carretera. Se hallaba a cosa de un kilómetro al noreste del pueblo y a su frente se extendía Sprogg's Green, una herbosa extensión triangular plantada de sauces. Abriendo el portón de mimbre blanco en el que alguien, optimista pero infructuosamente, había sustituido la palabra Sprogg's por Lavender, Dalgliesh y Massingham penetraron en un jardín delantero tan convencional y esplendorosamente ordenado como el de una villa suburbana. En el centro del prado, una acacia hacía alarde de su otoñal gloria de rojo y oro, las amarillas rosas trepadoras dispuestas sobre el dintel todavía refulgían con una vaga ilusión de verano y un macizo arriate de geranios, fucsias y dalias, sostenidas con estaquillas y cuidadosamente atendidas, destellaba en discordante esplendor sobre el bronce del seto de hayas. Junto a la puerta había un cesto colgante de geranios rosados que, aunque ya habían dejado atrás su mejor momento, todavía conservaba unas cuantas flores gastadas. El llamador era un pez de latón, tan bruñido que todas sus escamas centelleaban.

Les abrió la puerta una mujer delicada, casi frágil, descalza y vestida con una blusa suelta de algodón estampado en verde y marrón sobre unos pantalones de pana. Tenía ásperos cabellos oscuros fuertemente veteados de gris, muy cortos pero con un grueso flequillo que caía describiendo una curva hasta las cejas. Su rasgo más notable eran los ojos, inmensos, de pupilas pardas moteadas de verde, traslúcidamente claros bajo las cejas pronunciadamente curvadas. Su cutis era pálido y tenso, profundamente surcado de líneas a lo ancho de la frente y desde las amplias aletas de la nariz a las comisuras de la boca. Era el rostro, pensó Dalgliesh, de una masoquista torturada en un tríptico medieval, con músculos nudosos y abultados como si los hubieran desgarrado en el potro. Pero nadie que se encontrara bajo la mirada de aquellos notables ojos podría decir que era una cara vulgar u ordinaria. Dalgliesh se presentó:

—¿La señorita Mawson? Soy Adam Dalgliesh. El inspector Massingham.

La mujer le dedicó una mirada directa e impersonal y, sin sonreírles, respondió:

—Pasen al estudio, ¿quieren? No encendemos el fuego de la salita hasta el atardecer. Si quieren hablar con Angela, lamento decirles que en estos momentos no está en casa. Está en Postmill Cottage con la señora Swaffield, para recibir a los de la Seguridad Social. Están intentando convencer al viejo Lorrimer para que vaya a un hogar de ancianos. Al parecer, el hombre se muestra obstinadamente resistente a las lisonjas de la burocracia. Le deseo buena suerte.

La puerta de entrada daba directamente a una sala de techo bajo, con vigas de roble. El cuarto le sorprendió. Entrar allí era como pasar al interior de una tienda de antigüedades, pero una tienda cuyo propietario hubiera dispuesto su curiosamente variado género buscando conseguir un efecto general. La repisa de la chimenea y todos los demás salientes lucían algún adorno; tres aparadores colgadizos contenían un surtido de tazas, teteras, jarras pintadas y figuras de Staffordshire, y las paredes estaban casi completamente cubiertas de grabados, antiguos mapas enmarcados, pequeñas pinturas al óleo y siluetas victorianas en marcos ovalados. Sobre el hogar pendía el objeto más espectacular, un sable curvo con una vaina finamente labrada. Dalgliesh trató de decidir si la habitación reflejaba únicamente una avidez indiscriminada o si, por el contrario, aquellos objetos cuidadosamente colocados servían como talismanes de protección contra los espíritus hostiles y no domesticados del marjal. En el hogar había preparado, pero no encendido, un fuego de leños. Bajo la ventana, una pulcra mesa plegable ya estaba dispuesta para dos.

La señorita Mawson los condujo hasta su estudio. Era una habitación en la parte de atrás de la casa, más pequeña y no tan abarrotada, con una ventana de vidriera reticulada que daba a una terraza enlosada, un jardín de césped con un reloj de sol en el centro y un extenso campo de remolacha azucarera, aún sin cosechar. Dalgliesh advirtió con interés que escribía a mano. Había una máquina de escribir, pero reposaba solitaria en una mesa aparte. El escritorio bajo la ventana contenía únicamente un bloc de hojas sin rayar, cubiertas de una apretada caligrafía negra en elegante bastardilla. Las líneas estaban cuidadosamente trazadas, e incluso las alteraciones marginales estaban alineadas.

Dalgliesh se disculpó:

—Lamento haber interrumpido su trabajo.

—No interrumpen nada. Esta mañana no está yendo bien. Si lo fuera, habría colgado un cartel de no molestar en la puerta y ustedes no habrían entrado. De todas formas, ya está casi acabado; sólo me falta un capítulo. Supongo que desearán que dé una coartada a Angela. Colaborar con la policía, ¿no se dice así? Qué hicimos el miércoles por la noche, y cuándo, y por qué, y dónde, y con quién.

—Nos gustaría hacerle unas preguntas, desde luego.

—Pero seguramente éstas en primer lugar. No hay ningún problema. Pasamos la tarde y la noche juntas, a partir de las seis y cuarto, que es cuando ella llegó a casa.

—¿Qué hicieron, señorita Mawson?

—Lo que hacemos habitualmente. Separamos la jornada laboral y la noche, yo con whisky, Angela con jerez. Le pregunté qué tal le había ido el día y ella me preguntó a mí lo mismo. Luego ella encendió el fuego y preparó la cena. Tomamos aguacate con vinagreta, pollo en pepitoria y queso con galletas. Lavamos los platos entre las dos y luego Angela estuvo pasando a máquina mi manuscrito hasta que dieron las nueve. A las nueve conectamos el televisor y vimos las noticias, seguidas de una obra de teatro. Con eso llegamos a las diez cuarenta y cinco, cacao para Angela, whisky para mí y a la cama.

—¿Ninguna de las dos salió del *cottage*?

—No.

Dalgliesh le preguntó cuánto tiempo llevaba viviendo en el pueblo.

—¿Yo? Ocho años. Nací en los marjales, en Soham para ser exacta, y pasé en ellos la mayor parte de mi infancia. Pero a los dieciocho años ingresé en la Universidad de Londres, obtuve un título de segunda categoría y empecé a trabajar, sin pena ni gloria, en diversos empleos relacionados con el periodismo y la publicidad. Vine aquí hace ocho años, cuando me enteré de que se alquilaba este *cottage*. Fue entonces cuando me decidí a dejar el empleo y convertirme en escritora profesional.

—¿Y la señorita Foley?

—Vino a vivir aquí hace dos años. Puse un anuncio en la prensa local solicitando una mecanógrafa por horas, y lo contestó ella. Por entonces estaba viviendo realquilada en Ely y no se sentía especialmente satisfecha, de modo que le propuse que se instalara aquí. Antes dependía del autobús para ir a trabajar. Para su empleo en el laboratorio, obviamente le conviene mucho más vivir aquí.

—¿De forma que ha vivido usted el suficiente tiempo en este pueblo como para conocer a la gente?

—Todo lo que se puede llegar a conocer a la gente en

los marjales. Pero no tanto como para señalarle al asesino con el dedo.

—¿Conocía mucho al doctor Lorrimer?

—De vista. No supe que Angela era su prima hasta que se vino a vivir conmigo. No se tratan mucho, y él no ha estado nunca aquí. Naturalmente, en un momento u otro he tenido ocasión de conocer a casi todo el personal del laboratorio. El doctor Howarth formó un cuarteto de cuerda al poco de su llegada, y en agosto pasado dieron un concierto en la capilla Wren. Luego hubo un poco de vino y queso en la sacristía. Allí conocí a unos cuantos miembros del personal. En realidad, ya los conocía de vista y de nombre, como suele suceder en los pueblos. Todos utilizamos la misma oficina de correos y el mismo pub. Pero si espera saber por mí los comadreos del pueblo y del laboratorio, pierde usted el tiempo.

Dalgliesh inquirió:

—¿Tuvo éxito el concierto de la capilla?

—No mucho. Howarth es un excelente violinista aficionado, y Claire Easterbrook toca correctamente el violoncelo, pero los otros dos no valían gran cosa. El experimento no ha vuelto a repetirse. Tengo entendido que hubo algunos comentarios cortantes sobre el recién llegado que consideraba su deber civilizar a los desamparados nativos, y puede que llegaran a sus oídos. Verdaderamente, parece que la imagen que tiene de sí mismo es la de estar salvando por sus solos medios el vacío cultural entre el científico y el artista. O tal vez la acústica del local no le satisfizo. Mi opinión personal es que los otros tres no quisieron volver a tocar con él. Como instrumentista principal del cuarteto, probablemente se comportaba con tanta arrogancia como lo hace en su papel de director. En el laboratorio, eso sí, es más eficiente; la producción ha aumentado en un veinte por ciento. Que el personal esté o no contento es harina de otro costal.

Conque, al fin y al cabo, no era totalmente inmune

a los comadreos del pueblo y el laboratorio, pensó Dalgliesh. Se preguntó por qué le hablaría con tanta franqueza. Igualmente franco, la interrogó:

—Ayer, cuando estuvo en Postmill Cottage, ¿subió al piso de arriba?

—¡Es curioso que el viejo haya ido a contarle eso! Me gustaría saber qué pensó que estaba yo haciendo. Subí al cuarto de baño para ver si encontraba un bote de polvos para limpiar el fregadero. No lo había.

—Conoce el testamento del doctor Lorrimer, supongo.

—Imagino que debe de conocerlo todo el pueblo. De hecho, probablemente fui yo la primera en enterarme. El viejo estaba impaciente por saber si recibiría algún dinero, de modo que Angela telefoneó al abogado. Ya lo conocía de cuando fue leído el testamento de su abuela. El abogado le explicó que el viejo recibía la casa y 10.000 libras, y con eso pudo tranquilizarlo.

—¿Y la señorita Foley se queda sin nada?

—Efectivamente. Y una empleada nueva del laboratorio, que evidentemente le había caído bien a Edwin, recibe mil libras.

—Un testamento no demasiado justo.

—¿Ha conocido alguna vez a un beneficiario que considerase justo un testamento? Peor fue el de su abuela. Angela perdió el dinero entonces, cuando habría podido significar una vida diferente para ella. Ahora ya no lo necesita. Nos arreglamos perfectamente aquí.

—Seguramente no fue ninguna conmoción para ella. ¿Le había advertido Lorrimer de sus intenciones?

—Si ésta es una forma cortés de averiguar si tenía algún motivo para asesinarlo, pregúnteselo a ella misma. Aquí llega.

Angela Foley cruzó la salita, desanudándose el pañuelo de la cabeza. Al ver a los visitantes, su rostro se ensombreció y, con defensivo disgusto, se apresuró a decir:

—A la señorita Mawson le gusta trabajar por la mañana. No me advirtieron que iban a venir.

Su amiga se echó a reír.

—No me han molestado. Me ha proporcionado un interesante ejemplo de los métodos policiales. Son eficaces sin ser crudos. Has vuelto muy temprano.

—Han llamado del departamento de asistencia social para avisar que no podrán venir hasta la tarde. Mi tío no quiere verlos, pero todavía quiere menos verme a mí. Irá a almorzar con los Swaffield en la rectoría, conque he pensado que lo mejor que podía hacer era volver a casa.

Stella Mawson encendió un cigarrillo.

—Has llegado muy oportunamente. El señor Dalgliesh estaba preguntando, con el mayor tacto, si tenías algún motivo para asesinar a tu primo; en otras palabras, ¿te dijo Edwin que iba a cambiar su testamento?

Angela Foley, se volvió hacia Dalgliesh y respondió serenamente:

—No. Nunca comentaba sus asuntos conmigo, ni yo comentaba los míos con él. Creo que durante los dos últimos años sólo hemos hablado de cuestiones del laboratorio.

Dalgliesh insistió:

—¿No es extraño que haya deseado modificar un testamento de largos años sin decirle nada a usted?

Ella se encogió de hombros y explicó:

—No tiene nada que ver conmigo. Era solamente mi primo, no mi hermano. Pidió el traslado al Laboratorio Hoggatt hace cinco años para vivir con su padre, no porque yo estuviera aquí. De hecho, no me conocía y, de conocerme, dudo que le hubiera gustado. No me debía nada, ni siquiera justicia.

—¿Y a usted? ¿Le gustaba él?

La joven hizo una pausa y reflexionó seriamente, como si también ella misma deseara una respuesta a esta pregunta. Stella Mawson, los párpados entornados, la contemplaba a través del humo de su cigarrillo. Finalmente, la señorita Foley contestó:

—No, no me gustaba. Creo incluso que le tenía un poco de miedo. Era un hombre psicológicamente agobiado, inseguro de su lugar en la vida. Últimamente, la tensión y el sufrimiento eran casi palpables. A mí me resultaba embarazoso y, bueno, en cierto modo amenazador. La gente que se sentía verdaderamente segura en su propia personalidad no parecía advertirlo ni inquietarse por ello, pero los menos seguros nos sentíamos amenazados. Creo que es por eso por lo que Clifford le tenía tanto miedo.

Stella Mawson añadió:

—Bradley probablemente le recordaba a Edwin sus propios comienzos. En su juventud era muy inseguro, incluso en su trabajo. ¿Recuerdas cómo solía ensayar su declaración la noche antes de comparecer ante el tribunal? Anotaba todas las posibles preguntas que podía formularle la otra parte, se aseguraba de conocer al dedillo las respuestas, se aprendía de memoria las fórmulas científicas para impresionar al jurado. En uno de sus primeros casos lo estropeó todo, y nunca se lo perdonó a sí mismo.

Hubo un extraño intervalo de silencio. Angela Foley pareció querer hablar, pero cambió de idea. Su enigmática mirada estaba fija en su amiga. Stella Mawson desvió la vista y, acercándose al escritorio, aplastó el cigarrillo en un cenicero. Prosiguió:

—Te lo contó tu tía. Edwin le hacía leer las preguntas una y otra vez; una velada de tensión e incomprensible aburrimiento. ¿No lo recuerdas?

—Sí —contestó Angela con su voz clara y desapasionada—. Sí, lo recuerdo. —Se volvió hacia Dalgliesh—. Si no desea preguntarme nada más, tengo cosas que hacer. El doctor Howarth no me espera en el laboratorio hasta esta tarde. Y creo que Stella querrá trabajar.

Ambas mujeres les acompañaron hasta la puerta, deteniéndose en el umbral como para despedirse educadamente de unos invitados. Dalgliesh casi esperaba verlas saludar con la mano. No había interrogado a la señorita Foley acerca de la disputa con su primo. Probablemente llegaría el momento de hacerlo, pero todavía no. Le había interesado, aunque no sorprendido, comprobar que le mentía. Pero lo que más le había interesado era la historia de Stella Mawson a propósito de los ensayos de Lorrimer antes de declarar en un juicio. Quienquiera que se lo hubiese contado, estaba razonablemente convencido de que no había sido Angela Foley.

Mientras se alejaban en su vehículo, Massingham comentó:

—Cincuenta mil libras podrían cambiar toda su vida, darle cierta independencia, permitirle salir de aquí. ¿Qué clase de vida es ésta para una joven, las dos solas y enterradas en este pantano aislado? Y ella parece poco más que una esclava.

Contra lo acostumbrado, era Dalgliesh quien conducía. Massingham miró de soslayo los sombríos ojos reflejados en el retrovisor, las alargadas manos que sujetaban con suavidad el volante. Dalgliesh respondió:

—Estaba pensando en algo que me dijo el viejo George Greenall, el primer sargento detective a cuyas órdenes trabajé. Llevaba veinticinco años en el C.I.D. y nada de lo que pudiera hacer la gente le sorprendía ni le escandalizaba. Recuerdo que me dijo: «Te dirán que la fuerza más destructiva del mundo es el odio. No lo creas, muchacho. Es el amor. Y si quieres convertirte en un detective, tendrás que aprender a reconocerlo cuando lo encuentres.»

2

El jueves por la mañana, Brenda llegó al laboratorio con más de una hora de retraso. Tras la agitación del día anterior, se había quedado dormida y su madre, deliberadamente, había preferido no despertarla. Luego había querido salir sin desayunar, pero la señora Pridmore le había colocado delante el habitual plato de huevos con tocino y le había dicho con toda firmeza que no saldría de casa hasta que lo hubiera comido. Brenda, que sabía muy bien que sus dos progenitores se sentirían mucho más tranquilos si no volvía a pisar el Laboratorio Hoggatt nunca más, no había osado oponerse.

Cuando llegó, jadeante y llena de disculpas, encontró al inspector Blakelock tratando de salir adelante con las pruebas acumuladas durante los dos últimos días, la constante afluencia de nuevo material y el teléfono que no cesaba de sonar. La joven se preguntó cómo la recibiría, si estaría enterado de las mil libras y, en caso afirmativo, si ello representaría alguna diferencia. Pero pareció acogerla con su habitual impasibilidad.

—En cuanto se haya quitado sus cosas, debe ir a ver al director. Está en el despacho de la señorita Foley. La policía utiliza el suyo. No se moleste en preparar té. La señorita Foley no vendrá hasta la tarde. Tiene que hablar con alguien de los servicios sociales respecto a su tío.

Brenda se alegró de no tener todavía que enfrentarse a Angela Foley. Para su gusto, su confesión de la noche anterior al comandante Dalgliesh se parecía demasiado a una traición. Contestó:

—¿Todos los demás están aquí, entonces?

—Clifford Bradley no ha venido. Ha llamado su esposa para avisar que no se encuentra bien. La policía está aquí desde las ocho y media. Han estado examinando todas las pruebas, sobre todo las drogas, y han efectuado otro registro de todo el laboratorio. Al parecer, tienen la impresión de que está ocurriendo algo extraño.

No entraba en lo habitual que el inspector Blakelock se mostrara tan comunicativo. Brenda le preguntó:

—¿Qué quiere decir, algo extraño?

—No lo han dicho. Pero ahora quieren ver todos los ficheros del laboratorio con un número de registro 18, 40 o 1840.

Brenda abrió unos ojos como platos.

—¿Los de este año nada más o tendremos que mirar también los que están en microfilm?

—He sacado este año y el pasado, para empezar, y el sargento Underhill y el agente están ahora revisándolos. No sé qué esperan encontrar y me da la impresión de que ni ellos mismos lo saben. Será mejor que procure parecer activa. El doctor Howarth ha dicho que vaya a verlo en cuanto llegue.

—¡Pero si yo no sé taquigrafía ni mecanografía! ¿Para qué cree usted que me necesita?

—No lo ha dicho. Supongo que más que nada será para ir sacando carpetas. Y me atrevería a decir que tendrá que hacer unas cuantas llamadas telefónicas y llevar cosas de un lado a otro.

—¿Dónde está el comandante Dalgliesh? ¿No ha venido?

—El inspector Massingham y él se han ido hace diez minutos. A entrevistar a alguien, me atrevería a decir. No se preocupe por ellos. Nuestro trabajo está aquí, ayudando a mantener este laboratorio en buen funcionamiento.

Fue lo más parecido a una regañina que el inspector Blakelock le dirigió nunca. Brenda se apresuró a dirigirse al despacho de la señorita Foley. Todos sabían que al director no le gustaba que llamaran a la puerta, conque, reuniendo todo su coraje, Brenda pasó al interior. La muchacha pensó: «Lo haré lo mejor que pueda. Si no es suficiente, tendrá que apechugar.» El director estaba sentado ante el escritorio, examinando un expediente. En respuesta a sus buenos días, alzó la vista sin sonreír y dijo:

—¿Le ha explicado el inspector Blakelock que necesito que me ayude esta mañana mientras la señorita Foley está ausente? Puede trabajar con la señora Mallett en la oficina general.

—Sí, señor.

—La policía querrá ver más expedientes. Sólo están interesados en unos números específicos. Pero supongo que el inspector Blakelock ya se lo habrá dicho.

—Sí, señor.

—Ahora están trabajando con los archivos de 1976 y 1975, conque vale más que empiece a preparar las series de 1974 y de cualquier año anterior que le soliciten.

Apartó la vista de su expediente y la miró directamente.

—El doctor Lorrimer le ha dejado algún dinero, ¿no es así?

—Sí, señor. Mil libras para comprar libros y aparatos.

—No hace falta que me llame «señor». Doctor Howarth está bien. ¿Le gustaba?

—Sí. Sí, me gustaba.

El doctor Howarth había vuelto a bajar la mirada y estaba pasando las páginas del expediente.

—Es curioso. Jamás habría creído que pudiera ser atractivo para las mujeres, ni las mujeres para él.

Brenda replicó resueltamente:

—La cosa no era así.

—¿Cómo que no era así? ¿Quiere decir que él no pensaba en usted como una mujer?

—No lo sé. Quiero decir, no creo que tuviera ninguna intención de...

Dejó la frase sin terminar.

—¿De seducirla?

Brenda cobró coraje, ayudada por un arranque de ira.

—Bueno, no creo que pudiera, ¿verdad? No aquí, en el laboratorio. Y nunca le vi en ninguna otra parte. Y si usted le hubiera conocido mínimamente no hablaría de esta manera.

Quedó consternada por su propia temeridad, pero el director se limitó a decir, con bastante tristeza:

—Imagino que tiene usted razón. Nunca le conocí en lo más mínimo.

Ella procuró hacerse entender:

—Me explicaba en qué consiste la ciencia.

—¿Y en qué consiste la ciencia?

—Me explicó que los científicos formulan teorías acerca de cómo funciona el mundo físico, y luego ponen estas teorías a prueba mediante experimentos. Mientras los experimentos tienen éxito, las teorías se mantienen. Si fallan, los científicos deben encontrar otra teoría que explique los hechos. Decía que, con la ciencia, se da esta excitante paradoja de que la desilusión no es una derrota. Es un paso adelante.

—¿No estudió usted ciencia en la escuela? Creía que había estudiado física y química de nivel O.

—Nadie me lo había explicado así nunca.

—No. Supongo que la aburrieron con experimentos sobre el magnetismo y las propiedades del dióxido de carbono. De paso, la señorita Foley ha mecanografiado un estudio sobre la relación entre personal y carga de trabajo. Quiero que comprueben las cifras (la señora Mallet le ayudará a hacerlo) y que distribuyan el estudio entre todos los directores para antes de la reunión de la próxima semana. Ella le dará la lista de direcciones.

—Sí, señor. Sí, doctor Howarth.

—Y le agradecería que llevara este expediente a la señorita Easterbrook; está en el laboratorio de biología.

Alzó la vista hacia ella y, por primera vez, Brenda pensó que parecía amable. Con gran suavidad, el director añadió:

—Ya sé lo que siente. Yo he sentido lo mismo. Pero sólo hay un dibujo blanco en el suelo, apenas unos trazos de tiza. Eso es todo.

Le entregó el expediente. Era una despedida. Ya en la puerta, Brenda se detuvo. El director inquirió:

—¿Sí?

—Estaba pensando que el trabajo de los detectives debe de ser como el de los científicos. El detective formula una teoría y luego la somete a prueba. Si los hechos que ha descubierto encajan, la teoría se mantiene. Si no, entonces debe buscar otra teoría y otro sospechoso.

El doctor Howarth replicó secamente:

—Es una analogía razonable. Pero la tentación de elegir los hechos pertinentes es probablemente mucho mayor. Además, el detective experimenta con seres humanos. Sus propiedades son muy complejas y no se prestan a un análisis preciso.

Una hora más tarde Brenda llevaba su tercer cargamento de carpetas al sargento Underhill, en el despacho del director. El apuesto agente se precipitó a aliviarla de su carga. En aquel momento sonó el teléfono del escritorio del doctor Howarth, y el sargento Underhill atendió la llamada. En seguida, volvió a colgar el auricular y se volvió hacia su compañero.

—Era el Laboratorio Metropolitano. Me han comunicado los resultados del análisis de sangre. Efectivamente, el arma homicida era el mazo. Tiene restos de sangre de Lorrimer. Y también han analizado el vómito.

Se interrumpió, recordando de pronto que Brenda aún estaba en la habitación, y esperó hasta que la joven se hubo retirado y la puerta estuvo cerrada. El agente quiso saber:

—¿Y bien?

—Es lo que pensábamos. Dedúcelo tú mismo. Cualquier forense ha de saber que el laboratorio no puede determinar el grupo sanguíneo a partir de un vómito. Los ácidos del estómago destruyen los anticuerpos. Lo que pueden tratar de averiguar es qué clase de comida había. O sea que, si el vómito es tuyo y se sospecha de ti, lo único que has de hacer es mentir con respecto a lo que comiste para cenar. ¿Quién podría demostrar que es falso?

Su compañero objetó:

—A no ser que...

El sargento Underhill volvió a descolgar el teléfono.

—Exactamente. Ya te lo he dicho: dedúcelo tú mismo.

3

Tras unos cuantos días de lluvia intermitente y esporádico sol otoñal, la mañana era fría, pero radiante, y el sol inesperadamente cálido sobre sus cuellos. Pero aun bajo aquella suave luz, la Vieja Rectoría, con sus ladrillos color hígado crudo bajo la hiedra invasora, su voluminoso porche y sus aleros en voladizo de madera tallada, era un edificio deprimente. El abierto portón de hierro al camino de acceso, medio desprendido de sus goznes, estaba incrustado en un descuidado seto que rodeaba el jardín. El camino de grava estaba cubierto de maleza. El césped del jardín se veía aplastado y medio arrancado donde alguien había efectuado un inexperto intento de segarlo, obviamente con un aparato desafilado, y los dos bordes angostos plantados de flores eran una maraña de crisantemos en exceso crecidos y dalias atrofiadas y medio sofocadas por las malas hierbas. Un caballo de madera con ruedas yacía de costado en el lindero del césped, pero aquel era el único indicio de vida humana.

Cuando se acercaron a la casa, empero, una chica y un niño pequeño salieron del porche y se los quedaron mirando. Debían ser los hijos de Kerrison, naturalmente, y cuando Dalgliesh y Massingham se les acercaron más, el parecido se hizo evidente. La chica, supuso, debía de haber dejado atrás la edad escolar, pero, salvo por cierta cautela de adulto en su mirada, apenas parecía tener dieciséis años. Tenía una lisa cabellera oscura recogida hacia atrás desde una frente despejada y cubierta de pintas, formando dos desaliñadas coletas sujetas con sendas bandas elásticas. Vestía los ubicuos tejanos desteñidos de su generación debajo de un suéter pardo, lo bastante holgado como para pertenecer a su padre. En torno a su cuello, Dalgliesh alcanzó a distinguir lo que parecía ser una tirilla de cuero. Sus mugrientos pies estaban descalzos y exhibían las rayas de palidez del dibujo de unas sandalias de verano.

El niño, que se acercó más a ella al ver a los desconocidos, tenía unos tres o cuatro años de edad y era un chiquillo regordete y de cara redondeada, con una nariz ancha y una boca fina y delicada. Su rostro era un modelo en miniatura del de su padre, más suave pero con las mismas cejas rectas y oscuras sobre los ojos de gruesos párpados. Llevaba unos ajustados pantalones cortos de color azul y un jersey a rayas sin mangas ni cuello, poco hábilmente tejido a mano, contra el que sujetaba una gran pelota. Sus robustas piernas desaparecían en unas botas de agua de color rojo y caña corta. Aferró con más fuerza la pelota y fijó en Dalgliesh una penetrante mirada desconcertantemente evaluadora.

De pronto, Dalgliesh se dio cuenta de que no sabía virtualmente nada de los niños. La mayor parte de sus amigos no tenían hijos; aquellos que sí los tenían, habían aprendido a invitarle cuando su exigente, alborotadora y egocéntrica descendencia estaba fuera de casa, en la escuela. Su único hijo había muerto, junto con la madre, apenas veinticuatro horas después de nacer. Aunque ya casi no podía recordar el rostro de su esposa salvo en sueños, la imagen de aquellas facciones cerúleas, como de muñeca, sobre el minúsculo cuerpo fajado —sus párpados apretados, la secreta apariencia de recogida paz interior— era tan clara e inmediata que a veces se preguntaba si aquella imagen era verdaderamente la de su hijo o si había quizás asumido un prototipo de la infancia muerta. Para entonces, su hijo sería mayor que aquel chiquillo y estaría entrando en los traumáticos años de la adolescencia. Mucho antes había llegado a convencerse de que se alegraba de no haber tenido que pasar por ello.

Pero en aquel momento se le ocurrió de repente que existía todo un territorio de experiencia humana al que, rechazándolo, había vuelto la espalda, y que esta repulsa en cierto modo le disminuía como hombre. Esta momentánea aflicción le sorprendió por su intensidad. Se obligó a tomar en cuenta una sensación tan poco familiar y desagradable.

Súbitamente, el niño le sonrió y alzó la pelota. El efecto resultó tan desconcertantemente halagador como si un gato callejero se acercara hacia él con la cola erguida y condescendiera a ser acariciado. Se miraron el uno al otro. Dalgliesh le devolvió la sonrisa. Entonces, Massingham dio un salto hacia él y le arrebató la pelota de entre las gordezuelas manos.

—¡Venga! ¡Fútbol!

Comenzó a driblar sobre el césped con la pelota azul y amarilla. Las robustas piernas le siguieron de inmediato. Ambos desaparecieron tras una esquina de la casa, y Dalgliesh pudo oír la aguda y sonora risa del muchachito. La chica los siguió con la vista, con los rasgos repentinamente contraídos por una amorosa inquietud. Se volvió hacia Dalgliesh.

—Espero que no se le ocurra enviar la pelota a la hoguera. Está casi apagada, pero las brasas todavía queman. He estado quemando basura.

—No te preocupes. Es un tipo muy cuidadoso. Además, tiene hermanos pequeños.

Ella lo examinó minuciosamente por primera vez.

—Usted es el comandante Dalgliesh, ¿verdad? Nosotros somos Nell y William Kerrison. Lamento decirle que mi padre no está en casa.

—Ya lo sé. Hemos venido a ver a su ama de llaves. La señorita Willard, ¿no es así? ¿Está en casa?

—Yo en su lugar no me creería nada de lo que ella dijera. Es una terrible mentirosa. Y le roba la bebida a papá. ¿No quiere interrogarnos a William y a mí?

—Más adelante, cuando vuestro padre esté en casa, vendrá una mujer policía a hablar con vosotros.

—No querré verla. No me importa hablar con usted, pero no quiero ver a ninguna mujer policía. No me gustan las asistentas sociales.

—Una mujer policía no es una asistenta social.

—Es lo mismo. Se dedica a juzgar a la gente, ¿no? Cuando se fue mi madre vino una asistenta social, antes de que el juez decidiera la custodia, y nos miraba a William y a mí como si fuésemos un estorbo público que alguien hubiera dejado ante su puerta. Además, se metió por toda la casa, curioseando, fingiendo admirar las cosas, haciendo ver que se trataba de una visita social.

—Las mujeres policías, y los hombres, nunca fingen que se trata solamente de una visita social. Nadie nos creería, ¿verdad?

Se dieron la vuelta y anduvieron en compañía hacia la casa. La chica preguntó:

—¿Descubrirá quién mató al doctor Lorrimer?

—Eso espero. Eso creo.

—¿Y qué será de él? Del asesino, quiero decir.

—Será llevado ante los magistrados. Luego, si ellos creen que las pruebas son concluyentes, lo enviarán al Tribunal de la Corona para que lo juzgue.

—¿Y luego?

—Si es hallado culpable de asesinato, el juez dictará la sentencia que marca la ley: encarcelamiento de por vida. Eso significa que se pasará mucho tiempo en la cárcel, quizá diez años o más.

—Pero eso es una tontería. Así no se arregla nada. El doctor Lorrimer no volverá a la vida.

—Así no se arregla nada, pero no es ninguna tontería. Para casi todos nosotros, la vida es preciosa. Incluso la gente que apenas tiene otra cosa que la vida sigue deseando vivirla hasta el último instante natural. Nadie tiene derecho a quitársela a nadie.

—Habla usted como si la vida fuese la pelota de William. Si se la quitan, él sabe lo que ha perdido. El doctor Lorrimer no sabe que ha perdido algo.

—Ha perdido los años que hubieran podido quedarle.

—Eso es como quitarle a William la pelota que hubiera podido tener. No significa nada. No son más que palabras. Supongamos que de cualquier forma se hubiera muerto la semana que viene. Entonces, sólo ha perdido siete días. No se puede meter a alguien en la cárcel durante diez años para hacerle pagar por siete días perdidos. Quizá ni siquiera habrían sido días felices.

—Aunque fuera un hombre muy viejo y sólo le quedara un día de vida, la ley dice que tiene derecho a vivirlo. Si alguien lo matara deliberadamente, seguiría siendo un asesinato.

La chica observó reflexivamente:

—Supongo que las cosas eran distintas cuando la gente creía en Dios. Entonces, la persona asesinada habría podido morir en pecado mortal e ir al infierno. Los siete días serían importantes. Habría podido arrepentirse y tener tiempo para recibir la absolución.

Dalgliesh asintió:

—Todos estos problemas son más sencillos para la gente que cree en Dios. Los que no creemos o no podemos creer debemos actuar lo mejor que sepamos. Eso es la ley, lo mejor que sabemos hacer. La justicia humana es imperfecta, pero es la única justicia que tenemos.

—¿Está usted seguro de que no desea interrogarme? Sé que papá no lo mató; no es un asesino. Cuando el doctor Lorrimer murió, estaba en casa con William y conmigo. Acostamos a William hacia las siete y media y nos quedamos veinte minutos haciéndole compañía. Papá le leyó una historia del Osito Paddington. Luego me fui a la cama, porque tenía dolor de cabeza y no me encontraba bien, y papá me trajo un tazón de cacao que había preparado especialmente para mí. Se sentó a mi lado y me leyó poesías de mi antología escolar hasta que le pareció que me había dormido. Pero en realidad no dormía. Sólo lo hacía ver. Salió de mi cuarto casi a las nueve, pero yo seguía despierta. ¿Quiere que le diga cómo pude saber la hora?

—Si quieres.

—Porque oí sonar el reloj de la iglesia. Entonces papá se fue y yo me quedé a oscuras, pensando. Al cabo de media hora, más o menos, volvió para echar una mirada, pero yo seguí haciendo ver que dormía. Esto significa que papá no pudo hacerlo, ¿verdad?

—No sabemos exactamente cuándo murió Lorrimer, pero sí, creo que probablemente significa eso.

—A menos que esté mintiéndole.

—La gente suele mentir a la policía muy a menudo. ¿Lo has hecho tú?

—No. Pero creo que lo haría si con ello pudiera salvar a papá. Comprenda, Lorrimer no me importa nada. Me alegro de que haya muerto. No era un buen hombre. El día antes de su muerte, William y yo fuimos al laboratorio a ver a papá. Esa mañana tenía que dar una clase en el curso de preparación de policías y decidimos ir a buscarle antes de almorzar. El inspector Blakelock nos dejó esperar en el vestíbulo, y la chica que le ayuda en el mostrador, aquella tan bonita, le sonrió a William y le ofreció una manzana de su almuerzo. Y entonces bajó el doctor Lorrimer y nos vio allí. Sé que era él porque el inspector le llamó por su nombre, y él dijo: «¿Qué están haciendo aquí estos niños?» Yo contesté: «No soy una niña. Soy Eleanor Kerrison y éste es mi hermano William, y estamos esperando a nuestro padre.» Se nos quedó mirando como si nos odiara, con la cara pálida y crispada, y dijo: «Bueno, pues no podéis esperar aquí.» Luego habló muy ásperamente al inspector Blakelock. Cuando el doctor Lorrimer se hubo ido, nos dijo que valía más que nos fuésemos, pero le dijo a William que no se preocupara y le sacó un caramelo del oído izquierdo. ¿Sabía usted que el inspector era prestidigitador?

—No. Eso no lo sabía.

—¿Quiere que le enseñe la casa antes de llevarlo con la señorita Willard? ¿Le gusta ver casas?

—Mucho, pero creo que será mejor dejarlo para otro momento.

—Vea el salón, por lo menos. Es la mejor habitación, con mucho. Fíjese, ¿no es encantador?

El salón no era en modo alguno encantador. Era una habitación sombría, con paneles de roble y sobrecargada de muebles, que daba la impresión de haber cambiado muy poco desde la época en que la esposa y las hijas del rector victoriano, vestidas de bombasí, se afanaban allí píamente con la costura para la parroquia. Las ventanas con maineles, enmarcadas por oscuros cortinajes rojos encostrados de mugre, conseguían detener casi toda la luz del día, de modo que Dalgliesh entró a una lóbrega frialdad que el perezoso fuego no hacía nada por disipar. Ante la pared opuesta se veía una enorme mesa de caoba que sostenía un pote de confitura con crisantemos, y el hogar, un ornamentado artefacto de mármol, quedaba casi oculto por dos sillones inmensos y raídos y un desvencijado sofá. Con inesperada formalidad, como si el cuarto le hubiera recordado sus deberes de anfitriona, Eleanor comentó:

—Trato de mantener al menos una habitación arreglada por si vienen visitantes. Las flores son bonitas, ¿verdad? Las ha dispuesto William. Pero siéntese, por favor. ¿Puedo prepararle un café?

—Sería muy agradable, pero creo que no debo entretenerme. De hecho, hemos venido a ver a la señorita Willard.

Massingham y William aparecieron en el umbral,

sonrojados por el ejercicio, William con la pelota sujeta bajo su brazo izquierdo. Eleanor abrió la marcha a través de una puerta tapizada de bayeta verde, con tachuelas de latón, y por un corredor enlosado que conducía a la parte de atrás de la casa. William, abandonando a Massingham, trotó junto a ella, intentando infructuosamente agarrar con su regordeta mano los ajustados tejanos. Deteniéndose ante una puerta de roble sin lustrar, la joven anunció:

—Aquí está. No le gusta que entremos William o yo. De todas formas, huele, o sea que no entramos.

Y, tomando a William de la mano, se alejó de ellos.

Dalgliesh llamó con los nudillos. En el interior de la habitación hubo un rápido ruido escarabajeante, como el de un animal perturbado en su cubil, y en seguida la puerta se entreabrió ligeramente y un ojo oscuro y suspicaz atisbó por la rendija. Dalgliesh se presentó:

—¿Señorita Willard? El comandante Dalgliesh y el inspector Massingham de la Policía Metropolitana. Estamos investigando el asesinato del doctor Lorrimer. ¿Podemos pasar?

El ojo se ablandó. La mujer emitió un breve y embarazado jadeo, muy parecido a un ronquido, y abrió completamente la puerta.

—Desde luego. Desde luego. ¿Qué pensarán ustedes de mí? Me temo que todavía voy en lo que mi querida y vieja niñera llamaba «el *deshabillé*». Pero no esperaba su visita, y a estas horas de la mañana normalmente suelo tomarme un ratito de reposo e intimidad.

Eleanor estaba en lo cierto, la habitación olía. Un olor, diagnosticó Dalgliesh tras una cautelosa inhalación, compuesto de jerez dulce, de lencería rancia y de perfume barato. Hacía mucho calor. Una llamita azulada lamía los óvalos al rojo vivo de unas briquetas de carbón apiladas en el hogar victoriano. La ventana de guillotina, con vistas al garaje y al selvático jardín posterior, apenas estaba abierta un par de centímetros por su parte superior a pesar de la bonanza del día, y el aire de la habitación, sofocante y pesado como una manta sucia, les resultaba opresivo. El cuarto en sí poseía una horrible y perversa femineidad. Todo parecía húmedamente blando: los asientos cubiertos de cretona de las dos butacas, la inflada hilera de cojines contra el respaldo de una *chaise-longue* victoriana, la alfombra de piel de imitación enfrente del fuego. La repisa de la chimenea estaba repleta de fotos en marco de plata, casi todas de un clérigo con balandrán y su mujer —los padres de la señorita Willard, supuso Dalgliesh— el uno junto al otro, pero curiosamente disociados, frente a una diversidad de iglesias bastante insípidas. El lugar de honor estaba ocupado por una fotografía de estudio de la propia señorita Willard, joven, dentudamente gazmoña, con la espesa cabellera dispuesta en ondas acanaladas. En un anaquel de pared, a la derecha de la puerta, había una pequeña talla en madera de una Virgen sin brazos con el sonriente Niño encaramado en sus hombros. A sus pies ardía una lamparilla de noche que proyectaba un suave resplandor sobre la tierna cabeza gacha y los ojos privados de visión. Dalgliesh imaginó que probablemente se trataba de una copia, bastante buena por cierto, de alguna pieza de museo de la época medieval. Su amable belleza ponía aún más de relieve la charrería de la habitación, pero de algún modo la dignificaba, como si dijera que existe más de un tipo de soledad humana, de dolor humano, y que la misma compasión los abarca a todos.

La señorita Willard les indicó la *chaise-longue* con un ademán.

—Mi pequeña madriguera —observó alegremente—. Me gusta tener intimidad, ya saben. Le expliqué al doctor Kerrison que sólo tendría en cuenta su oferta si podía

315

disponer de intimidad. Es una cosa rara y hermosa, ¿no creen? El espíritu humano se marchita sin ella.

Contemplando sus manos, Dalgliesh calculó que tendría unos cuarenta y tantos años, aunque su cara parecía más vieja. El cabello oscuro, seco, áspero y muy rizado, contrastaba con su ajado cutis. Dos tirabuzones de rizos sobre las cejas sugerían que se había quitado apresuradamente los rulos al oír su llamada a la puerta. Pero su cara ya estaba maquillada. Había sendos círculos de colorete bajo sus ojos y la pintura de labios impregnaba las arrugas que le fruncían la boca. Su mandíbula huesuda, cuadrada y pequeña estaba suelta como la de una marioneta. Aún no había terminado de vestirse, y la bata almohadillada de nilón floreado, manchada de té y de algo que parecía yema de huevo, cubría parcialmente un camisón de nilón color azul brillante con un descuidado volante en torno al cuello. Massingham quedó fascinado por un bulboso pliegue de flácido algodón que sobresalía del empeine de sus zapatos y del que casi no podía apartar la mirada, hasta que descubrió que se había puesto las medias con la parte de atrás adelante.

La mujer prosiguió:

—Supongo que desearán hablar de la coartada del doctor Kerrison. Desde luego, es completamente absurdo que un hombre como él, tan amable, incapaz de cualquier acto de violencia, deba presentar una coartada. Pero da la casualidad de que puedo ayudarles. Estuvo en casa, con toda seguridad, hasta después de las nueve, y volví a verle menos de una hora más tarde. Pero todo esto es una pérdida de tiempo. Tiene usted una envidiable reputación, comandante, pero este crimen no lo resolverá la ciencia. No por nada llaman a este territorio los marjales negros. A lo largo de los siglos, no ha dejado de fluir el mal desde este liento suelo. Podemos combatir el mal, comandante, pero no con sus armas.

Massingham intervino:

316

—Bien, podríamos dar una oportunidad a nuestras armas, para empezar.

Ella le miró y sonrió compasivamente.

—Todas las puertas estaban cerradas. Todos sus ingeniosos dispositivos científicos estaban intactos. Nadie entró indebidamente, y nadie hubiera podido salir. Y, sin embargo, el doctor cayó fulminado. Eso no lo hizo una mano humana, inspector.

Dalgliesh replicó:

—Tenemos una certidumbre casi absoluta de que fue un instrumento romo, señorita Willard, y no me cabe la menor duda de que lo empuñaba una mano humana. Nuestra tarea consiste en averiguar de quién era esa mano, y espero que pueda usted ayudarnos. Tengo entendido que es usted el ama de llaves del doctor Kerrison, ¿no es eso?

La señorita Willard le dedicó una mirada donde se combinaban la compasión ante tal ignorancia y un suave reproche.

—No soy un ama de llaves, comandante. En absoluto un ama de llaves. Podríamos decir que soy una huésped que trabaja. El doctor Kerrison necesitaba a alguien que quisiera vivir aquí para que los niños no se quedaran solos cuando tuviera que salir a una escena de crimen. Son los hijos de un matrimonio destrozado, me temo. La triste y vieja historia. ¿No está usted casado, comandante?

—No.

—Muy juicioso.

Suspiró, transmitiendo en la sibilante exhalación de aire una sensación de infinita nostalgia, infinito pesar. Dalgliesh perseveró:

—¿De modo que vive usted completamente aparte?

—En mis reducidos aposentos. Esta salita y un dormitorio, en la puerta de al lado. También hay una pequeña cocinita tras aquella puerta. No voy a enseñársela porque en estos momentos no está precisamente como a mí me gustaría.

—¿Y cuáles son exactamente los arreglos domésticos, señorita Willard?

—Ellos se cuidan de su desayuno. El doctor suele almorzar en el hospital, desde luego, y Nell y William toman cualquier cosa en una bandeja cuando ella se molesta en prepararlo. Yo me cuido de mí misma. Luego, al anochecer, cocino alguna cosita para todos; algo sencillo, porque ninguno de nosotros suele comer demasiado. Cenamos muy temprano, a causa de William. En realidad, es más bien una especie de merienda. Los fines de semana, Nell y su padre se encargan de preparar todas las comidas. Verdaderamente, la cosa funciona la mar de bien.

La mar de bien para ti, pensó Massingham. Sin duda William parecía robusto y bien alimentado, pero la chica daba la impresión de que estaría mejor en la escuela y no esforzándose, casi sin ayuda, en sacar adelante aquella aislada y lúgubre monstruosidad de vivienda. Se preguntó qué tal se llevaría con la señorita Willard. Como si le hubiera leído el pensamiento, la señorita Willard prosiguió:

—William es un niño delicioso. No da el menor problema. En realidad, apenas lo veo. Pero Nell es difícil, muy difícil. Las chicas de su edad suelen serlo. Ya saben, por supuesto, que la señora Kerrison abandonó a su marido hará cosa de un año. Se fue con uno de sus colegas del hospital. Eso le destrozó completamente. Ahora la mujer intenta conseguir que el Tribunal Supremo modifique la sentencia y le conceda a ella la custodia cuando se vea la causa del divorcio, dentro de un mes, y estoy segura de que si lo consigue será para bien. Los niños deben estar con su madre. No es que Nell sea aún una niña; en realidad se pelean por el chico, no por Nell. Si quiere saber mi opinión, ninguno de los dos se preocupa por ella. Y ella se lo está haciendo pagar bien caro a su padre. Pesadillas, ataque de nervios, asma... El lunes que viene, el doctor se va a Londres para una conferencia sobre patología forense de tres días de duración. No quiero pensar cómo le hará pagar esta escapada a su regreso. Es una neurótica, ya saben. Castiga a su padre por querer más a su hermano, aunque, desde luego, él no es consciente de ello.

Dalgliesh se preguntó por qué proceso mental la señorita Willard había llegado a tan irreflexiva deducción psicológica. Aunque, pensó, tampoco tenía que estar forzosamente equivocada. Sintió una profunda lástima por Kerrison.

De pronto, Massingham se sintió mareado. El calor y el fétido olor de la habitación le abrumaron. Un goterón de sudor frío cayó en su libreta de notas. Farfullando una disculpa, se acercó a la ventana y tironeó del marco. Tras una breve resistencia, éste cedió. Una vigorosa corriente de aire fresco y vivificante entró en el cuarto. La frágil llamita ante la estatua de la Virgen parpadeó y se apagó.

Cuando recogió su libreta de notas, Dalgliesh ya había comenzado a hacer preguntas sobre la noche anterior. La señorita Willard dijo que había preparado una cena a base de carne picada, patatas y guisantes congelados, con un postre de manjar blanco. Había lavado la vajilla ella sola y a continuación había ido a dar las buenas noches a la familia antes de regresar a su salita. Los demás estaban en el salón, pero el doctor Kerrison y Nell se disponían ya a llevar a William a la cama. No había vuelto a verles ni oírles hasta justo antes de las nueve, cuando había ido a comprobar que la puerta delantera estuviera bien cerrada. A veces el doctor Kerrison se mostraba negligente en este aspecto y no se daba cuenta de lo nerviosa que ella se sentía, durmiendo sola en la planta baja. ¡Se leían unos casos tan horribles! Al pasar ante la puerta del estudio, abierta de par en par, había oído al doctor Kerrison hablando por teléfono. Luego, de nuevo en su salita, había conectado el televisor.

El doctor Kerrison fue a verla poco antes de las diez para hablarle de un pequeño aumento de sueldo, pero una

319

llamada telefónica interrumpió su conversación. El doctor apareció de nuevo al cabo de unos diez minutos, y permanecieron juntos alrededor de media hora. Había resultado agradable tener la oportunidad de disfrutar de una conversación en privado sin que los niños se inmiscuyeran constantemente. Después, él le dio las buenas noches y se retiró. Ella volvió a encender el televisor y estuvo mirándolo hasta casi medianoche, momento en el que decidió acostarse. Si el doctor Kerrison hubiera sacado el coche, estaba razonablemente segura de que lo habría oído, puesto que la ventana de su salita daba al garaje, construido a un lado de la casa. Bueno, ellos mismos podían verlo.

A la mañana siguiente se había levantado tarde y no había desayunado hasta pasadas las nueve. La había despertado el timbre del teléfono, pero no supo que habían asesinado al doctor Lorrimer hasta que el doctor Kerrison regresó del laboratorio. El doctor Kerrison volvió un momento a casa, poco después de las nueve, para comunicarles a ella y a Nell lo que había ocurrido y para llamar al hospital y pedirles que pasaran todas las llamadas a su nombre al teléfono del mostrador de recepción del laboratorio.

Dalgliesh apuntó:

—Tengo entendido que el doctor Lorrimer solía llevarla en su automóvil al servicio de las once en la iglesia de St. Mary, en Guy's Marsh. Al parecer se trataba de un hombre solitario y no muy feliz. Nadie parece haberle conocido bien. Me preguntaba si no habría hallado en usted la compañía y la amistad de que carecía en su vida laboral.

Massingham alzó la vista, curioso por ver cómo respondía ella a esta descarada invitación a que descubriera sus propios sentimientos. La mujer entornó los párpados y una mancha rojiza se extendió sobre su garganta como una infección. Luego, tratando de mostrar picardía, respondió:

—Mucho me temo que pretende usted burlarse de mí, comandante. Es comandante, ¿verdad? Lo encuentro extraño, como una graduación naval. Mi difunto cuñado estuvo en la marina, conque sé un poco de estas cuestiones. Pero hablaba usted de amistad. Eso implica confianza. Me habría gustado ayudarle, pero no era un hombre fácil de conocer. Y estaba también la diferencia de edad. No soy mucho mayor que él, supongo que menos de cinco años, pero eso representa mucho para un hombre relativamente joven. No, me temo que no éramos más que dos depravados fieles de la Alta Iglesia en esta ciénaga evangélica. Ni siquiera nos sentábamos juntos en el templo. Yo siempre me he sentado en el tercer banco desde el púlpito, y él prefería estar al fondo de todo.

Dalgliesh insistió:

—Pero seguramente disfrutaba con su compañía. La llamaba todos los domingos, ¿no?

—Solamente porque el padre Gregory le pidió que lo hiciera. Hay un autobús a Guy's Marsh, pero tengo que esperarlo media hora y, puesto que el doctor Lorrimer pasaba por delante de la Vieja Rectoría con su automóvil, el padre Gregory le sugirió que sería razonable que viajáramos juntos. Nunca entraba en la casa. Yo siempre le esperaba al pie de la carretera. Si su padre estaba enfermo o él mismo había tenido que salir a un caso, telefoneaba para decírmelo. En ocasiones no podía telefonear, y eso era una molestia. Pero yo sabía que si a las once menos veinte no había llegado era que ya no venía, y me iba a buscar el autobús. En general, solía venir cada domingo, excepto en los seis primeros meses de este año, cuando dejó de asistir a misa. Pero a principios de septiembre telefoneó para decirme que volvería a acompañarme como antes. Naturalmente, jamás le interrogué acerca de esta interrupción. En un momento u otro, todos pasamos por estas noches oscuras del alma.

De manera que había dejado de ir a misa cuando comenzaron sus amoríos con Domenica Schofield, para reanudar sus visitas a la iglesia después de la ruptura. Dalgliesh se interesó:

—¿Recibía el sacramento?

Ella no se sorprendió por la pregunta.

—No desde que comenzó a asistir de nuevo a misa, a mediados de septiembre. Confieso que eso me tuvo un poco preocupada. Pensé en sugerirle que, si algo le inquietaba, tuviera una charla con el padre Gregory. Pero son cuestiones muy delicadas. Y, en realidad, no era asunto mío.

Y seguramente no quería indisponerse con él, pensó Massingham. Aquellos viajes en automóvil debían de resultar muy cómodos. Dalgliesh preguntó:

—De modo que él la telefoneaba muy de vez en cuando. ¿Y usted? ¿Le llamó usted alguna vez?

Ella se volvió de espaldas y se afanó mullendo un cojín.

—¡Santo cielo, no! ¿Por qué habría de hacerlo? Ni siquiera conozco su número.

Massingham comentó:

—Es curioso que fuera a la iglesia de Guy's Marsh en vez de quedarse en el pueblo.

La señorita Willard lo miró severamente.

—En absoluto. El señor Swaffield es un hombre muy digno, pero también es muy de la Baja Iglesia. Los marjales han sido siempre decididamente evangélicos. Cuando mi querido padre era el párroco de este pueblo, tenía constantes disputas con el Consejo de la Iglesia Parroquial a propósito de la Reservación. Además, me parece que el doctor Lorrimer no quería verse envuelto en las actividades de la parroquia y del pueblo. Y es muy difícil evitarlo una vez se te conoce como miembro habitual de la congregación. El padre Gregory no esperaba eso de él; comprendía que el doctor Lorrimer tenía un padre que cuidar y un trabajo muy absorbente. Y, ya que hablamos de esto, me supo mal que la policía no mandara llamar al padre Gregory. Alguien habría tenido que hacer venir a un sacerdote junto al cuerpo.

Dalgliesh objetó suavemente:

—Llevaba varias horas muerto cuando lo encontramos, señorita Willard.

—Aun así, habría debido tener un sacerdote. —Se puso en pie, como dando a entender que la entrevista había terminado.

Dalgliesh se alegró de poder irse. Le dio formalmente las gracias a la señorita Willard y le pidió que se comunicara de inmediato con él si recordaba alguna cosa de interés. Massingham y él estaban ya en la puerta cuando, de pronto, ella gritó imperiosamente:

—¡Oiga, joven!

Los dos policías se volvieron a mirarla. Ella se dirigió directamente a Massingham, como una institutriz de la vieja escuela regañando a un chiquillo.

—Haga el favor de volver a cerrar la ventana que tan desconsideradamente ha abierto, y encienda de nuevo la lamparilla.

Dócilmente, como obedeciendo órdenes de una niñera largo tiempo olvidada, Massingham hizo lo que le pedía. Tuvieron que buscar ellos mismos la salida de la casa, y no vieron a nadie. Cuando estaban ya en el coche, abrochándose los cinturones de seguridad, Massingham estalló:

—¡Dios mío! Me parece a mí que Kerrison habría podido encontrar una persona más apropiada que esa vieja tarasca para que cuidara a sus hijos. Es una guarra, una dipsómana y encima está medio loca.

—No es tan sencillo para Kerrison. Un pueblo remoto, una casona grande y fría y una hija que no debe ser fácil de tratar. Hoy en día, puestas a elegir entre un trabajo así y el subsidio de desempleo, la mayoría de las mujeres

323

probablemente optaría por el desempleo. ¿Ha echado un vistazo a la hoguera?

—No había nada. Parece que periódicamente queman un montón de muebles viejos y desechos del jardín que tienen almacenados en una de las cocheras. William dice que Nell ha encendido la hoguera esta mañana a primera hora.

—Entonces, ¿William sabe hablar? —preguntó Dalgliesh.

—Oh, sí que sabe. Pero no estoy muy seguro de que pudiera usted entender lo que dice. ¿Cree usted que la señorita Willard nos ha dicho la verdad con respecto a la coartada de Kerrison?

—Estoy tan dispuesto a creerla como a la señora Bradley o a la señora Blakelock cuando confirmaron las coartadas de sus esposos. ¿Quién sabe? Lo cierto es que Kerrison telefoneó al doctor Collingwood a las nueve, y que estaba aquí cuando este último le llamó, sobre las diez. Si la señorita Willard se atiene a su declaración, está libre de sospechas durante toda esta hora, y tengo la sensación de que se trata de la hora crucial. Pero, ¿cómo podía él saberlo? Y, aunque lo supiera, ¿por qué suponer que seríamos capaces de determinar la hora de la muerte con tanta precisión? El hecho de que se quedara con su hija hasta las nueve y luego fuera a hablar con la señorita Willard justo antes de las diez me da la impresión de un intento de establecer que estuvo en casa durante toda esa hora.

Massingham opinó:

—Debió de estar, para recibir esa llamada de las diez. Y no veo cómo habría podido llegar al laboratorio, matar a Lorrimer y regresar a casa en menos de sesenta minutos, no si tuvo que ir a pie. Y la señorita Willard está segura de que no sacó el coche. Supongo que podría hacerse tomando un atajo a través del nuevo laboratorio, pero iría muy justo.

En aquel preciso instante, sonó la radio del coche. Dalgliesh recibió la llamada. Era de la sala de control de Guy's Marsh, para decirles que el sargento Reynolds y el laboratorio querían comunicarse con ellos. Se había recibido el informe del Laboratorio Metropolitano.

4

Salieron los dos a abrirles la puerta. La señora Bradley sostenía entre los brazos una criatura dormida. Su esposo fue el primero en hablar.

—Adelante, pasen. Es por el vómito, ¿verdad? Ya me lo esperaba.

Pasaron a la salita. Bradley señaló las dos butacas a Dalgliesh y Massingham y tomó asiento en el sofá, frente a ellos. Su mujer se colocó cerca de él, recostando el peso del bebé sobre su hombro. Dalgliesh inquirió:

—¿Desea un abogado?

—No. Aún no, en todo caso. Estoy dispuesto a decirles toda la verdad, y no puede perjudicarme. Como máximo, podría perder mi empleo. Pero eso es lo peor que puede ocurrirme, y casi les diría que ya no me importa.

Massingham abrió su libreta de notas. Dalgliesh se volvió hacia Susan Bradley y le sugirió:

—¿No preferiría dejar a la niña en su cuna, señora Bradley?

Ella le miró con ojos fulgurantes y sacudió la cabeza vehementemente, sujetando el bebé con más fuerza, como si temiera que fueran a arrancárselo de los brazos. Massingham se sintió agradecido de que, al menos, la niña durmiera. Pero deseaba que ni ella ni su madre hubieran estado allí. Contempló el bebé, enfundado en su pijama rosa y acurrucado contra el hombro de su madre, con la orla de cabellos más largos sobre la suave concavidad del cuello, el redondel sin pelo en el cogote, los apretados párpados y la ridícula naricita chata. La frágil madre con su lechoso cargamento le inhibía más que toda una firma de recalcitrantes abogados antipoliciales.

Era mucho más sencillo meter al sospechoso en la parte de atrás de un coche de la policía y conducirlo a la comisaría para que prestara su declaración en el funcional anonimato de la sala de interrogatorios. Hasta la salita de los Bradley suscitaba en él una mezcla de lástima e irritación. Todavía olía a casa nueva e inacabada. No había chimenea, y el lugar de honor estaba ocupado por un receptor de televisión, situado encima del radiador eléctrico adosado a la pared y justo debajo de un popular grabado de olas rompiendo sobre una orilla rocosa. La pared de enfrente había sido empapelada a juego con las cortinas, pero las otras tres estaban desnudas y el enyesado ya empezaba a agrietarse. Había una sillita elevada de metal para el bebé y, bajo ella, un plástico extendido para proteger la alfombra. Todo parecía nuevo, como si no hubieran llevado a su matrimonio ninguna acumulación de pequeños efectos personales, como si hubiesen llegado espiritualmente desnudos a tomar posesión de aquel cuarto pequeño y desprovisto de carácter. Dalgliesh comenzó:

—Daremos por supuesto que su anterior declaración sobre sus movimientos en la noche del miércoles no era cierta, o era incompleta. Entonces, ¿qué ocurrió?

Massingham se preguntó por qué Dalgliesh no advertía a Bradley de sus derechos, pero en seguida creyó comprender el porqué. Podía ser que Bradley tuviera agallas para matar si se le provocaba más allá de lo soportable, pero jamás habría tenido el coraje para descender desde aquella ventana del tercer piso. Y, si no lo había hecho así, ¿cómo hubiera podido salir del laboratorio? El asesino de Lorrimer tenía que haber utilizado las llaves o efectuado aquel descenso. Todas sus investigaciones, todos sus minuciosos y repetidos exámenes del edificio, confirmaban esta hipótesis. No había otra manera.

Bradley miró a su esposa. Ella le dirigió una fugaz sonrisa de aliento y le tendió su mano libre. Él la tomó y se acercaron un poco más. Luego Bradley se humedeció los labios y comenzó a hablar como si hubiera ensayado muchas veces lo que tenía que decir.

—El martes, el doctor Lorrimer terminó de redactar mi informe anual confidencial. Me dijo que deseaba comentarlo conmigo al día siguiente, antes de entregárselo al doctor Howarth, y me llamó a su despacho particular poco después de llegar al laboratorio. Había redactado un informe adverso y, según el reglamento, debía explicarme por qué. Yo traté de defenderme, pero no pude. Además, no había una verdadera intimidad. Tenía la sensación de que todo el laboratorio sabía lo que estaba ocurriendo, que estaban todos escuchando y esperando. Y yo le tenía verdadero miedo. No sé exactamente por qué. No puedo explicarlo. Pero producía en mí un efecto tal que sólo con que estuviera trabajando cerca de mí en el laboratorio ya me echaba a temblar. Cuando se iba a reconocer una escena de crimen, aquello era el paraíso. En esas ocasiones era capaz de trabajar perfectamente. El informe anual no era injusto; yo sabía que mi trabajo había ido a menos. Pero el motivo, en parte al menos, era él. Parecía tomarse mi falta de competencia como un insulto personal. Para él, los fallos en el trabajo eran intolerables. Estaba obsesionado con mis errores. Y cuanto más me aterrorizaba, más los cometía.

Se detuvo unos instantes. Nadie dijo nada. Luego prosiguió:

—No pensábamos ir al concierto del pueblo porque no pudimos conseguir que nadie se cuidara de la niña y, de todas formas, la madre de Sue venía a cenar. Llegué a casa justo antes de las seis. Después de la cena, el curry con arroz y guisantes, la acompañé a la parada, donde cogió el autobús de las siete cuarenta y cinco. Yo volví directamente aquí. Pero seguía pensando en el informe desfavorable, en qué iba a decir el doctor Howarth, en qué haría yo si recomendaba un traslado, en cómo conseguiría vender esta casa. Tuvimos que comprarla cuando los precios estaban en lo más alto, y ahora sería prácticamente imposible venderla si no es perdiendo dinero. Además, no creía que ningún otro laboratorio me quisiera. Al cabo de un rato, decidí volver al laboratorio y discutirlo con él. Creo que tenía la idea de que podríamos comunicarnos, de que podría hablarle como a un ser humano, hacerle comprender lo que yo sentía. Sea como fuere, tenía la sensación de que iba a volverme loco si me quedaba en casa. Tenía que salir a andar, y anduve hacia el Laboratorio Hoggatt. No le dije a Sue lo que pensaba hacer, y ella intentó convencerme para que no saliera. Pero salí.

Alzó la mirada hacia Dalgliesh y preguntó:

—¿Podría beber un vaso de agua?

Sin decir palabra, Massingham se puso en pie y fue en busca de la cocina. No vio los vasos, pero en el escurridor había dos tazas recién lavadas. Llenó una de ellas con agua fría y se la llevó a Bradley. Bradley bebió hasta la última gota. Luego, se pasó el dorso de la mano sobre los mojados labios y reanudó su declaración:

—De camino hacia el laboratorio no me crucé con nadie. En este pueblo, la gente no acostumbra salir a pasear después de oscurecido, y supongo que casi todo el mundo estaba en el concierto. En el vestíbulo del laboratorio había una luz encendida. Llamé al timbre y abrió Lorrimer. Pareció sorprenderse al verme, pero le dije que quería hablar con él. Él consultó su reloj y replicó que sólo podía concederme cinco minutos. Me condujo al laboratorio de biología.

Miró fijamente a Dalgliesh y dijo:

—Fue una entrevista bastante extraña. Yo notaba que estaba impaciente y quería librarse de mí, y durante algún tiempo me pareció que apenas escuchaba lo que estaba diciéndole o siquiera se daba cuenta de que yo estaba allí. No lo hice muy bien. Intenté explicarle que no me mostraba deliberadamente descuidado, que verdaderamente me gustaba el trabajo y que quería hacerlo bien y contribuir al buen nombre del departamento. Intenté explicarle el efecto que él producía en mí. No sé si me escuchaba. Permaneció todo el tiempo de pie, inmóvil, con los ojos fijos en el suelo.

»Y luego levantó la cabeza y comenzó a hablar. En realidad, no me miraba; miraba a través de mí, casi como si yo no estuviera allí. Y empezó a decir cosas, cosas terribles, como si fuera el guión de una obra de teatro y no tuviera nada que ver conmigo. Repetía una y otra vez las mismas palabras. Fracaso. Inútil. Incompetente. Incluso dijo algo acerca de mi matrimonio, como si yo fuera también un fracasado sexual. Creo que estaba loco. No puedo explicar cómo era aquello, aquel torrente de odio surgiendo al exterior, odio y desdicha y desesperación. Yo me quedé helado, estremeciéndome bajo aquel chorro de palabras que caían sobre mí como... como si fueran basura. Y entonces sus ojos se fijaron en mí y me di cuenta de que estaba viéndome, a mí, a Clifford Bradley. Su voz cambió completamente de tono.

»Me dijo: "Es usted un biólogo de tercera categoría y un forense de cuarta categoría. Eso era cuando llegó a este departamento y eso seguirá siendo siempre. Tengo dos alternativas: verificar todos y cada uno de sus resultados o arriesgarme a que el Servicio y este laboratorio queden desacreditados ante un tribunal. Ninguna de las dos es admisible. Por consiguiente, le sugiero que se busque otro trabajo. Y ahora tengo cosas que hacer, conque le ruego que se vaya."

»Me volvió la espalda y yo me fui. Comprendí que era un imposible. Habría sido mejor no venir. Hasta entonces, nunca me había dicho exactamente lo que pensaba de mí, no en esos términos. Me sentía enfermo y desdichado, y me di cuenta de que estaba llorando. Eso hizo que

331

me despreciara aún más. Subí tambaleándome hasta los lavabos de hombres y tuve el tiempo justo de llegar al primer lavamanos antes de empezar a vomitar. No recuerdo cuánto tiempo permanecí allí, inclinado sobre el lavabo, medio llorando y medio vomitando. Supongo que serían tres o cuatro minutos. Finalmente, abrí el grifo del agua fría y me enjuagué la cara. Luego, traté de recobrar la compostura, pero seguía temblando y seguía estando mareado. Fui y me senté en la taza de uno de los retretes, con la cabeza hundida entre las manos.

»No sé cuanto tiempo estuve así. Diez minutos, quizá, pero puede que fuera más tiempo. Comprendí que jamás lograría cambiar su opinión de mí, que jamás le haría entender... No parecía un ser humano. Comprendí que me odiaba. Pero entonces comencé a odiarle yo, y de una manera distinta. Tendría que irme; sabía que él se ocuparía de que así fuera. Pero al menos podía decirle lo que pensaba de él. Podía portarme como un hombre. Así pues, volví a bajar las escaleras y fui al laboratorio de biología.

Hizo una nueva pausa. La niña se agitó en brazos de su madre y emitió un gritito en su sueño. Susan Bradley comenzó automáticamente a acunarla y a canturrear, pero sin apartar la vista de su marido. Luego Bradley prosiguió:

—Estaba tendido entre las dos mesas de trabajo del centro, boca abajo. No esperé a ver si estaba muerto. Ya sé que debería sentirme avergonzado por el hecho de haberlo abandonado sin ir en busca de ayuda. Pero no lo estoy. No consigo sentir el menor remordimiento. En aquel momento, sin embargo, no me alegré de verlo muerto. No recuerdo haber sentido nada más que terror. Me precipité escaleras abajo y salí del edificio como si el asesino viniera en pos de mí. La puerta seguía cerrada con la Yale y sé que debí descorrer el cerrojo de abajo, pero no lo recuerdo. Eché a correr por el camino de acceso. Creo que pasaba un autobús, pero se fue antes de que yo llegara al portón. Cuando salí a la carretera ya estaba lejos.

Entonces vi que venía un automóvil e instintivamente me refugié en la sombra del muro. El automóvil disminuyó su velocidad y viró por el camino del laboratorio. Entonces me obligué a caminar lenta y normalmente. Y lo siguiente que recuerdo es que ya estaba en casa.

Susan Bradley habló por primera vez:

—Clifford me lo contó todo. Tuvo que hacerlo, naturalmente. Tenía un aspecto tan horrible que comprendí al momento que había ocurrido algo. Entre los dos decidimos qué era lo mejor que podíamos hacer. Nosotros sabíamos que él no había tenido nada que ver con lo que le había sucedido al doctor Lorrimer, pero, ¿quién creería a Cliff? En el departamento, todos sabían lo que el doctor Lorrimer pensaba de él. De todas maneras iba a ser el principal sospechoso, y si llegaba a saberse que estuvo allí, en el laboratorio, en el preciso instante en que ocurría, ¿cómo podía tener la esperanza de convencerles de que no era culpable? Así pues, decidimos decir que habíamos estado juntos durante toda la velada. Mi madre llamó sobre las nueve, esa parte era verdad, para decir que había llegado bien a casa, y yo le expliqué que Cliff estaba bañándose. En realidad, nunca le gustó mi matrimonio, y no quise reconocer que Cliff estaba fuera. Únicamente habría conseguido que empezara a criticarlo por haberme dejado sola con la niña. O sea que sabíamos que ella confirmaría nuestra declaración, y sin duda eso ayudaría aunque de hecho no hubiera hablado con él. Y entonces Cliff se acordó del vómito.

Su marido volvió a coger el hilo de la historia, esta vez casi con impaciencia, como si quisiera que le comprendieran y le creyesen:

—Recordaba que me había lavado la cara con agua fría, pero no estaba seguro de haber dejado limpio el lavabo. Cuanto más pensaba en ello, más me parecía que había quedado sucio de vómito. Y no ignoraba lo mucho que ustedes podían deducir de eso. Soy secretor, pero eso

333

no me preocupaba. Sabía que los ácidos del estómago destruirían los anticuerpos y que el laboratorio no podría determinar mi grupo sanguíneo. Pero estaba el curry, estaba el colorante de los guisantes. Con eso se podría saber qué había cenado, y ya sería bastante para identificarme. Y no podía mentir acerca de lo que había cenado, porque la madre de Sue había estado aquí y tomado lo mismo que nosotros.

»Conque entonces se nos ocurrió la idea de hacer que la señora Bidwell llegara tarde al laboratorio. Siempre entro a trabajar antes de las nueve, de manera que sería el primero en llegar allí. Si me dirigía directamente al lavabo, como haría normalmente, y limpiaba el lavamanos, la única prueba de que había estado en el laboratorio la noche anterior quedaría eliminada para siempre. Nadie lo sabría nunca.

Susan Bradley añadió:

—Lo de telefonear a la señora Bidwell fue idea mía, y fui yo quien habló con su esposo. Sabíamos que ella no cogería el teléfono; nunca lo hacía. Pero Cliff no se había enterado de que el anciano señor Lorrimer no ingresaba en el hospital. Se hallaba fuera del departamento cuando llamó el señor Lorrimer. O sea que todo el plan salió mal. El señor Lorrimer telefoneó al inspector Blakelock y todos llegaron al laboratorio casi al mismo tiempo que Cliff. Después de eso, ya no podíamos hacer nada más que esperar.

Dalgliesh se figuró lo terrible que habría resultado esa espera. No era de extrañar que Bradley no hubiese sido capaz de acudir a trabajar al laboratorio. Le interrogó:

—Cuando llamó usted al timbre del laboratorio, ¿cuánto tardó el doctor Lorrimer en abrirle la puerta?

—Casi inmediatamente. No tuvo tiempo de bajar desde el departamento de biología. Tenía que estar en algún lugar de la planta baja.

—¿Le dijo si esperaba algún visitante?

La tentación era evidente. Pero Bradley respondió:

—No. Dijo que tenía cosas que hacer, pero supuse que se refería al análisis en que estaba trabajando.

—Y cuando halló usted el cuerpo, ¿no vio ni oyó al asesino?

—No. Naturalmente, no me quedé a mirar. Pero estoy seguro de que se encontraba por allí, muy cerca. Tengo esa impresión.

—¿Se fijó en la posición del mazo, o en el hecho de que habían arrancado una página de la libreta de Lorrimer?

—No. Nada. Lo único que recuerdo es Lorrimer, el cuerpo y la fina corriente de sangre.

—Cuando estaba en el lavabo, ¿oyó el timbre de la puerta?

—No, pero no creo que hubiera podido oírlo, estando más arriba del primer piso. Y estoy seguro de que no lo habría oído mientras estaba mareado.

—Cuando el doctor Lorrimer le abrió la puerta, ¿advirtió alguna cosa que le llamara la atención, aparte del hecho de que le abriera tan deprisa?

—Nada, excepto que llevaba su libreta de notas.

—¿Está usted completamente seguro?

—Sí, estoy seguro. La llevaba abierta, con las cubiertas dobladas hacia atrás.

Por consiguiente, la llegada de Bradley había interrumpido lo que Lorrimer estaba haciendo, fuera eso lo que fuese. Y estaba en la planta baja, la planta con el despacho del director, el departamento del registro y el almacén de pruebas.

Dalgliesh continuó:

—El coche que se metió por el camino de acceso cuando usted se iba, ¿qué tipo de coche era?

—No lo vi bien. Sólo recuerdo los faros. No tenemos coche, y no sé reconocer los distintos modelos si no me fijo mucho.

—¿Recuerda cómo lo conducían? ¿El conductor se

metió por el camino resueltamente, como si supiera adónde iba, o bien vaciló, como si estuviera buscando un sitio adecuado para detenerse y casualmente hubiera visto el portón abierto?

—Redujo un poco la velocidad y se metió decididamente. Creo que era alguien que conocía el lugar. Pero no me esperé a ver si llegaba hasta el laboratorio. Al día siguiente, desde luego, comprendí que no pudo ser la policía de Guy's Marsh ni nadie que tuviera llave, pues de lo contrario habrían descubierto el cadáver mucho antes. —Miró a Dalgliesh con sus ojos inquietos—. ¿Qué va a pasarme ahora? No podría enfrentarme a la gente del laboratorio.

—El inspector Massingham le conducirá a la comisaría de Guy's Marsh para que haga una declaración formal y la firme. Yo le explicaré lo ocurrido al doctor Howarth. Si vuelve o no al laboratorio, y en qué momento, es algo que debe decidirse entre él y el ministerio. Supongo que posiblemente le concederán un permiso especial hasta que todo este asunto haya quedado resuelto.

Si es que llegaba a resolverse. Si Bradley decía la verdad, ahora sabían que Lorrimer había muerto entre las ocho cuarenta y cinco, cuando le había telefoneado su padre, y justo antes de las nueve y once, cuando el autobús había pasado por la parada de Chevisham. La pista del vómito había permitido determinar la hora de la muerte y resuelto el misterio de la llamada a la señora Bidwell, pero no les había conducido hasta el asesino. Y si Bradley era inocente, ¿qué clase de vida le esperaba, en el servicio forense o fuera de él, si no se resolvía el caso? Vio marchar a Massingham y Bradley y se dispuso a recorrer a pie el camino del Laboratorio Hoggatt, a menos de un kilómetro de distancia. La perspectiva de entrevistarse con Howarth no le seducía en absoluto. Volviendo la cabeza, vio que Susan Bradley seguía de pie en el umbral de su casa mirando hacia él, con la niña en brazos.

5

Howarth dijo:

—No voy a proferir los habituales lugares comunes acerca de que la culpa ha sido mía; no creo en esa espuria aceptación de una responsabilidad indirecta. Aun así, habría debido saber que Bradley estaba al borde del colapso. Sospecho que el viejo doctor MacIntyre no habría permitido que la cosa llegara tan lejos. Ahora, será mejor que llame al ministerio. Supongo que, por el momento, preferirán que se quede en casa. Desde el punto de vista del trabajo, representa un grave inconveniente. En el departamento de biología necesitan todas las manos que puedan conseguir. Claire Easterbrook se ha hecho cargo de una buena parte del trabajo de Lorrimer, tanto como le ha sido posible, pero su capacidad tiene límites. En estos momentos está ocupada con los análisis del pozo de tajón; ha insistido en comenzar de nuevo la electroforesis, y no la culpo: es ella quien tendrá que subir al estrado a prestar declaración. Sólo puede responder de sus propios resultados.

Dalgliesh quiso saber qué podía ocurrirle a Clifford Bradley.

—Oh, en algún lugar debe de haber algún artículo que cubra esta contingencia. Siempre lo hay. Será tratado con la acostumbrada combinación de conveniencia y humanidad; a no ser, por supuesto, que se proponga usted arrestarlo por asesinato, en cuyo caso, administrativamente hablando, el problema se resolverá por sí mismo. De paso, quería decirle que han telefoneado de la Sección de Relaciones Públicas. Seguramente no ha tenido tiempo de leer la prensa de hoy. Algunos de los periódicos están poniéndose nerviosos respecto a la seguridad de los laboratorios: «¿Están seguras nuestras muestras de sangre?» Además, uno de los dominicales ha encargado un artículo sobre la ciencia al servicio del crimen. A las tres vendrá a verme un periodista. Y los de Relaciones Públicas desean hablar con usted; les gustaría celebrar otra conferencia de prensa esta misma tarde.

Cuando Howarth se hubo retirado, Dalgliesh se unió al sargento Underhill y se ocupó con los cuatro grandes montones de legajos que Brenda Pridmore había traído. Era extraordinario cuántos de los seis mil casos y casi veinticinco mil muestras que pasaban cada año por el laboratorio tenían los número 18, 40 o 1840 en su registro. Los casos procedían de todos los departamentos: Biología, Toxicología, Criminología, Examen de Documentos, Análisis de Alcohol en Sangre, Examen de Vehículos. Casi todos los científicos del laboratorio con un grado por encima de funcionario científico superior habían participado en ellos. Y todos parecían perfectamente en orden. Dalgliesh seguía convencido de que el misterioso mensaje telefónico para Lorrimer encerraba la clave del misterio de su muerte. Pero cada vez parecía más improbable que aquellos números, si el anciano señor Lorrimer los recordaba correctamente, tuvieran nada que ver con el número de registro de ningún expediente.

Hacia las tres de la tarde, decidió dejar de lado esta tarea y comprobar si un poco de ejercicio físico estimulaba su cerebro. Ya era hora, pensó, de recorrer los terrenos del laboratorio y echar un vistazo a la capilla Wren. Acababa de coger su abrigo cuando sonó el teléfono. Era Massingham, desde la comisaría de Guy's Marsh. El coche que aparcara en el camino de acceso del Laboratorio Hoggatt el miércoles por la noche había sido identificado. Era un Cortina gris que pertenecía a una tal señora Maureen Doyle. La señora Doyle en aquellos momentos se encontraba en casa de sus padres, en Ilford, Essex, pero había confirmado que el automóvil era suyo y que la noche del asesinato lo conducía su esposo, el detective inspector Doyle.

6

La sala de entrevistas de la comisaría de Guy's Marsh
era pequeña y mal ventilada, y estaba abarrotada de gente. El superintendente Mercer, con su enorme corpachón,
ocupaba más espacio del que en justicia le correspondía
y, ésa era la sensación que tenía Massingham: respiraba
más aire del que en justicia le correspondía. De los cinco hombres presentes allí, incluyendo al taquígrafo, era
Doyle el que parecía más a sus anchas y menos preocupado. Dalgliesh dirigía el interrogatorio. Mercer, de pie
junto a las ventanas con maineles, se limitaba a escuchar.

—Anoche estuvo en el Laboratorio Hoggatt. Hay
huellas recientes de neumáticos en la tierra blanda bajo
los árboles de la derecha de la entrada; y son sus neumáticos. Si quiere que ambos perdamos el tiempo, puede echar
un vistazo a los moldes.

—Reconozco que son las huellas de mis neumáticos.
Aparqué allí brevemente el lunes por la noche.

—¿Por qué?

La pregunta fue tan calmada, tan razonable, que muy
bien habría podido deberse a un auténtico interés humano por saberlo.

—Estaba con alguien. —Hizo una pausa y concluyó—:
Señor.

—Espero, por su bien, que anoche estuviera con alguien. Incluso una coartada embarazosa es mejor que no
tener coartada. Se había peleado usted con Lorrimer. Es
una de las contadas personas a las que él habría dejado

341

entrar en el laboratorio. Y aparcó bajo los árboles. Si no fue usted quien lo asesinó, ¿por qué trata de convencernos de que sí lo hizo?

—Usted no cree realmente que lo maté yo. Probablemente ya sospecha quién lo hizo, si es que no lo sabe. No puede asustarme, porque sé que no dispone de ninguna prueba. No puede haber ninguna que apunte contra mí. Conducía el Cortina porque al Renault le patinaba el embrague, no porque no quisiera ser reconocido. Estuve con el sargento Beale hasta las ocho. Habíamos ido a Muddington, a entrevistar a un individuo llamado Barry Taylor, y luego fuimos a ver a un par de personas que habían estado en el baile el martes pasado. A partir de las ocho, estuve conduciendo por ahí yo solo, y adónde fui es cosa que sólo a mí me concierne.

—No cuando se trata de un caso de asesinato. ¿No es eso lo que dice usted a sus sospechosos cuando le salen con el viejo cuento de la inviolabilidad de sus vidas privadas? Puede darme una respuesta mejor que ésa, Doyle.

—El miércoles por la noche no estuve en el laboratorio. Las huellas de neumáticos son de cuando aparqué allí el lunes.

—El Dunlop de la rueda izquierda trasera es nuevo. Fue instalado el lunes por la tarde en el garaje de Gorringe, y su esposa no recogió el Cortina hasta las diez de la mañana del miércoles. Si no fue al laboratorio a ver a Lorrimer, ¿qué estaba haciendo allí? Y, si sus asuntos eran legítimos, ¿por qué aparcó justo en la entrada, debajo de los árboles?

—Si hubiese ido allí para asesinar a Lorrimer, habría aparcado en uno de los garajes del fondo. Eso habría sido más seguro que dejar el Cortina en el camino de acceso. Y no llegué al laboratorio hasta pasadas las nueve. Sabía que Lorrimer se quedaría a trabajar fuera de horas en el caso del pozo de tajón, pero no que estaría hasta tan tarde. El laboratorio estaba a oscuras. La verdad, si es que ha de saberla, es que había recogido a una mujer en el cruce de la salida de Manea. No tenía prisa por llegar a casa y quería un lugar tranquilo y resguardado para detenerme. El laboratorio me pareció un lugar tan bueno como cualquier otro. Estuvimos allí desde las nueve y cuarto hasta las nueve cincuenta y cinco. Durante este tiempo no salió nadie.

Se había tomado su tiempo con lo que seguramente no debía de ser más que un ligue de una sola noche, pensó Massingham. Dalgliesh inquirió:

—¿Se dijeron los nombres?

—Le dije que me llamaba Ronny McDowell. Me pareció un nombre tan bueno como cualquier otro. Ella dijo llamarse Dora Meakin. Supongo que sólo uno de nosotros mentía.

—¿Y eso es todo? ¿No sabe dónde vive, o dónde trabaja?

—Dijo que trabajaba en la fábrica de azúcar de remolacha y que vivía en un *cottage* cerca del abandonado cuarto de máquinas de Hunter's Fen. Eso está a unos cinco kilómetros de Manea. Me dijo que era viuda. Como un buen caballerete, la dejé al final del sendero que lleva a Hunter's Fen. Si no me soltó una trola, con esto deberían ser capaces de encontrarla.

El superintendente jefe Mercer comentó severamente:

—Por su bien lo deseo. Ya sabe lo que esto significa para usted, ¿no?

Doyle se rió. Fue un sonido sorprendentemente jovial.

—¡Oh, claro que lo sé! Pero no se preocupe por mí. A partir de este momento, presento mi dimisión.

Dalgliesh insistió:

—¿El laboratorio estaba a oscuras?

—No me habría detenido allí si no lo estuviera. No se veía ninguna luz. Y, aunque reconozco que durante uno o dos minutos estuve preocupado, podría jurar que nadie pasó por ese camino mientras nosotros estábamos allí.

—¿Y por la puerta delantera?

—Supongo que eso sería posible. Pero el camino de acceso no mide más de cuarenta metros, diría yo. Creo que me habría dado cuenta, a no ser que se escabullera muy deprisa. Dudo que nadie se hubiera arriesgado a hacerlo, no si hubiera visto las luces de mi coche y supiera que estaba allí aparcado.

Dalgliesh se volvió hacia Mercer y anunció:

—Tenemos que volver a Chevisham. Por el camino, nos detendremos en Hunter's Fen.

7

Apoyada en el respaldo de la *chaise-longue* victoriana, Angela Foley le daba un masaje en el cuello a su amiga. Los ásperos cabellos le cosquilleaban en el dorso de sus manos mientras, firme y suavemente, amasaba los tensos músculos, buscando cada una de las vértebras bajo la calurosa y tirante piel. Stella estaba sentada con la cabeza hundida entre las manos. Ninguna de las dos decía nada. En el exterior, un ligero vientecillo soplaba esporádicamente sobre el marjal, agitando las hojas caídas del patio y dispersando el fino y blanco penacho de humo de madera que coronaba la chimenea del *cottage*. Pero en el interior de la sala todo era silencio, salvo por el crepitar del fuego, el tictac del reloj del abuelo y el sonido de su respiración. La casa estaba llena del penetrante aroma de la madera de manzano al arder, combinado con el sabroso olor a carne guisada que salía de la cocina, recalentada de la cena del día anterior.

Al cabo de unos minutos, Angela Foley preguntó:

—¿Estás mejor? ¿Quieres que te ponga una compresa fría en la frente?

—No, así está perfectamente. De hecho, casi ha desaparecido. Es curioso que sólo tenga estos dolores de cabeza en los días en que el libro ha ido especialmente bien.

—Dos minutos más y luego tendré que ir a cuidarme de la cena.

Angela flexionó los dedos y volvió a poner manos a la obra. La voz de Stella, sofocada por su jersey, inquirió de pronto:

—Dime, ¿qué tal era, de niña, estar a cargo de las autoridades?

—No estoy segura de saberlo. Quiero decir que no estuve en un orfanato ni nada de eso. Casi todo el tiempo estuve con familias adoptivas.

—¿Y qué tal era? En realidad, nunca me lo has dicho.

—No estaba mal. No, miento. Era como vivir en una pensión de segunda categoría, donde no te quieren y sabes que no podrás pagar la cuenta. Hasta que te conocí y vine a vivir aquí, me sentía así todo el tiempo; nunca había estado verdaderamente a gusto en el mundo. Supongo que mis padres adoptivos eran amables. Trataban de serlo. Pero yo no era bonita, y tampoco era agradecida. No puede ser muy divertido cuidar de los hijos de otra gente, y supongo que al menos debían de esperar un poco de gratitud. Volviendo la vista atrás, me doy cuenta de que no fui muy agradable; feúcha y arisca. Una vez oí a un vecino decirle a mi tercera madre adoptiva que yo me parecía muchísimo a un feto, con aquella frente abombada y las facciones tan pequeñas. Detestaba a los demás niños, porque ellos tenían madre y yo no. En realidad, eso es algo que no he superado nunca. Es una actitud despreciable, pero incluso siento antipatía por Brenda Pridmore, la nueva empleada de nuestro mostrador de recepción, porque es obvio que de niña la han querido mucho, que ha tenido un hogar como Dios manda.

—También lo tienes tú ahora. Pero ya sé qué quieres decir. A los cinco años, ya has averiguado que el mundo es bueno, que todos quieren ofrecerte su amor. O, por el contrario, sabes que has sido rechazada. Nadie puede olvidar esta primera lección.

—Yo la he olvidado gracias a ti. Star, ¿no crees que deberíamos empezar a buscar otro *cottage*, quizá en algún lugar más cerca de Cambridge? Allí por fuerza tiene que haber trabajo para una secretaria cualificada.

—No necesitaremos otro *cottage*. Esta tarde he telefoneado a mis editores y creo que va a arreglarse todo.

—¿Hearne y Collingwood? Pero, ¿cómo va a arreglarse? Creía que habías dicho...

—Todo se arreglará.

De pronto, Stella se desprendió de las manos que la atendían y se incorporó. Se dirigió al corredor y regresó con su abrigo de tres cuartos al hombro y las botas en la mano. Tomó asiento en la butaca cercana al fuego y comenzó a ponérselas. Angela Foley la contemplaba sin hablar. Acto seguido, Stella sacó del bolsillo de la chaqueta un sobre marrón, ya abierto, y lo lanzó en su dirección. Fue a caer sobre el terciopelo de la *chaise-longue*.

—Ah, quería que vieras esto.

Angela, intrigada, extrajo la única hoja doblada que contenía. Preguntó:

—¿De dónde lo has sacado?

—Lo cogí del escritorio de Edwin cuando estaba buscando el testamento. En aquel momento pensé que tal vez podría utilizarlo. Ahora he decidido que no.

—¡Pero, Star, habrías debido dejarlo para que lo encontrase la policía! Es una pista. Tienen que enterarse. Esto es probablemente lo que Edwin hacía aquella noche, lo que estaba comprobando. Es importante. No podemos guardárnoslo para nosotras.

—Pues será mejor que vayas a Postmill Cottage y finjas encontrarlo. De otro modo, resultará un poco embarazoso explicar cómo es que está en nuestro poder.

—Pero la policía no se lo va a creer; una cosa así no les habría pasado por alto. Me gustaría saber cuándo llegó al laboratorio. Es extraño que se lo llevara a su casa y ni siquiera lo guardara bajo llave.

—¿Por qué habría de hacerlo? En su escritorio sólo había un cajón cerrado con llave. No creo que ni siquiera su padre entrara allí nunca.

—¡Pero, Star, esto podría explicar por qué lo mataron! Podría tratarse del motivo del asesinato.

—Oh, no lo creo. No es más que un anónimo cargado de mala voluntad, y no demuestra nada. La muerte de Edwin fue más sencilla, y al mismo tiempo más complicada que eso. El asesinato suele serlo. Pero la policía podría considerarlo un motivo, y eso sería ventajoso para nosotras. Estoy empezando a creer que habría hecho mejor dejándolo donde estaba.

Había terminado de ponerse las botas y se disponía a salir. Angela Foley afirmó:

—Sabes quién lo mató. ¿No es cierto?

—¿Te escandaliza que no me haya precipitado a comunicárselo a ese comandante tan agradable?

Angela susurró:

—¿Qué piensas hacer?

—Nada. No tengo pruebas. Deja que los policías hagan el trabajo por el que les pagan. Quizás hubiera tenido mayor espíritu cívico si todavía existiera la pena de muerte. No temo a los fantasmas de los ahorcados. Por mí, pueden situarse en las cuatro esquinas de mi cama y aullar toda la noche, si eso les place. Pero no podría vivir —no podría trabajar, que para mí significa lo mismo— sabiendo que había metido a otro ser humano en la cárcel, y para toda la vida.

—No tanto, en realidad. Unos diez años.

—Yo no podría soportarlo ni diez días. Voy a salir. No tardaré.

—¡Pero, Star, son casi las siete! ¡Íbamos a cenar!

—El guiso no se estropeará.

Angela Foley contempló en silencio cómo su amiga se dirigía a la puerta. Antes de que la abriera, preguntó:

—Star, ¿cómo sabías que Edwin ensayaba su declaración la noche antes de acudir a un juicio?

—Si no me lo dijiste tú, y tú aseguras que no lo hiciste, entonces debo de haberlo inventado. No podría haberlo sabido por nadie más. Vale más que lo atribuyas a mi imaginación creativa.

Su mano estaba en el tirador de la puerta. Angela exclamó:

—Star, no salgas esta noche. Quédate conmigo. Tengo miedo.

—¿Por ti o por mí?

—Por las dos. No te vayas, por favor. Esta noche no.

Stella se volvió. Sonriendo, abrió las manos en lo que habría podido ser un gesto de resignación o una despedida. Luego hubo un gemido del viento, una ráfaga de aire frío cuando se abrió la puerta delantera. Después, el sonido que hizo al cerrarse resonó por todo el *cottage*. Stella se había ido.

8

Massingham exclamó:

—¡Dios mío! ¡Qué sitio más deprimente!

Cerró de un golpe la portezuela del coche y contempló con incredulidad el paisaje que se ofrecía ante sus ojos. El sendero, por el que se habían bamboleado bajo la menguante luz, terminaba por fin ante un angosto puente de hierro sobre un canal que discurría, grisáceo y perezoso como si fuera aceite, entre elevadas paredes. En la otra orilla había un cuarto de máquinas de la época victoriana, completamente en ruinas: los ladrillos se apilaban en un informe montón junto a las estancadas aguas, y tras la derruida pared se veía parcialmente una enorme rueda. Junto a los restos de este edificio se veían dos *cottages*, situados bajo el nivel del canal. Más allá, las cicatrizadas y hoscas hectáreas de campos sin vallar se extendían hasta el rojo y el morado del firmamento vespertino. La carcasa de un árbol petrificado, un roble de los pantanos herido por el arado y arrancado de las profundidades de la turbera, había sido arrojado junto a la senda para que se secara. Parecía una mutilada criatura prehistórica que alzara sus muñones hacia un cielo incomprensivo. Aunque los dos últimos días habían sido más bien secos y se había visto el sol, el paisaje estaba saturado por las largas semanas de lluvia, con los jardines de las casas anegados y los troncos de los escasos y atrofiados árboles empapados como una pulpa. Daba la impresión de ser un país donde jamás podría brillar el sol. Cuando resonaron sus pasos sobre el puente de hierro, un pato solitario se elevó con un agitado graznido, pero por lo demás el silencio era absoluto.

Sólo en una de las viviendas se distinguía algo de luz tras las cerradas cortinas. Los policías anduvieron entre unos macizos de desvaídos ásters silvestres azotados por el viento para llegar a la puerta delantera. La pintura estaba pelándose, y el llamador de hierro tan oxidado que a Dalgliesh le costó trabajo levantarlo. Durante unos minutos, tras el perentorio golpe sordo, sólo hubo silencio. Finalmente, se abrió la puerta.

Vieron una mujer desaliñada y de rostro enjuto, de unos cuarenta años de edad, con inquietos ojos claros y una desordenada cabellera pajiza echada hacia atrás y recogida con dos peinetas. Llevaba un vestido sintético a cuadros marrones y, por encima, un voluminoso cardigan de un chillón tono azul. En cuanto la vio, Massingham dio instintivamente un paso atrás y comenzó a formular una disculpa, pero Dalgliesh preguntó:

—¿Señora Meakin? Somos de la policía. ¿Podemos pasar?

La mujer no se molestó en examinar la tarjeta de identidad que le enseñaron. Ni siquiera pareció sorprenderse de su presencia. Sin decir nada, se hizo a un lado para cederles el paso. Los dos hombres entraron a la sala de estar. Era un cuarto pequeño y amueblado con gran sencillez, melancólicamente limpio y despejado. El aire olía a humedad y a frío. Había una estufa de infrarrojos con una barra encendida, y la única bombilla suspendida del techo arrojaba una luz cruda pero insuficiente. En el centro de la sala había una sencilla mesa de madera con cuatro sillas. Era evidente que la mujer se disponía a cenar. Sobre una bandeja había un plato con tres porciones de pescado, un montoncito de puré de patatas y guisantes. A su lado, una cajita de cartón aún sin abrir contenía una tarta de manzana.

Dalgliesh comenzó:

—Lamento haber interrumpido su cena. ¿Quiere llevarla a la cocina para que no se enfríe?

Ella sacudió la cabeza y les invitó a sentarse con un ademán. Los tres se acomodaron alrededor de la mesa como si fueran a jugar a los naipes, con la bandeja de comida en el centro. Los guisantes exudaban un líquido verdoso en el que las porciones de pescado se coagulaban lentamente. Resultaba difícil creer que una comida tan frugal pudiera desprender un olor tan intenso. Al cabo de unos segundos, como si fuera consciente de él, la mujer apartó la bandeja a un lado. Dalgliesh sacó la fotografía de Doyle y se la mostró.

—Creo que ayer por la noche pasó usted cierto tiempo con este hombre.

—El señor McDowell. No estará metido en un lío, ¿verdad? ¿Son ustedes detectives privados? Fue muy amable, un auténtico caballero, y no me gustaría meterle en líos.

Su voz era baja y casi carente de expresión, pensó Dalgliesh, la voz de una campesina. Contestó:

—No, no somos detectives privados. Es cierto que tiene un problema, pero no por culpa de usted. Somos oficiales de la policía. La mejor manera de ayudarle será que nos diga la verdad. Lo que más nos interesa es saber cuándo se encontraron y cuánto tiempo permanecieron juntos.

Ella le miró de soslayo.

—¿Una especie de coartada, quiere decir?

—Exactamente. Una especie de coartada.

—Me recogió donde normalmente suelo esperar, en el cruce, a menos de un kilómetro de Manea. Eso debió de ser sobre las siete. De ahí nos fuimos a un pub. Casi siempre empiezan todos invitándome a una copa. Ésa es la parte que a mí me gusta, cuando estoy en el pub con alguien, mirando a la gente, oyendo las voces y el ruido.

Normalmente pido un jerez, o quizás un oporto. Si me lo proponen, pido otra copa. Nunca tomo más de dos copas. A veces tienen prisa por irse y sólo me ofrecen una.

Dalgliesh inquirió suavemente:

—¿Adónde la llevó?

—No sé dónde era, pero tardamos cosa de media hora en llegar. Antes de arrancar, vi que pensaba adónde podía llevarme. Así es como sé que vive en las cercanías. Les gusta salir de la zona en que son conocidos. Me he fijado en eso, y en la rápida mirada que dan a los lados antes de entrar en el pub. El sitio al que fuimos se llamaba Plough; me fijé en el letrero luminoso de la entrada. Nos quedamos en el salón, por supuesto, todo la mar de agradable. Tenían una chimenea encendida y había un estante alto con un montón de platos de diferentes colores alrededor y dos jarrones con rosas artificiales detrás de la barra, y un gato negro delante del fuego. El camarero se llamaba Joe. Era pelirrojo.

—¿Cuánto tiempo estuvieron allí?

—No mucho. Yo tomé dos copas de oporto, y él dos dobles de whisky. Luego dijo que deberíamos irnos.

—¿Adónde la llevó desde allí, señora Meakin?

—Creo que era Chevisham. Alcancé a ver el indicador del cruce justo antes de llegar. Nos metimos por el camino de una casa muy grande y aparcamos bajo los árboles. Le pregunté quién vivía allí, y él me dijo que nadie, que eran oficinas del gobierno. Entonces apagó las luces.

Dalgliesh concluyó suavemente:

—E hicieron el amor dentro del coche. ¿Pasó usted al asiento de atrás, señora Meakin?

Ella no pareció sorprenderse ni molestarse por la pregunta.

—No, nos quedamos delante.

—Señora Meakin, esto es muy importante. ¿Recuerda cuánto tiempo se quedaron allí?

—Oh, sí. Veía el reloj del salpicadero. Eran casi las

354

nueve y cuarto cuando llegamos, y nos quedamos hasta justo antes de las diez. Lo sé porque estaba un poco preocupada, preguntándome si me llevaría hasta el principio del sendero. Eso es todo lo que esperaba. No habría querido que llegara hasta la puerta. Pero es que puede ser muy molesto si me dejan en cualquier parte, a kilómetros de mi casa. A veces no resulta fácil volver aquí.

Hablaba, pensó Massingham, como si estuviera quejándose del servicio local de autobuses. Dalgliesh prosiguió:

—¿Vio si salía alguien de la casa y bajaba por el camino de acceso mientras estaban ustedes en el coche? ¿Se habría dado cuenta, de ser así?

—Oh, sí, creo que sí. Si alguien hubiera pasado por el espacio de la verja, lo habría visto. Hay una farola justo enfrente, y la luz cae sobre la entrada.

Massingham inquirió con crudeza:

—Pero, ¿realmente lo habría visto? ¿No estaba usted un poco ocupada?

De pronto ella se echó a reír, un sonido ronco y discordante que los sobresaltó a ambos.

—¿Acaso cree que estaba divirtiéndome? ¿Se ha creído que me gusta? —A continuación, su voz se volvió de nuevo inexpresiva, casi servil. Insistió tercamente—: Me habría dado cuenta.

Dalgliesh preguntó:

—¿De qué hablaron, señora Meakin?

Esta pregunta la reanimó. Se volvió hacia Dalgliesh casi con viveza.

—Oh, tiene sus problemas. Todo el mundo los tiene, ¿no es cierto? A veces es bueno hablar con un desconocido, con alguien que sabes que no has de volver a ver nunca. Nunca me piden que nos veamos otra vez. Él tampoco me lo pidió. Pero era amable, y no tenía prisa por irse. A veces casi me sacan del coche a empujones. Eso no es propio de un caballero; duele que te lo hagan. Pero él parecía satisfecho de poder hablar. En realidad, todo era por su mujer. No quiere vivir en el campo. Es una chica de Londres y se pasa el tiempo incordiando para volver allí. Quiere que deje su empleo y vaya a trabajar para el padre de ella. Ahora ella está en casa de sus padres, y él no sabe si volverá.

—¿Le dijo que era inspector de la policía?

—¡Oh, no! Me dijo que tenía un negocio de antigüedades. Parecía saber mucho de estas cosas, pero en general no suelo hacerles caso cuando me hablan de su trabajo. Casi siempre es mentira lo que dicen.

Dalgliesh le habló con suavidad:

—Señora Meakin, lo que está usted haciendo es terriblemente arriesgado. Usted ya lo sabe, ¿verdad? Algún día la recogerá un hombre que quiera algo más que una hora de su tiempo; un hombre peligroso.

—Lo sé. A veces, cuando el coche va a pararse y yo estoy allí esperándolo, al lado de la carretera, me pregunto cómo será y noto que me palpita el corazón. Entonces sé que tengo miedo. Pero al menos estoy sintiendo algo. Es mejor estar asustada que sola.

Massingham adujo:

—Es mejor estar sola que muerta.

Ella lo miró.

—¿Eso piensa usted, señor? Pero en realidad no sabe de lo que habla, ¿verdad?

Cinco minutos después se retiraron, tras explicar a la señora Meakin que al día siguiente vendría a buscarla un agente de policía para acompañarla a la comisaría de Guy's Marsh a tomarle declaración. La mujer pareció perfectamente de acuerdo, y solamente preguntó si era necesario que se enterasen en su fábrica. Dalgliesh la tranquilizó al respecto.

Cuando hubieron vuelto a cruzar el puente en sentido contrario, Massingham se volvió para contemplar la casita. La mujer seguía de pie en el umbral, una delgada silueta recortada contra la luz. Dejándose llevar por la cólera, el policía exclamó:

—¡Dios mío! ¡Qué desesperanzador es todo esto! ¿Por qué no se va de aquí y se traslada a una ciudad como Cambridge o Ely, donde haya algo de vida?

—Habla usted como uno de esos profesionales cuyo consejo a los solitarios es siempre el mismo: «Salga más, relaciónese con la gente, hágase miembro de algún club.» Lo cual, bien pensado, es precisamente lo que hace ella.

—Le iría mucho mejor abandonar este lugar, buscar un empleo diferente.

—¿Qué empleo? Probablemente piense que bastante suerte tiene de no estar en el paro. Y esto al menos es un hogar. Hace falta juventud, energía y dinero para cambiar radicalmente de vida, y ella no tiene nada de eso. Lo único que puede hacer es tratar de mantenerse cuerda de la única forma que conoce.

—Pero, ¿para qué? ¿Para acabar como un cadáver abandonado en un pozo de tajón?

—Puede ser. Es muy posible que sea eso lo que inconscientemente anda buscando. Hay más de una forma de cortejar a la muerte. Ella podría aducir que esta forma por lo menos le proporciona el consuelo de un bar cálido y brillantemente iluminado y, siempre, la esperanza de que la próxima vez resulte diferente. No dejará de hacerlo porque un par de policías intrusos le hayan dicho que es peligroso. Eso ella ya lo sabe. ¡Por el amor de Dios, vayámonos de una vez!

Mientras se ceñían los cinturones de seguridad, Massingham comentó:

—Jamás habría pensado que Doyle pudiera hacerle el menor caso. Me lo imagino recogiéndola. Tal como dijo lord Chesterfield, de noche todos los gatos son pardos. Pero pasarse casi una hora entera contándole sus problemas...

—Ambos querían obtener algo del otro. Esperemos que lo obtuvieran.

—Doyle ha obtenido algo: una coartada. Y a nosotros tampoco nos ha venido mal su encuentro. Ya sabemos quién mató a Lorrimer.

Dalgliesh le corrigió:

—Creemos saber quién lo hizo, y cómo. Incluso podemos pensar que sabemos por qué. Pero no tenemos ni un ápice de prueba, y sin pruebas no podemos dar el siguiente paso. De momento, los hechos no justifican ni siquiera que solicitemos un permiso de registro.

—¿Y ahora qué, señor?

—Volvamos a Guy's Marsh. Cuando este asunto de Doyle esté resuelto, quiero escuchar el informe de Underhill y hablar con el jefe de policía. Luego, volveremos al Laboratorio Hoggatt. Aparcaremos allí donde aparcó Doyle. Me gustaría comprobar si alguien pudo escabullirse por ese camino sin ser visto.

9

Hacia las siete el trabajo quedó finalmente al día; el
último informe para los tribunales había sido verificado,
la última prueba examinada estaba ya empaquetada en
espera de que la policía se la llevara, las cifras de casos y
pruebas recibidas habían sido calculadas y comprobadas.
Brenda pensó que el inspector Blakelock parecía muy can-
sado. Durante la última hora apenas había pronunciado
una palabra que no fuera estrictamente necesaria. La joven no tenía la impresión de que estuviera disgustado con
ella, sino, sencillamente, la de que apenas era consciente
de su presencia. También ella había hablado poco, y en
susurros, temiendo romper el silencio, misterioso y casi
palpable, del vacío vestíbulo. A su derecha, la gran escalinata describía una curva ascendente hasta perderse en la
oscuridad. A lo largo de todo el día había resonado bajo
los pies de científicos, policías y agentes que venían a recibir su lección. Ahora se había vuelto tan fantasmagórica
y amenazante como la escalinata de una mansión encan-
tada. Brenda procuraba no mirarla, pero sus ojos se sentían irresistiblemente atraídos hacia ella. Con cada fugaz
mirada de soslayo en aquella dirección, medio imaginaba
que podía ver el pálido rostro de Lorrimer que cobraba
cuerpo entre las amorfas sombras para colgar en relieve
sobre el aire inmóvil, los negros ojos de Lorrimer que la
miraban con expresión suplicante o desesperada.

A las siete, el inspector Blakelock decidió:

—Bien, creo que eso es todo por hoy. Su madre no

estará precisamente satisfecha de que haya debido quedarse hasta estas horas.

Brenda, con más confianza de la que realmente sentía, contestó:

—Oh, a mamá no le importa. Sabe que hoy he llegado tarde. Además, le he telefoneado antes y le he dicho que no me esperase hasta las siete y media.

Fueron cada uno por su cuenta a buscar sus abrigos. Luego Brenda esperó junto a la puerta hasta que el inspector Blakelock hubo conectado y verificado la alarma interna. Todas las puertas de los distintos laboratorios habían sido cerradas y comprobadas en un momento anterior. Finalmente, salieron los dos por la puerta delantera y el inspector hizo girar las dos últimas llaves. Brenda guardaba su bicicleta en un cobertizo al lado de los antiguos establos, convertidos en garajes para los automóviles. Todavía juntos, ambos rodearon el edificio hasta su parte de atrás. El inspector Blakelock no puso en marcha su coche hasta que la vio montada, y entonces la siguió muy lentamente por el camino de acceso. Ya en la cancela, se despidió con un bocinazo y giró hacia la izquierda. Brenda le saludó con la mano y empezó a pedalear vigorosamente en dirección opuesta. La joven creía saber por qué el inspector había esperado tan cuidadosamente hasta verla salir de la propiedad, y se sentía agradecida por ello. Quizá, pensó, le recuerdo a su hija que murió, y por eso es tan amable conmigo.

Y entonces, casi inmediatamente, sucedió lo inesperado. El súbito choque y el raspar del metal contra el asfalto eran inconfundibles. La bicicleta se ladeó, arrojándola casi a la cuneta. Apretando ambos frenos a la vez, Brenda desmontó y examinó los neumáticos a la luz de la potente linterna que siempre guardaba en la alforja de la bicicleta: los dos estaban deshinchados. Su primera reacción fue de una intensa irritación. ¡Tenía que pasar precisamente un día que se había quedado hasta tarde! Enfocó la linterna hacia la carretera, tratando de descubrir la causa del accidente. Debía de haber vidrios rotos o algo cortante, pero no pudo ver nada y en seguida comprendió que aunque lo viera no le serviría de ayuda. No tenía ninguna posibilidad de reparar los pinchazos. El próximo autobús en dirección a su hogar era el que debía pasar ante el laboratorio a las nueve, y en el edificio no quedaba ya nadie que pudiera acompañarla en automóvil. Brenda apenas perdió tiempo pensando en su situación. Estaba claro que el mejor plan consistía en dejar la bicicleta en su cobertizo y volver a pie a casa, pasando por el nuevo laboratorio. Así atajaría unos tres kilómetros y, si andaba deprisa, podría llegar justo pasadas las siete y media.

La ira, aunque recurso ineficaz contra la mala suerte, es un poderoso antídoto contra el miedo. Igualmente lo son el hambre y ese cansancio sano que anhela el fuego del hogar. Brenda colgó de nuevo en su soporte la bicicleta, que había pasado a convertirse en un estorbo ridículamente anticuado, cruzó a paso vivo los terrenos del Laboratorio Hoggatt y había descorrido ya el cerrojo de la cancela de madera que conducía a las nuevas instalaciones cuando comenzó a sentir miedo. En aquellos momentos, a solas en la oscuridad, el supersticioso temor que en el laboratorio ella misma había estimulado por juego, ante la tranquilizadora presencia del inspector Blakelock, empezaba a agitarle los nervios. La negra masa del laboratorio a medio construir se erguía ante ella como un siniestro monumento prehistórico erigido a los implacables dioses, con sus grandes losas manchadas por la sangre de antiguos sacrificios. Era una noche tenebrosa, con un bajo techo de nubes que ocultaba las leves estrellas.

Mientras vacilaba, las nubes se abrieron como gigantescas manos y revelaron la luna llena, frágil y transparente como una hostia para la Comunión. Contemplándola, Brenda casi podía percibir el sabor de la recordada forma transitoria al deshacerse sobre el velo de su paladar. En seguida, las nubes volvieron a cerrarse y la oscuridad se espesó en torno a ella. Y empezaba a soplar el viento.

Sujetó más firmemente la linterna, sólidamente tranquilizadora y pesada en su mano, y echó a andar resueltamente por entre los montones de ladrillos cubiertos con lonas enceradas, las grandes jácenas dispuestas en hileras, los dos limpios barracones sobre pilotes que el contratista utilizaba como oficina, en dirección al hueco en el enladrillado que señalaba la entrada del edificio en obras. Allí volvió a detenerse, flaqueando de nuevo. El hueco pareció encogerse ante sus ojos, haciéndose casi simbólicamente ominoso y espantador, como una entrada a las tinieblas y a lo desconocido. Resurgieron en ella los temores de una infancia no muy lejana y se sintió tentada de dar media vuelta.

Pero inmediatamente se reconvino severamente por su estupidez. No había nada de extraño o de siniestro en un edificio a medio construir, un artefacto de ladrillos, cemento y acero que no encerraba recuerdos del pasado, no ocultaba miserias secretas entre unos antiguos muros. Además, conocía bien el lugar. En teoría, el personal del laboratorio no debía atajar por entre los nuevos edificios —el doctor Howarth había clavado un aviso en el tablón de anuncios advirtiendo del peligro que ello representaba—, pero todos sabían que era una práctica común. Antes de que empezaran las obras, había existido un sendero que atravesaba el campo de Hoggatt. Era natural que la gente actuara como si el sendero aún siguiera existiendo. Y Brenda estaba cansada y hambrienta. Sus temores eran ridículos.

Entonces se acordó de sus padres. En su casa, nadie sabía nada de los pinchazos, y su madre pronto empezaría a inquietarse. A no tardar, ella o su padre telefonearían al laboratorio y, al no obtener respuesta, sabrían que ya se había ido todo el mundo a casa. Se la figurarían muerta o herida en la carretera, introducida sin conocimiento en una ambulancia. Peor aún, la verían tendida en el suelo del laboratorio, como una segunda víctima. Ya le había resultado bastante difícil convencer a sus padres para que le permitieran seguir trabajando allí, y esta inquietud final, que se agravaba con cada minuto de retraso y sin duda culminaría con el alivio y el enojo reactivo ante su tardía llegada, fácilmente podía redundar en una insistencia irracional pero inflexible para que renunciara a su empleo. Verdaderamente, no podía haber elegido peor momento para llegar tarde a casa. Enfocó decididamente la linterna sobre el hueco de entrada y avanzó sin vacilar hacia la oscuridad.

Trató de recordar la maqueta del nuevo laboratorio que había en la biblioteca. Aquel amplio vestíbulo, todavía sin techar, debía de ser la zona de recepción, donde nacían las dos alas principales. Para salir lo antes posible a la carretera de Guy's Marsh, tendría que dirigirse hacia la izquierda, a través de lo que iba a ser el nuevo departamento de biología. Paseó el haz de la linterna sobre los muros de ladrillo y, en seguida, empezó a cruzar cuidadosamente el desigual terreno en dirección a la abertura de la izquierda. El charco de luz encontró otro umbral, y luego otro. La oscuridad pareció intensificarse, una oscuridad cargada de olor a polvo de ladrillo y tierra apisonada. Y luego la tenue claridad del firmamento nocturno se desvaneció y Brenda se encontró en la parte ya techada del laboratorio. El silencio era absoluto.

La muchacha avanzaba lentamente, conteniendo el aliento, los ojos clavados en el minúsculo charco de luz ante sus pies. Y de pronto no hubo nada, ni cielo por encima, ni umbral, nada más que una negra oscuridad. Enfocó el haz de luz sobre las paredes. Estaban amenazadoramente próximas. Aquel cuarto era demasiado pequeño incluso para un despacho. Debía de haberse metido inadvertidamente en una especie de alacena o cuarto de almacenar. En algún lugar, era evidente, tenía que existir una abertura, aquella por donde había entrado. Pero, desorientada en la claustrofóbica negrura, ya no era capaz de distinguir el techo de las paredes. A cada pasada de la linterna, los desnudos ladrillos parecían acercarse un poco más y el techo descender inexorablemente como la losa de una tumba que se cerrara sobre ella. Luchando por conservar su autodominio, Brenda avanzó centímetro a centímetro siguiendo el contorno de una pared, repitiéndose que de un momento a otro encontraría la puerta.

De repente, la linterna dio una sacudida y el chorro de luz se derramó sobre el suelo. La muchacha se detuvo en seco, consternada por el peligro en que se hallaba. En el centro del cuartito había un pozo cuadrado, protegido únicamente por un par de tablones cruzados sobre la abertura. Un paso irreflexivo, impulsada por el pánico, y habría podido tropezar con los maderos, apartarlos, tambalearse y caer hacia una tenebrosa nada. En su imaginación, el pozo era insondable y su cuerpo nunca sería encontrado. Yacería allí, entre fango y oscuridad, demasiado débil para hacerse oír. Y lo único que podría oír ella serían las distantes voces de los albañiles que, ladrillo a ladrillo, la emparedarían en su negra tumba. Y entonces le asaltó otro terror, éste más racional.

Pensó en los neumáticos pinchados. ¿Podía ser que aquello se debiera a un simple accidente? Al dejar la bicicleta, por la mañana, los neumáticos estaban en buenas condiciones. Quizá, después de todo, no había vidrios rotos en la carretera. Quizás alguien los había pinchado deliberadamente, alguien que sabía que saldría tarde del laboratorio, que no quedaría nadie para acompañarla en coche, que forzosamente se vería en la necesidad de cruzar por el laboratorio en obras. Lo imaginó en la penumbra del crepúsculo, escabulléndose sigilosamente por el cobertizo de las bicicletas con el cuchillo en la mano, agazapándose junto a las ruedas, calculando el tajo que debía dar para que los neumáticos se desinflaran antes de que ella hubiera llegado demasiado lejos en su recorrido. Y en aquellos momentos estaba esperándola en algún rincón de las tinieblas, de nuevo con el cuchillo en la mano. Lo vio sonreír y probar el filo, escuchando sus movimientos, esperando ver la luz de su linterna. Naturalmente, él también tendría una linterna. Y pronto centellearía sobre su rostro, deslumbrándola e impidiéndole ver la cruel y triunfante boca, el refulgente cuchillo. Instintivamente apagó la luz y escuchó, mientras su corazón latía con tal torrente de sangre que le pareció que hasta los muros de ladrillo debían estremecerse.

Y entonces oyó el ruido, tan suave como una única pisada, leve como el roce de una manga sobre madera. Venía a por ella. Estaba ahí. Y ya sólo hubo pánico. Sollozando, se lanzó contra las paredes de lado a lado, golpeando con las magulladas palmas sobre el rasposo y duro ladrillo. De pronto se abrió un espacio. Cayó por él, resbaló y la linterna escapó de sus manos. Gimiendo, se acurrucó en el suelo y esperó la muerte. Entonces el terror arremetió con un salvaje chillido de exultación y un revoloteo de alas que agitó los cabellos de su cabeza. Brenda gritó, un agudo quejido que se confundió con el chillido del ave mientras la lechuza encontraba la ventana sin acristalar y se remontaba hacia la noche.

La joven no sabía cuánto tiempo llevaba allí tendida, con las manos doloridas aferrando la tierra y la boca reseca de polvo. Pero al cabo de un rato contuvo sus sollozos y alzó la cabeza. Vio claramente la ventana, un inmenso cuadrado de luminosa claridad sembrado de estrellas. Y a su derecha resplandecía la puerta. Se incorporó y, sin detenerse a buscar la linterna, avanzó hacia la bendita abertura de luz. Tras aquella había otra. Y, de repente, ya no hubo más paredes, sólo la rutilante bóveda del cielo oscilando sobre su cabeza.

Todavía sollozando, pero esta vez de alivio, corrió bajo la luz de la luna sin pensar en nada, la cabellera flotando a sus espaldas, sus pies rozando apenas la tierra. Y luego hubo un cinturón de árboles ante ella y, visible entre las ramas otoñales, iluminada interiormente, invitadora y sacra, la capilla Wren, refulgente como un dibujo de una postal de Navidad. Brenda corrió hacia ella con las manos extendidas, como centenares de sus antepasados en los marjales oscuros debieron precipitarse hacia sus altares en busca de refugio espiritual. La puerta estaba entornada, y un rayo de luz caía como una flecha sobre el camino. La muchacha se abalanzó sobre el batiente y la gran puerta giró hacia el interior en una gloria de luz.

Al principio, su mente, sobresaltada hasta el estupor, se negó a reconocer lo que sus deslumbrados ojos tan claramente veían. Sin hacerse cargo, alzó una dudosa mano y palpó la suave pana de los pantalones, la húmeda mano yerta. Lentamente, como por un acto deliberado de su voluntad, sus ojos se desplazaron hacia arriba y entonces vio y también comprendió. El rostro de Stella Mawson, horrible en la muerte, se inclinaba hacia ella, los ojos semiabiertos, las manos vueltas hacia afuera como en una muda súplica de ayuda o de piedad. En torno a su cuello había un doble cordón de seda azul, su borlado extremo anudado a un gancho a gran altura en la pared. A su lado, sujeta a un segundo gancho, estaba la soga de la campana. Volcada en el suelo, no lejos de los oscilantes pies, había una silla baja de madera. Brenda la levantó. Gimiendo, asió la soga, tiró de ella por tres veces antes de que resbalara de entre sus flácidos dedos, y se desmayó.

10

A cosa de un kilómetro de allí, a través del campo y los terrenos del Laboratorio Hoggatt, Massingham metió el Rover por el camino de acceso del laboratorio y retrocedió en marcha atrás entre los arbustos.

Luego apagó las luces del coche.

La farola situada frente a la entrada arrojaba un suave resplandor sobre el camino, y la puerta del laboratorio era visible a la luz de la luna.

El inspector observó:

—Había olvidado, señor, que esta noche hay luna llena. El asesino habría tenido que esperar a que se ocultara tras una nube. Aun así, habría podido salir del edificio y recorrer todo el camino de acceso sin ser visto si elegía un buen momento. Después de todo, Doyle tenía sus pensamientos, y no sólo sus pensamientos, en otras cosas.

Dalghiesh contestó suavemente:

—Pero eso el asesino no podía saberlo. Si vio llegar el coche, dudo mucho que se arriesgara. Bien, por lo menos podemos averiguar si es posible aunque no contemos con la colaboración de la señora Meakin. Esto me recuerda un juego de mi infancia, las Pisadas de la Abuela. ¿Quiere probar usted primero, o lo intento yo?

Pero el experimento estaba destinado a no realizarse. En aquel mismo instante oyeron, de forma débil pero inconfundible, los tres claros repiques de la campana de la capilla.

11

Massingham condujo el automóvil a gran velocidad hasta el borde del césped y frenó a centímetros del seto. Más allá la carretera se curvaba suavemente entre dos deshilachados márgenes de arbustos aplastados por el viento, pasando ante lo que parecía un ruinoso cobertizo de madera ennegrecida y cruzando los desnudos marjales hacia Guy's Marsh. A la derecha se alzaba la negra silueta del laboratorio nuevo. La linterna de Massingham enfocó un portillo y, más allá, una senda que cruzaba el campo hacia el distante círculo de árboles, apenas un borrón oscuro sobre el firmamento de la noche. Entonces, él dijo:

—Es curioso lo lejos que está de la casa, y tan aislada. De no saber que está aquí, pasaría completamente desapercibida. Cualquiera diría que la familia la construyó con vistas a algún ritual secreto y nigromántico.

—Más probablemente como un mausoleo familiar. No proyectaban extinguirse.

Ninguno de los dos volvió a decir nada. Instintivamente, habían recorrido los dos kilómetros que les separaban del más cercano acceso a la capilla desde la carretera de Guy's Marsh. Aunque menos directa, esta ruta era más rápida y más fácil que cruzar a pie los terrenos del laboratorio pasando por las obras del nuevo edificio. Sus pies se apresuraron y pronto se encontraron casi corriendo hacia los distantes árboles, impulsados por algún temor no declarado.

Llegaron al círculo de hayas estrechamente plantadas, agachando la cabeza bajo las ramas inferiores, arrastrando ruidosamente los pies por entre los crujientes montones de hojas caídas, y finalmente divisaron el tenue resplandor de las ventanas de la capilla. Ante la puerta entreabierta, Massingham hizo ademán de volverse, como si se dispusiera a cargar con el hombro contra ella. Pero en seguida se echó atrás con una sonrisa.

—Lo siento, me olvidaba. Es absurdo que me precipite al interior. Seguramente no será más que la señorita Willard bruñendo los candelabros o el párroco recitando una plegaria obligatoria para que el lugar se mantenga santificado.

Suavemente, y con un leve floreo, el inspector abrió la puerta y se hizo a un lado para que Dalgliesh pasara el primero a la iluminada antecámara.

Después de eso, ya no hubo más palabras ni pensamientos conscientes, solamente acción instintiva. Los dos hombres se movieron al unísono. Massingham sujetó y alzó las colgantes piernas y Dalgliesh, recogiendo la silla que el cuerpo de Brenda había vuelto a volcar, retiró la doble lazada del cuello de Stella y la hizo bajar lentamente al suelo. Massingham tironeó de los cierres de su chaquetón de tres cuartos, le echó la cabeza hacia atrás y, arrojándose junto a ella, apretó la boca sobre la suya. El bulto acurrucado contra la pared se agitó y gimió, y Dalgliesh se arrodilló a su lado. Al notar el contacto del brazo del policía en torno a sus hombros, la muchacha se debatió violentamente unos instantes quejándose como un gatito, hasta que por fin abrió los ojos y lo reconoció. Su cuerpo se relajó junto al de él. Con voz muy débil, anunció:

—El asesino. En el laboratorio nuevo. Estaba esperándome. ¿Se ha ido ya?

A la izquierda de la puerta había un cuadro de interruptores. Dalgliesh los accionó todos de un solo gesto y la capilla interior refulgió de luz. Cruzando la cincelada

mampara del órgano, pasó al presbiterio. Estaba vacío.
La puerta de la galería del órgano estaba entreabierta. Tre-
pó ruidosamente por la angosta escalera en espiral de la
galería. También ésta estaba desierta. Contempló desde
lo alto el silencioso vacío del presbiterio, paseando la mirada por el exquisito cielorraso de yeso, el suelo de mármol a cuadros, la doble hilera de sitiales elegantemente
tallados con sus elevados respaldos dispuestos a lo largo
de los muros del norte y del sur, la mesa de roble, desprovista de su sabanilla, que se alzaba ante la falsa pared ornamental dominada por el ventanal del este. En aquellos
momentos, sobre la mesa no había más que dos candeleros de plata, con los altos cirios blancos a medio consu-
mir, los pábilos ennegrecidos. Y a la izquierda del altar,
colgando incongruentemente, un tablón de himnos de
madera exhibía cuatro números:

29
10
18
40

Recordó la voz del anciano señor Lorrimer: «Luego
añadió algo como que habían quemado la tela y que ella
tenía los números». Los dos últimos números habían sido
el 18 y el 40. Y lo que se había quemado no era una tela,
sino dos velas de altar.

12

Cuarenta minutos más tarde, Dalgliesh estaba solo en la capilla. Habían mandado llamar al doctor Greene, quien sumariamente había declarado muerta a Stella Mawson y se había retirado. Massingham se había marchado con él, pues debía acompañar a Brenda Pridmore a su casa y explicar a sus padres lo ocurrido, visitar luego Sprogg's Cottage y convocar al doctor Howarth. El doctor Greene había inyectado un sedante a Brenda, pero aun así no esperaba verla en condiciones de prestar declaración hasta la mañana siguiente. El patólogo forense ya había sido avisado y estaba de camino. Las voces, las preguntas, el ruido de pisadas, por el momento todo había quedado en calma.

Dalgliesh se sentía extraordinariamente solo en el silencio de la capilla, más solo todavía porque el cuerpo de la mujer yacía allí y le hacía sentir que alguien —o algo— acababa de irse, dejando como desnuda la atmósfera libre de trabas. Este aislamiento del espíritu no era nuevo para él; ya lo había sentido anteriormente en compañía de los recién muertos. Se arrodilló y escrutó atentamente la mujer muerta. En vida, solamente sus ojos habían conferido distinción a aquel rostro macilento. Ahora estaban vidriosos y viscosos como si fueran unas pegajosas frutas confitadas metidas por la fuerza bajo los párpados. No era una cara tranquila. Sus facciones, aún no asentadas en la muerte, seguían reflejando la tensión de las inquietudes de la vida. Dalgliesh había visto demasiados rostros muertos.

Se había hecho experto en descifrar los estigmas de la violencia. A veces podían decirle cómo, o dónde, o cuándo. Pero esencialmente, como en aquellos momentos, no le decían nada.

Cogió el extremo del cordón que seguía flojamente enlazado en torno al cuello de la mujer. Lo bastante largo como para adornar una cortina grande, estaba hecho de seda tejida de color azul cobalto y terminaba en una ornamentada borla azul y plata. Junto al muro había un cofre artesonado aproximadamente de un metro y medio, y, enfundándose los guantes, alzó la pesada tapa. Al instante le asaltó el olor a naftalina, penetrante como un anestésico. Dentro del cofre había un par de desteñidas cortinas de terciopelo azul, pulcramente plegadas, una sobrepelliz almidonada pero muy arrugada, el blanco y negro de la muceta de un M.A. y, encima de toda esta diversidad de objetos, un segundo cordón con borla. Quienquiera que le hubiese echado aquel cordón al cuello —ella misma u otra persona—, sabía de antemano dónde encontrarlo.

Comenzó a explorar la capilla. Caminaba suavemente, pero sus pies caían con portentosa pesadez sobre el piso de mármol. Lentamente, avanzó hacia el altar por entre las dos hileras de sitiales espléndidamente tallados. En su diseño y en sus muebles, el lugar le recordaba la capilla de su colegio universitario. Incluso el olor era el mismo, un olor escolástico, frío, austero, sólo levemente eclesiástico. Con el altar desprovisto de todos sus aditamentos, salvo los dos candeleros, la capilla parecía puramente secular y desconsagrada. Quizá siempre había sido así. Su clasicismo formal rechazaba las emociones. Era un lugar para venerar al hombre, no a Dios; la razón, no el misterio. Allí se habían celebrado ciertos rituales apaciguantes a fin de confirmar las opiniones de sus propietarios respecto al orden correcto del universo y su propio lugar en este orden. Buscó algún recordatorio del propietario original y no tardó en encontrarlo. A la derecha del altar había el único monumento de la capilla: un busto esculpido, medio envuelto en una ondulada cortina de mármol, de un empelucado caballero del siglo XVIII, con la inscripción:

Dieu aye merci de son ame.

Esta sencilla petición, sin adornos, tan fuera de época, chocaba singularmente con la seguridad formal de la escultura, la cabeza orgullosamente ladeada, la afectada sonrisa de satisfacción en los opulentos labios de mármol. Había construido su capilla y la había rodeado de un triple círculo de árboles, pero la muerte no le había concedido ni siquiera el tiempo necesario para hacer su avenida para carruajes. A ambos lados de la mampara del órgano y de cara a la ventana oriental había dos adornados sitiales con baldaquín cincelado, resguardados contra las corrientes de aire por sendas cortinas de terciopelo azul semejantes a las del arcón. Los asientos estaban provistos de cojines a juego; blandos cojines con borlas de plata en las esquinas yacían sobre los reposalibros. Examinó el sitial de la derecha. Sobre el cojín había un grueso breviario encuadernado en piel negra que no parecía usado. Sus cubiertas se abrían rígidamente y en sus páginas brillaban las letras en rojo y negro.

Pues yo soy contigo un extraño: y un transeúnte, como todos mis padres lo fueron. Oh, compadécete un poco de mí, que pueda yo recobrar mi fuerza: antes de partir de aquí, y no ser visto más.

Sostuvo el libro por el lomo y lo sacudió. De entre sus rígidas hojas no cayó revoloteando ningún papel. Pero donde había estado el libro quedaban cuatro cabellos, uno rubio y tres oscuros, adheridos al terciopelo. Dalgliesh sacó un sobre del bolsillo y los pegó a la tirilla engomada. Sabía que los científicos forenses no podían pretender hacer grandes cosas con sólo cuatro cabellos, pero cabía la posibilidad de que descubrieran algo.

Para ellos, pensó, la capilla debía de haber sido un lugar ideal. Protegida por los árboles, aislada, segura, incluso dotada de calefacción. Los moradores del marjal solían quedarse bajo techado cuando caía la noche, e incluso a la luz del atardecer sentirían un supersticioso temor a visitar aquel templo vacío y extraño. Aun sin llave, no tenían por qué temer que los descubriera un intruso casual. Ella sólo debía preocuparse de no ser observada cuando conducía el Jaguar rojo por el camino de acceso del Laboratorio Hoggatt para aparcarlo fuera de la vista en uno de los garajes del antiguo bloque de establos. ¿Y luego qué? Esperar a que la luz del departamento de biología se apagara por fin, a ver el haz de la linterna de Lorrimer avanzando hacia ella, a que él llegara a su lado para dirigirse con ella hacia los árboles, cruzando los terrenos del laboratorio. Se preguntó si habría llevado ella los cojines de terciopelo al santuario, si habría incrementado su excitación el hecho de hacer el amor con Lorrimer frente a aquel desnudo altar, la nueva pasión triunfando sobre la antigua.

La rojiza cabellera de Massingham apareció en el umbral. Dijo:

—La chica está bien. Su madre la ha metido de cabeza en la cama y ahora está durmiendo. Luego he ido a Sprogg's Cottage. La puerta estaba abierta y la luz de la sala encendida, pero no había nadie. Howarth estaba en casa cuando he llamado, pero no la señora Schofield. Ha dicho que vendría enseguida. El doctor Kerrison está en el hospital, en una reunión del comité médico. Su ama de llaves dice que salió justo tocadas las siete. No he llamado al hospital. Si está allí, sin duda podrá presentar numerosos testigos.

—¿Y Middlemass?

—No contesta. Quizás haya salido a cenar, o quizás

al pub local. Tampoco me han contestado en el número de Blakelock. ¿Alguna novedad por aquí, señor?

—Nada, salvo lo que ya era de esperar. ¿Ha dejado un hombre para que indique el camino a Blain-Thomson cuando llegue?

—Sí, señor. Y me parece que ahí llega.

13

Antes de dar comienzo a su examen, el doctor Reginald Blain-Thomson tenía el curioso hábito de contemplar melindrosamente el cadáver, dando vueltas a su alrededor y fijando la vista en él con cautelosa intensidad, casi como si temiera que el cuerpo pudiera cobrar vida de súbito y echarle las manos al cuello. Y eso era lo que hacía en aquellos momentos, inmaculado en su traje gris a finas rayitas y con la inevitable rosa en su soporte de plata, tan fresca allí en su solapa como si fuese una flor de junio acabada de cortar. Era un soltero alto, de rostro enjuto y aristocrático, con un cutis tan fresco y rosado como el de una muchacha. Nadie le había visto nunca enfundarse ninguna prenda protectora antes de examinar un cuerpo, y a Dalgliesh le recordaba uno de esos cocineros de la televisión que preparan una cena de cuatro platos vestidos de rigurosa etiqueta, por el placer de demostrar el refinamiento esencial de su oficio. Incluso se rumoreaba, injustamente, que Blain-Thomson realizaba sus autopsias en batín.

A pesar de estos manierismos personales, empero, era un excelente patólogo forense. Los jurados lo adoraban. Cuando subía al estrado y desgranaba los detalles de sus formidables cualificaciones y experiencia, con aquella voz de actor y aquel formalismo que de algún modo sugería su aburrimiento ante las cosas del mundo, los miembros del jurado lo contemplaban con la respetuosa admiración de las personas que saben reconocer a un distinguido consultor cuando ven uno y no tienen la menor intención de mostrarse tan impertinentes como para poner en duda lo que él tenga a bien decirles.

Tras agazaparse junto al cadáver y olerlo, tocarlo y escucharlo, apagó su linterna de médico y se puso en pie. Dijo:

—Sí, bien. Es evidente que ha muerto, y hace muy poco. Dentro de las dos últimas horas, si me apuran. Pero ya deben de haber llegado a esta conclusión ustedes mismos, o no la habrían descolgado. ¿Cuándo dicen que la han encontrado? Tres minutos después de las ocho. Entonces llevaría muerta, digamos, una hora y media. Es posible. Sin duda van a preguntarme si se trata de un suicidio o de un asesinato. Por el momento, lo único que puedo decirles es que la marca del cuello coincide con el cordón. Pero eso pueden verlo ustedes mismos. No hay señales de estrangulamiento manual, y no parece que el cordón estuviera superpuesto encima de una ligadura más fina. Es una mujer pequeña, no más de cincuenta kilos calculo yo, de modo que no haría falta ser muy fuerte para dominarla. Pero no hay señales de lucha y las uñas están perfectamente limpias, conque probablemente no tuvo ocasión de arañar. Si es un asesinato, debió sorprenderla por detrás muy rápidamente, pasarle el lazo por encima de la cabeza y colgarla en cuanto sobrevino la inconsciencia. En cuanto a la causa de la muerte, si ha sido por estrangulación, por rotura del cuello o por inhibición vagal, bien, deberán esperar a que la tenga sobre la mesa. Si ya han terminado con ella, puedo llevármela ahora mismo.

—¿Cuánto tardará en efectuar la autopsia?

—Bien, será mejor que empiece inmediatamente, ¿no? Me mantiene usted muy ocupado, comandante. Supongo que no querrá preguntarme nada sobre mi informe acerca de Lorrimer, ¿verdad?

Dalgliesh contestó:

—Nada, gracias. He intentado hablar con usted por teléfono.

—Lamento no haber estado localizable. Me han tenido todo el día encarcelado en diversos comités. ¿Cuándo se celebrará la indagatoria de Lorrimer?

—Mañana a las dos.

—Allí estaré. Supongo que la aplazarán. Le llamaré para darle un informe preliminar tan pronto como acabe de coserla.

Se puso los guantes cuidadosamente, dedo a dedo, y se fue. Todavía pudieron oírle cambiar unas palabras con el policía que le esperaba afuera para acompañarle con la linterna hasta su automóvil, al otro lado del campo. Uno de ellos se echó a reír. Luego, las voces fueron desvaneciéndose.

Massingham asomó la cabeza por la puerta. Los dos ayudantes de la furgoneta del depósito de cadáveres, anónimos burócratas de la muerte uniformados de oscuro, hicieron evolucionar el carrito a través del umbral con despreocupada habilidad. El cuerpo de Stella Mawson fue alzado con impersonal suavidad. Los hombres se volvieron para llevar el carrito hacia la puerta. Pero de pronto dos oscuras sombras les cortaron el paso, y Howarth y su hermana entraron silenciosa y simultáneamente a la luz de la capilla. Las figuras del carrito esperaron en una absoluta inmovilidad, como antiguos ilotas, sin ver ni oír.

Massingham pensó que su llegada parecía tan espectacularmente estudiada como la de una pareja de artistas de cine haciendo su entrada el día del estreno. Iban vestidos de forma idéntica, con pantalones y chaquetas de cuero marrón forradas de una hirsuta piel, con el cuello vuelto hacia arriba. Por vez primera se apercibió de su esencial parecido. La impresión de una película quedó reforzada. Contemplando las dos pálidas y arrogantes cabezas enmarcadas en piel, pensó que parecían unos gemelos decadentes, sus agraciados y elegantes perfiles teatralmente silueteados sobre los oscuros paneles de roble. También simultáneamente, sus ojos se volvieron hacia el amortajado bulto que yacía sobre el carrito, y luego se fijaron en Dalgliesh. Éste le dijo a Howarth:

—No se han dado mucha prisa en venir.

—Mi hermana estaba fuera, conduciendo, y he esperado a que regresara. Ha dicho usted que quería vernos a los dos. No se me ha dado a entender que fuera un asunto de urgencia inmediata. ¿Qué ha ocurrido? El inspector Massingham no se ha mostrado precisamente muy amable al convocarnos tan perentoriamente.

—Stella Mawson ha muerto por ahorcamiento.

No dudaba de que Howarth apreciaría el significado de su cuidadosa elección de las palabras. Los ojos de los hermanos pasaron de los dos ganchos fijados en la pared de la capilla, uno de los cuales tenía amarrada la cuerda de la campana, al cordón azul con su oscilante borla que Dalgliesh sostenía en sus manos. Howarth observó:

—Me pregunto cómo podía saber dónde estaba la cuerda. ¿Por qué elegiría este lugar?

—¿Reconoce este cordón, pues?

—¿No es el del cofre? Debería haber dos idénticos. Cuando preparábamos el concierto del veintiséis de agosto, tuvimos la idea de colgar las cortinas a la entrada del presbiterio. No obstante, al final nos decidimos en contra. El atardecer era demasiado caluroso para preocuparse por las corrientes de aire. Entonces había dos cordones con borla guardados en el arcón.

—¿Quién pudo verlos?

—Casi cualquiera de los que estuvimos ayudando en los preparativos: yo mismo, mi hermana, la señorita Foley, Martin, Blakelock... Middlemass nos echó una mano con las sillas alquiladas, al igual que otros varios miembros del laboratorio. Algunas de las mujeres ayudaron con los refrescos después del concierto, y estuvieron haciendo cosas por aquí durante la tarde. El arcón no está cerrado con llave. Cualquiera que sintiese curiosidad pudo ver qué contenía. Pero no sé cómo la señorita Mawson podía saber que había una cuerda. Estuvo en el concierto, sí, pero no tomó parte en los preparativos.

Dalgliesh hizo un gesto a los hombres del carrito, que lo empujaron suavemente hacia delante. Howarth y la señora Schofield se hicieron a un lado para dejarlo pasar. A continuación, Dalgliesh inquirió:

—¿Cuántas copias existen de la llave de esta capilla?

—Se lo dije ayer. Yo sólo sé de una. Está colgada del tablón en el despacho del oficial de enlace.

—¿Es la que está ahora en la cerradura?

Howarth, sin volver la cabeza, contestó:

—Si lleva el recuadro de plástico del laboratorio, es ésa.

—¿Sabe si hoy le ha sido entregada a alguien?

—No. Blakelock no suele molestarme con esta clase de detalles.

Dalgliesh se volvió hacia Domenica Schofield.

—Sin duda es ésa la que utilizó usted para sacar copias adicionales cuando decidió utilizar la capilla para sus encuentros con Lorrimer. ¿Cuántas se hicieron?

Ella respondió con serenidad:

—Dos. Una la encontró usted en su cuerpo. Ésta es la segunda.

La sacó del bolsillo de la chaqueta y la sostuvo en la palma de su mano en un gesto despectivo. Por un instante, pareció que iba a volver la mano y dejar caer la llave al suelo.

—¿No niega que se veían aquí?

—¿Por qué habría de negarlo? No es ningún delito. Ambos éramos adultos, en plena posesión de nuestras facultades mentales y libres de todo compromiso. No era ni siquiera adulterio; solamente fornicación. Parece usted fascinado por mi vida sexual, comandante, incluso en medio de sus preocupaciones más normales. ¿No teme que acabe convirtiéndose en una obsesión?

Sin inmutarse, Dalgliesh prosiguió:

—Y, cuando rompió con Lorrimer, ¿no le pidió que le devolviera la llave?

—Vuelvo a decirle lo mismo: ¿por qué habría de hacerlo? No la necesitaba para nada. No era un anillo de compromiso.

Durante este interrogatorio, Howarth no había mirado a su hermana. De pronto, preguntó ásperamente:

—¿Quién ha encontrado el cuerpo?

—Brenda Pridmore. La han llevado a su casa. En estos momentos está con ella el doctor Greene.

La voz de Domenica Schofield fue asombrosamente suave:

—Pobre niña. Parece que empieza a tomar la costumbre de ir descubriendo cadáveres, ¿no es cierto? Y ahora que le he explicado lo de las llaves, ¿quiere alguna otra cosa de nosotros por esta noche?

—Solamente preguntarles dónde han estado a partir de las seis.

Howarth fue el primero en contestar:

—He salido del laboratorio hacia las seis menos cuarto y ya no me he movido de casa. Mi hermana ha estado conduciendo sola desde las siete. Le gusta hacerlo de vez en cuando.

Domenica Schofield añadió:

—No sé si recordaré exactamente la ruta que he seguido, pero me he detenido en un agradable pub de Whittlesford a comer y beber algo poco antes de las ocho. Probablemente se acordarán de mí, pues allí soy bastante conocida. ¿Por qué quiere saberlo? ¿Quiere decir que ha sido un asesinato?

—Es una muerte inexplicada.

—Y sin duda bastante sospechosa. Pero, ¿no ha pensado que quizás ella matara a Lorrimer y luego se quitara la vida?

—¿Puede darme una buena razón para que lo hiciera ella?

La mujer se echó a reír suavemente.

—¿Matar a Edwin? La mejor y la más frecuente de las razones, según he leído. Porque en otro tiempo estuvieron casados. ¿No lo había averiguado usted, comandante?

—¿Y usted cómo lo sabe?

—Porque me lo dijo él. Seguramente soy la única persona del mundo a quien se lo dijo. Me explicó que el matrimonio no llegó a consumarse, y que obtuvo la anulación a los dos años. Supongo que es por eso por lo que jamás llevó la novia a su casa. Resulta embarazoso presentar la nueva esposa a los familiares y a todo el pueblo, especialmente cuando no es en realidad una esposa y uno sospecha que jamás lo será. No creo que los padres de Lorrimer llegaran a saberlo nunca, conque no es sorprendente que usted no pudiera enterarse. Aunque, por otra parte, me imaginaba que ustedes lo escudriñaban todo respecto a las preocupaciones privadas de la gente.

Antes de que Dalgliesh pudiera replicar, todos oyeron al mismo tiempo una precipitada pisada sobre el peldaño de piedra, y Angela Foley cruzó la puerta. Estaba acalorada por la carrera. Mirando enloquecidamente de un rostro a otro, respirando entrecortadamente, jadeó:

—¿Dónde está? ¿Dónde está Star? —Dalgliesh dio un paso hacia ella, pero ella retrocedió como si le horrorizara la idea de que pudiera tocarla—. Esos hombres. Bajo los árboles. Hombres con una linterna. Están llevándose algo. ¿Qué es? ¿Qué le han hecho a Star?

Sin mirar a su medio hermano, Domenica Schofield extendió una mano. Él le alargó la suya. No se acercaron más, sino que permanecieron distanciados, rígidamente enlazados por aquellas manos unidas. Dalgliesh respondió:

—Lo siento, señorita Foley. Su amiga ha muerto.

Cuatro pares de ojos la contemplaron mientras los de ella se volvían, primero hacia las azules vueltas de cuerda que pendían de la mano de Dalgliesh, luego hacia los dos ganchos gemelos, finalmente hacia la silla de madera ordenadamente colocada junto a la pared. Después, susurró:

—¡Oh, no! ¡Oh, no!

Massingham se acercó para cogerla del brazo, pero ella se desasió de un tirón. Echó la cabeza hacia atrás, como un animal al aullar, y sollozó:

—¡Star! ¡Star!

Antes de que Massingham pudiera retenerla, salió corriendo de la capilla y se oyeron sus salvajes gemidos de desesperación, transportados hasta ellos por una ligera brisa.

Massingham salió en pos de la mujer. Ella había dejado ya de gritar y corría por entre los árboles tan deprisa como podía. Aun así, el policía le dio alcance fácilmente antes de que llegara junto a las dos lejanas figuras con su fúnebre carga. Al principio, ella se debatió con fiereza, pero de pronto se desmoronó en sus brazos y Massingham pudo levantarla en vilo y llevarla hasta el coche.

Cuando volvió a la capilla, al cabo de treinta minutos, Dalgliesh estaba sentado en silencio en uno de los sitiales, al parecer absorto en el libro de oraciones. Lo dejó a un lado y se interesó:

—¿Cómo se encuentra?

—El doctor Greene le ha administrado un sedante. Además, le ha pedido a la enfermera del distrito que se quede a pasar la noche con ella. No ha podido pensar en nadie más. Parece ser que ni Brenda Pridmore ni ella estarán en condiciones de ser interrogadas antes de la mañana.

Se quedó mirando el pequeño montón de tarjetas numeradas que había sobre el asiento contiguo al de Dalgliesh. Su jefe explicó:

—Las he encontrado en el fondo del arcón. Supongo que podemos examinarlas en busca de huellas, y también las del tablón. Pero ya sabemos lo que encontraremos.

Massingham preguntó:

—¿Cree usted que es cierto lo que ha dicho la señora Schofield, que Lorrimer y Stella Mawson habían estado casados?

—Oh, sí, creo que sí. ¿Por qué habría de mentirnos, cuando es tan fácil comprobar la verdad? Y eso explica muchas cosas: el extraordinario cambio de testamento, e incluso su estallido cuando hablaba con Bradley. Este primer fracaso sexual debió de afectarle muy profundamente. Aun después de todos estos años, no soportaba pensar que ella pudiera beneficiarse de su herencia, ni siquiera indirectamente. O quizá lo que le resultaba insoportable era pensar que, al contrario que él, ella había encontrado la felicidad..., y que la había encontrado al lado de una mujer.

Massingham concluyó:

—Así pues, Angela Foley y ella se quedaron sin nada. Pero éste no es motivo para suicidarse. Además, ¿por qué aquí, de todos los lugares posibles?

Dalgliesh se puso en pie.

—No creo que se suicidara. Esto ha sido un asesinato.

QUINTA PARTE

EL POZO DE TAJÓN

1

Llegaron a la granja Bowlem antes de las primeras luces del día. La señora Pridmore había comenzado a hornear más temprano que de costumbre. Sobre la mesa de la cocina ya había dos grandes cuencos de barro cubiertos con abombados paños de lino, y toda la casa estaba impregnada del cálido y fecundo aroma de la levadura. Cuando entraron Massingham y Dalgliesh, el doctor Greene, un hombre achaparrado y ancho de espaldas, con el rostro de un sapo benévolo, estaba guardando su estetoscopio en las profundidades de un anticuado maletín Gladstone. Hacía menos de doce horas que Dalgliesh y él se habían visto por última vez, pues, como cirujano de la policía, había sido el primer médico en acudir junto al cuerpo de Stella Mawson, donde, tras un breve examen, había sentenciado:

—¿Está muerta? Respuesta: sí. ¿Causa de la muerte? Respuesta: ahorcamiento. ¿Momento de la muerte? Respuesta: hace aproximadamente una hora. Y ahora será mejor que llame al forense, quien le explicará por qué de momento sólo está en condiciones de contestar a la primera pregunta.

Al verlos llegar, no perdió el tiempo en cortesías ni preguntas, sino que saludó brevemente a los dos detectives con una inclinación de cabeza y siguió hablando con la señora Pridmore.

—La chica está perfectamente. Ha tenido un feo susto, pero nada que una buena noche de sueño no sea capaz de arreglar. Es joven y saludable, y hace falta algo más que un par de cadáveres para convertirla en una ruina neurótica, si es eso lo que le preocupa. Mi familia ha atendido médicamente a la suya a lo largo de tres generaciones, y todavía no hemos visto que ninguno de los suyos perdiera el juicio. —Se volvió hacia Dalgliesh—. Ahora ya pueden subir a verla.

Arthur Pridmore estaba de pie junto a su esposa, apretándole un hombro con la mano. Nadie le presentó a Dalgliesh; no había necesidad. Dijo:

—La chica todavía no se ha enfrentado a lo peor, ¿verdad? Ya es el segundo cadáver. ¿Cómo cree que va a ser para ella la vida en este pueblo si estas dos muertes no se resuelven?

El doctor Greene estaba impaciente. Cerró de golpe su maletín.

—¡Por el amor de Dios, hombre! ¡Nadie va a sospechar de Brenda! Ha vivido aquí toda su vida. Yo la traje al mundo.

—Pero eso no es ninguna protección contra la calumnia, ¿verdad? No digo que la acusen a ella. Pero ya sabe cómo son los marjales. La gente de por aquí puede ser muy supersticiosa, y no olvida ni perdona. Pueden decir que está marcada por la mala suerte.

—No, de su hermosa Brenda nunca podrán decir eso. Es más probable que se convierta en la heroína local. Déjese de pensamientos morbosos, Arthur, y acompáñeme hasta el coche. Tenemos que hablar de ese asunto del Consejo de la Iglesia Parroquial.

Ambos hombres salieron juntos. La señora Pridmore alzó la vista hacia Dalgliesh y dijo:

—Y ahora subirá usted a interrogarla, a hacerle hablar de eso, a recordárselo más todavía...

—No se preocupe —respondió Dalgliesh suavemente—. Hablar le hará bien.

La señora Pridmore no hizo ademán de querer acompañarlos al piso de arriba, una muestra de discreción por la que Dalgliesh le quedó agradecido. Difícilmente habría podido prohibirle que subiera, especialmente en vista de que no había tenido tiempo de hacer venir a una mujer policía, pero tenía la impresión de que Brenda estaría más relajada y comunicativa en ausencia de su madre. La joven respondió animadamente a su llamada en la puerta. El pequeño dormitorio, con sus vigas bajas y las cortinas cerradas a la oscuridad de la madrugada, estaba lleno de luz y color, y ella les esperaba incorporada en una cama recién hecha, con los ojos brillantes y una aureola de cabellos cayendo en cascada sobre sus hombros. De nuevo Dalgliesh se maravilló por la resistencia de la juventud. Massingham, deteniéndose repentinamente bajo el dintel, pensó que la muchacha debería estar en los Uffizi, con los pies flotando sobre una pradera de flores primaverales y el luminoso paisaje de Italia extendiéndose a sus espaldas hasta el infinito.

La habitación era todavía en gran medida la de una colegiala. Había dos estantes de libros de texto, otro con una colección de muñecas ataviadas con distintos trajes nacionales y un tablón de corcho con recortes de los suplementos dominicales y fotos de sus amigas. A un lado de la cama, una butaca de mimbre sostenía un gran osito de peluche. Dalgliesh lo cogió y lo dejó en la cama, junto a la joven, y luego ocupó él el asiento. Entonces, dijo:

—¿Cómo se encuentra? ¿Está mejor?

Brenda se inclinó impulsivamente hacia él. La manga de su bata de color crema le cayó sobre el pecoso brazo. Contestó:

—Me alegro mucho de que hayan venido. Nadie quiere hablar de este asunto. No se dan cuenta de que tendré que hablar en un momento u otro, y es mucho mejor ahora que está todo fresco en mi mente. Fue usted quien me encontró, ¿verdad? Recuerdo que me levantaron en brazos, igual que a Marianne Dastwood en *Sense and sensibility*, y recuerdo también el agradable olor de su chaqueta.

Pero después de eso ya no recuerdo nada más. Bueno, sí que me acuerdo de haber hecho sonar la campana.

—Eso fue muy inteligente. Estábamos aparcados en el camino de entrada del laboratorio y la oímos sonar. De otro modo, habrían podido pasar horas hasta que descubrieran el cuerpo.

—En realidad no fue inteligencia, sino pánico. Supongo que ya habrá deducido qué ocurrió. Tuve un pinchazo en la bicicleta y decidí volver andando a casa a través del nuevo laboratorio. Luego, me perdí y me asusté. Empecé a pensar en el asesino del doctor Lorrimer y a imaginar que estaba al acecho, esperándome. Pensé incluso que tal vez me había pinchado deliberadamente los neumáticos. Ahora parece una tontería, pero entonces no se me lo parecía.

Dalgliesh le explicó:

—Hemos examinado la bicicleta. Durante la tarde pasó un camión de grava por delante del laboratorio, y un poco de la carga cayó a la carretera. Su bicicleta tenía un fragmento agudo de pedernal en cada una de las ruedas. Pero sus temores eran perfectamente naturales. ¿Recuerda si verdaderamente había alguien en la obra?

—Me parece que no. En realidad no vi a nadie, y creo que la mayoría de los ruidos que oí eran imaginaciones mías. Lo que más me asustó fue una lechuza. Después, salí del edificio y eché a correr campo a través, presa del pánico, en dirección a la capilla.

—¿Le dio la impresión de que podía haber alguna otra persona en la capilla?

—Bueno, no hay columnas para esconderse detrás. Es una capilla extraña, ¿no? En realidad, no parece un lugar sagrado. Quizá sea que no se ha rezado lo bastante en ella. Yo solamente había estado allí una vez, cuando el doctor Howarth y otros tres miembros del personal dieron un concierto, conque ya sabía cómo era por dentro. ¿Cree que podía haber alguien escondido dentro de uno de los sitiales, mirándome? Es una idea horrible.

—Sí que lo es. Pero, ahora que está a salvo, ¿puede soportar pensar en ella?

—Ahora que está usted aquí, sí. —Hizo una pausa—. Creo que no había nadie. Yo no vi a nadie, y me parece que tampoco oí nada. Pero estaba tan asustada que probablemente no me habría dado cuenta. Sólo vi aquel manojo de ropas colgando de la pared, y luego la cara inclinada hacia mí.

Dalgliesh no necesitaba advertirle de la importancia de su próxima pregunta.

—¿Recuerda dónde encontró la silla, su posición exacta?

—Estaba volcada en el suelo, justo a la derecha del cuerpo, como si la hubiese derribado de una patada. Creo que había caído hacia atrás, pero puede que estuviera de lado.

—¿Pero está completamente segura de que se había volcado?

—Completamente. Recuerdo que tuve que levantarla y subir sobre ella para poder tocar la campana. —Le miró con ojos brillantes—. No hubiera debido hacerlo, ¿verdad? Ahora, si encuentra marcas o tierra en el asiento, no sabrá si son de mis zapatos o de los de ella. ¿Es por eso por lo que el inspector Massingham se llevó anoche mis zapatos? Me lo ha dicho mamá.

—Sí, es por eso.

La silla sería examinada en busca de huellas y luego enviada al Laboratorio Metropolitano, donde la someterían a diversas pruebas. Pero este asesinato, si es que había sido un asesinato, tenía que ser premeditado. Dalgliesh dudaba mucho que el asesino hubiera cometido ningún error, esta vez.

Brenda dijo:

—Una cosa me ha llamado la atención. Es extraño, ¿verdad?, que estuviera encendida la luz.

—Ésa es otra cosa que quería preguntarle. ¿Está segura de que las luces de la capilla estaban encendidas? ¿No la encendería usted al entrar?

—Estoy completamente segura de que no lo hice. Vi el resplandor de la luz por entre los árboles. Era algo así como la Ciudad de Dios, ya sabe. Después de salir del edificio nuevo, lo más lógico habría sido correr hacia la carretera, pero de pronto vi la silueta de la capilla y la luz que brillaba tenuemente a través de las ventanas, y corrí hacia allí casi por instinto.

—Supongo que sería por instinto. Sus antepasados hacían lo mismo. Sólo que ellos habrían corrido a refugiarse en Saint Nicholas.

—He estado pensado en las luces desde que me he despertado. Da la impresión de un suicidio, ¿no? Supongo que la gente no se mata a oscuras. Sé que yo no lo haría. No me imagino suicidándome, a no ser que estuviera desesperadamente enferma y sola y con terribles dolores, o que alguien estuviera torturándome para que le diera una información vital. Pero, si lo hiciera, no apagaría la luz. Querría ver la luz hasta el último momento antes de hundirme en la oscuridad, ¿no le parece? Pero los asesinos siempre quieren retrasar el descubrimiento del cadáver, ¿verdad? Entonces, ¿por qué no apagó la luz y cerró la puerta con llave?

La joven hablaba con alegre despreocupación. La enfermedad, la soledad y el dolor eran tan irreales y remotos como la tortura. Dalgliesh respondió:

—Tal vez porque quería que pareciera un suicidio. ¿Fue eso lo primero que se le ocurrió al ver el cuerpo, que había sido un suicidio?

—En aquel momento, no. Estaba demasiado asustada para pensar. Pero desde que he despertado y he podido reflexionar en todo el asunto..., sí, supongo que me parece un suicidio.

—Pero no está muy segura de por qué se lo parece.

—Quizá porque el ahorcamiento es una forma muy

extraña de asesinar a alguien. En cambio, muchos suicidas suelen ahorcarse, ¿verdad? El antiguo porquero del señor Bowlem lo hizo, y también la vieja Annie Makepeace. Me he fijado que en los marjales la gente normalmente suele ahorcarse o pegarse un tiro. Claro, en una granja siempre se encuentra una escopeta o una cuerda.

Hablaba con sencillez y sin temor. Había vivido toda su vida en una granja, con la constante presencia del nacimiento y de la muerte. El nacimiento y la muerte de los animales, y también de los seres humanos. Y las largas y oscuras noches de los inviernos del marjal debían traer consigo sus propios miasmas de locura y desesperación. Pero no a ella. Dalgliesh comentó:

—Me abruma usted. Tal como lo dice, parece un holocausto.

—No sucede muy a menudo, pero cuando sucede queda en la memoria. Es sólo que relaciono el ahorcamiento con el suicidio. ¿Cree que esta vez estoy equivocada?

—Podría ser. Pero ya lo averiguaremos. Nos ha ayudado usted mucho.

Estuvo otros cinco minutos hablando con ella, pero ya no tenía nada más que añadir. No había acompañado al inspector Blakelock cuando éste había ido al despacho del inspector jefe Martin para conectar las alarmas nocturnas, de modo que no podía decir si la llave de la capilla estaba o no en su lugar. Solamente había visto a Stella Mawson en una ocasión, durante el concierto en la capilla, cuando se había sentado en la misma fila que Angela Foley, Stella Mawson, la señora Schofield y el doctor Kerrison y sus hijos.

Cuando Dalgliesh y Massingham se retiraban, la muchacha añadió:

—No creo que papá y mamá me dejen volver más al laboratorio. En realidad, estoy segura de que no me dejarán. Quieren que me case con Gerald Bowlem. Me parece que me gustaría casarme con Gerald; por lo menos, nunca he pensado en casarme con ningún otro. Pero todavía no. Antes me gustaría tener una buena carrera como científica. Pero, si me quedo en el laboratorio, mamá no tendrá un momento de tranquilidad. Me quiere, y sólo me tiene a mí. No puedes hacerle daño a la gente que te quiere.

Dalgliesh reconoció una solicitud de ayuda y, dando media vuelta, tomó asiento de nuevo. Massingham, que fingía mirar por la ventana, estaba intrigado. Se preguntó qué pensarían en el Yard si pudieran ver al viejo robando tiempo a una investigación criminal para dar consejo sobre las ambigüedades morales de la liberación de la mujer. Pero también deseaba que se lo hubiese preguntado a él. Desde su entrada en la habitación, Brenda sólo había tenido ojos para Dalgliesh. Su superior estaba diciendo:

—Supongo que un trabajo científico no resultará fácil de combinar con ser la esposa de un granjero.

—Creo que no sería justo para Gerald.

—Yo antes pensaba que podemos conseguir de la vida casi cualquier cosa que queramos, que sólo es cuestión de organizarse. Pero ahora empiezo a creer que hemos de elegir más a menudo de lo que nos gustaría. Lo importante es que la elección sea nuestra y de nadie más, y que sea sincera. Pero algo de lo que estoy completamente seguro es que nunca da buenos resultados tomar una decisión cuando no se está del todo bien. ¿Por qué no espera algún tiempo, hasta que hayamos resuelto el asesinato del doctor Lorrimer, en todo caso? Quizá su madre vea entonces las cosas de otra manera.

Brenda observó:

—Supongo que es esto lo que hace el asesinato, cambiar la vida de la gente y estropeársela.

—Cambiarla, sí. Pero no necesariamente estropearla. Usted es joven, inteligente y valerosa, conque no creo que se la deje estropear.

Abajo, en la cocina de la granja, la señora Pridmore estaba preparando unos bocadillos con lonchas de tocino frito entre gene rosas rebanadas de crujiente pan. Al verlos descender, dijo ásperamente:

—Da la impresión de que a los dos les vendría bien un buen desayuno. Habrán estado toda la noche en pie, supongo, no les hará ningún mal sentarse un par de minutos y comerse esto. El té está recién hecho.

La cena de la noche anterior había consistido en un par de bocadillos que un agente había traído del Moonraker y que habían consumido en la antesala de la capilla. El aroma del tocino frito hizo que Massingham cobrara conciencia del hambre que tenía. Agradecido, dio un bocado al caliente pan impregnado con la salada grasa del tocino curado en casa, y lo engulló con un sorbo de cargado y ardiente té. Se sintió acariciado por la cálida y amistosa atmósfera de la cocina, un placentero refugio contra los negros marjales. Entonces sonó el teléfono. La señora Pridmore fue a contestar. Les anunció:

—Era el doctor Greene, que llamaba desde Sprogg's Cottage. Quiere que les diga que Angela Foley ya se encuentra en condiciones de hablar con ustedes.

2

Angela Foley entró lentamente en la habitación. Estaba completamente vestida y perfectamente calmada, pero ambos policías quedaron impresionados por el cambio que se había operado en ella. Caminaba con rigidez, y su cara parecía avejentada y magullada como si durante toda la noche la pesadumbre la hubiera atacado físicamente. Sus pequeños ojos estaban apagados y hundidos tras los sobresalientes huesos, sus mejillas estaban insalubremente moteadas, la delicada boca se veía hinchada y tenía un herpes en el labio superior. Lo único que no había variado era su voz, aquella voz infantil e inexpresiva con que había contestado a sus primeras preguntas.

La enfermera del distrito, que había pasado la noche en Sprogg's Cottage, había encendido el fuego. Angela contempló los crepitantes leños y dijo:

—Stella nunca encendía el fuego hasta bien entrada la tarde. Yo lo dejaba preparado por la mañana, antes de irme al laboratorio, y ella lo encendía más o menos media hora antes de que llegara yo.

Dalgliesh explicó:

—La señorita Mawson llevaba encima sus llaves. Me temo que hemos tenido que abrir el escritorio para examinar sus papeles. No hemos podido pedirle permiso porque estaba usted dormida.

Ella respondió, con voz neutra:

—Habría dado lo mismo, ¿no? Habrían mirado igualmente. Tenían que hacerlo.

—¿Sabía usted que en otro tiempo su amiga estuvo formalmente casada con Edwin Lorrimer? No hubo divorcio; el matrimonio fue anulado a los dos años por no consumación. ¿Se lo había dicho ella?

La mujer se volvió a mirarlo, pero resultaba imposible calibrar la expresión de sus ojillos porcinos. Si su voz reflejaba alguna emoción, se parecía más a una irónica diversión que a la sorpresa.

—¿Casada? ¿Con Edwin? Conque por eso sabía... —Dejó la frase sin terminar—. No, no me lo había dicho. Cuando me vine a vivir aquí, fue un nuevo comienzo para las dos. Yo no quería hablar de mi pasado, y creo que ella tampoco lo deseaba. A veces me hablaba de su vida en la universidad, de su trabajo, de la gente curiosa que había conocido, pero nunca me dijo que hubiera estado casada.

Dalgliesh inquirió con suavidad:

—¿Se siente en condiciones de contarme lo que ocurrió anoche?

—Me dijo que se iba a dar un paseo. Solía hacerlo a menudo, pero casi siempre después de cenar. Era entonces cuando pensaba en sus libros y resolvía los argumentos y diálogos, cuando deambulaba a solas en la oscuridad.

—¿A qué hora salió?

—Justo antes de las siete.

—¿Sabe si llevaba consigo la llave de la capilla?

—Me la pidió ayer después del almuerzo, antes de que volviera al laboratorio. Me explicó que quería describir en su libro una capilla familiar del siglo XVII, pero no pensé que tuviera intención de visitarla tan pronto. Al ver que eran las diez y media y aún no había regresado, me inquieté y salí a buscarla. Llevaba casi una hora andando cuando se me ocurrió mirar en la capilla.

Acto seguido, le habló directamente a Dalgliesh, con paciencia, como si tratara de explicarle algo a un chiquillo obtuso.

—Lo hizo por mí. Se mató para que yo pudiera disponer del dinero de su seguro de vida. Me dijo que yo heredaría todo lo suyo. El propietario de esta casa quiere venderla lo antes posible; le hace falta el dinero. Queríamos comprarla, pero no disponíamos de suficientes fondos para la entrada. Justo antes de salir, me preguntó qué se sentía al vivir a cuidado de las autoridades, qué significaba carecer de un verdadero hogar. Cuando mataron a Edwin, creímos que en su testamento habría algo para mí. Pero no lo hubo. Por eso me pidió la llave. No es cierto que quisiera incluir una descripción de la capilla en su libro; no en este libro, al menos. La acción transcurre en Londres, y ya está casi acabado. Lo sé. He estado pasando a máquina el manuscrito. Me pareció extraño que me pidiera la llave, pero había aprendido a no hacer preguntas a Stella.

»Pero ahora lo comprendo. Quería que yo pudiera vivir tranquila aquí, donde habíamos sido felices; tranquila para siempre. Sabía lo que iba a hacer. Sabía que ya nunca volvería. Cuando le daba masaje en la nuca para aliviar su dolor de cabeza, ella ya sabía que nunca volvería a tocarla.

Dalgliesh preguntó:

—¿Cree que una escritora, cualquier escritora que no esté mentalmente enferma, se mataría justo antes de terminar un libro?

Ella contestó lentamente:

—No lo sé. No comprendo cómo piensan los escritores.

—Bien, pues yo sí —le aseguró Dalgliesh—. Y le digo que no lo haría.

Ella no dijo nada. El policía prosiguió, suavemente:

—¿Era feliz, viviendo aquí con usted?

La mujer le miró, anhelante, y por vez primera su voz cobró animación, como si verdaderamente deseara que la comprendiera.

—Decía que nunca se había sentido tan feliz. Decía que eso era el amor, saber que puedes hacer feliz a una persona y que esa persona te haga feliz a cambio.

403

—Entonces, ¿por qué habría de matarse? ¿Le parece que verdaderamente pudo pensar que usted preferiría el dinero a tenerla a ella? ¿Por qué habría de pensar tal cosa?

—Stella siempre se subestimaba. Quizá pensó que a ella la olvidaría con el tiempo, pero que el dinero y la seguridad serían para toda la vida. Quizá pensara incluso que vivir con ella era perjudicial para mí, que el dinero serviría para liberarme. En cierta ocasión dijo algo por el estilo.

Dalgliesh contempló la cenceña y erguida figura sentada frente a él, con las manos dobladas sobre su regazo, y fijó la vista en su rostro. Luego, anunció sosegadamente:

—Pero es que no habrá ningún dinero. La póliza del seguro contenía una cláusula contra suicidios. Si la señorita Mawson se quitó la vida, usted no recibirá nada.

Eso ella no lo sabía; pudo verlo claramente. La noticia le sorprendió, pero sin consternarla. No era una asesina despojada de su botín.

Angela Foley sonrió y replicó con calma:

—No me importa.

—Importa para la investigación. He leído una de las novelas de su amiga. La señorita Mawson era una escritora sumamente inteligente, lo cual quiere decir que era una mujer inteligente. Su corazón no era fuerte y las primas de su póliza de seguro no eran baratas. No debía de resultarle fácil pagarlas. ¿Realmente puede creer que ignoraba las condiciones de su póliza?

—¿Qué trata de decirme?

—La señorita Mawson sabía, o creía saber, quién mató al doctor Lorrimer, ¿no es así?

—Sí. Eso me dijo. Pero no quiso explicarme quién era.

—¿Ni tan sólo si se trataba de un hombre o una mujer?

Reflexionó unos instantes.

—No, nada. Solamente que lo sabía. No estoy segura de que lo dijera así, con estas palabras. Pero cuando se lo pregunté, no lo negó. —Hizo una pausa, y luego prosiguió con mayor animación—: Está usted pensando que salió a entrevistarse con el asesino, ¿verdad? Que pretendía hacerle chantaje. ¡Pero Stella no haría nunca tal cosa! Solamente una loca correría ese riesgo, y ella no estaba loca. Usted mismo lo ha dicho. Jamás habría ido a enfrentarse ella sola con un asesino por propia voluntad, no importa el dinero que hubiera en juego. Ninguna mujer en su juicio lo haría.

—¿Aunque el asesino fuera una mujer?

—¿Ella sola y de noche? No. Star era muy pequeña y frágil, y su corazón no era fuerte. Cuando la rodeaba con mis brazos era como estrechar un pajarillo. —Miró hacia el fuego y, con voz casi ensoñadora, dijo—: No volveré a verla nunca. Nunca. Se sentó en esta butaca y se calzó las botas, como solía hacer siempre. Yo nunca me ofrecía a acompañarla por las tardes. Sabía que necesitaba estar a solas. Todo sucedió como siempre, hasta que llegó ante la puerta. Y entonces sentí miedo. Le supliqué que no fuera. Y ya no volveré a verla nunca. Nunca volverá a hablar, ni conmigo ni con nadie. Nunca escribirá otra palabra. Aún no puedo creerlo. Sé que ha de ser cierto, o no estaría usted aquí, pero todavía no puedo creerlo. Cuando lo crea, ¿cómo podré soportarlo?

Dalgliesh insistió:

—Señorita Foley, necesitamos saber si también salió la noche en que mataron al doctor Lorrimer.

La mujer dirigió la vista hacia él.

—Ya sé qué pretende que haga. Si le digo que salió, para usted el caso queda resuelto, ¿verdad? Lo tendría todo bien atado: medios, motivo, oportunidad. Era su ex esposo y ella lo odiaba a causa del testamento. Fue a tratar de convencerlo para que nos ayudara con algo de dinero. Cuando él se negó, ella cogió la primera arma que encontró a mano y lo mató de un golpe.

Dalgliesh objetó:

—Es posible que él la dejara entrar en el laboratorio, aunque me parece muy poco probable. Pero, ¿cómo pudo salir?

—Usted dirá que cogí las llaves de la caja fuerte del doctor Howarth y se las presté a ella. Luego, a la mañana siguiente, volví a dejarlas en su sitio.

—¿Lo hizo?

Ella sacudió la cabeza.

—Solamente habría podido usted hacerlo si el inspector Blakelock también estuviera de acuerdo. ¿Y qué razones tenía él para desear la muerte del doctor Lorrimer? Cuando su hija única murió atropellada por un automóvil que se dio a la fuga, la declaración del científico forense contribuyó a que el conductor fuese absuelto. Pero eso sucedió hace diez años, y el forense no era el doctor Lorrimer. Lo comprobamos cuando la señorita Pridmore nos habló de esa hija. La declaración versó sobre partículas de pintura, y eso es trabajo para un químico forense, no para un biólogo. ¿Pretende decirme que el inspector Blakelock mentía cuando aseguró que las llaves estaban en la caja de seguridad?

—No mentía. Las llaves estaban allí.

—Entonces, cualquier acusación que pudiéramos presentar en contra de la señorita Mawson queda muy debilitada, ¿no le parece? ¿Acaso alguien podría creer que descendió por la fachada desde la ventana de un tercer piso? Debe pensar que estamos aquí para averiguar la verdad, no para fabricar una solución fácil.

Sin embargo, pensó Massingham, no andaba descaminada. En cuanto Angela Foley admitiera que aquella noche su amiga salió de Sprogg's Cottage, resultaría difícil atribuir el crimen a nadie más. La solución que ella misma acababa de proponer era bastante clara, y juzgaran a quien juzgasen por el asesinato de Lorrimer, la defensa no dejaría de aprovecharla al máximo. Contempló el rostro de su jefe. Dalgliesh prosiguió:

—Estoy de acuerdo en que ninguna mujer en su sano juicio saldría de noche para entrevistarse con un asesino. Por eso no creo que ella lo hiciera. Ella creía saber quién había asesinado a Edwin Lorrimer, y si anoche tenía una cita no era con tal persona. Señorita Foley, por favor, míreme. Debe confiar en mí. No sé todavía si su amiga se mató o la mataron. Pero para descubrir la verdad, necesito saber si ella salió de casa la noche en que murió el doctor Lorrimer.

Ella replicó en tono mortecino:

—Estuvimos juntas toda la noche. Ya se lo dijimos.

Hubo un silencio. A Massingham le pareció que se prolongaba durante varios minutos. Luego, los leños del hogar llamearon y sonó un chasquido como un tiro de pistola. Un madero rodó fuera de la chimenea. Dalgliesh se arrodilló y, con ayuda de las tenazas, lo devolvió a su lugar. Se mantuvo el silencio. Finalmente, ella dijo:

—Por favor, dígame antes la verdad. ¿Cree usted que Star ha sido asesinada?

—Eso creo, pero quizá no pueda demostrarlo nunca.

—Star salió aquella noche, efectivamente. Estuvo fuera desde las ocho y media hasta las nueve y media, más o menos. No me dijo dónde había estado y, cuando llegó a casa, parecía perfectamente normal y perfectamente compuesta. No me dijo nada, pero lo cierto es que salió.

Por fin, ella dijo:

—Les agradecería mucho que ahora se fueran, por favor.

—Creo que debería tener a alguien con usted.

—No, no soy una niña. No quiero a la señora Swaffield ni a la enfermera del distrito ni a ninguna de las almas caritativas del pueblo. Y no necesito una mujer policía. No he cometido ningún delito, de manera que no tienen ustedes derecho a imponerme su presencia. Ya les he dicho todo lo que sé. Han cerrado su escritorio con llave, conque nadie podrá tocar las cosas de Stella. No pienso hacer ninguna tontería. ¿No es ésta la expresión que utiliza la gente cuando intentan preguntar discretamente si tiene uno intención de matarse? Pues yo no la tengo. Ya me encuentro bien. Sólo quiero que me dejen a solas.

Dalgliesh le advirtió:

—Temo que más adelante deberemos imponerle de nuevo nuestra presencia.

—Más adelante no es ahora.

No pretendía mostrarse ofensiva; era solamente la sencilla constatación de un hecho. Se puso en pie estiradamente y anduvo hacia la puerta con la cabeza rígidamente erguida, como si únicamente la disciplina corporal pudiera conservar intacta la frágil integridad de la mente. Dalgliesh y Massingham intercambiaron una mirada. Ella estaba en lo cierto. No podían imponer consuelo ni compañía donde nada de esto era deseado. Carecían de autoridad legal para quedarse o para obligarla a abandonar la casa. Y tenían cosas que hacer.

Ella se dirigió a la ventana y, desde detrás de las cortinas, contempló cómo el automóvil rodeaba Sprogg's Green y aceleraba hacia el pueblo. Luego corrió al vestíbulo y sacó el listín telefónico de su anaquel. Sólo necesitó unos segundos de hojearlo febrilmente para encontrar el número que buscaba. Lo marcó, esperó y, finalmente, habló. Después, colgó el auricular y volvió a la sala de estar. Lentamente, con solemnidad, desprendió de la pared el sable francés y se quedó muy quieta, con los brazos extendidos y el arma reposando sobre las palmas. Al cabo de unos segundos, cerró la mano izquierda en torno a la vaina y con la derecha, lenta y deliberadamente, extrajo la hoja. Luego se situó justo ante el umbral de la sala de estar, la hoja desnuda en la mano, y midió la habitación con la vista, estudiando con gran concentración la disposición de muebles y objetos, como si fuera una extraña que calculara sus posibilidades en un previsible enfrentamiento.

Después de algunos minutos pasó al estudio y también allí permaneció inmóvil, examinando la habitación. Junto a la chimenea había un sillón victoriano. Lo arrastró hasta la puerta del estudio y escondió detrás suyo el desenvainado sable, con la punta apoyada en el suelo; acto seguido, deslizó la vaina bajo el mueble. Tras comprobar que ambos objetos resultaban invisibles, regresó a la sala de estar. Tomó asiento junto al fuego y se quedó allí quieta, esperando oír la llegada del automóvil.

3

Si a Claire Easterbrook le sorprendió, a su llegada al laboratorio poco antes de las nueve de la mañana, que el inspector Blakelock le pidiera que fuese a ver inmediatamente al comandante Dalgliesh, se guardó de demostrarlo. Aunque antes que nada fue a ponerse su bata blanca, por lo demás acudió al llamamiento sin otro retraso que el estrictamente necesario para poner de relieve su independencia. Cuando entró en el despacho del director, vio a los dos detectives —el de cabellos oscuros y el pelirrojo— conversando sosegadamente junto a la ventana, casi, pensó ella, como si el suyo fuese un asunto ordinario, como si en su presencia allí no hubiera nada fuera de lo común. Sobre el escritorio del doctor Howarth había una carpeta distinta a las suyas, así como un plano del laboratorio y un mapa cartográfico del pueblo desplegado sobre la mesa de conferencias, pero aparte de eso la habitación parecía la misma de siempre. Dalgliesh se acercó al escritorio y comenzó:

—Buenos días, señorita Easterbrook. ¿Se ha enterado de lo que ocurrió anoche?

—No. ¿Debería saberlo? Después de cenar fui al teatro, de manera que estuve ilocalizable, y hoy solamente he hablado con el inspector Blakelock, que no me ha dicho nada.

—Stella Mawson, la amiga de la señorita Foley, fue hallada ahorcada en la capilla.

Ella frunció el ceño, como si la noticia le resultara

personalmente ofensiva, y, mostrando apenas un interés educado, contestó:

—Comprendo. Creo que no nos habíamos visto nunca. Oh, sí, ya me acuerdo. Estuvo en el concierto que celebramos en la capilla. Cabellos grises, unos ojos muy notables. ¿Cómo ha sido? ¿Se ha matado?

—Ésa es una de las dos posibilidades. Parece sumamente improbable que haya sido un accidente.

—¿Quién la encontró?

—La señorita Pridmore.

Con sorprendente delicadeza, exclamó:

—¡Pobre niña!

Dalgliesh abrió la carpeta, extrajo dos sobres transparentes para guardar pruebas y dijo:

—Me gustaría que examinara urgentemente estos cuatro cabellos. No hay tiempo para enviarlos al Laboratorio Metropolitano. A ser posible, quiero saber si los oscuros proceden de la misma cabeza.

—Resulta más fácil determinar lo contrario. Puedo examinarlos al microscopio, pero dudo mucho que pueda ayudarle. La identificación de cabellos no es nunca fácil, y no creo que pueda hacer gran cosa con sólo tres muestras. Aparte del examen microscópico, normalmente utilizaríamos espectrometría de masas para tratar de detectar diferencias en los elementos vestigiales, pero eso no puede hacerse con sólo tres pelos. Si me lo pidieran a mí, tendría que responder que no puedo dar una opinión.

Dalgliesh insistió:

—Aun así, le quedaría agradecido si quisiera echarles un vistazo. Tengo un presentimiento, y me gustaría saber si vale la pena que lo siga.

Massingham intervino:

—Me gustaría estar presente, si no le molesta.

Ella lo miró fijamente.

—¿Habría alguna diferencia si le dijera que sí?

Al cabo de diez minutos, alzó la cabeza del microscopio de comparación y dijo:

—Si hablamos de presentimientos, el mío, por lo que pueda valer, es que proceden de distintas cabezas. La cutícula, la corteza y la médula son significativamente distintas. Pero creo que ambos corresponden a varones. Véalo usted mismo.

Massingham inclinó la cabeza hacia el ocular y vio lo que parecían dos pedazos de tronco, con su característico relieve. Junto a ellos había otros dos troncos con la corteza hecha trizas. Pero pudo ver que eran troncos distintos, y que correspondían a distintos árboles.

—Muchas gracias. Se lo comunicaré al señor Dalgliesh.

4

No había nada que pudiera poner entre su persona y aquella hoja brillante y afilada. Pensó sarcásticamente que peor habría sido una bala, pero en seguida tuvo que dudarlo. Una pistola exigía al menos cierta habilidad, había que apuntar de antemano. La bala podía ir a cualquier parte y, si no acertaba al primer disparo, él podía ocuparse de que no tuviera una segunda oportunidad. Pero lo que aquella mujer sostenía en su mano era casi un metro de frío acero y, en aquel reducido espacio, le bastaría dar un tajo o una estocada para cortarle hasta el hueso. Ahora comprendía por qué le había hecho pasar al estudio: allí no había espacio para maniobrar, ningún objeto a su alcance que pudiera asir y arrojarle. Y sabía que no debía mirar en torno, que debía fijar la vista firmemente y sin temor en el rostro de ella. Intentó mantener su voz calmada y razonable; una sonrisa nerviosa, un gesto que pudiera interpretarse como de hostilidad o provocación, y sería demasiado tarde para argüir.

—Mire, ¿no cree que deberíamos hablar de esto? Se ha equivocado usted de hombre, créame.

Ella replicó:

—Lea esa nota. La que hay sobre el escritorio, a su espalda.

No se atrevió a volver la cabeza, pero echó la mano hacia atrás y buscó a tientas sobre el escritorio. Sus dedos encontraron una hoja suelta de papel. Leyó en voz alta:

—«Vale más que vigile las muestras de cannabis cuando el inspector Doyle ande cerca. ¿Cómo cree que ha podido pagarse la casa?»

—¿Y bien?

—¿De dónde ha sacado esto?

—Del escritorio de Edwin Lorrimer. Stella lo encontró y me lo entregó a mí. Usted la mató porque ella lo sabía, porque quiso hacerle chantaje. Anoche se citó con usted en la capilla Wren, y usted la estranguló allí.

Habría podido echarse a reír por la ironía del caso, pero sabía que la risa le resultaría fatal. Y por lo menos estaban hablando. Cuanto más tiempo ganara, mayores serían sus posibilidades de salir con vida.

—¿Pretende decirme que su amiga creía que yo maté a Edwin Lorrimer?

—Ella sabía que no fue usted. La noche en que él murió ella había salido a pasear, y creo que vio salir del laboratorio a alguien a quien conocía. Sabía que no fue usted. No se habría arriesgado a reunirse con usted a solas si creyera que era un asesino. El señor Dalgliesh me lo explicó claramente. Fue a la capilla creyendo que no corría peligro, que podía llegar a algún acuerdo con usted. Pero usted la mató, y por eso voy a matarle ahora. Stella odiaba la idea de encerrar a la gente en una prisión. Yo no soporto pensar que su asesino pueda quedar algún día en libertad. Diez años a cambio de la vida de Stella... ¿Por qué ha de seguir usted vivo cuando ella está muerta?

No dudaba de que ella estaba hablando con toda seriedad. Ya había tratado en otras ocasiones con gente que, incapaz de seguir aguantando, había cruzado la barrera de la locura; había visto antes aquella misma mirada de obsesivo fanatismo. Se mantuvo perfectamente inmóvil, en equilibrio sobre las plantas de sus pies, los brazos colgando sin tensión, los ojos clavados en los ojos de ella, esperando la instintiva contracción inicial de los músculos antes del ataque. Trató de mantener la voz clara y serena, pero sin el menor rastro de jocosidad.

—Es un punto de vista razonable. No crea que estoy en contra del mismo. Jamás he podido comprender por qué la gente se muestra remisa a matar instantáneamente a un asesino convicto y, en cambio, admite que se le mate lentamente a lo largo de veinte años. Pero al menos han sido condenados. Está el pequeño detalle del juicio. Ninguna ejecución sin el debido proceso. Y, créame, señorita Foley, se ha equivocado usted de hombre. No maté a Lorrimer, y puedo demostrarlo.

—No me importa Edwin Lorrimer. Sólo me importa Stella. Y usted la ha matado.

—Ni siquiera sabía que hubiera muerto. Pero si la mataron ayer, en cualquier momento entre las tres y media y las siete y media, entonces estoy fuera de sospechas. Estuve casi toda la tarde en la comisaría de Guy's Marsh, siendo interrogado por el Yard. Y cuando Dalgliesh y Massingham se marcharon, seguí allí durante otras dos horas. Llámelos. Mire, enciérreme en un armario o en cualquier sitio del que no pueda escapar y telefonee a Guy's Marsh. Por el amor de Dios, no deseará cometer un error, ¿verdad? Usted me conoce. ¿Quiere matarme de una forma sangrienta y horrible mientras el verdadero asesino huye? Una ejecución no oficial es una cosa, y un asesinato otra muy distinta.

Le pareció que la mano que sujetaba la espada perdía parte de su tensión. Pero no hubo ningún cambio en el pálido y tenso rostro. Angela Foley dijo:

—¿Y la nota?

—Ya sé quién envió esa nota: mi mujer. Quería que abandonara el Cuerpo, y sabía que la mejor forma de impulsarme a presentar la dimisión sería provocando un poco de acosamiento por parte de las autoridades. Hace un par de años tuve un pequeño problema con el Cuerpo. El comité disciplinario me exoneró, pero estuve a punto de dimitir. ¿No es capaz de reconocer el despecho femenino en esa nota? Lo único que demuestra es que mi mujer quería verme deshonrado y fuera de la policía.

—Pero usted se dedicaba a robar la marihuana, sustituyéndola por alguna sustancia inerte.

—Ah, ésa es otra cuestión. Pero no va a matarme por eso. Además, nunca podrá demostrarlo, ya sabe. El último lote de muestras de cannabis con el que tuve algo que ver fue destruido por orden del tribunal. Yo mismo ayudé a incinerarlo. Justo a tiempo, por fortuna; el incinerador se estropeó inmediatamente después.

—Y las muestras que quemó, ¿eran de cannabis?

—Algunas lo eran. Pero nunca podrá demostrar que hice la sustitución, aunque decidiera hacer uso de esa nota. De todos modos, ¿qué importancia tiene? Ya estoy fuera de la policía. Mire, usted sabe que estaba trabajando en el asesinato del pozo de tajón. ¿Verdaderamente supone que estaría en mi propia casa a estas horas, libre de venir hasta aquí en cuanto usted me ha llamado, sin otro propósito que el de satisfacer mi curiosidad, si estuviera investigando un asesinato, si no me hubieran suspendido o aceptado mi dimisión? Puede que no sea un resplandeciente ejemplo de honradez policial, pero no soy ningún asesino y puedo demostrarlo. Llame a Dalgliesh y pregúnteselo.

Esta vez no había duda, el puño que sujetaba el sable se había aflojado. La mujer permanecía en el mismo lugar, muy inmóvil, pero ya no le miraba a él. Sus ojos estaban fijos en la ventana. Su expresión no había cambiado, pero pudo ver que estaba llorando. Las lágrimas brotaban de sus pequeños ojos y rodaban libremente por las mejillas. Se acercó sosegadamente y le quitó el sable de la mano sin que ella se resistiera. Luego, le pasó un brazo sobre los hombros. Ella no retrocedió. Entonces, le dijo:

—Mire, ha sufrido usted una fuerte conmoción. No habría debido quedarse aquí sola. ¿No es hora de que tomemos una taza de té? Dígame dónde está la cocina y yo lo prepararé. O, mejor aún, ¿no tiene nada más fuerte?

Con voz apagada, respondió:

—Hay whisky, pero es para Stella. Yo no bebo.

—Bien, pues ahora beberá un poco. Le sentará bien. Y, yo también necesito uno. Y luego se sentará tranquilamente y me lo contará todo de cabo a rabo.

Ella objetó:

—Pero, si no ha sido usted, ¿quién ha matado a Stella?

—Yo diría que la misma persona que mató a Lorrimer. Dos asesinos sueltos en una comunidad tan pequeña es demasiada coincidencia. Pero, mire, tiene que entregar esta nota a la policía. A mí no puede perjudicarme, ya no, y quizás a ellos les sirva de ayuda. Si su amiga encontró una información incriminadora en el escritorio de Lorrimer, bien pudo encontrar otra. La nota no la utilizó; probablemente sabía lo poco que valía. Pero, ¿y la información que sí utilizó?

Ella respondió cansadamente:

—Dígaselo usted, si quiere. Ya no importa.

Pero él prefirió preparar el té antes. La limpieza y buen orden de la cocina le complacieron, y se entretuvo arreglando la bandeja y depositándola ante ella en una mesita baja que él mismo llevó junto al fuego. Volvió a dejar el sable sobre la chimenea, retrocediendo unos pasos para asegurarse de que colgaba correctamente. A continuación, arregló el fuego. Ella había meneado negativamente la cabeza cuando le ofreció el whisky, pero él se sirvió una generosa medida y tomó asiento enfrente de ella, al otro lado del fuego. La mujer no suscitaba en él ninguna atracción. En sus breves encuentros en el laboratorio, nunca le había dedicado nada más que una desinteresada mirada casual al pasar por su lado. No era habitual en él molestarse por una mujer de la que no pretendía nada, y aquella sensación de altruista amabilidad le resultaba desacostumbrada pero agradable. Sentado en silencio frente a ella, los traumas del día se desvanecieron y sintió una curiosa paz. Tenían algún material bastante bueno en aquel *cottage*, decidió, contemplando la confortable y repleta sala de estar. Se preguntó si lo heredaría todo ella.

Pasaron diez minutos antes de que se dirigiera al teléfono. Cuando regresó, la visión de su rostro sacudió a la mujer de su entumecida desdicha. Preguntó:

—¿Qué hay? ¿Qué le han dicho?

Él entró en la habitación frunciendo el ceño, con expresión intrigada. Contestó:

—No estaban. Massingham y él no estaban en Guy's Marsh ni en el laboratorio. Están en Muddington. Se han ido al pozo de tajón.

5

Volvieron a conducir por la misma ruta que habían seguido la noche anterior cuando oyeron las tres campanadas de la capilla, recorriendo los dos kilómetros largos hasta el cruce de la carretera de Guy's Marsh y luego la calle mayor del pueblo. Ninguno de los dos decía nada. Massingham, tras echar un vistazo al rostro de su jefe, había llegado a la conclusión de que lo más prudente era guardar silencio. Y, desde luego, no era momento para congratulaciones. Todavía les faltaba la prueba, el hecho concluyente que rematara decisivamente el caso. Y Massingham se preguntaba si alguna vez llegarían a obtenerlo. Se enfrentaban con hombres y mujeres inteligentes, que debían saber que les bastaba con tener la boca cerrada para que no pudiera probarse nada.

En la calle del pueblo, los primeros compradores del sábado por la mañana empezaban a hacer su aparición. Los chismosos grupitos de mujeres volvieron las cabezas para echar una fugaz ojeada al paso del automóvil. En seguida, las casas comenzaron a escasear y a su derecha quedó el campo de Hoggatt, con el edificio nuevo. Massingham acababa de cambiar a una marcha inferior para girar por el camino de entrada de la Vieja Rectoría cuando se produjo el accidente. La pelota azul y amarilla rebotó en el asfalto por delante de ellos y, tras ella, con un centelleo de botas de goma rojas, apareció William. Conducían demasiado lentamente para que existiera un auténtico peligro, pero Massingham profirió una maldición mientras frenaba y daba un golpe de volante. Y entonces vinieron dos segundos de horror.

Luego le pareció a Dalgliesh que el tiempo se había detenido, de modo que podía ver en su memoria todo el accidente como una película a cámara lenta. El Jaguar rojo despegándose de la carretera, suspendido en el aire; un destello de azul en los aterrorizados ojos; la boca abierta en un inaudible grito; los blancos nudillos aferrados al volante. Agachó instintivamente la cabeza y se preparó para el impacto. El Jaguar aplastó el parachoques trasero del Rover, arrancándolo con un crujido de metal desgarrado. El coche osciló salvajemente y giró de costado. Hubo un segundo de absoluto silencio. Después, Massingham y él se desabrocharon los cinturones y corrieron a la otra cuneta, hacia el pequeño e inmóvil cuerpo allí tendido. Una de sus botas estaba en medio de la carretera, y la pelota rodaba lentamente hacia la herbosa cuneta.

William había salido despedido hacia un montón de heno que había quedado en la cuneta tras la siega del final del verano. Yacía con los brazos y piernas extendidos, tan relajado en su perfecta quietud que el primer pensamiento de Massingham, horrorizado, fue que se había roto el cuello. En el par de segundos en que, resistiéndose al impulso de tomar al niño en brazos, se volvió hacia el coche para telefonear pidiendo una ambulancia, William recobró el aliento y comenzó a debatirse sobre la punzante humedad de la paja. Desprovisto de su dignidad y de su pelota, empezó a llorar. Domenica Schofield, los cabellos flameando sobre su pálido y alterado rostro, se precipitó sobre ellos.

—¿Se encuentra bien?

Massingham palpó ligeramente el cuerpo de William y luego alzó al niño en brazos.

—Creo que sí. A juzgar por su llanto, yo diría que sí.

Llegaban ya al camino de entrada de la Vieja Rectoría cuando Eleanor Kerrison bajó corriendo por el sendero hacia ellos. Era evidente que acababa de lavarse el pelo, que le caía sobre los hombros en húmedos mechones chorreantes. William, al verla, redobló sus sollozos. Mientras Massingham seguía avanzando a trancos hacia la casa, ella corrió torpemente para mantenerse a su lado, cogiéndose de su brazo. Gotas de agua se desprendían de sus cabellos para caer como perlas sobre el rostro de William.

—Han llamado a papá para que vaya a ver un cadáver. Dijo que a la vuelta nos llevaría a comer a Cambridge. Teníamos que comprar una cama de adulto para William. Estaba lavándome el pelo especialmente. He dejado a William con la señorita Willard. No le pasa nada, ¿verdad? ¿Está seguro de que se encuentra bien? ¿No deberíamos llevarlo al hospital? ¿Qué ha pasado?

—No lo hemos visto bien. Creo que el parachoques delantero del Jaguar le ha dado un golpe y lo ha hecho salir despedido. Por suerte, ha ido a caer sobre un montón de paja.

—Hubiera podido matarse. Le había dicho a esa mujer que tuviese cuidado con la carretera. Todavía es demasiado pequeño para jugar él solo en el jardín. ¿Está seguro de que no deberíamos llamar al doctor Greene?

Massingham cruzó la casa sin detenerse hasta el salón y depositó a William sobre un sofá. Entonces respondió:

—Quizá sea conveniente, pero estoy seguro de que no tiene nada. Escúchalo y te convencerás.

Como si hubiera comprendido, William dejó instantáneamente de llorar a voz en grito y se incorporó al punto. Comenzó a hipar con fuerza pero, sin cuidarse de los paroxismos que sacudían su cuerpo, examinó con interés a los presentes y luego fijó la vista en su descalzo pie izquierdo, con aire meditabundo. Alzando la cara hacia Dalgliesh, le preguntó severamente:

—¿Dónde 'tá la pelota de Willam?

—Al borde de la carretera, seguramente —contestó Massingham—. Voy a buscarla. Y vosotros tendréis que acordaros de poner una verja en la entrada.

Oyeron un rumor de pisadas en el vestíbulo y la señorita Willard apareció en el umbral, presa de una aturdida agitación. Eleanor estaba sentada junto a su hermano, en el sofá. Al verla llegar, se puso en pie y contempló a la mujer con un silencioso desprecio, tan inconfundible que la señorita Willard enrojeció. Paseando la vista sobre los rostros vueltos hacia ella, comentó a la defensiva:

—Vaya, vaya. Una pequeña reunión, ¿eh? Me había parecido oír voces.

Entonces habló la muchacha. Su voz, pensó Massingham, fue tan arrogante y cruel como la de una matrona victoriana despidiendo a la fregona. El enfrentamiento habría resultado casi cómico si no hubiera sido al mismo tiempo patético y horrible.

—Ya puede hacer sus maletas y marcharse de esta casa. Está despedida. Solamente le he pedido que vigilara a William mientras yo me lavaba el cabello. Ni tan sólo es capaz de hacer eso bien. Habría podido matarse. Es usted una vieja inútil, fea y estúpida. Bebe, y huele mal, y todos la detestamos. No la necesitamos para nada. Váyase de una vez. Recoja sus asquerosas y abominables pertenencias y márchese de esta casa. Yo misma puedo cuidar de William y de papá. Él no necesita a nadie más que a mí.

La boba sonrisa congraciadora se borró del rostro de la señorita Willard. En sus mejillas y frente se formaron dos verdugones rojos, como si las palabras hubieran sido un latigazo físico. Súbitamente, palideció y todo su cuerpo comenzó a temblar. Extendió la mano para apoyarse en el respaldo de una silla y, con voz aguda y distorsionada por el dolor, replicó:

—¡Tú! ¿Acaso te has creído que te necesita? Puede que yo haya dejado atrás mi primera juventud y esté algo entrada en años, pero al menos no estoy medio loca. ¡Y si yo soy fea, ¡mírate en el espejo! Sólo te soporta a causa de William. Podrías irte mañana y a él le daría lo mismo. Se alegraría. Él sólo quiere a William, no a ti. Le he visto la cara, le he oído hablar y lo sé muy bien. Está pensando en mandarte a vivir con tu madre. No lo sabías, ¿verdad? Pues hay más cosas que tú no sabes. ¿Qué crees que hace tu precioso papaíto por las noches, después de drogarte para que duermas? ¡Se va a escondidas a la capilla Wren y hace el amor con ella!

Eleanor se volvió y miró a Domenica Schofield. A continuación, giró en redondo y habló directamente a Dalgliesh.

—¡Miente! ¡Dígame que miente! ¡No es verdad!

Hubo un silencio. No pudo prolongarse más allá de un par de segundos, mientras la mente de Dalgliesh elaboraba cuidadosamente una respuesta. Luego, como impaciente por adelantársele, sin mirar a la cara de su jefe, Massingham dijo claramente:

—Sí, es verdad.

La muchacha pasó la mirada de Dalgliesh a Domenica Schofield. Luego, osciló como si fuera a desmayarse. Dalgliesh se adelantó hacia ella, pero ella retrocedió. Con voz calmosamente mortecina, explicó:

—Yo creía que lo hacía por mí. No quise beber el cacao que me había preparado. No estaba dormida cuando regresó. Salí al jardín y le vi quemar la bata blanca en la hoguera. Vi que estaba manchada de sangre. Creí que había ido a ver al doctor Lorrimer porque nos había tratado mal a William y a mí. Creí que lo había hecho por mí, porque me quiere.

De pronto, emitió un agudo gemido de desesperación, como un animal atormentado, pero tan humano y tan adulto que Dalgliesh sintió que se le helaba la sangre.

—¡Papá! ¡Papá! ¡Oh, no!

Se llevó ambas manos al cuello y, sacándose la tirilla de cuero de debajo del suéter, tironeó de ella y la retorció como un animal caído en una trampa Finalmente, el nudo cedió. Sobre la oscura alfombra rodaron seis botones de latón recién bruñidos, resplandecientes como otras tantas gemas talladas.

Massingham se agachó a recogerlos y los envolvió cuidadosamente en su pañuelo. Aún nadie había dicho nada. William se arrojó del sofá, trotó hacia su hermana y se abrazó fuertemente a su pierna. Le temblaban los labios. Domenica Schofield se volvió hacia Dalgliesh.

—¡Dios mío! ¡Qué negocio más nauseabundo el suyo!

Dalgliesh hizo caso omiso de ella y se dirigió a Massingham:

—Vigile a los niños. Voy a telefonear para que envíen una mujer policía, y será mejor que avisemos también a la señora Swaffield. No se me ocurre a quién más podemos recurrir. No se aparte de la chica hasta que lleguen las dos. Yo me ocuparé de lo que haya que hacer aquí.

Massingham habló directamente a Domenica Schofield.

—No es un negocio, solamente un trabajo. ¿Preferiría acaso que no lo hiciera nadie?

Se acercó a la muchacha. Estaba temblando violentamente. Dalgliesh supuso que trataría de esquivar su contacto, pero se mantuvo perfectamente quieta. Con sólo tres palabras la había destruido. Pero, ¿a quién, si no, podía ella volverse? Massingham se quitó el abrigo de mezclilla y envolvió con ella a la muchacha. Suavemente, sin tocarla, le dijo:

—Ven conmigo. Enséñame dónde podemos preparar un poco de té. Y luego te echarás un rato y William y yo te haremos compañía. Yo le leeré algo a William.

Ella le siguió tan dócilmente como un preso a su carcelero, sin mirarle, arrastrando por el suelo el largo gabán. Massingham llevaba a William de la mano. La puerta se cerró a sus espaldas. Dalgliesh deseó no tener que ver nunca más a Massingham. Pero volvería a verle, y, con el tiempo, sin que le importara o ni siquiera lo recordara. No quería volver a trabajar con él nunca más, pero sabía que lo haría. Dalgliesh no era hombre que destruyese la carrera de un subordinado simplemente porque había ofendido unas susceptibilidades a las que él, aunque jefe suyo, no tenía ningún derecho. En aquellos momentos, lo que Massingham había hecho le parecía imperdonable. Sin embargo, la vida le había enseñado que es lo imperdonable lo que generalmente suele perdonarse con mayor facilidad. Era posible realizar el trabajo policial honradamente; de hecho, no había ninguna otra forma segura de realizarlo. Pero no era posible hacerlo sin infligir dolor.

La señorita Willard se había desplazado casi a tientas hasta el sofá. Casi como si tratara de explicárselo a ella misma, farfulló:

—No quería hacerlo. Ella me ha empujado a decirlo. Yo no quería. No quería hacerle daño al doctor.

Domenica Schofield se volvió para irse.

—No, casi nunca es queriendo. —Luego, se dirigió a Dalgliesh—: Si quiere algo de mí, ya sabe dónde encontrarme.

—Necesitaremos una declaración.

—Por supuesto. ¿No es siempre así? Los anhelos y la soledad, el terror y la desesperación, todo lo que en el ser humano hay de turbio, limpiamente documentado en una hoja y media de papel oficial.

—No. Solamente los hechos.

No le preguntó cuándo había comenzado todo. En realidad, eso carecía de importancia, y además creía saberlo sin necesidad de preguntar. Brenda Pridmore le había dicho que en el concierto de la capilla se había sentado en la misma fila que la señora Schofield, el doctor Kerrison y sus hijos. Eso había sido el jueves veintiséis de agosto. A comienzos de septiembre, Domenica había roto con Edwin Lorrimer.

Ya en la puerta, ella vaciló y se volvió. Dalgliesh la interrogó:

—¿Le telefoneó él a la mañana siguiente para anunciarle que ya había dejado la llave en el cadáver de Lorrimer?

—Nunca me telefoneaba. Ninguno de ellos lo hacía, nunca. Tal era nuestro acuerdo. Y yo tampoco le telefoneaba a él. —Hizo una pausa y luego añadió con aspereza—: No lo sabía. Puede que hubiera sospechado algo, pero no lo sabía. No estábamos... ¿Cómo se dice? No estábamos juntos en el asunto. No soy responsable de nada. No fue por mi causa.

—No —admitió Dalgliesh—. No creo que lo fuera. La causa de un asesinato muy rara vez es tan poco importante.

Ella clavó en él sus ojos inolvidables y preguntó:

—¿Por qué no le gusto?

El egocentrismo que podía plantear esta pregunta en un momento como aquél dejó atónito a Dalgliesh. Pero lo que más le disgustaba era lo que veía en su propio interior. Demasiado bien comprendía lo que había impulsado a ambos hombres a escabullirse culpablemente hacia aquellas citas como escolares lujuriosos, a hacerse partícipes del esotérico y erótico juego de ella. Dada la oportunidad, pensó con amargura, él habría hecho lo mismo.

Domenica Schofield se fue y Dalgliesh se volvió hacia la señorita Willard.

—¿Fue usted quien telefoneó al doctor Lorrimer para hablarle de las velas encendidas y los números en el tablón de himnos?

—Estuve charlando con él cuando me acompañó a la iglesia el penúltimo domingo. Tenía que hablar de algo durante el viaje; él nunca lo hacía. Y estaba preocupada por los cirios del altar. La primera vez que advertí que alguien los había encendido fue cuando estuve en la capilla a finales de septiembre. En mi última visita, estaban aún más quemados. Pensé que tal vez la capilla estuviera siendo utilizada por un grupo de adoradores del diablo. Ya sé que ha sido desconsagrada, pero aun así sigue siendo un lugar santo. Y está muy aislada; nadie la visita nunca. A la gente de los marjales no les gusta salir después de oscurecido. No sabía si hablar con el párroco o advertir al padre Gregory. El doctor Lorrimer me pidió que al día siguiente volviera a la capilla y le dijera qué números había expuestos en el tablón de himnos. Me pareció una petición muy curiosa, pero él parecía pensar que era importante. Yo ni siquiera me había dado cuenta de que los habían cambiado. A mí no me importaba pedir la llave, ¿comprende? Y a él no le gustaba hacerlo.

Pero él habría podido llevársela sin necesidad de firmar, pensó Dalgliesh. ¿Por qué no lo había hecho así? ¿Por miedo a ser visto? ¿Porque a su obsesiva y conformista personalidad le resultaba intolerable quebrantar una norma del laboratorio? ¿O, más probablemente, porque no soportaba entrar de nuevo en aquella capilla y ver con sus propios ojos la prueba innegable de la traición? Ella ni siquiera se había molestado en cambiar el lugar de encuentro, y seguía utilizando el mismo ingenioso código para fijar la fecha de la siguiente cita. Incluso la llave que había entregado a Kerrison era la misma que antes utilizaba Lorrimer. Nadie mejor que él podía conocer el significado de aquellos cuatro números: el día veintinueve del décimo mes, a las seis y cuarenta de la tarde.

Dalgliesh inquirió:

—¿Y el viernes pasado fueron allí los dos juntos, ocultos entre los árboles?

—Eso fue idea suya. Necesitaba un testigo, ya sabe. Oh, tenía toda la razón del mundo para estar preocupado. Una mujer como ésa, totalmente inadecuada para ser la madrastra de William. Un hombre detrás de otro, me explicó el doctor Lorrimer... Por eso tuvo que irse de Londres. No podía dejar en paz a los hombres. Cualquiera le servía. El doctor lo sabía todo, comprenda. Me dijo que en el laboratorio no lo ignoraba nadie. En cierta ocasión, incluso había llegado a hacerle proposiciones a él. Una cosa horrible. Pensaba escribir a la señora Kerrison y acabar de una vez con la historia. Yo no pude darle la dirección. El doctor Kerrison es muy reservado con su correspondencia, y ni siquiera estoy segura de que sepa exactamente dónde vive su mujer. Pero sabíamos que se había ido con un médico, y sabíamos cómo se llamaba. Se trata de un nombre bastante corriente, pero el doctor Lorrimer dijo que podría localizarlo en el Directorio Médico.

El Directorio Médico. Conque era por eso por lo que había querido consultarlo, por eso había abierto tan rápidamente la puerta a Bradley. Sólo había tenido que acudir desde el despacho del director, en la planta baja. Y llevaba su libreta de notas bajo el brazo. ¿Qué había dicho Howarth al respecto? Que detestaba los trozos de papel sueltos. Todo lo importante lo anotaba en su libreta. Y aquello era importante: los nombres y direcciones de los posibles amantes de la señora Kerrison.

La señorita Willard alzó el rostro hacia él. Dalgliesh vio que estaba llorando. Las lágrimas le surcaban las mejillas y caían libremente sobre sus retorcidas manos. La mujer le preguntó:

—¿Qué va a ser de él ahora? ¿Qué le harán?

Sonó el teléfono. Dalgliesh cruzó el vestíbulo a grandes pasos, entró en el estudio y descolgó el aparato. Era Clifford Bradley. Su voz sonaba tan excitada como la de una adolescente.

—¿Comandante Dalgliesh? En la comisaría me han dicho que seguramente podría encontrarlo aquí. Tengo que decírselo en seguida. Es importante. Acabo de recordar cómo sabía que el asesino seguía aún en el laboratorio. Cuando me iba, pude oír un ruido. Hace un par de minutos, cuando bajaba del cuarto de baño, he vuelto a oírlo. Sue acababa de telefonear a su madre. El ruido que oí era el de alguien colgando el auricular del teléfono.

Aquello solamente confirmaba lo que ya había sospechado mucho antes. Regresó al salón e interrogó a la señorita Willard:

—¿Por qué nos dijo que había oído al doctor Kerrison telefoneando desde su estudio hacia las nueve de la noche? ¿Acaso le pidió él que mintiera?

El rostro enrojecido se volvió hacia él, y los ojos inundados de lágrimas le miraron.

—¡Oh, no! Él jamás me pediría una cosa así. Solamente me preguntó si por casualidad había podido oírle. Eso fue cuando volvió a casa, después de que lo hubieran llamado a la escena del crimen. Yo quería ayudarle, quería que estuviera complacido conmigo. Era una mentira muy pequeña y carente de importancia. Y, de hecho, no era realmente una mentira. Pensé que quizá sí que lo había oído. Era posible que usted sospechara de él, y yo sabía que el doctor no podía haberlo hecho. Es un hombre amable, bueno y gentil. ¡Es un pecado tan venial, proteger al inocente! Aquella mujer lo había atrapado entre sus redes, pero yo sabía que él era incapaz de matar.

Probablemente había tenido desde un principio la intención de llamar al hospital desde el laboratorio, si no estaba de vuelta a tiempo. Pero, con el cadáver de Lorrimer allí tendido, sin duda habría necesitado mucha sangre fría. Apenas debía de haber colgado el teléfono cuando oyó los pasos que se acercaban. ¿Y entonces qué? ¿Se ocultó en el cuarto oscuro para espiar y esperar? Ese debió ser uno de los peores momentos, esperando rígidamente en la oscuridad, conteniendo el aliento, con el corazón desbocado, preguntándose quién podía llegar a una hora tan tardía, cómo podía haber entrado. Y hubiera podido tratarse de Blakelock; Blakelock, que habría llamado a la policía de inmediato, que al momento habría empezado a registrar el laboratorio.

Pero solamente había sido el aterrorizado Bradley. No había habido ninguna llamada telefónica, ninguna solicitud de ayuda; únicamente el eco de unos pasos despavoridos por el corredor. Luego, no tenía más que seguirle, salir silenciosamente del laboratorio y volver a casa cruzando el nuevo laboratorio por el mismo camino que había llegado. Apagó la luz y bajó a la puerta delantera. Y entonces vio los faros del coche de Doyle girando por el camino de acceso y aparcando entre los arbustos. Ya no se atrevió a salir por aquella puerta. Aquella ruta estaba bloqueada. Y no podía esperar a que se fueran. En casa estaba Nell, que podía despertar y llamarle. Además, esperaba aquella llamada telefónica a las diez. Tenía que regresar de inmediato.

Pero no perdió la cabeza. Había sido muy astuto por su parte llevarse las llaves de Lorrimer y dejar cerrado el laboratorio. La investigación de la policía se concentraría inevitablemente en los cuatro juegos de llaves y en el reducido número de personas que tenían acceso a ellas. Y él sabía de qué otro modo podía salir al exterior, y tenía el valor y la habilidad que se necesitaban para hacerlo. Se puso la bata de Middlemass para proteger su ropa; no ignoraba que el menor fragmento de hilo desgarrado de su traje podía serle fatal. Pero no hubo ningún desgarrón. Y en las primeras horas de la mañana una leve llovizna había limpiado los muros y las ventanas de cualquier indicio que pudiera traicionarle.

Llegó a casa sano y salvo y buscó una excusa para visitar las habitaciones de la señorita Willard, estableciendo así más firmemente su coartada. Nadie le había telefoneado, nadie había llamado a la puerta. Y sabía que, al día siguiente, él sería de los primeros en examinar el cuerpo. Howarth les había dicho que había permanecido esperando en el umbral mientras el doctor Kerrison efectuaba su examen. Sin duda fue entonces cuando deslizó la llave en el bolsillo de Lorrimer. Pero ése había sido uno de sus errores: Lorrimer llevaba las llaves en una bolsa de piel, no sueltas en el bolsillo.

Oyó el crujido de neumáticos sobre la grava del camino de entrada. Atisbó por la ventana y vio el automóvil de la policía con el sargento Reynolds y dos agentes femeninos en el asiento de atrás. El misterio se había roto; salvo que no era nunca el misterio lo que se rompía, sino tan sólo las personas. Con la llegada del automóvil, Massingham y él quedaban libres para efectuar la última entrevista, la más difícil de todas. En el borde del campo de tajón, un muchacho estaba haciendo volar una cometa roja. Impulsada por la fresca brisa, se encumbraba y caía, agitando la tortuosa cola sobre un firmamento de azur, tan claro y luminoso como en un día de verano. El campo de tajón estaba lleno de voces y risas. Incluso las latas de cerveza vacías resplandecían como brillantes juguetes, y los trozos de papel revoloteaban alegremente arrastrados por el viento. El aire era pungente y olía a océano. Resultaba posible creer que los compradores sabáticos que atravesaban el erial arrastrando tras de sí a sus chiquillos se iban en realidad a la playa con la cesta del almuerzo, que el campo de tajón terminaba en unas dunas junto al mar, que más allá se extendía una orilla pululante de niños. Incluso la mampara que los policías se esforzaban en levantar contra el viento no parecía más amenazadora que un teatrillo de marionetas, ante el cual un grupito de curiosos, a cierta distancia, esperaban pacientemente a que diera comienzo el espectáculo.

El primero en subir hacia ellos por el talud del pozo de tajón fue el superintendente Mercer. Les dijo:

—Es un asunto muy desagradable. El marido de la chica que encontramos aquí el miércoles. Es ayudante de carnicero. Ayer se llevó uno de los cuchillos a su casa, y por la noche vino hasta aquí para cortarse la garganta. El pobre diablo nos ha dejado una nota confesando el asesinato. Si hubiéramos podido detenerlo ayer, esto no habría sucedido. Pero la muerte de Lorrimer y la suspensión de Doyle lo han retrasado todo. No recibimos el resultado del análisis de sangre hasta bien entrada la noche de ayer. ¿A quién quieren ver?

—Al doctor Kerrison.

Mercer miró fijamente a Dalgliesh, pero se limitó a responder:

—Ya ha terminado su trabajo. Voy a avisarlo.

Tres minutos más tarde, la figura de Kerrison emergió sobre el borde del pozo de tajón y avanzó hacia ellos. Comenzó sin preámbulos:

—Ha sido Nell, ¿verdad?

—Sí.

No preguntó cómo ni cuándo. Escuchó atentamente mientras Dalgliesh le advertía de sus derechos, como si no hubiera oído nunca aquellas palabras y quisiera grabárselas en la memoria. Luego, mirando a Dalgliesh, le pidió:

—Preferiría no ir a la comisaría de Guy's Marsh; todavía no. Quiero contárselo todo, pero solamente a usted, a nadie más. No habrá ninguna dificultad. Haré una confesión completa. Suceda lo que suceda, no quiero que Nell sea llamada a declarar. ¿Puede prometérmelo?

—Ya debe usted saber que no está en mi mano hacer esta promesa. Pero no veo ningún motivo para que sea llamada por la Corona si piensa usted declararse culpable.

Dalgliesh abrió la portezuela del automóvil, pero Kerrison meneó la cabeza y, sin un ápice de autoconmiseración, dijo:

—Preferiría quedarme fuera. Ya vendrán muchos años de estar sentado sin poder pasear bajo el cielo. Lo que me resta de vida, quizá. Si fuera solamente la muerte de Lorrimer, podría esperar un veredicto de homicidio impremeditado. No tenía intención de matarlo. Pero lo otro fue un asesinato.

Massingham permaneció junto al coche mientras Dalgliesh y Kerrison caminaban alrededor del pozo de tajón. El doctor Kerrison explicó:

—Todo empezó aquí, en este mismo sitio, no hace más que cuatro días. Parece una eternidad. Otra vida, otro tiempo. Los dos habíamos acudido por el asesinato del pozo de tajón, y al terminar me llevó aparte y me ordenó que fuera al laboratorio a las ocho y media de aquella misma tarde. No me lo pidió; me lo ordenó. Y también me dijo de qué quería hablarme: de Domenica.

Dalgliesh inquirió:

—¿Sabía usted que había sido amante de ella antes que usted?

—No lo supe hasta que fui al laboratorio por la noche. Ella nunca me había hablado de él, ni siquiera mencionado su nombre. Pero cuando vomitó su torrente de odio, envidia y celos, entonces, por supuesto, lo comprendí todo. No le pregunté cómo había averiguado lo mío. Creo que estaba loco. Tal vez ambos estábamos locos.

—Y le amenazó con escribir a su esposa y quitarle la custodia de sus hijos a menos que usted le cediera a Domenica.

—Pensaba escribir de todas formas. Quería recuperar a Domenica, y me parece, pobre diablo, que realmente lo creía posible. Pero además quería castigarme. Sólo había visto un odio como el suyo en otra ocasión. Estaba allí delante mío, con la cara blanca, insultándome, provocándome, diciéndome que me quitarían a los niños, que no era digno de ser padre, que no volvería a verlos nunca más. Y de pronto dejó de ser Lorrimer el que hablaba. Comprenda, ya había oído aquellas mismas acusaciones de labios de mi esposa. La voz era de él, pero las palabras eran las de ella. Y supe que no podía seguir soportándolo. Había estado levantado casi toda la noche; había tenido una terrible escena con Nell al volver a casa; y me había pasado el día preocupándome y tratando de adivinar qué quería decirme Lorrimer.

»Fue entonces cuando sonó el teléfono. Era su padre quejándose del televisor. Lorrimer le habló muy brevemente y colgó el auricular. Pero mientras hablaba yo había visto el mazo. Y recordé que llevaba unos guantes en el bolsillo del abrigo. La llamada de su padre parecía haberle serenado un tanto. Me dijo que ya no tenía nada más que hablar conmigo, y se volvió despectivamente de espaldas. Entonces cogí el mazo y le golpeé. Cayó sin el menor ruido. Volví a dejar el mazo sobre la mesa, y entonces vi la libreta de notas abierta con los nombres y direcciones de tres médicos. Uno de ellos era el amante de mi esposa. Arranqué la página, hice una bola y me la guardé en el bolsillo. Luego, fui al teléfono e hice mi llamada. Eran las nueve en punto. El resto creo que ya lo sabe.

Habían rodeado el pozo de tajón, caminando juntos, con la vista fija en la brillante hierba. Giraron en redondo y volvieron sobre sus pasos. Dalgliesh le pidió:

—Prefiero que me lo cuente usted.

Pero ya no le explicó nada nuevo. Todo había ocurrido tal y como Dalgliesh lo había deducido. Cuando Kerrison terminó de describir cómo había quemado la bata y la página arrancada de la libreta, Dalgliesh preguntó:

—¿Y Stella Mawson?

—Me telefoneó al hospital y me pidió que fuera a la capilla a las siete y media para hablar con ella. Más o menos, me dio a entender de qué se trataba. Dijo que estaba en posesión del borrador de una carta que deseaba comentar conmigo, una carta que había encontrado en cierto escritorio. Yo ya sabía lo que diría.

La señorita Mawson debía haber llevado la carta consigo a la capilla, pensó Dalgliesh. No habían podido encontrarla en su escritorio, ni el original ni la copia. Le parecía increíble que hubiera corrido el riesgo de decirle a Kerrison que llevaba la carta encima. Y él, ¿cómo podía estar seguro, cuando la mató, de que no había dejado una copia? ¿Y cómo podía ella confiar en que no se la arrebataría por la fuerza?

Casi como si supiera lo que rondaba por la cabeza de Dalgliesh, Kerrison observó:

—No fue lo que está usted pensando. Ella no pretendía venderme la carta. No quería vender nada. Me dijo que la había cogido del escritorio de Lorrimer casi por instinto, porque no quería que la policía la encontrara. Por algún motivo que no me explicó, odiaba a Lorrimer y no me tenía mala voluntad por lo que yo había hecho. Recuerdo que comentó: «Ya ha causado bastante desdicha en vida. ¿Por qué ha de seguir causando más después de muerto?» También dijo algo extraordinario: «Yo fui víctima de él en una ocasión. No veo por qué ha de ser usted víctima suya ahora.» Hablaba como si estuviera de mi parte, como si me hubiera hecho un servicio. Y a cambio quería pedirme una cosa, una cosa sencilla y ordinaria. Una cosa que sabía que yo podía permitirme.

Dalgliesh concluyó:

—El dinero necesario para comprar Sprogg's Cottage; la seguridad para ella y Angela Foley.

—No se trataba ni siquiera de un regalo, sino tan sólo de un préstamo. Quería que le dejara cuatro mil libras a devolver en cinco años, con un tipo de interés que le resultara asequible. Necesitaba desesperadamente esta suma, y tenía que conseguirla a la mayor brevedad. Me explicó que no podía pedírsela a nadie más. Estaba dispuesta a firmar un contrato legal. Era la más amable, la más razonable de las chantajistas.

Y había creído estar tratando con el más amable, el más razonable de los hombres. No había sentido miedo alguno, en absoluto, hasta aquel último y terrible momento en que él se había sacado la cuerda del bolsillo del abrigo y ella había comprendido que no se encontraba ante otra víctima, sino ante su asesino. Dalgliesh observó:

—Debía usted tener la cuerda preparada. ¿Cuándo decidió que tenía que morir?

—Como en el caso de Lorrimer, la cosa ocurrió casi

por azar. Tenía la llave que le había entregado Angela Foley y había sido la primera en llegar a la capilla. Estaba sentada en el presbiterio, en uno de los sitiales. Había dejado la puerta abierta, y nada más cruzarla vi el arcón. Sabía que dentro había una cuerda: había tenido tiempo de sobras para explorar la capilla mientras esperaba a Domenica. Así pues, la saqué y me la guardé en el bolsillo. Luego, seguí hasta el interior, donde estaba ella, y estuvimos hablando. Llevaba la carta encima, en el bolsillo. La sacó y me la enseñó sin ningún temor. No era la carta definitiva, sino un borrador bastante trabajado. Debió de disfrutar mientras lo escribía, porque se había preocupado de redactarlo a la perfección.

»Era una mujer extraordinaria. Le aseguré que le prestaría el dinero, que encargaría a mi abogado que redactara un contrato legal. En la capilla había un libro de oraciones, y ella me hizo poner la mano encima y jurar que nunca le diría a nadie lo ocurrido entre nosotros. Creo que sentía un verdadero pánico a que Angela Foley llegara a enterarse. Fue entonces cuando comprendí que era ella, solamente ella, la que poseía este peligroso conocimiento, cuando decidí que debía morir.

Dejó de caminar. Se volvió hacia Dalgliesh y dijo:

—Ya lo ve, no podía arriesgarme a confiar en ella. No estoy tratando de justificarme. Ni siquiera trato de que me comprenda. No es usted padre, conque ha de serle imposible comprender. No podía correr el riesgo de poner esta arma en manos de mi esposa cuando se decidiera la custodia de los niños en el tribunal supremo. Probablemente no le concederían demasiada importancia al hecho de que yo tuviera una amante; eso no me incapacita para tener la custodia de mis hijos. De lo contrario, ¿qué posibilidades tendrían la mayoría de los padres? Pero ocultar a la policía una relación secreta con una mujer cuyo anterior amante ha sido asesinado, un asesinato para el que sólo tengo una coartada muy endeble y un poderoso motivo,

¿no desequilibraría eso la balanza? Mi esposa es atractiva y creíble, y exteriormente parece perfectamente cuerda. Eso es lo que vuelve imposible todo el asunto. La locura no resulta muy difícil de diagnosticar; la neurosis es menos espectacular, pero igualmente letal cuando se ha de convivir con ella. Nos destrozó a los dos, a Nell y a mí. No podía consentir que se quedara con William y Nell. Cuando me vi en la capilla, delante de Stella Mawson, comprendí que era su vida contra la de mis hijos.

»Y era tan fácil... Le pasé el doble cordón en torno al cuello y apreté con fuerza. Debió morir al instante. Luego la llevé hasta la antecámara y la colgué del gancho. Me acordé de frotar las suelas de sus botas sobre el asiento y de dejar la silla volcada. Después, regresé campo a través hasta el lugar donde había dejado el coche. Lo había aparcado en el mismo sitio en que Domenica aparca el suyo cuando nos vemos, a la sombra de un viejo granero junto a la carretera de Guy's Marsh. Incluso la hora era la más conveniente para mí. Tenía que ir al hospital para una reunión del comité médico, pero antes pensaba detenerme en mi laboratorio a terminar unos trabajos. Aunque alguien se hubiera fijado en mi hora de llegada al hospital, sólo había una discrepancia de unos veinte minutos. Y no hubiera sido extraño que me entretuviera veinte minutos de más por el camino.

Regresaron en silencio hacia el coche. Al poco, Kerrison reanudó su monólogo:

—Todavía no lo entiendo. Es muy hermosa. Y no se trata solamente de su hermosura. Habría podido conseguir a cualquier hombre que quisiera. Resultaba asombroso que, por alguna razón extraordinaria, se hubiera fijado en mí. Cuando estábamos juntos, tendidos a la luz de las velas en el silencio de la capilla, después de hacer el amor, todas las angustias, todas las tensiones, todas las responsabilidades quedaban olvidadas. Para nosotros era muy fácil, gracias a la oscuridad. Ella podía aparcar junto al granero con toda tranquilidad. De noche, nadie sale a andar por la carretera de Guy's Marsh, y pasan muy pocos automóviles. Sabía que en primavera, con los días más largos, nos resultaría más difícil. Pero, por otra parte, no suponía que ella siguiera interesada por mí tanto tiempo. Ya era un milagro que me hubiera elegido a mí, en primer lugar. Nunca pensaba más allá del siguiente encuentro, de la siguiente fecha en el tablón de los himnos. Ella no me permitía telefonearla. Jamás la veía ni hablaba con ella, salvo cuando nos reuníamos en la capilla. Yo era consciente de que ella no me amaba, pero eso carecía de importancia. Me daba lo que podía dar, y era más que suficiente para mí.

Llegaron de nuevo junto al coche. Massingham sostenía abierta la portezuela. Kerrison se volvió hacia Dalgliesh y añadió:

—No era amor, pero, a su manera, era una forma de amar. Y era una gran paz. También esto es paz, el hecho de saber que ya no necesito hacer nada más. Aquí terminan las responsabilidades y las preocupaciones. Un asesino te aparta para siempre del resto de la humanidad. Es una especie de muerte. Ahora soy como un moribundo: los problemas siguen ahí, pero estoy alejándome de ellos hacia una nueva dimensión. Cuando maté a Stella Mawson renuncié a muchos derechos, incluso al derecho de sentir dolor.

Se acomodó en el asiento posterior sin decir nada más. Dalgliesh cerró la portezuela. Y, de pronto, le dio un vuelco el corazón. La pelota azul y amarilla venía rebotando hacia él por el campo de tajón, y tras ella, riendo a gritos, seguido por las voces de su madre, corría el chiquillo. Por un terrible instante, Dalgliesh creyó que era William, el oscuro flequillo de William, la risa de William, las botas rojas de William brillando bajo el sol.

ÍNDICE

1/15 ②8/13
11/18 ④7/17